KB050612

팥쥐
의
귀환

§ 팥쥐의 귀환 §

2014년 2월 5일 초판 1쇄 인쇄
2014년 2월 7일 초판 1쇄 발행

지은이 § 고영주
발행인 § 곽중열
기획&편집디자인 § 신연제, 이윤아
발행처 § (주)조은세상

등록 § 2002-23호(1998년 01월 20일)
주소 § 경기도 고양시 일산동구 장항동 558번지 6호
Tel § 편집부(02)587-2977
영업부(031)906-0890
e-mail romance@comics21c.co.kr
값 9,000원

ISBN 979-11-5512-339-3

목차

프롤로그.
팥쥐 등장!

많은 사람 속에서 한데 섞여 함께 지내는 건 여러모로 괴롭다. 파지에겐 사람들과의 관계는 숨통을 조이는 올가미와도 같았다. 처음엔 참을 만하지만 버티려고 하면 할수록 점점 더 숨통을 조여 와서 끝내는 살고 싶은 의지를 잃어버리게 하는 그런 올가미.

준환의 부탁이 아니었으면 절대로 나오지 않았을 것이다. 아니, 그것은 부탁이라기보다는 일종의 통보였다.

'내일 친구들이랑 다 같이 만나기로 했는데, 당신도 오라는군. 시간 좀 내.'

성질 같아서는 그따위로 말하면 가고 싶은 마음도 달아날 거라고 쏘아대고 싶었지만 꾹 참았다. 그를 사랑했기 때문이었다.

"후우. 역시 사람들과 어울리는 건 별로야."

숨이 턱턱 막히는 사람들과의 술자리에서 벗어나 화장실에서 한숨 돌리고 있는데, 화장실 칸막이 안에서 누군가 나왔다.

준환의 친구인 지운의 연인이었다.

이름이 뭐라고 했더라? 아……. 무슨 연이었는데……. 무슨 연이었지? 상연? 호연? 태연?

한참을 고개를 갸우뚱거리며 눈동자를 둘리던 파지의 입술에 미소가 떠올랐다.

생각났다. 눈앞의 저 여자의 이름은 정하연이었다.

"어머, 화장 고치러 오셨나 봐요."

"아, 네."

친한 척 웃으며 묻는 하연의 말에 파지가 입술에서 미소를 지우고 무뚝뚝하게 대답했다.

이 여자, 처음 본 순간부터 마음에 들지 않았다. 옆에 있는 자기 남자친구는 놔두고 준환에게 눈웃음 날리는 꼴이 영 못마땅했기 때문이다.

"이런 거 물어보면 실례일지 몰라서 참고 있었는데, 그냥 물어볼게요."

파지의 입술이 살짝 비틀렸다.

실례인 거 알고 있으면 그냥 물어보지 마, 이 여자야.

하연이 눈을 가늘게 뜨고 얇은 입술에 주홍색 립스틱을 바르며 물었다.

"파지 씨는 준환 씨랑 사귄 지는 얼마나 되셨어요?"

"1년 조금 넘었어요."

"그으래요?"

거울에 비친 자신의 모습을 바라보고 있던 하연의 입술이 간드러지게 호를 그렸다. 그 미소에 기분이 나빠진 파지가 화장실에서 나가려 하자 하연이 그녀를 향해 의미심장한 말을 흘렸다.

"흐응…… 1년이면 질릴 때 다 됐네요."

밖으로 나가려던 파지가 멈칫했다.

"지금 뭐라고 했어요?"

"그렇게 작게 말한 것도 아닌데, 못 들었어요? 그럼 다시 정확하게 말해줄게요. 1년이면 질릴 때 다 됐다고 했어요."

하연이 깔끔하게 다듬어진 자신의 손톱 끝을 쳐다보며 말했다.

"솔직히, 남녀 사이는 보통 1년 정도면 볼 장 다 보지 않나요? 결혼 적령기의 남녀가 1년이나 사귀어놓고 결혼 얘기 없는 것 보면 딱보이죠. 내가 보기엔 준환 씨, 파지 씨랑 결혼할 마음 전혀 없는 것같은데……."

"지금 말 다 했어요?"

"아뇨. 다 못했어요."

하연이 눈을 똑바로 뜨고 파지를 노려봤다.

"준환 씨, 작년부터 내가 노리고 있었어요. 솔직히 나 그 사람 내거 만들 자신 있었거든요. 그런데 당신 때문에 그 사람을 가지려던 계획이 다 망가져버렸어요! 당신이 그 사람의 옆자리를 차지하고 있어서 애초에 마음에도 없던 시시한 남자랑 사귀어야 했어요. 그 사람의 옆에 있기 위해서!"

"이봐요, 정하연 씨."

"당신이랑 준환 씨는 전혀 안 어울려요. 예술 작품으로 보면 엉성하게 만들어진 실패작이라고요."

파지의 눈꼬리가 화가 나서 위로 치솟았다.

"그동안 쭉 당신 만나보고 싶었는데, 드디어 오늘 만났네요. 미리 말해둘게요. 저 남자, 내가 가질 거예요. 난 한번 갖고 싶어진 건 무슨 수를 써서라도 가져야 하거든요."

"이 여자가 진짜……."

파지가 하연을 향해 적의를 드러냈다.

"너 진짜 안 닥칠래?"

"알아봤더니 당신, 대학도 안 나왔다면서요? 당신 같은 여자가 병원장 사모님 소리 듣는 거 웃길 것 같지 않아요? 그 자리엔 내가…… 악!"

파지의 손이 거침없이 허공을 가르고 하연의 뺨에 안착했다. 아주 찰지는 소리를 내면서 말이다.

하연의 뺨을 시원하게 갈긴 파지가 이를 드러내며 으르렁거렸다.

"너 진짜 죽고 싶니? 하도 어이가 없고 기가 막혀서 가만히 듣고 있어줬더니, 이게 진짜 사람 무서운 줄 모르고 덤비네?"

하연이 파지에게 맞은 뺨을 한 손으로 부여잡고 그녀를 노려봤다.

"지금 나 쳤어요?"

"그래, 쳤다! 한 대 더 맞을래?"

파지가 한 대 더 때릴 듯 다시 한 번 손을 치켜들자 하연이 기겁해서 뒤로 물러났다.

"이것 봐요. 화난다고 함부로 남한테 손찌검이나 하고……. 역시 당신 같은 여자는 의사 사모님 될 자격 없어요. 준환 씨 옆에 있을 자격이 없다고요!"

하연이 신경질적으로 소리쳤다.

"당신 진짜 재수 없어!"

"나도 너 재수 없거든? 가뜩이나 기분도 더러워 죽겠는데, 얼른 안 꺼져? 이걸 그냥, 확!"

파지가 다시 한 번 손을 치켜들자 하연이 새침한 얼굴로 화장실에서 얼른 나갔다. 험악한 얼굴로 자신에게서 멀어지는 하연을 가만히 바라보고 있던 파지가 입가에 쓴웃음을 머금었다.

알고 있었다. 그녀는 준환에 비해 턱없이 모자랐다. 일류 대학을 나와서 외과의 레지던트 4년 차에 돌입한 준환과 일류 대학은 고사하고 지방 대학조차 나오지 못한 그녀는 어울리지 않는 조합이었다. 하지만 그것에 굴하지 않을 정도로 그녀는 준환을 사랑했다. 제 목숨만큼…… 아니, 제 목숨보다 더 그를 사랑했다. 준환을 사랑하는 마음은 그 누구에게도 지지 않을 자신이 있었다.

"흥, 한 번만 더 내 앞에서 준환 씨를 빼앗는다니, 어쩐다니 소리하면 가만 안 둘 줄 알아."

하연이 달리듯 도망쳤던 화장실 입구를 노려보던 파지가 거울을 바라봤다. 코끝이 약간 번들거리는 것 같았다. 그녀는 새빨간 파우치에서 기름종이를 꺼내 코끝을 누른 후, 파우더로 마무리하며 거울을 향해 매혹적으로 웃어보였다.

학력도, 집안도 준환에 비해 턱없이 모자란 그녀가 유일하게 가지고 있는 무기는 바로 이 아름다운 얼굴과 늘씬한 몸매였다. 이것마저 잃어버리면 그녀에게 늘 무심한 준환을 붙잡을 수 있는 것은 아무것도 없었다.

화장을 고치고 자리로 돌아간 파지가 준환의 옆으로 가 그의 어깨에 기대앉았다.

"뭐야? 왜 그래?"

"그냥 좀 피곤해서."

준환의 넓고 편안한 어깨에 기댄 파지의 눈이 스르르 감겼다.

"준환이랑 여전히 사이가 좋네요, 파지 씨."

"화장실 다녀온 잠깐 사이에도 준환이가 그렇게 보고 싶었어요?"

준환의 친구들이 휘파람을 불며 준환과 그녀를 놀렸다.

"준환이 자식, 좋겠다."

"나도 파지 씨처럼 예쁜 애인 하나 있으면 소원이 없겠네."

친구들의 칭찬에 준환이 파지의 어깨에 손을 얹으며 자랑스러운 표정을 지었다.

준환은 파지를 자랑스러워했다. 물론 그 자랑스러움의 베이스는 사랑이 아니었다. 남들이 보기에도 예쁘고 아름다운 여자를 옆에 끼고 앉아 있다는 것에 대한 수컷의 자만심이었다. 그녀를 바라보는 준환의 표정 어디에도 사랑은 없었다. 그에게 있어서 그녀는 남들에게 자랑할 만한 예쁜 액세서리에 불과했다.

이러니까 정하연인지 뭔지가 준환의 옆자리를 노리는 거라고 생각하며 파지가 준환의 어깨에서 고개를 들었다. 그리고 구역질 날 만큼 득실거리는 사람들과 자신을 자랑스러운 트로피 정도로 여기는 연인의 곁에서 눈부실 정도로 아름답게 웃었다.

1장.
파지, 사고 치다!

[네 여자 간수 좀 잘해라. 하연이⋯⋯ 전치 2주 나왔다. 그 약하디약한 애가 네 독한 여자 때문에 전치 2주나 되는 상처를 입었다고! 우리 하연이가 착해서 망정이지, 네 애인처럼 못돼 처먹은 성격이었으면 진작 고소했어.]

준환은 조금 전, 지운과 나눴던 전화 통화를 떠올리며 잘생긴 미간에 주름을 잡았다. 친구의 애인에게 자신의 애인이 폭력을 휘둘러서 병원에 입원시킬 정도로 큰 상처를 입혔다는 게 믿어지지가 않았다. 파지의 성격이 보통의 여자들과는 달리 좀 독하고 지나치게 자기중심적이라는 것은 알고 있었지만, 이건 좀 아니지 싶다.

매혹적인 미소를 지으며 하연에게 손찌검을 하고 있는 파지의 모습을 눈앞에 떠올려보던 준환이 카페 문을 열고 들어오는 익숙한 얼굴을 발견했다. 아무나 소화하지 못할 정도로 몸에 딱 붙는 새빨간 니트 원피스를 멋지게 소화해낸 파지가 그를 향해 걸어오고 있었다. 카페 안에 앉아 있는 모든 수컷들의 음흉한 눈동자가 지독할 정도로 매혹적인 파지의 몸매에 쏠렸다.

준환은 그런 남자들을 비웃으며 길고 갸름한 손가락으로 깔끔하게 면도가 되어 있는 턱을 천천히 쓸었다.

"준환 씨."

냉정한 표정으로 앞만 보고 걷던 파지가 준환을 발견하고 함박웃음 지었다. 카페 안에 들어서서 많은 남자의 시선을 받으면서도 시종일관 차가운 표정으로 눈길 하나 주지 않던 파지의 달라진 모습에 남자들이 숨을 죽이는 것이 느껴졌다.

"일찍 왔네?"

파지가 함박웃음을 머금고 봄바람처럼 살랑거리는 머리카락을 등 뒤로 넘기며 준환에게 다가왔다. 그녀가 준환을 향해 몸을 숙이자 그녀 특유의 달콤한 향기가 준환의 코끝을 간질였다.

"앉아."

준환이 파지에게 시선 한 번 주지 않은 채 손으로 맞은편 의자를 가리켰다.

"싫어."

어딘지 무뚝뚝한 준환의 태도에 얼굴에서 함박웃음을 지우고 그의 표정을 살피던 파지가 토라진 듯 입술을 삐죽거렸다.

"내가 준환 씨 맞은편보다는 옆에 앉는 걸 좋아하는 거 준환 씨가 더 잘 알면서 그래? 평소에도 좀 차가운 편이긴 하지만…… 오늘은 진짜 너무 냉정한 거 아니야?"

"할 얘기가 있어. 그러니까 앉아."

"도대체 그 할 얘기가 얼마나 무서운 얘긴데, 그런 얼굴을 해? 그런 얼굴 하지마. 자기가 그런 얼굴 하면 진짜 무섭단 말이야."

여전히 무뚝뚝한 준환 얼굴을 살피며 그의 비위를 맞추기 위해 노력하던 파지는 결국 어쩔 수 없다는 표정으로 준환의 맞은편에 앉았다.

그녀가 맞은편에 앉자마자 준환이 굳은 얼굴로 파지를 응시했다. 그녀를 바라보는 준환은 표정은 철없는 어린아이를 혼내는 어른의 표정처럼 무섭고 엄했다.

"하연 씨…… 왜 때렸니?"

준환의 물음에 파지의 얼굴이 경직됐다.

"무슨…… 소리야?"

"하연 씨 왜 때렸냐고 묻고 있잖아."

파지가 영문을 모르겠다는 표정을 짓다가 이내 눈동자를 커다랗게 뜨며 그를 쳐다봤다.

"어떻게 알았어?"

"어떻게 알았냐고?"

준환이 기가 막힌다는 표정으로 파지에게 험악한 시선을 던졌다.

"좀 전에 지운이한테서 전화가 왔어. 하연 씨, 너한테 맞아서 전치 2주 나왔다고. 전치 2주면 경상은 아니야."

놀라서 커다랗게 떴던 파지의 더욱더 눈이 동그래졌다.

"전치 2주?"

"그래."

"그 여자가 전치 2주가 나왔다고?"

잠시 놀란 듯 멈칫하던 파지가 눈을 가늘게 뜨며 코웃음을 쳤다.

"흥, 그깟 싸대기 한 대 맞은 거로 전치 2주는 무슨."

"그깟 싸대기?"

준환이 파지를 노려봤다. 파지가 걸릴 것 없다는 듯 당당하게 그의 시선을 마주했다.

"그래. 싸대기. 싸대기 한 대 맞아놓고 진단서 떼면 다 전치 2주가 나오나 봐? 와, 대단하네. 나도 어디 가서 싸대기나 한 대 맞고 팔자 좀 고쳐야겠어."

"김파지!"

"왜, 이준환!"

파지가 성난 눈으로 준환의 눈을 찌를 듯 노려봤다. 맞은편에 앉은 준환의 머리털을 홀라당 다 뒤집어 까놨으면 소원이 없겠다고 생각하며.

"하연 씨……."

잠시 호흡을 가다듬은 준환이 냉정함을 되찾으려 노력하며 입을 열었다.

"눈두덩이며 뺨이며 코며, 멍들고 퉁퉁 부어올라 사람 꼴이 말이 아니라고 하던데, 넌 단지 뺨을 한 대 쳤을 뿐이라고? 그 말을 내가 어떻게 믿어? 응? 아무리 세게 때려도 여자가 때린 거라 뺨 한 대 맞을 걸로는 그렇게 안 돼. 의학적으로 불가능하다고. 도대체 뺨을 어떻게 때려야 그 정도가 되지?"

이성적으로 차근차근 물어오는 준환의 목소리에 파지의 하얀 미간에 주름이 졌다.

"난 지금 준환 씨가 하는 말, 하나도 이해할 수가 없어. 도대체 무슨 소리야? 그날 그 여자는 멀쩡하게……."

"거짓말 그만해."

"아, 그래. 멀쩡하게는 아니지. 뺨에 빨간 손자국 하나는 달았지."

비꼬듯 말하는 파지의 말에 준환이 차디찬 목소리로 물었다.

"다시 한 번 묻는다. 왜 때렸니?"

"첫 대면에 재수 없게 나한테서 준환 씨를 빼앗을 거라고 선전포고하기에 열 받아서 한 대 때렸다, 왜? 불만 있어?"

파지의 대답에 준환이 기가 차다는 듯 헛웃음을 터뜨렸다.

"하! 버젓하게 박지운이라는 애인이 있는 하연 씨가?"

"그래. 나랑 준환 씨는 어울리지 않는 실패작이라고 하면서 사람 속을 뒤집는데 어떻게 참고 가만히 앉아 있어? 한 대라도 때려야 속이 풀리지."

"하아."

저는 잘못한 것이 하나도 없는 양 당당하게 말하는 파지를 가만히 바라보던 준환이 한숨을 내쉬었다.

"갈 데까지 갔군."

"뭐?"

준환이 짜증스럽게 눈살을 찌푸렸다.

"다시는 내 앞에 나타나지 마라, 김파지."

그 말을 끝으로 준환은 자리를 박차고 일어나 카페 밖으로 나갔다. 덩그러니 혼자 남겨진 파지에게로 사람들의 시선이 쏠렸다.

입술을 깨물며 눈동자를 이리저리 굴리던 파지가 이내 빠른 걸음으로 준환의 뒤를 쫓았다.

"준환 씨! 준환 씨! 야, 이준환!"

차를 세워둔 곳을 향해 걸어가던 준환은 파지의 부름에도 걸음을 멈추지 않았다. 하이힐을 신고 휘청거리며 달려가 준환의 팔을 잡아챈 파지가 숨을 헐떡였다. 그녀의 붉은 입술 사이로 거친 숨소리가 새어나왔다.

"이거 놔."

준환이 숨을 고르는 파지의 손을 뿌리치려 하자 파지의 손가락이 그의 팔뚝에 더욱 단단하게 파고들었다.

"지금 나보고 헤어지자는 소리야? 응? 그래?"

숨을 고른 파지가 날카로운 목소리로 물었다. 파지의 손을 뿌리치려 하던 준환이 그녀의 손을 뿌리치려던 동작을 멈추고 건조하게 입을 열었다.

"맞아."

"이유가 뭐야? 어제까지 잘 지내다가 갑자기 이러는 이유가 뭐냐고! 내가 그 여자를 때린 것 때문에? 진짜 그것 때문에 이러는 거야?"

"넌 말이야."

준환이 차디찬 시선으로 파지를 응시했다.

"너무 못돼 처먹었어."

짜증이 짙게 밴 준환의 목소리에 앙칼지게 소리치던 파지가 할 말을 잃고 그를 톡 쏘아봤다. 준환을 표독스럽게 째려보는 파지의 예쁜 미간이 무섭게 일그러졌다.

"그래. 넌 아주 예쁘게 생겼어. 화가 난 얼굴까지도 감탄이 나올 정도로 예쁘지. 널 옆에 끼고 다니면 지나가는 남자들이 부러운 눈으로 쳐다볼 정도야. 솔직히 그 시선들이 기분 나쁘진 않았어."

"그런데 왜……."

파지의 붉은 입술이 하얀 이 사이에서 잘근잘근 씹혔다.

"내 말이 무슨 뜻인지 모르겠어? 얼굴만 예쁘장하지 성질머리는 더러워서 옆에 끼고 살기에 불편한 넌 남자에게 있어서 자랑할 만한 장식용밖에는 안 된다는 뜻이야."

준환의 한쪽 입술 끝이 비스듬히 올라갔다. 준환의 길고 갸름한 손가락이 구겨진 파지의 미간을 부드럽게 어루만졌다.

"이런. 네 유일한 장점인 예쁜 얼굴이 무섭도록 일그러졌네. 그럼 안 되지."

"그만해, 준환 씨."

파지가 한 자 한 자 씹어뱉듯 말했다.

"여기서 멈추지 않으면 정말로 준환 씰 죽도록 증오할 거야."

그때까지 짜증난 얼굴을 고수하고 있던 준환의 입술이 천천히 미소를 그렸다.

"얼마든지."

준환은 묘한 미소를 지으며 자신의 팔을 굳게 잡고 있는 파지의 손가락을 하나하나 떼어낸 후 뒤돌아 그녀의 인생에서 완전히 떠나갔다.

"이준환. 네가 날 차고 두 다리 쭉 뻗고 잘 수 있을 것 같아? 천만에!"

노란 싸구려 고무줄로 귀찮은 머리카락을 한데 모아 질끈 묶고 뿔테 안경을 쓴 파지가 밥숟가락으로 커다란 통에 든 아이스크림을 푹푹 퍼먹으며 이를 갈았다. 지금의 파지는 조금 전 준환의 곁에 있을 때와는 180도 달랐다. 준환이 지금 이 모습을 봤다면 저렇게 촌스러운 여자, 나 모른다며 십리 밖으로 도망갔을 것이다.

"씨이. 두고 봐. 꼭 복수하고 말 거야."

한참을 씩씩거리던 파지의 분노한 눈동자가 어느 순간 잔뜩 누그러졌다. 그녀의 커다란 눈에 투명한 눈물이 고이기 시작했다.

참 이상하다. 짜증은 치솟을 대로 치솟았고 기분도 더러울 대로 더러운데……. 보고 싶은 마음은 그보다 훨씬 더 크니…….

"바보, 이준환. 이 지구촌 어딜 둘러봐도 나만 한 여자 없다고. 너 그거 알고도 나 찬 거야? 이 세상에 나만큼 당신 사랑할 여자 없어. 이건 진짜야."

파지가 고개를 푹 숙였다. 투명한 안경알에 눈물이 뚝뚝 떨어졌다. 이대로 헤어지기엔 그를 사랑하는 마음이 너무 컸다.

그녀는 아직도 그날의 그의 따뜻했던 손길을 잊을 수가 없었다.

1년 전, 그녀는 맹장수술로 인해 병원에 입원을 하게 되었다. 평소 사람들이 자신이 정해놓은 반경 안으로 함부로 들어오는 것을 극도로 꺼리던 그녀였던지라 당연히 병원에 입원한 그녀에게 병문안을 오는 사람은 단 한 명도 없었다. 그녀와 같은 병실에 입원해 있던 아주머니들은 처음엔 외로워 보이는 그녀가 안쓰러워 보였는지 가까이 다가와 인사도 건네고 틈틈이 말도 붙이곤 했는데, 인사를 건네고 말을 붙일 때마다 냉정하게 단답형으로만 대답하는 그녀의 태도로 인해 그녀들의 친절이 심술로 바뀌었다. 그녀들은 당연한 것처럼 자신들의 친절을 무시한 그녀를 안주 삼아 수다 삼매경에 빠지곤 했다. 그때 준환은 그녀의 주치의였는데, 그가 회진을 돌기 위해 그녀의 병실을 찾아왔을 때도 아주머니들이 대놓고 그녀의 얘기를 하고 있었다. 분명 그녀를 욕하는 아주머니들의 목소리를 들은 것이 분명한데, 그는 아무렇지도 않은 표정으로 자신을 진찰하고 나갔다. 그리고 그날 새벽 그녀가 잠든 틈을 타 조용히 병실로 들어온 그는 그녀의 머리맡에 병문안용 주스가 든 박스를 올려놓고 잠결에 흐트러진 그녀의 머리카락을 따뜻한 손으로 쓸어 올려주고 나갔다.

절대로 사랑일 리 없고 쓸데없는 동정인 것이 분명했던 그의 행동과 그 손길에 차가웠던 그녀의 심장은 봄날의 햇살을 받은 얼음처럼 녹아내렸다. 그날 이후로 그녀의 눈에는 오직 그만 비쳤고, 흑백 영화에 등장하는 것처럼 무채색의 흐릿한 사람들 사이에서 준환 혼자만 빛나 보였을 때, 그는 그녀가 살아가는 이유가 되어버렸다. 그녀는 그를 너무도 사랑한 나머지 다른 여자가 준환을 차지하는 꼴은 절대로 보고 싶지 않았다.

눈물을 뚝뚝 흘리면서 아이스크림 한 통을 싹싹 비운 파지가 야식 전단을 뒤지기 시작했다.

그녀는 말끔한 외모와 늘씬한 몸매엔 어울리지 않게 스트레스 받을 땐 항상 고칼로리의 치킨을 뜯는 버릇이 있었다. 오늘 준환으로 인해 받은 스트레스가 극에 달하자 요즘 들어 잠잠했던 그녀의 그 버릇이 발동했다.

눈물에 젖어 촉촉해진 눈으로 전단을 훑던 파지가 다시 한 번 눈물을 흘렸다.

젠장, 이준환이 너무 밉다. 미운데, 정말 미운데…… 진심으로 증오할 수 없는 자신이 더 밉다.

파지가 억지로 두고 간 그녀의 사진이 그를 올려다보고 있었다. 사진 속의 그녀는 절대로 화를 내지도 않았고 못된 짓을 하지도 않았다. 그냥…… 그냥 마냥 예쁘게만 웃고 있었다. 천사처럼.

"이렇게만 있어주면 얼마나 좋아."

준환이 사진을 향해 작게 투덜거렸다.

그녀를 사랑하진 않았다. 그가 그렇게 단정하는 이유는 딱 두 가지가 있었다.

첫 번째로 그는 아직 진정으로 여자를 사랑해본 적이 단 한 번도 없었다. 그 때문에 사랑이라는 감정이 어떤 감정인지 아직 잘 알지 못했다. 여자란 그의 인생에서 별 필요 없는 존재였기 때문이다. 여자 때문에 불편해본 적도, 힘들어 본 적도 그에겐 아직 없었다.

두 번째로 그는 사랑하고 결혼을 한다면 자신과 같은 직업을 가진 여의사와 할 생각이었다. 완벽하게 세운 그의 인생 계획 속에 파지는 없었다.

"진짜 너 때문에 미치겠다."

준환이 웃으며 자신을 바라보는 파지의 사진을 서랍 속에 넣어 숨겼다. 아직 사진을 버리고 싶은 마음은 들지 않았다.

다음날, 출근을 하기 위해 준비를 하던 준환의 눈이 슬쩍 휴대폰을 향했다. 침대 옆 작은 탁자 위에 놓아둔 그의 휴대폰은 잠잠했다.

와이셔츠를 입고 넥타이를 매던 준환의 눈이 다시 한 번 조용한 휴대폰으로 향했다.

늘 그가 출근할 때면 항상 그녀에게서 전화가 왔다. 그리고 그 전화는 그가 받을 때까지 울렸다. 열 번이고 스무 번이고 말이다. 그의 기억이 정확하다면 그녀가 그가 받을 때까지 전화한 최고 기록은 서른다섯 번이다.

"차였다고 진짜로 전화 한 통 안 하는군."

준환은 왠지 모를 씁쓸한 기분에 쓰게 웃으며 탁자 위에 놓인 휴대폰을 집어 들었다.

분명 그녀를 인생에서 내보낸 것은 다름 아닌 자신이었다. 그런데 왜 이렇게 기분이 더러운 걸까?

기하급수적으로 하강하고 있는 자신의 기분에 의아해하며 현관문을 나서는 준환의 휴대폰이 작은 소리를 내며 진동했다. 그의 입술에 은근한 미소가 어렸다.

"그럼 그렇지."

준환이 문을 열고 나가려던 행동을 멈추고 만족스러운 표정으로 씩 웃었다. 기분 좋게 웃으며 주머니에서 휴대폰을 꺼내 수신자를 확인한 준환의 얼굴에서 미소가 사라졌다.

'박승훈.'

그에게 전화를 건 사람은 파지가 아닌, 자신의 절친한 친구 승훈이었다.

순간적으로 준환의 얼굴에 낭패감이 서렸다.

"뭐야."

준환이 냉담한 목소리로 전화를 받자 휴대폰 너머로 들리는 친구의 목소리가 주춤했다.

[너 목소리가 왜 그래?]

"내 목소리가 뭐."

[완전 '나 기분 더러우니 건들지 마시오' 이건데?]

"바쁘니까 용건만 말해."

준환의 짜증스런 목소리에 승훈이 걱정스런 목소리로 말했다.

[얘기 들었어.]

"무슨 얘기?"

[파지 씨랑 하연 씨 얘기.]

준환의 입가가 단단하게 굳어졌다. 박지운 그 자식, 동네방네 다 퍼뜨리고 다닌 모양이다. 그의 애인이 제 애인을 흠씬 두들겨 팼다고 말이다.

"누구한테 들었어?"

[누구긴 누구냐, 지운이 자식이지.]

"역시."

[그 자식 지금 완전 돌았어. 정상이 아니야. 눈에 불을 켜고 네 애인 만나면 가만두지 않겠다더라.]

승훈의 걱정스러운 목소리에 준환이 코웃음을 쳤다.

"지가 가만 안 두면 어쩔 건데."

[고소한다고 난리야. 그런데 하연 씨 쪽에서 말리고 있다나 봐.]

"흥."

준환이 다시 한 번 코웃음을 쳤다. 휴대폰 너머로 조심스러운 승훈의 목소리가 들렸다.

[그건 그렇고…… 진짜냐?]

"뭐가."

승훈의 물음이 무슨 뜻인지 알면서도 준환은 모른 척 시치미를 뗐다.

[정말로 파지 씨가 하연 씨 그렇게 만든 거야?]

"몰라."

[모른다고? 네가 모르면 누가 아냐?]

"나도 모른다고!"

준환이 짜증스런 목소리로 고함을 질렀다.

"내가 물어봐도 자기는 뺨을 한 대 때렸을 뿐이래. 다른 건 아주 모르쇠로 일관한다고."

[뺨을…… 한 대 때렸다고? 파지 씨가? 왜?]

짜증스럽게 씩씩거리던 준환이 갑자기 입을 꾹 다물었다.

어떻게 말하겠는가. 그 믿을 수 없는 일을. 지운의 애인이 파지에게 그를 빼앗아 보이겠다고 선전포고를 했다는 말을.

"그건 나도 잘 몰라."

[정말? 파지 씨가 왜 때렸는지 이유는 말 안 해?]

"뭔가 말하긴 했는데 기억이 잘 안 난다."

[이유라도 확실히 알면 좋을 텐데.]

승훈의 목소리가 어두워졌다.

[솔직히 지금 우리 사이에서 파지 씨, 완전 나쁜 여자 취급 받고 있어. 나야, 뭐…… 원래 소문보다는 내가 직접 눈으로 보고 느낀 것을 믿는 편이라 아직 섣불리 누굴 편들거나 하지는 않고 있지만 말이야.]

"그것도 지운이 짓이냐?"

[오늘 지운이랑 다른 녀석들 하연 씨 병문안을 다녀왔다고 하더라고.]

"그래서?"

[좀…… 심하대. 정말로 여기저기 멍들고 부어서 성한 곳이 한 군데도 없다더라.]

"후우……."

준환이 길게 한숨을 내쉬었다.

"지금 나 머릿속이 좀 복잡하다. 이 상태로는 정상적인 대화가 불가능할 것 같아. 이만 끊자."

[잠깐!]

승훈이 전화를 끊으려는 준환을 말렸다.

"왜?"

[너 아직 정확한 상황도 모르면서 파지 씨만 잡을 거 아니지?]

"뭐?"

[우리…… 아직 파지 씨 입장은 듣지 못했잖아. 난 네가 지운이나, 하연 씨 말만 듣고 파지 씨를 판단할 게 아니라, 파지 씨 입장도 좀 들어보고 충분히 생각을 해본 다음에 판단을 내렸으면 좋겠어.]

준환이 피식 웃었다.

"성인군자 나셨군."

[준환아……]

"한 사람은 때렸고 한 사람은 맞았어. 명백해."

[뭐가 명백하다는 거냐.]

"때린 사람은 파지고 맞은 사람은 하연 씨라는 거."

승훈이 한숨을 내쉬었다.

[하아……. 준환아. 네 애인은 네가 지켜줘야지.]

"애인 아니야."

[뭐?]

"이제 그 여자, 내 애인 아니라고."

[설마…… 너희 둘 헤어졌냐?]

"그래."

[이번 일 때문에?]

"이번 일이 시발점이 된 건 사실인데, 원래 조만간 헤어질 생각이었어. 나도 이제는 슬슬 결혼을 생각해야 할 나이니까."

[이준환!]

"왜, 박승훈?"

[뭐야, 너. 너 진짜 왜 그러냐…… 응?]

"내가 여자 사귀다가 헤어진 게 한두 번이냐? 뭘 새삼스럽게 그러냐?"

[네가 1년을 넘게 사귄 여자는 파지 씨가 처음이잖아. 나는 네가 파지 씨랑 결혼을 생각하고 있는 줄 알았다.]

"절대로 아니야. 네가 잘못 생각했다. 난 웬만하면 같은 직업을 가지고 있는 여자랑 결혼할 생각이거든."

[뭐라고?]

"아내가 될 여자가 나와 같은 직업을 가지고 있으면 서로 잘 이해할 수 있을 것 같아서 말이지. 서로를 잘 이해할 수 있는 사람과 함께 살아야 피곤하지 않은 법이야. 생명이 꺼져가는 사람을 치료해서 살리는 것이 얼마나 거룩하고 성스러운 일인지, 인간의 한 생명을 책임져야 하는 것이 얼마나 힘들고 괴로운 일인지 아는 그런 사람하고 말이야. 수술실에 들어가기 전의 긴장감과 수술을 끝마치고 난 후의 기진맥진함, 혹은 뿌듯함……. 그런 감정을 서로 공유할 수 있으면 함께 살아가는 데 있어서 최소한 서로의 일 때문에 얼굴 붉히고 으르렁거리는 일은 없을 거 아니야."

[그래서…… 너와 같은 직업을 가진 여자와 결혼을 하기 위해서 1년을 넘게 사귀어 온 파지 씨를 버렸다고?]

"틀렸어. 내가 그 여자를 버린 게 아니야. 그냥 우리 둘의 사이를 끝낸 거지. 애초에 우리 둘한테는 미래가 없었다고."

[최악이다, 이준환.]

승훈이 낮게 이를 갈았다.

[너 이 정도밖에 안 되는 놈이었냐?]

"마음대로 생각해. 나 늦었다. 진짜로 이만 끊자."

[그럼 파지 씨, 내가 가져도 되냐?]

현관문을 나서려던 준환의 발걸음이 멈췄다.

"너 지금 뭐라고 했냐?"

[파지 씨, 내가 보기엔 사람이 되게 괜찮거든. 짜증이 나면 노골적으로 짜증난다는 표정을 짓고, 기분 좋으면 좋다고 그대로 얼굴에 표현할 줄 아는 사람이 어디 이 세상에 흔하냐? 솔직히 파지 씨같은 여자, 너한테 과분한 여자였다. 다른 놈들은 모르겠지만 적어도 난 그렇게 생각한다. 그리고 파지 씨가 이제 더 이상 네 애인이 아니라면 내가 한 번 만나보려고.]

"뭐?"

준환이 낮은 목소리로 으르렁거렸다.

[왜, 싫으냐?]

낮게 으르렁거리던 준환이 한쪽 입술을 비틀었다.

"친구끼리 여자 돌려가며 사귀는 거 꼴불견이라고 했던 녀석이 누구였지?"

[그런 것에 연연하지 않을 정도로 파지 씨, 괜찮은 여자니까.]

"안 돼."

준환이 단호한 목소리로 말했다.

"넌 안 돼."

[흐음. 정말?]

"생각만 해도 불쾌해."

승훈의 품에 안겨 매혹적인 미소를 짓고 있는 파지의 얼굴을 떠올리던 준환이 작게 욕설을 내뱉었다.

"그런 짓 하기만 해봐라. 다시는 너 안 본다."

[두고 보자고.]

승훈이 은근한 목소리로 말했다.

[참. 너 출근해야지. 이만 끊는다.]

준환은 어이없는 얼굴로 전화가 끊긴 휴대폰을 내려다봤다.

"누가 누굴 사귄다고?"

멍하니 중얼거렸다.

"어제까지만 해도 내 여자였던 김파지랑 내 20년 지기 친구인 박승훈이랑?"

멍하니 중얼거리던 준환의 얼굴이 차갑게 굳어졌다.

파지는 새벽까지 치킨을 뜯으며 슬픈 멜로영화를 보느라 아침 해가 뜰 즈음에 잠이 들었다가 지금 막 일어났다. 시계를 보니 벌써 오후 한 시다.

퉁퉁 부은 얼굴과 눈을 하고 화장실로 들어선 파지의 입에서 날카로운 비명소리가 흘러나왔다.

"아아악!"

이런 얼굴로 외출이라니!

화장실 안에 붙어 있던 커다란 거울에 비친 자신의 모습을 노려보고 있던 파지의 입술에서 곤란한 듯한 신음소리가 흘러나왔다.

"어흑."

오늘은 동물원에 가서 이번에 새로 들어갈 작품의 주인공이 될 동물을 정하기로 한 날이었기 때문이다.

"내가 못살아, 정말!"

파지가 울상을 지으며 냉동고에서 얼려놓았던 안대형 아이스팩을 꺼냈다. 눈에 올려놓는 안대처럼 생긴 아이스팩은 얼마 전에 쌍꺼풀 수술을 했던 출판사 편집장, 소연에게서 하나 얻은 것이었다. 그녀는 눈의 부기를 빼는데 아주 좋다며 병원에서 자신이 얻은 두 개의 아이스팩 중 하나를 파지에게 넘겼다. 별로 친하지 않은 사람에게서 무언가를 받는다는 것을 극도로 꺼리는 파지는 그것을 사양했지만 소연은 포기하지 않고 그녀에게 안대형 아이스팩을 떠넘겼다. 그렇게 소연에게서 받은 안대형 아이스팩은 효과 만점이었다.

그녀가 잠을 자는 사이, 휴대폰에 부재중 통화가 두 번 왔는데, 그 두 번 다 준환은 아니었다. 하나는 그녀가 전화를 받지 않자, 오늘 동물원에 함께 가지 못해 미안하다는 문자를 남긴 소연이었고 다른 하나는 모르는 번호였다.

아침마다 늘 그에게 전화를 거는 그녀의 습관을 그가 잊어버렸을 리는 만무했다. 일 년 내내 그가 출근하는 날이면 언제나 그에게 전화를 걸었으니까. 그 전화는 그냥 모닝콜이나 아침의 안부 전화가 아니었다. 그 전화는 그렇게라도 그가 자신에게 익숙해지기를 바라며 걸었던 파지의 주문이었던 것이다.

"냉정한 놈."

파지가 아이스팩을 살짝 들추고 묵묵부답인 휴대폰을 노려보며 눈을 가늘게 떴다. 그는 정말로 자신과의 관계를 청산하려는 모양이었다.

"하아⋯⋯."

파지가 다시 아이스팩을 눈 위에 고정시키며 한숨을 내쉬었다.

어차피 그와 그녀의 만남은 처음부터 그녀가 더 좋아한 만남이었다. 먼저 좋아하는 사람이 지는 거라는 말이 있지 않은가. 그녀는 그와의 관계에서 항상 패자였다.

어차피 시간도 너무 늦었고 이런 몰골로 밖에 나가는 것은 상상도 할 수가 없어, 파지는 침대에 벌러덩 누웠다.

부은 눈이 가라앉길 기다리면서 침대에 누워 이불을 덮은 파지는 이불 속에서 몸을 작게 말았다.

준환이 보고 싶었다. 그를 만나고 싶었다. 냉정하고 차가운 그라도 좋으니, 그의 품에 안겨 조금이나마 위로를 받고 싶었다.

'불편한 것은 없으십니까?'

갑자기 그들이 처음 만나던 날, 서툰 솜씨로 그녀를 위로하려 노력하던 그의 모습이 감은 눈앞에 떠오르자, 눈물이 핑 돌았다.

"바보, 멍청이, 똥개, 해삼, 말미잘⋯⋯."

그에게 버림받고 비참해진 자신과는 달리 자신을 버리고도 평소와 다음 없이 깔끔하고 말쑥한 얼굴로 열심히 일하고 있을 그를 생각하며 파지는 유치한 욕설을 내뱉었다.

잠시 쉬는 시간이 허락되어 사무실로 돌아온 준환이 피곤한 눈을 감고 의자의 등받이에 등을 기댔다.

오전 내내 그는 아침에 승훈과 했던 전화 통화로 인해 정신이 반쯤 나가 있었다. 그는 승훈에게 파지는 자신이 버린 여자니, 그녀와 사귀든 말든 마음대로 하라고 소리치지 못한 것을 후회하고 있었다. 지금은 아무렇지도 않게 툭 내뱉을 수 있을 것 같은 그 말을 왜 그땐 하지 못했는지 알다가도 모를 일이었다. 그가 한참 동안 상상 속의 승훈과 파지의 얼굴을 번갈아 노려보고 있는데, 노크 소리가 들리고 이내 문이 열렸다.

순간, 준환은 열린 문 앞의 얼굴을 파지로 착각했다. 가끔 그녀는 연락도 없이 불쑥 그의 사무실에 나타나 손수 싸온 도시락을 그에게 내밀었기 때문이다.

"역시 아직 있었네?"

굵직한 남성의 목소리에 상상 속의 파지에게 슬쩍 옅은 미소를 지을 뻔했던 준환이 깜짝 놀라 두 눈을 크게 떴다.

"뭐야, 귀신이라도 본 표정이네?"

동료 레지던트인 하경철이 책상 앞에 서서 준환을 향해 피식 웃어보이자 준환이 얼른 차가운 가면 속에 놀란 얼굴을 숨겼다.

"무슨 일이야?"

무뚝뚝한 목소리로 경철에게 용건을 묻는 그는 정말 진심으로 놀라고 있었다. 그는 조금 전, 문을 열고 안으로 들어온 사람이 정말로 파지라고 생각했던 것이다.

"뭐, 그렇게 거창한 용건은 아니고……."

"그러니까 그 거창하지 않은 용건이 뭐냐고."

"조금 있으면 진 교수님 생신이 돌아오잖냐. 그래서 우리 동기들 다 같이 모여서, 진 교수님한테 뭔가 선물을 하기로 했거든."

"그런데?"

"1인당 5만 원씩 모아서 생신 선물하기로 했으니까, 너도 동참해라."

경철이 능글맞은 얼굴로 생글거리자 준환의 입술이 비틀렸다. 생글거리는 경철의 얼굴이 오늘 아침 그에게 선전포고 아닌 선전포고를 했던 빌어먹을 승훈의 얼굴을 떠올리게 했기 때문이었다.

"5만 원이면 되냐?"

"그래."

준환이 옷걸이에 걸어둔 정장 상의의 안주머니에서 지갑을 꺼냈다. 험악한 표정으로 지갑을 열던 준환의 눈에 활짝 웃고 있는 파지의 얼굴이 들어왔다.

'자기, 이 사진을 볼 때마다 내 생각해야 해? 안 그럼 혼내줄 거야.'

싫다고 짜증을 내며 인상을 박박 쓰는 그의 태도에도 아랑곳하지 않고 생글거리며 그의 지갑에 잘 나온 자신의 폴라로이드 사진을 끼워 넣던 그녀. 그날 내내 당장이라도 지갑에서 그녀의 사진을 빼낼 기세로 으르렁거렸던 그는 귀찮음을 핑계로 아직까지도 그 사진을 처리하지 않고 있었다.

준환은 지갑 속에서 행복한 얼굴로 웃고 있는 파지의 얼굴을 가만히 내려다봤다. 그와 함께 있을 때에만 진심으로 활짝 웃던 파지. 그와 함께 있을 때 파지의 얼굴은 세상의 행복이란 행복은 본인이 다 가진 듯 진심으로 행복에 겨운 얼굴을 하고 있었다. 이 사진은 폴라로이드 카메라를 선물로 받았다며 입이 귀에 걸려 연신 자랑질을 늘어놓던 승훈이 그를 바라보며 행복해 하는 파지의 얼굴을 몰래카메라로 찍어 그녀에게 선물했던 사진이었다. 그리고 승훈의 선물은 파지의 손에 의해 곧 준환에게로 넘어갔다.

준환은 눈앞에서 생기발랄하게 웃는 파지의 얼굴에 순간 홀린 듯한 표정을 지으며 자신만의 세계로 빠져들었다. 그는 한동안 자신의 앞에서 능글맞은 표정으로 싱글거리며 짓궂은 표정을 짓고 있는 경철이 서 있다는 것도 잊은 채 알 수 없는 감정의 호수 속에서 허우적거리고 있었다.

"파지 씨잖아?"

상쾌한 경철의 목소리에 멍하니 생각에 잠겨 있던 준환의 정신이 깨어났다.

경철이 반가운 표정을 지으며 준환에게로 상체를 기울였다.

"음, 뭐랄까……. 이 사진 속의 파지 씨는 평소의 파지 씨랑은 좀 다른 분위기 같네."

경철이 친근한 어투로 파지의 이름을 입에 담으며 그녀의 사진을 뚫어져라 바라보자 기분이 나빠진 준환이 단호한 동작으로 지갑을 닫았다. 가차 없이 닫혀버린 지갑으로 인해 활짝 웃고 있는 파지의 얼굴이 사라져버리자 아쉽다는 듯 경철이 입맛을 다셨다.

준환이 무뚝뚝한 목소리로 말했다.

"자. 용건 끝났으면 그만 나가."

"용건은 끝났는데……."

경철이 말끝을 흐리며 준환의 손에 들린 지갑을 다시 한 번 쳐다보자 준환이 미간을 찌푸리며 그의 시야에서 지갑을 숨겼다. 그 모습에 경철이 푸핫, 하고 웃음을 터뜨렸다.

"뭐야, 여러 번 보면 닳는 것도 아닌데 뭘 그리 유난이야?"

"용건 끝났으면 그만 나가보라고 했을 텐데?"

경철은 준환이 머리끝까지 화가 났을 때만 나오는 영하 10도를 넘나드는 차가운 목소리에도 아랑곳하지 않고 입술을 놀려댔다.

"에이, 싫어도 매일 보는 애인 얼굴이 뭐 그리 그립다고 그런 궁상맞은 표정을 짓냐."

"도가 지나치다, 하경철."

준환의 기분이 더 이상 낮아질 수 없을 정도로 낮아지자 그를 감지한 경철이 가볍게 놀리던 입술을 멈췄다. 기분 나쁠 정도로 가볍고 유쾌한 이 남자가 사회에서 인기인으로 자리 잡을 수 있었던 이유가 바로 이것이었다. 절대로 도를 넘지 않는 장난. 그의 익살은 넘을 듯 넘을 듯하면서도 절대 선은 넘지 않는다. 선을 넘을 것 같으면 미련 없이 멈춘다. 그것이 바로 하경철의 삶의 모토였다.

"어이, 그렇게 정색할 것까진 없잖아. 나 여기 소름 돋은 거 보여?"

경철이 울상을 지으며 걷어붙인 자신의 팔뚝을 그에게 보여주었다. 준환이 자신의 팔뚝에 시선 한 번도 주지 않자, 경철이 한숨을 내쉬며 걷어붙인 소매를 내렸다.

"하여간 3층 최 간호사 말대로 정말 영하의 남자라니까."

파지의 사진 때문에 잠시 다른 길로 샜었지만, 준환의 방에 들른 이유였던 수금의 임무를 무사히 수행한 경철은 준환 놀리기에 더 이상 미련 없다는 듯 두 손을 위로 들고 항복 표시를 했다. 경철의 그 능글맞은 제스처에 준환의 인상이 더욱더 험악해졌다.

"예, 예. 알겠습니다. 소인은 이만 나가드리죠."

경철이 능글맞은 태도로 사무실을 나서자, 겨우 딱딱하게 굳어졌던 표정을 풀고 지갑을 도로 있던 곳에 집어넣으려던 준환이 멈칫했다.

"박승훈?"

묘한 표정으로 파지의 사진을 내려다보고 있던 준환의 얼굴이 다시금 진지하게 굳어졌다.

맞다. 이 사진은 승훈이 파지를 찍은 사진이다. 그날을 그는 아직도 생생하게 기억한다. 그날은 승훈의 생일날이었다.

승훈의 생일 파티로 인해 파지와의 약속을 깨려 했던 그는 그와 함께 있고 싶다며 떼를 쓰는 파지 때문에 어쩔 수 없이 그녀와 함께 승훈의 생일 파티에 참석했다. 갑자기 생일 파티에 참석한 파지를 승훈은 사람 좋은 얼굴로 웃으며 반겨주었다. 승훈의 생일 파티가 끝나갈 무렵까지 내내 기분이 좋지 않았던 파지는 준환이 퉁명스럽게 건네는 걱정 어린 몇 마디에 어린아이처럼 행복한 얼굴을 했었다. 그녀가 승훈의 파티에서 준환을 향해 웃어 보인 것은 그것이 처음이자 마지막이었다.

지갑을 손에 쥐고 있던 준환의 손에 힘이 들어갔다.

"젠장."

기분이 정말로 좋지 않았다. 짙은 낭패감이 온몸을 감싸왔다. 준환은 자신의 20년 지기 친구인 승훈에게 적의를 느꼈다. 그는 준환, 자신만이 볼 수 있는 파지의 가장 아름다운 얼굴을 한 번에 포착했던 것이다.

[너 헤어졌다면서?]

휴대폰 너머로 들리는 지운의 의기양양한 목소리에 퇴근길에 그의 전화를 받은 준환의 미간에 깊은 주름이 잡혔다.

"누가 그래?"

[지금 그게 중요해?]

지운의 물음에 준환이 낮은 목소리로 말했다.

"난 지금 너한테 내가 파지랑 헤어졌다는 얘기를 누구한테 들었냐고 물었다."

[승훈이한테 들었는데…….]

준환의 목소리가 으르렁거림으로 변하자 지운이 어리둥절한 목소리로 말을 이었다.

[승훈이가 나 때문에 니들이 헤어졌다고, 속 시원하냐고 묻더라고. 도대체 그 자식은 나한테 왜 그렇게 뿔이 나 있는 거냐? 그 자식, 꼭 내가 무슨 니들 헤어지게 만든 죄인인 것처럼 취급하더라고.]

"그래서, 전화한 용건이 뭔데?"

지운의 목소리가 다시 눈에 띄게 밝아졌다.

[잘 헤어졌다고.]

"뭐?"

[니들 잘 헤어졌다고 칭찬해주려고 전화했다, 이 자식아.]

준환의 미간이 더욱더 좁아졌다.

[솔직히 너, 그 여자랑 결혼하려고 만난 것도 아니잖아? 그리고 그 여자, 성격이 너무 더러워. 얼굴이 아무리 예쁘면 뭐하냐, 성격이 그 지경인데. 나는 그런 여자 백 명을 준다고 해도 싫다. 거절이야. 너도 말이야, 그런 여자 계속 만나다가는 언젠가 진짜 크게 손해 본다. 그리고 그 여자 우리 하연이 이렇게 만든 거 보면 과거도 좀 의심스러…….]

"안 헤어졌어."

준환이 지운의 말을 잘랐다. 준환이 저도 모르게 순식간에 내뱉은 말은 지운에게 커다란 타격을 주었다.

[너 지금 뭐라고 그랬어? 안 헤어졌다고?]

지운의 흥분한 목소리가 휴대폰을 타고 거칠게 들려왔다. 파지를 욕하는 지운의 태도에 저도 모르게 헤어지지 않았다는 거짓말을 내뱉고 당황스런 표정을 짓던 준환이 짐짓 냉정을 가장한 목소리로 말했다.

"그래. 승훈이 자식이 뭘 좀 잘못 알고 있나 본데, 우리 안 헤어졌다. 멀쩡해. 걱정해줘서 고맙다."

지운의 목소리가 급 하강곡선을 탔다.

[진짜야? 진짜 아직도 사귀는 거야, 그런 여자랑?]

"그런 여자라니?"

[덜 떨어지고 못돼 처먹은 게 너랑 같은 레벨은 아니잖아, 그 여자.]

"나 바쁘다. 그만 끊어라."

[뭐야, 너 기분 나쁜 거냐?]

"별로."

[아니긴 뭐가 아니냐. 내가 네 애인 욕했다고 지금 기분 나빴잖아!]

"별로 기분 나쁜 거 아니라고 했잖아."

[입장 바꿔 놓고 생각해봐라. 우리 하연이가 네 애인을 때려서 전치 2주를 만들어 놨다고 쳐. 넌 가만히 있을 수 있겠냐?]

"글쎄."

[뭐, 인마?]

"나 바쁘다고 얘기했다. 이만 끊는다."

전화를 끊은 준환의 미간에는 아직도 깊은 주름이 잡혀 있었다. 이놈도 저놈도 하나같이 다 마음에 안 든다. 헤어졌다는 말을 꺼내기가 무섭게 파지를 빼앗겠다고 선전포고를 한 녀석이나 헤어졌다는 소식을 듣자마자 전화를 걸어 파지의 욕을 퍼붓는 녀석이나. 둘다 최저다.

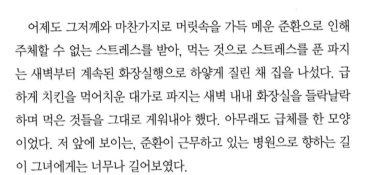

2장.
누구 맘대로 헤어지니?

어제도 그저께와 마찬가지로 머릿속을 가득 메운 준환으로 인해 주체할 수 없는 스트레스를 받아, 먹는 것으로 스트레스를 푼 파지는 새벽부터 계속된 화장실행으로 하얗게 질린 채 집을 나섰다. 급하게 치킨을 먹어치운 대가로 파지는 새벽 내내 화장실을 들락날락하며 먹은 것들을 그대로 게워내야 했다. 아무래도 급체를 한 모양이었다. 저 앞에 보이는, 준환이 근무하고 있는 병원으로 향하는 길이 그녀에게는 너무나 길어보였다.

비틀거리는 걸음으로 아슬아슬하게 걷던 파지가 휴대폰을 꺼내들고 준환에게 전화를 걸었다. 한참의 신호음이 가도 준환은 받지 않았다. 음성사서함으로 넘어가자 전화를 끊은 파지가 다시 한 번 전화를 걸었다. 여전히 받지 않았다. 다시 한 번.

[왜.]

신호음이 끊기고 준환의 냉정한 목소리가 들려오자 파지가 안도의 숨을 내뱉었다.

"준환 씨……."

[용건만 간단히 말해.]

"나 아파, 준환 씨."

파지가 힘없이 덜덜 떨리는 목소리로 한 자, 한 자 힘겹게 말했다.

"아무래도 급체한 것 같아."

휴대폰 너머에서 작은 한숨 소리가 들려왔다.

[그 수법 지겹지도 않니?]

"뭐……?"

[전에도 두 번이나 그 수법으로 일하고 있는 도중에 날 불러냈었
잖아. 이제 그만해. 세 번은 속지 않는다고.]

그랬다. 사귀는 동안에도 늘 냉정했던 준환 때문에 불안해하던
파지는 그의 사랑을 확인하기 위해 아프단 거짓말로 그를 불러냈었
다. 그렇게라도 하지 않으면 불안하고 초조해서 견딜 수가 없었기
때문이었다.

[그리고 이제 다시는 전화하지 마. 바쁘니까 끊는다.]

"잠깐만, 준환 씨."

파지가 다급한 목소리로 말했다.

"준환 씨가 믿지 않는 것 이해해. 이해하는데…… 나 정말 아파.
밤새 토했어. 열도 나는 것 같고……. 정말 아파. 거짓말 아니야."

파지의 말을 가만히 듣고 있던 준환이 차가운 목소리로 말했다.

[그럼 내과에 가서 알아봐. 여긴 외과야.]

전화는 끊겼다.

믿을 수 없다는 얼굴로 휴대폰을 내려다보던 파지가 덜덜 떨리는
입술을 꼭 깨물었다. 눈물이 나올 것 같았다.

"이게 바로 양치기 소년의 최후인가 봐."

허탈한 듯 허공을 향해 중얼거렸다. 두 번이나 거짓말을 한 전적 때문에 정말로 늑대가 나타나 양들을 잡아먹고 있음에도 불구하고 아무도 믿어주지 않았던 양치기 소년. 그 소년도 그녀와 같은 마음이었을까?

눈물이 나올 것 같은 두 눈에 힘을 주고 파지는 걸었다. 자신이 정말 아프다는 말을 못 믿는 준환에게 정말 아프다는 것을 확인시켜주겠다는 오기로 걸었다. 정신이 혼미해서 택시를 잡아탈 생각도 못한 채 그냥 하염없이 걷기만 했다.

"파지 씨?"

자신의 이름이 불리자 파지가 흐릿한 눈으로 자신의 걸음에 맞춰 천천히 움직이고 있는 검은 세단을 바라봤다.

"누구……."

"저 준환이 친구 박승훈입니다. 준환이 친구들과 함께 몇 번 봤는데……."

"아."

그제야 점점 흐려져 가는 정신으로 승훈을 알아본 파지가 작게 탄성을 토해냈다. 싱글거리는 얼굴로 파지에게 무언가 말을 건네려던 승훈의 얼굴이 딱딱하게 굳어졌다.

"파지 씨, 지금 혹시 어디 아픕니까?"

승훈의 물음에 파지가 작게 고개를 끄덕였다.

"좀……. 어제 먹은 게 잘못돼서 급체한 것 같아요."

식은땀 한 방울이 파지의 갸름한 얼굴을 타고 아래로 흘러내렸다.

"이런!"

승훈이 급하게 차 문을 열고 나와 비틀거리는 파지의 어깨를 단단히 잡았다.

"이런 몸으로 길을 걸으면 어떻게 합니까?"

"병원에 가는 길이었어요."

"그럼 택시라도 잡아탔어야지요."

승훈이 책망하듯 말하자 파지가 하얗게 질린 얼굴로 웃었다.

"그 생각을 못했네요."

"준환이 병원으로 가는 길이지요? 일단 타세요."

승훈의 부축을 받아 조수석에 앉으면서 파지는 몽롱하게 생각했다. 지금 이 손길이 준환의 손길이었으면 참 좋겠다고.

"조금만 참아요."

대답할 기운도 없어서 파지는 그냥 눈을 감았다. 빨리 편안해지고 싶었다. 그 와중에도 준환의 얼굴이 감은 눈 안에서 어른거렸다.

잠시 쉴 틈이 생겨 신경질적으로 차트를 넘기고 있던 준환이 미간을 찌푸린 채 시계를 바라보았다. 파지에게서 전화가 온 지 30분이 넘어가고 있었다. 평소의 파지였으면 아프다는 것을 핑계로 그가 올 때까지 전화해서 달달 볶았을 텐데 오늘은 조금 전의 그 전화 이후로 소식이 없었다.

준환의 손가락이 제멋대로 책상을 두드렸다.

책상 위에서 조금의 미동도 하지 않고 얌전히 누워 있는 휴대폰은 그에게 조금 전, 파지의 전화에 가슴이 두근거렸던 것을 상기시켰다.

이틀 만이었다. 이틀 만에 그녀에게서 전화가 온 것이다. 그녀의 전화를 받아야 할지 말아야 할지 고민하던 준환은 이상하게 울렁거리는 속을 진정시키며 결국 전화를 받았다. 그녀는 다 죽어가는 목소리로 그에게 도움을 요청했다. 하지만 그는 속지 않을 작정이었다. 그가 그녀에게 머리끝까지 화가 났던 적이 딱 두 번 있었는데, 그때마다 그녀는 자신의 생명을 걸고 모험을 했다. 그녀는 화가 난 그에게 전화를 걸어, 아파서 죽을 지경이라며 실감 나는 연기를 펼쳐, 일하고 있던 그를 집으로 불러내는 데 두 번이나 성공했던 것이다.

오랜만에 듣는 그녀의 목소리에 반가움을 느낄 새도 없이 그는 환멸을 느꼈다. 그들이 헤어진 마당에 그녀는 또다시 자신의 생명을 걸고 그를 흔들려 하고 있었기 때문이다. 그래서 그는 냉정하게 전화를 끊었다.

"준환아."

한참 동안 찌푸린 얼굴로 책상을 두드리는 것도 잠시, 갑작스러운 승훈의 방문으로 인해 규칙적으로 책상을 두드리던 준환의 손가락들이 일제히 멈췄다.

"박승훈!"

"파지 씨 지금 이 병원 내과에 입원했다."

"뭐?"

승훈에게 퍼붓기 위해 크게 숨을 들이쉬던 준환의 눈이 커다랗게 벌어졌다. 의자에서 벌떡 일어난 준환이 승훈의 눈을 뚫어져라 바라보며 물었다.

"파지가…… 지금 어디에서 뭘 하고 있다고?"

"미란성위염이라더라. 증상이 꽤 심각한 모양이야."

"미란성위염?"

"그래. 너 이 자식, 파지 씨 이 지경이 될 동안 넌 뭐했냐? 파지 씨가 너한테 연락을 했었다고 하던데, 넌 파지 씨가 날 만나 병원에 실려 올 동안 뭐했다고 묻는 거다. 파지 씨가 다 죽어 가는데 넌 뭐하고 있었기에 아파서 실려 온 것도 몰라? 내가 파지 씨를 어디서 만났는지 아냐? 널 만나러 병원에 가는 길이었어. 그 여자, 다 죽어가는 얼굴로 병원을 향해서 느릿느릿 걷고 있더라."

"파지가……."

"파지 씨, 병원 가는 차 안에서 쓰러졌는데 깨어나자마자 너부터 찾았다."

승훈의 말에 준환의 심장이 두근거렸다.

아프단 말이……. 그가 거짓말로 치부하고 냉정하게 끊어버렸던 그 전화가……. 사실은 아파서 죽을 것 같은 고통 속에서 건 전화였던 것이다.

준환이 멍한 얼굴로 승훈을 응시하고만 있자, 승훈이 그의 등을 탁 쳤다.

"빨리 안 가보고 뭐하냐, 인마. 파지 씨 눈 빠지겠다."

승훈의 말에 반쯤 넋을 놓고 있던 준환이 문을 열고 내과를 향해 달리듯 걷기 시작했다. 넋이 나간 듯 빠른 속도로 걸어가는 준환의 등에 대고 승훈이 파지가 입원해 있는 병실 호수를 불러주었다.

그녀는 그들이 사귄 1년이라는 시간 동안 단 한 번도 아픈 적 없었다. 그녀는 늘 건강하고 씩씩했다.

파지가 입원했다는 병실 앞에 도착한 준환이 거친 동작으로 병실

문을 열었다. 파지를 찾기 위해 눈동자를 굴리던 준환의 시야에 새하얀 병원복을 입고 지친 얼굴로 침대에 누워 있는 파지의 모습이 들어왔다. 늘 화려하고 아름답기만 하던 파지의 눈 밑에는 새까맣게 그늘이 져 있었고 얼굴은 창백하다 못해 새파래졌다.

"준환 씨……."

파지가 거칠게 열린 문으로 인해 잠에서 깨어난 듯 두 눈을 비비며 침대에서 몸을 일으켰다. 지금 그의 눈앞에 있는 그녀는 부서질 것처럼 연약해 보였다.

"일어나지 마."

몸을 일으키면서도 미간을 찌푸리는 파지의 모습에 준환이 낮은 목소리로 말했다.

"누워 있어."

커다란 병원복 속의 가냘픈 어깨를 부드럽게 잡아 누르는 손길에 다시 몸을 침대에 누이며 파지가 준환을 바라봤다.

"왜 이제 와?"

"거짓말인 줄 알았어."

아직도 충격이 가시지 않은 듯 멍하게 들리는 준환의 목소리에 파지가 힘없이 미소 지었다.

"아쉽게도 이번엔 진짜야. 뭐든지 삼세판인 거 몰라? 마지막 세 번째는 진짜라고."

준환의 눈이 파지의 얼굴로 향했다. 표정 없는 그의 시선을 받은 파지가 어깨를 으쓱하며 씁쓸한 목소리로 말했다.

"이게 바로 양치기 소년의 최후인가 봐."

"양치기 소년은 무슨. 양치기 소녀라면 또 모를까."

준환이 세심한 손길로 침대에 누운 파지의 어깨에 이불을 덮어주다 갑자기 피식하고 웃음을 터뜨렸다.

"곧 죽어도 민얼굴은 안 보여주더니 결국 이렇게 보게 되는군."

준환의 말에 그제야 깨달았다는 듯 파지가 두 손을 들어 자신의 얼굴을 가렸다.

"헉!"

깜짝 놀라 숨을 들이마신 파지가 울상을 지었다. 조금 전까지 너무 아팠던 데다가 지금은 준환의 등장으로 인해 정신까지 없어서 자신이 그의 앞에서 민얼굴을 하고 있다는 사실도 깨닫지 못했던 것이다.

"준환 씨한테는 죽어도 민낯 보여주고 싶지 않았는데."

"왜?"

준환의 말에 파지가 얼굴을 가린 손가락 사이로 눈동자를 굴리며 말했다.

"준환 씨는 내가 예뻐서 나랑 사귀는 거였으니까. 나도 다 알고 있었어. 준환 씨는 내가 예뻐서 나랑 만나준 거였다는 걸."

"파지야……."

"나 아프니까 불쌍해 보이지? 화장도 하나도 못하고 꼬질꼬질하고…… 밤새 토해서 냄새가 날지도 모르겠다."

"안 불쌍해. 하나도 안 불쌍해 보여."

"불쌍하고 꼬질꼬질한 김파지를 위해서 이준환이 부탁 하나만 들어줘."

"무슨 부탁?"

"나 한 이틀 입원해 있어야 한대."

잠시 뜸을 들인 파지가 준환의 손을 잡았다.

"내가 하도 이 병원을 들락날락해서 여기 사람들 내가 준환 씨 여자친구라는 거 다 알고 있잖아. 준환 씨도 내가 자존심이 얼마나 센지 알지?"

준환의 침묵이 긍정의 뜻이라고 생각한 파지가 말을 이었다.

"더도 말고 덜도 말고 내가 퇴원할 때까지만 예전처럼 지내줘. 부탁할게. 조금 전 담당 간호사한테 이 병원 최고의 킹카 닥터 리랑 아직도 잘 사귀고 있으니까 관심 쓰라고 말했단 말이야. 그런데 이제 와서 사실 닥터 리랑은 어제부터 끝났으니, 지금이라도 잘생기고 인기 좋은 외과의 귀공자에게 마음대로 작업 거세요, 하고 말할 순 없어. 그건 내 자존심이 허락 못해. 여기서 퇴원하면 이 병원은 물론이요, 준환 씨의 인생에서도 사라져줄 테니까 퇴원할 때까지만 내 애인인 척 해줘."

파지의 말에 안쓰러운 표정을 짓고 있던 준환의 표정이 차갑게 얼어붙었다. 겉모습은 약해졌어도 속은 여전히 허영덩어리인 여자였다. 자존심 상하는 일은 곧 죽어도 못하고, 하고 싶은 일은 꼭 해야만 직성이 풀리는 그런 여자.

파지의 말에 냉정을 되찾은 준환이 그들이 헤어진 이유를 떠올렸다.

"내가 왜 그래야 하지? 우린 이미 끝난 사인데?"

준환의 말에 파지가 새치름한 표정을 지으며 한쪽 눈썹을 치켜올렸다.

"그럼 우린 이미 끝난 사인데 준환 씨는 뻥 차버린 전 여자친구 병실에 왜 왔니?"

파지의 말에 준환이 입을 다물며 파지를 노려봤다.

"솔직히 준환 씨도 나한테 정떨어졌다고 하지만 사실은 아직 나한테 조금이나마 옛정이 남아 있을 거 아니야? 그래서 이 병실에 온 거고. 그러니까 우리 이틀 동안 천천히 여유를 갖고 서로에게 남은 정을 확실하게 떼자고. 끝이 좋아야 다 좋다는 말도 있잖아? 우린 너무 안 좋게 헤어진 것 같아. 이틀 후에 악수하고 깔끔하게 끝내자. OK?"

준환이 으르렁거리며 물었다.

"그럼 이틀 후엔 정말 깔끔하게 내 앞에서 사라져주겠다는 뜻인가?"

"정답."

준환이 여전히 의심스러운 표정으로 자신을 노려보고 있자, 파지가 슬쩍 웃어보였다.

"믿어도 좋아."

파지가 엄지와 검지를 동그랗게 말아 'OK' 사인을 보냈다.

"자, 그럼 계약 성립."

파지가 준환을 향해 자신의 새끼손가락을 내밀어보였다.

"뭐야?"

준환이 눈을 가늘게 떴다.

"뭐긴 뭐야? 약속의 증표지. 예로부터 새끼손가락은 약속의 증표로 사용되어 왔다고."

준환이 가만히 자신의 새끼손가락만 노려보고 있자 파지가 준환의 손가락을 가져다 자신의 손가락과 엮었다.

"새끼손가락 고리 걸고 꼭꼭 약속해."

파지가 노래를 부르며 준환과 자신의 새끼손가락을 흔들자 준환이 기가 차다는 듯 헛웃음을 터뜨렸다.

"하!"

"그럼 이따 점심때 봐."

"점심?"

"생각해봐. 사랑하는 연인이 자기 병원에 떡하니 입원해 있어. 그럼 시도 때도 없이 문지방이 닳도록 그 병실에 들르는 게 당연한 거 아니야? 아직 날 뜨겁게 사랑하고 있다고 생각하고 자기가 일하는 병원에 입원한 사랑하는 연인을 생각하는 남자의 마음으로 시도 때도 없이 들락날락해줘."

그 말을 끝으로 파지가 준환의 넥타이를 홱 잡아당겨 앞으로 끌었다. 순간 방심한 준환의 허리가 파지에게로 굽혀졌고 그때를 틈타 파지가 준환의 입술에 자신의 메마른 입술을 갖다 댔다.

"읍!"

준환의 눈동자가 크게 벌어졌고 파지의 동그란 눈동자와 마주쳤다. 준환과 마주한 파지의 눈이 반달을 그리며 웃었다. 그리고 그 눈동자에 최면에 걸린 개구리처럼 매료된 준환은 꼼짝 않고 자신의 입술을 파지에게 내어 주어야만 했다.

한참을 준환의 입술을 핥고 깨물던 파지가 그를 놓아주었다.

"잘 먹었습니다."

파지의 예쁜 눈동자가 즐겁다는 듯 호를 그렸다.

"김파지!"

준환이 버럭 소리를 질렀다.

"왜?"

"지금 이게 뭐하는 짓이야?"

"키스."

"뭐?"

"뭐하는 짓이냐고 물었잖아? 그 질문에 답해준 것뿐이야."

준환이 파지의 흔적이 짙게 남아 있는 자신의 입술을 손가락으로 닦으며 미간을 찌푸리자 파지가 키스로 인해 붉어진 입술로 웃어 보였다.

"걱정하지 마. 오늘 아침에 양치질하고부터는 한 번도 토하지 않았으니까."

대꾸할 가치도 못 느끼겠다는 듯 준환은 돌아서서 곧장 병실문으로 향했다.

"그럼 이따 봐요, 자기."

파지가 그런 준환의 등을 향해 살랑살랑 손을 흔들어보였다. 쾅하고 거친 소음을 내며 문이 닫혔다. 그와 동시에 파지가 기진맥진한 표정으로 온몸에 흐르고 있던 긴장을 풀었다.

"하아."

힘없는 한숨.

준환의 앞에서 애써 괜찮은 척했지만, 하나도 괜찮지 않았다. 아직도 속은 쑤시고 울렁거렸다. 온몸에 힘이 다 빠져나가서 그에게 키스할 기운도 없었다. 하지만 그녀는 이런 자신의 몸 상태에도 불구하고 이틀 만에 만난 그에게 키스를 하고 싶었고, 그래서 했다.

준환이 바쁠 땐 일주일도 서로 못 만난 적도 있었다. 하지만 그땐 서로 사귀고 있을 때였고, 준환이 자신의 것이라 믿어 의심치 않던 상태였기 때문에 그를 만나지 못하는 일주일도 그녀는 참을 수가 있었다. 하지만 이 이틀은 사정이 달랐다. 왜냐하면 이번 이틀은 그녀가 그에게 우리 사이는 이제 끝이라는 사형선고를 받은 후, 비참하게 혼자서 그를 그리워하며 보낸 이틀이었기 때문이다.

괴롭고 힘들었던 이틀 만에 만난 그는 더 멋있었고, 어딘지 그녀를 진심으로 걱정하는 얼굴을 하고 있었다. 그런 그의 얼굴에 그녀는 예전보다 더 그를 사랑하게 되었다. 그를 놓치고 싶지 않았다. 그래서 그에게 그런 어처구니없는 제안을 했다.

그녀는 겉으론 무뚝뚝하고 냉정하지만 가끔 따뜻한 모습을 보이는 그를 알고 있었다. 자신을 아직도 준환의 애인으로 알고 있는 병원 사람들의 이목을 들먹이면, 이 병원에서 그의 애인이었던 자신의 마지막 자존심을 지켜달라는 제안을 그가 뿌리치지 못할 것도 알고 있었다. 그는 겉과 속이 다른, 내면이 훨씬 더 따뜻하고 멋진 남자였다. 그래서 홀로 외롭고 고독한 인생을 살아온 그녀가 그에게 이토록 무섭게 매혹된 것이다.

이제 그녀에게는 이틀이라는 귀중한 시간이 남아 있었다. 그에게서 억지로 얻어낸 이틀이라는 시간이.

그 이틀 동안 그녀는 사력을 다해서 준환과의 관계 회복에 열중할 생각이었다. 지금까지 힘겹게 숨겨 왔던 자신의 본모습들을 그에게 보이는 한이 있더라도 절대로 포기하지 않을 것이다.

"마녀 같으니라고."

책상에 앉아 병실에 누워 있던 파지의 모습을 떠올리다 조그맣게 욕설을 중얼거린 준환이 책상 위에 떠오른 파지의 빙긋 웃는 얼굴을 노려보았다.

"도대체 생각이 있는 거야, 없는 거야?"

언제 누가 들어올지 모르는 병실에서 그렇게 격정적으로 키스를 해오다니……. 미친 게 틀림없어.

준환이 거칠게 고개를 저어 머릿속에 파고든 파지의 얼굴을 떨쳐 냈다.

이번에야말로 파지와 완벽하게 헤어지리라. 역시 자기 자신만 아는 이기주의자에 오만하고 자존심만 하늘을 찌르는 그런 여자는 그에게 백해무익한 존재였다. 아무리 그 여자가 그의 오감을 미치도록 자극한다 해도 말이다.

"못된…… 팥쥐."

그런데도 자꾸만 금방이라도 꺼질 듯한 몰골로 병실에 누워 있는 파지의 얼굴이 준환의 머릿속에 아른거렸다. 한 번 손대면 절대로 끊을 수 없는 마약과도 같은 여자. 준환에게 파지는 그런 존재였다. 하지만 그와 동시에 마약처럼 그의 뇌리 깊은 곳까지 잠식해 들어와 그를 자신의 뜻대로 조종하려는 존재이기도 했다.

그는 사실상 그동안 파지에게 조종당하며 살아왔다. 그는 늘 인생을 자신의 뜻대로 살아가고 있다고 믿었지만 어느 순간 정신을 차려 보면 교묘하게 파지의 뜻대로 일이 돌아가 있었다.

그녀와 사귀게 된 계기도 그랬다. 그는 절대로 그녀와 사귈 마음이 없었다. 하지만 그녀가 그의 부모님에게 후한 점수를 얻어 하루가 멀다 하고 그의 집에 찾아와 알짱거리는 통에 점점 더 그녀에게 익숙해지게 되었다. 그럼에도 불구하고 그가 그녀와 사귀는 것을 거부하자 그녀는 보란 듯이 그의 앞에서 다른 놈팡이와 데이트를 하며 그를 약 올렸다. 그 결과로 그는 이성을 잃어버려, 그녀에게 키스하려던 남자를 두들겨 패고 그 남자 대신 그녀에게 키스를 퍼부었다. 그녀는 마녀처럼 웃으며 그의 뒤통수를 끌어당겼다. 그렇게 그는 그녀와 만남을 시작했다.

커플링을 맞추게 된 계기 또한 그랬다. 그는 다른 연인들은 다 끼고 다니는데 자신만 없다며, 커플링을 끼고 싶다고 노래를 부르는 파지를 귀찮고 낯간지럽다는 핑계로 외면했다. 하지만 결국 그는 결국 그녀의 애교 있는 눈웃음과 순진할 만큼 사랑스러운 버드 키스에 넘어가 못 이긴 척 쥬얼리 숍을 찾게 되었다. 그가 뒤늦게 정신을 차렸을 때는 이미 늦어 있었다. 제정신을 차린 그의 손가락에는 파지의 것과 디자인은 같지만 사이즈가 다른 화이트 골드 링이 자리 잡고 있었다. 그는 어쩔 수 없이 그녀와 커플링을 맞추긴 했지만 절대로 끼고 다니지 않는다는 것으로 자기 위안을 해야 했다.

그 밖에도 그녀와 연애 아닌 연애를 하고 있는 동안은 모든 것이 그녀의 뜻대로 돌아갔다. 그의 뜻대로 된 것이 하나도 없었다! 하지만 이번에는 다를 것이다. 이번에야말로 그는 그녀와 그의 사이에서 자신이 원하는 결과를 만들어낼 것이다. 이별이라는 결과를.

"몸은 좀 어떻습니까, 파지 씨?"

준환이 사나운 기세로 병실을 떠나고 얼마 후 승훈이 방문했다. 잠시 병실 앞에 서서 파지의 안색을 살피던 승훈이 특유의 싱글거리는 얼굴로 파지에게 다가왔다.

"아까보다는 훨씬 좋아보이시네요."

"그럼요. 지금은 아까보다 좀 살 것 같거든요."

입술을 삐죽이며 투덜거리듯 말하는 파지의 행동에 승훈이 웃음을 터뜨렸다.

"하하하! 준환이는 파지 씨 덕분에 매일 심심하지 않겠습니다."

승훈의 말에 파지의 얼굴에 잠시 어두운 그늘이 스치고 지나갔다. 다행히 승훈은 그 그늘을 발견하지 못한 듯 여전히 사람 좋게 웃으며 파지를 바라봤다.

"오늘 정말 감사했어요."

파지가 승훈을 향해 환하게 웃어보였다.

"승훈 씨가 제 생명의 은인이에요."

"생명의 은인까지야."

승훈이 멋쩍은 듯 뒤통수를 긁적거렸다. 여전히 환하게 웃고 있는 파지를 바라보는 승훈의 눈이 장난기로 반짝거리기 시작했다.

"정 그렇게 고마우시면 퇴원하고 밥 한 끼 사주십쇼."

승훈의 말에 파지가 눈을 동그랗게 떴다가 이내 웃음을 터뜨렸다.

"제가 아무리 예뻐도 임자가 있는 몸이라는 건 알고 계시죠?"

"무슨 그런 당연한 말씀을. 파지 씨랑 단둘이 만났다가는 저 준환이 손에 죽을지도 몰라요. 둘이 아니라 셋, 준환이까지 함께한 자리를 뜻하는 겁니다."

승훈의 말에 파지가 잠시 생각하는 척하다가 대답했다.

"음……. 그럼 좋아요."

"아무튼 파지 씨가 괜찮은 걸 보니 다행이네요. 그럼 전 이만 가보겠습니다. 파지 씨랑 여기서 단둘이 오래 있으면 오해 살지도 모르니까요. 준환이가 좀 무섭거든요."

"네. 정말 고마웠어요. 안녕히 가세요."

파지가 승훈의 뒤통수에 대고 손을 흔들었다. 느낌이 좋은 사람이다. 깨끗하고 선한 느낌이 드는 사람.

파지는 승훈의 성격과 사람됨이 마음에 든다고 생각하며 다시 침대에 누웠다.

성격 까칠한 주제에 낯도 엄청 가리는 파지는 곧 죽어도 생전 처음 보는 낯선 사람들과는 절대로 같은 방을 쓸 수 없다고 우겨 1인실을 배정받았다. 다인실보다 훨씬 비싸기는 하지만 이 얼마나 편한가. TV도 다른 환자들 눈치 봐가며 보는 게 아니라 보고 싶을 때면 언제든 마음대로 볼 수 있고 다른 환자들의 문병객의 안쓰러운 눈길을 받지 않아도 되고 무엇보다 시끄럽지 않아서 좋다.

전에 맹장염에 걸렸을 때는 너무 아파서 정신이 없는 나머지 사람들이 득시글거리는 5인실로 배정받은 것도 모르고 있었다. 입원 기간 동안 아무도 문병을 오지 않는 파지에게 동정의 시선을 보내던 같은 병실의 환자들과 문병객들……. 다시는 그 소름끼치는 시선을 받고 싶지 않았다. 그렇게 외로움과 비참함에 치를 떨고 있을 때 준환을 만났다.

벌써부터 그리움에 눈물이 나올 것 같았다.

점심시간. 준환이 파지의 병실에 다시 들르기로 한 시간이 되었다. 준환은 파지의 병실 앞에 서서 한참 동안 들어가야 할지 말아야 할지를 심각하게 고민하고 있었다. 한 손에는 파지가 먹을 죽이 올려진 쟁반을 들고.

조금 전 파지의 몫으로 나온 죽을 손수 챙기는 자신의 모습에 간호사들이 얼마나 키득거리며 웃어댔는지를 떠올리던 준환의 입술이 가로로 길게 악물어졌다. 그는 짜증이 머리 꼭대기까지 치밀어 오르는 걸 간신히 참아 넘기면서 파지의 병실을 찾았다.

한참을 망설이던 준환은 이내 결심한 듯 목청을 가다듬었다. 솔직히 이미 헤어진 마당에 이제 와서 파지의 앞에 나서는 것을 두려워할 필요는 없었다. 그들은 이미 끝난 사이니까. 그냥 의무적으로, 형식적으로 행동하면 되는 것이다.

"들어간다."

준환은 낮은 목소리로 자신이 왔다는 것을 알리며 노크 없이 문을 열었다. 그리고 놀라움에 눈을 커다랗게 뜨고 얼어붙었다.

"아, 준환 씨?"

파지는 분명 그곳에 있었다. 하얀 침대 위에.

"준환 씨? 준환 씨, 왜 그래? 어디 아파?"

파지가 눈을 동그랗게 뜨고 사랑스럽게 고개를 갸웃거렸다.

"너…… 너……."

준환이 죽 쟁반을 들지 않은 손으로 자신의 입을 막았다.

"나? 나 뭐?"

파지가 다시 한 번 고개를 갸웃하자 준환이 겨우 자신의 입을 막았던 손을 떼어내서 파지의 몸을 가리켰다. 정확히는 형광등 불빛 덕분에 더욱더 하얗게 빛나는 그녀의 가슴을.

놀라서 크게 벌어진 준환의 눈이 파지의 가슴에 정확하게 고정되었다. 그녀는 늘 그의 앞에서 깊게 파인 옷을 입고 대담한 행동을 일삼았다. 하지만 정작 그의 앞에서 이렇게 온전하게 자신의 몸을 보여준 적은 단 한 번도 없었다.

그의 눈앞에서 새하얀 그녀의 가슴이 그녀가 숨을 쉴 때마다 함께 오르락내리락했다.

가만히 그녀를 바라보고 있던 준환의 눈에 작은 불꽃이 스며들었다. 그는 자신의 몸이 굳어지는 것을 느끼고 이를 악물었다.

충동적인 열망, 뜨거운 열정, 잔인한 소유욕……. 그것들은 언제나 그가 그녀를 볼 때마다 희미하게 느끼는 것들이었다. 하지만 그는 그런 생각들이 자신을 지배하려 할 때마다 이를 악물고 견뎌냈다. 가끔씩 도저히 충동을 참지 못하고 그녀를 만지고 싶어서 손가락이 저릿할 때도 있었다. 하지만 그가 그녀를 안는 일은 현실에서는 결코 일어나지 않았다. 그 이유는 바로 그가 열망을 담고 그녀를 만질 때면 심하게 부끄러워하며 몸을 사리는 그녀의 행동 때문이었다. 그것이 그를 그녀와의 사이에서 성적으로 담백하게 만들었다. 늘 대담하고 당당했던 그녀는 늘 그가 키스 이상으로 단계를 진행하려 할 때마다 불편해하고 어색해했다.

"악!"

준환의 손가락을 따라 자신의 몸을 내려다본 파지가 외마디 비명을 지르며 무릎을 구부려 준환에게서부터 자신의 가슴을 가렸다. 파지가 무릎에 덮고 있던 하얀 이불이 파지의 섬세한 가슴을 막아섰다.

"그, 그러게 노크도 없이 들어오면 어떡해!"

파지의 얼굴이 새빨갛게 물들었다. 그 모습에 넋을 놓고 있던 준환이 갑자기 정신이 든 듯 파지에게 소리쳤다.

"왜 그러고 있었던 거야? 내가 아니라 다른 놈이 들어왔으면 어쩔 뻔했냐고!"

경철이 싱글거리는 얼굴로 이 안으로 들어왔다가 파지의 가슴에 홀려 정신을 못 차리는 꼴을 상상한 준환의 얼굴이 노기로 붉으락 푸르락했다.

여간해서는 큰소리를 내지 않는 준환의 호통에 잠시 멈칫했던 파지가 미간을 구기며 준환을 노려봤다.

"그럼 어떡해! 누워 있거나 집에 혼자 있을 땐 속옷을 입고 있는 게 불편한걸! 어차피 당신 올 때 돼서 다시 착용하려고 했어. 막 속옷을 입으려는데 당신이 들어온 거란 말이야! 이…… 변태!"

파지가 준환을 노려봤다. 준환도 지지 않고 파지를 노려보다가 입을 열었다.

"나보고 변태라고 비난할 정신이 있으면 지금 당신 모습을 다시 한 번 살펴보지 그래? 당신, 지금도 여전히 환자복을 어깨까지 올리고 있으니까. 당신이 알아서 볼거리를 제공해주는데 명색이 늑대라고 불리는 남자로서 그 볼거리를 안 보고 그냥 지나칠 순 없잖아?"

준환의 말에 파지가 재빠르게 후다닥 어깨까지 올라가 있는 환자복을 입었다. 그리고는 손에 들고 있던 속옷을 들고 병실 안에 있는 화장실로 향했다.

"기다려."

파지가 화장실 문을 닫고 사라지자마자 준환이 파지의 침대에 털썩 주저앉았다. 파지가 사라지고 나서야 얼굴이 시뻘겋게 달아올랐다.

그는 지금 무척이나 동요하고 있었다. 무미건조하고 담백하기만을 바랐던 파지와의 관계를 청산하려 하자마자 쓸데없는 감정들이 들이닥쳐 그를 혼란스럽게 하고 있었기 때문이다.

사춘기 어린 소년처럼 여자의 벌거벗은 가슴을 보았다고 이렇게 동요하는 자신이 무척이나 한심하게 느껴졌다. 그는 지금 십 대 소년처럼 그녀에게 뜨겁게 반응하고 있었다.

준환은 어머니의 부추김 반, 파지의 억지 반으로 파지와의 교제를 시작했다. 물론 그들의 관계에 사랑은 없었다. 다만, 자주 자신의 눈앞에 얼굴을 들이미는 파지로 인해 약간의 소소한 정이 생겼을 뿐이었다. 그에게 있어서 파지란 존재는 남들에게 부러움을 사는 일종의 아름다운 트로피였을 뿐이다. 남에게 보여도 부러움을 살망정 절대로 기죽지는 않는 트로피 말이다.

준환은 생각에 잠긴 얼굴로 화장실 문을 뚫어져라 바라보고 있다가 문을 열고 나오는 파지와 눈이 마주쳤다.

"안 가고 있었네?"

파지가 생글생글 웃으며 준환에게 다가왔다.

"이 죽 나 먹으라고 가져온 거야?"

준환이 고개를 끄덕였다. 자신의 몸보다 훨씬 더 커다란 환자복을 입은 파지는 지금 너무나 연약해 보였다.

이렇게 작고 연약한 여자가 그렇게 독하고 못됐다니……. 얼굴만큼이나 성격도 착하면 얼마나 좋을까.

"먹은 거 다 게워내고 배고파 죽는 줄 알았는데, 잘됐다. 잘 먹을게."

파지가 준환의 옆에 앉아 무릎에 쟁반을 올려놓았다.

"올라가서 먹어. 환자용 책상 있잖아."

"으응……. 싫어. 준환 씨 옆에 앉아서 먹을래."

파지가 고집을 부리자 준환이 어쩔 수 없다는 듯 파지에게서 시선을 돌렸다. 잠시 앞만 보고 있던 준환이 입을 열었다.

"내가 가고 나면 또다시 속옷을 벗고 있을 건가?"

준환의 물음에 파지가 입 안 가득 고소하고 부드럽게 퍼지는 죽을 음미하다가 눈동자를 들어 준환을 응시했다.

"아마도? 솔직히 속옷을 입고 있는 건 너무 불편해. 남자와 여자는 불공평한 게 너무 많다니까? 남자는 하나만 입어도 되는 걸 여자는 두 개씩이나 입어야 하잖아. 이게 여름에는 얼마나 답답한지 알아? 그리고 또……."

준환이 파지의 말을 잘랐다.

"그러지 마."

"응?"

"이 병실 담당의를 보니까 담당의가 하경철이던데, 그 녀석 아직 총각이야. 괜히 애먼 남자 가슴에 불 지르지 말고 얌전히 입고 있어."

"괜찮아. 잠깐 왔다 가는데, 뭐. 그리고 환자복이 은근히 두꺼워서 별로 티 안 나."

"그래도 입으라면 입어."

"흐응……."

준환의 무덤덤한 목소리에 파지가 눈동자를 빛내며 준환을 바라봤다.

"뭐야, 그 눈빛은?"

"준환 씨, 지금 질투해?"

"질투?"

"어머, 그럼 질투 아니라고 할 거야?"

"질투 아니야."

준환이 무뚝뚝하게 말했다.

"칫. 무뚝뚝하긴."

"천천히 먹어. 그럼 난 이만 일어나도록 하지."

준환이 침대에서 일어났다.

"벌써 가게?"

"이래 봬도 여기는 내 일터야. 할 일 없어서 여기 온 거 아니야. 당신 부탁 때문이었지."

"그럼 이따가 다시 올 거야?"

"바빠."

준환이 병실을 나가려 하자 파지가 심술궂은 표정으로 물었다.

"정말 안 올 거지?"

"그래."

"그럼 내가 이제부터 속옷을 벗고 있든 입고 있든 준환 씨는 절대 모르겠네."

"뭐?"

준환이 휙 소리가 날 정도로 빠르게 몸을 돌렸다.

"지금 뭐라고 했어?"

"내 꼴 보기 싫어서 이제 병실 안 온다며? 내가 무슨 짓을 하든 준환 씨가 무슨 상관이야? 정말 나한테 관심이 없으면 내가 옷을 홀딱 벗고 훌라댄스를 춘다 해도 신경 쓰지 말아야지."

"김파지!"

파지가 미간을 찌푸리며 가까이 다가온 준환의 넥타이를 잡아당겼다.

"똑바로 내 눈을 보고 말해, 이준환."

파지가 준환의 코앞으로 자신의 얼굴을 갖다 댔다.

"나랑 정말로 깨끗하게 헤어지고 싶으면 그렇게 기대하게 만들지 마. 그렇게 질투하는 티 팍팍 내면서 소유욕 드러내고 아프다고 직접 죽까지 갖다 주는 거 하지 말라고."

"네가 원했던 거야. 병원에 입원해 있는 이틀 동안 예전처럼 연인인 척 해달라고 부탁한 사람이 누군지 벌써 잊어버렸나봐?"

준환도 지지 않고 대답했다.

"하지만 준환 씨의 태도가 자꾸 미련을 가지게 하잖아! 아, 이 사람 아직도 나한테 마음이 있구나! 하고 생각하고 기대를 하게 되면 바로 차갑게 돌아서고, 그것 때문에 실망하고 있으면 또다시 기대하게 만들어! 정말로 헤어지고 싶으면 내 부탁 못 들은 척하고 그냥 돌아가. 정말로 헤어지고 싶으면 옛 여자의 손톱 끝도 보기 싫어지는 법이라고!"

파지의 커다란 눈에 맑은 눈물이 고였다.

"준환 씨, 나보고 못돼 처먹었다 했지? 그래서 더 이상 나랑 사귈 수 없다 했지? 지금 이 시점에서 정말 못돼 처먹은 사람은 누구지? 바로 준환 씨야. 일부러 나한테 기대를 심어주고 실망하게 만들어 상처를 입히려는 수작을 내가 모를 줄 알아? 김파지, 아직 안 죽었어. 이준환이 못돼 처먹었다 비난했던 김파지, 아직 성질 안 죽었다고!"

"파지야……."

"애인인 척 해주고 이틀 후에 우리 좋났으니 이제 정말 다시는 보지 말자고 인사하려면 그냥 날 사무적으로 대해줘. 내가 아무리 애교를 부리고 억지를 부려도 끝까지 차갑게 내치란 말이야."

파지가 잠시 말을 멈추고 눈에 고여 있던 눈물을 하얀 뺨 위로 떨어뜨렸다.

"나한테 미련 갖게 하지 마. 제발……."

그런 파지를 바라보고 있는 준환의 눈동자가 거세게 흔들리기 시작했다.

"있지, 준환 씨. 못된 사람도 상처를 받으면 여느 사람들과 똑같이 마음이 아픈 법이야. 내 자존심을 위해 준환 씨한테 말도 안 되는 부탁을 하긴 했지만 준환 씨 붙잡고 싶은 마음은 진심이었어. 그래서 그랬어. 하지만 나에게 돌아오지도 않을 거면서 헛된 기대 품게 하고 다시 실망을 안겨주려면 그냥 이쯤에서 끝내. 그만둬."

파지의 뺨에 투명한 물줄기가 가늘고 길게 그어졌다. 그녀의 눈에서 쉴 새 없이 눈물이 쏟아져 내렸다. 그런 파지 앞에서 준환은 입 안에서 맴도는 말을 고르고 있었다. 말을 고르지 않으면 금방이라도 기대해도 좋다는 말이 새어나올 것 같았기 때문이다.

"나 혼자 있고 싶어. 그만 나가줘."

파지가 힘없는 손길로 꼭 잡고 있던 준환의 넥타이를 놓아주었다.

"준환 씨 바쁘다고 했지? 내가 시간을 너무 많이 빼앗았네."

"그렇게 많이 빼앗은 건 아니야."

파지의 젖은 얼굴이 아프게 눈에 들어오는 것을 느끼며 준환은 의미를 알 수 없는 가슴의 통증에 미간을 찌푸렸다. 요즘 들어 파지를 생각하거나 그녀를 앞에 두면 자주 느껴지는 통증이었다. 의학적으로 아픈 통증은 아니었지만 어딘지 먹먹한 느낌을 가져오는 통증이었기 때문에 별로 의식하지 않고 있었지만 지금은 아니었다.

지금 그가 느끼고 있는 이 통증은 그 어느 때보다 확고하게 자신의 존재감을 주장하고 있었다.

준환이 어색한 얼굴로 입을 열었다.

"이 죽 다 먹을 때까지 옆에 있어줄게."

"아니. 됐어, 그러지 마."

파지가 손을 들어 준환이 침대에 앉는 것을 막았다. 눈에서는 여전히 눈물이 흘러내리고 있었다. 파지가 코를 훌쩍거리며 하얀 손끝으로 눈물을 닦았다. 그녀의 손에 의해 닦여진 눈물은 잠시 동안 사라진 듯 보였다가 이내 다시 눈꼬리를 타고 흘러내렸다.

"미안해. 아프다 보니 내가 좀 감성적이 돼버렸나 봐. 나 정말로 혼자 있고 싶어."

파지가 미안하면서도 애잔한 표정을 지으며 준환을 응시했다. 뭐라 말할 듯 입을 벙긋거리던 준환은 그런 파지의 표정에 등을 돌리고 병실을 나설 수밖에 없었다.

"오늘은 이 정도면 됐으니까, 다시 찾아오지 마. 어차피 다른 간호사들도 준환 씨가 이 병실에 오지 않으면 바빠서 그런가 보다고 생각할 테니까. 잘 가. 안녕."

파지가 준환의 등에 대고 말했다. 잠시 후 부드럽게 병실문이 닫혔다.

병실문이 닫히고 잠시 눈물을 흘리고 있던 파지의 입술이 환하게 호를 그렸다.

"이준환, 넌 내 손바닥 안이야, 인마!"

언제 가련한 얼굴로 눈물을 흘렸냐는 듯 환자복 소매로 젖은 얼굴을 닦고 씩 웃은 파지가 침대에 편하게 앉아 환자용 책상을 펼쳐

놓고 죽을 퍼먹기 시작했다.

"여자의 눈물은 최종 병기이자 남자의 동정심을 마구마구 자극하는 꼬챙이란다."

파지가 즐거워 죽겠다는 얼굴로 생글거렸다.

"두고 보자고, 내가 퇴원할 때쯤이면 넌 내 발 앞에 심장을 꺼내줄 정도로 나한테 푹 빠져 있을 테니까. 이 김파지 님을 뭐로 보고!"

준환이 가져온 죽을 남김없이 해치우고 침대에 누운 파지가 어떤 인물의 얼굴을 떠올리고 이를 갈았다. 준환의 헤어지자는 선언에 너무나 큰 충격을 받은 나머지 그 요사스런 백 년 묵은 여우를 잊고 있었던 것이다.

"정하연."

청순한 외모에 얌전한 행동거지. 한눈에 봐도 내숭 100단은 되어 보이는 그 여자는 처음 봤을 때부터 왠지 마음에 들지 않았다. 준환의 친구들과의 모임에 항상 끼고 자신의 남자친구보다는 준환과 더 많이 말을 섞기 위해 노력하고 눈을 반으로 접으며 눈웃음을 살살 치는 백 년 묵은 불여시.

정하연, 그녀를 꺼리고 불편해한 파지의 예감은 100퍼센트 딱 들어맞았다. 그녀는 준환을 노리고 있었다!

"나 퇴원하고 나면 넌 죽었어. 전치 2주? 흥! 전치 20주로 만들어 주마!"

그깟 싸대기 한 대 맞은 정도로 전치 2주가 나오다니, 말도 안 되지. 콩쥐의 탈을 쓴 팥쥐 주제에 어디서 감히 내 떡을 넘봐? 남의 떡을 노리면 어떻게 되는지 똑똑히 알려주지. 오리지널 팥쥐 맛 좀 봐라, 이년!"

하연을 향한 복수심에 이를 빠득빠득 갈던 파지가 가슴을 답답하게 조여 오는 속옷의 압박감을 느끼고 속옷을 벗기 위해 몸을 일으키다가 멈칫했다. 준환의 경고가 생각났던 것이다.

"그래. 요 이틀 속옷 입고 있다고 죽는 것도 아니고. 까짓것, 내 인심 썼다! 안전하게 착용하고 있어주지."

준환을 위해 그런 답답함을 참아내는 기특한 자신의 머리를 쓰다듬으며 파지는 편안하게 눈을 감았다. 조금 있다가 준환이 올 때까지 잠이나 실컷 퍼 잘란다.

3장.
준환은 파지의 손바닥 안

"으으, 오늘도 죽이야?"

파지는 자신의 무릎에 얌전히 놓여 있는 죽을 노려봤다. 준환이 태워서 없앨 듯한 기세로 죽을 노려보는 파지의 손에 수저를 쥐여 주었다.

"먹어."

"먹기 싫어."

파지가 입술을 쭉 내밀고 투덜거렸다.

"어제, 오늘 죽만 먹었단 말이야. 아무리 고소하고 맛있는 죽이라도 매끼 먹으면 질리는 법이야. 이제 더는 못 먹겠어. 정말이야."

"그럼 다른 거 먹을래?"

"응."

"네가 골라봐. 게살죽, 전복죽, 호박죽, 들깨죽, 참치죽."

죽 말고 다른 음식을 먹을 수 있다는 기대감에 차 있던 파지가 얼굴을 일그러뜨렸다. 파지가 재빨리 표정 없는 무뚝뚝한 얼굴로 온

갓 죽의 종류를 읊는 준환의 입술을 손가락으로 막았다.

"토 나올 거 같으니까 그만해."

"그럼 빨리 이 죽 먹어."

"정말 싫은데……."

파지가 미간을 찌푸리며 죽을 노려보다가 한 수저 떠서 입으로 가져갔다.

"퇴원하면 제일 먼저 입에서 불이 날 정도로 완전 매운 낙지볶음이랑 얼큰한 부대찌개 먹을 거야."

이제는 물컹하게 느껴지기만 하는 입속의 내용물을 씹으며 파지는 이를 갈았다. 그런 파지를 가만히 바라보고 있던 준환이 한숨을 내쉬었다.

"참아. 너 위에서 출혈까지 있었다면서. 퇴원하자마자 그런 자극적인 음식 먹으면 다음날 다시 입원한다."

준환의 말에 파지가 눈동자를 반짝반짝 빛냈다.

"그럼 더 좋지."

"뭐?"

"입원하면 또 준환 씨랑 매일 이렇게 같이 있을 수 있잖아."

"아서라. 네 병시중을 또 하라고?"

"또 하면 뭐 어때? 내가 그렇게 까다로운 환자도 아니고. 위에 구멍 나는 바람에 음식도 제대로 못 먹어서 다른 환자들처럼 이거 사와라 저거 사와라 귀찮게 하지도 않고, 잘 시간 되면 잘 자고 일어날 시간 되면 잘 일어나고, 이렇게 지겨운 죽도 잘 참고 꼬박꼬박 잘 먹어주잖아."

"구멍은 안 났어."

"흥. 그거나 이거나."

파지의 뻔뻔한 말에 준환이 어이가 없다는 듯 코웃음을 쳤다.

"내가 본 환자 중에 네가 제일 까다로워."

"준환 씨라 그런 거야. 사람이 아플 땐 다른 간호 다 필요 없어. 사랑하는 사람이 옆에 있어주는 것이 제일 좋은 간호고 약이야. 그런 의미에서 준환 씨는 내 만병통치약이라고 할 수 있지."

"퍽이나 고맙군."

준환의 빈정거림에 파지가 밉지 않게 준환을 노려봤다.

"그래도 감사해. 나 내일 퇴원하니까. 맹장수술 했을 땐 3박 4일 동안 준환 씨 괴롭혔잖아."

"그땐 정말 귀찮았지."

준환이 파지를 처음 만났던 때를 생각하며 피식 웃었다.

"아파 죽겠다고, 이렇게 죽으면 귀신이 되어서라도 나 괴롭히겠다고 난리도 아니었지."

"흥. 그땐 정말 죽을 만큼 아팠어. 그때 준환 씨도 그랬잖아. 맹장이 너무 부어서 터지기 일보 직전이었다고."

"그래."

준환이 슬쩍 파지의 아랫배를 쳐다봤다. 옆으로 길게 찢어진 4cm의 작은 흉터. 준환이 파지에게 남긴 상처였다. 파지도 준환의 시선을 따라 자신의 아랫배를 바라봤다.

"흉터 남았는데, 보여줄까?"

스스럼없는 파지의 말에 준환이 재빨리 고개를 저었다.

"됐어."

"자기가 남긴 상처잖아? 이제 와서 보기가 무서워?"

파지가 짓궂게 말했다.

"최대한 흉터를 작게 남기기 위해 노력했어."

파지의 장난에 준환은 진지하게 대답했다. 그의 대답에 파지가 웃음을 터뜨렸다.

"원래 수술하면 흉터가 남는 법이야. 뭘 그렇게 심각하게 대답해? 하하하."

파지가 즐거운 듯 웃음을 터뜨리자 준환 또한 그런 파지를 가만히 보고 있다가 슬쩍 입꼬리를 올렸다. 이번에 배꼽을 통해 흉터를 남기지 않고 깔끔하게 수술을 할 수 있는 단일 복강경수술이 도입되었다는 사실은 파지에게 비밀로 해두는 것이 좋을 듯했다.

"앞으로 내가 다쳐서 수술을 하게 되면 꼭 준환 씨가 해줘."

"뭐?"

"다른 의사가 내 안을 보는 게 싫어. 내가 태어나서 처음으로 받은 수술을 해준 사람이 준환 씨였으니까 앞으로의 수술도 준환 씨가 해줬으면 좋겠어."

파지의 말에 준환의 눈가가 살짝 경련을 일으켰다. 작고 붉은 입술을 오물거리며 이 세상에서 오직 준환만이 자신의 몸을 볼 자격이 있다는 듯 말하는 파지가 지금 이 순간 너무나 사랑스러웠다.

"알았지, 준환 씨?"

"그래."

준환이 대답하며 파지의 입술에 자신의 입술을 가져갔다. 못된 동시에 너무나 사랑스러운 여자. 어쩌면 이런 파지의 이중성이 준환을 파지에게 꼭 붙들어 놓는 것일지도 모른다.

파지의 입술과 준환의 입술이 종이 한 장 차이로 떨어져 있을 때 준환이 가만히 파지의 눈동자를 들여다보았다. 파지의 검은 속눈썹이 파르르 떨렸다. 그 속눈썹의 떨림이 묘하게 준환의 마음을 끌어당겼다.

자신과 맞닿은 준환의 눈을 마주 바라보며 파지가 진심을 담아 조용히 속삭였다.

"사랑해."

그녀의 고백에 준환의 눈동자가 옅게 흔들렸다.

"이 마음만큼은 정말 진심이야. 아마 우리가 다시 만나지 못하고 헤어져도 난 당신을 계속 사랑하고 있을 거야. 사랑해. 정말로 사랑해, 준환 씨."

흔들리고 있는 준환을 향해 파지가 애처롭게 자신의 마음을 고백했다. 자신의 마음이 준환의 마음에 온전히 닿길 바라며 몇 번이고 그렇게 속삭였다.

잠시 망설이던 준환의 눈이 단호한 결심을 한 듯 제자리를 찾았다. 그대로 가차 없이 떨어져 나갈 줄 알았던 준환의 입술이 그녀의 입술에 닿았다. 잠시 그녀의 입술에 자신의 입술을 가만히 대고 있던 준환이 가볍게 그녀의 입술에 자신의 입술을 비볐다. 그리고 부드러운 버드키스가 이어졌다. 어린아이의 뽀뽀처럼 귀엽고 사랑스러운 키스에 긴장으로 인해 경직되어 있던 파지의 입술이 부드럽게 풀어졌다.

"으음…… 기분 좋아."

파지가 기분 좋게 신음하며 배시시 웃었다. 반쯤 감겨 있던 준환의 눈동자가 그녀의 얼굴에 떠오른 천진한 미소를 놓치지 않고 포착했다.

"준환 씨가 나한테 이렇게 키스해준 거 처음이야."

준환이 자동적으로 파지의 머리카락을 손가락으로 쓰다듬었다.

"뭔가 소중하게 다뤄지고 있다는 느낌이 들어."

파지가 기분 좋게 웃으며 말하자 준환의 입가에 어렴풋한 미소가 걸렸다.

"나 내일 9시에 퇴원해."

"알고 있어."

"그전에 준환 씨가 해야 할 일이 있는 것도 알고 있겠네."

"그래."

준환이 파지의 뺨을 부드럽게 쓰다듬으며 깊은 한숨을 내쉬었다.

"나 버릴 거야?"

"너를 어떻게 해야 할까."

그의 목소리에 고뇌가 담겼다. 멀리멀리 던져도 다시 돌아오는 부메랑 같은 파지. 버리려 하면 할수록 더욱더 가까이 다가와 절대로 떨어지지 않는 진드기 같은 파지.

"잡아."

파지가 대신 답을 해주었다.

"다른 데로 튀지 못하게 얼른 잡아. 꼭 잡아. 그리고 절대 놓지 마."

정답이었다. 파지의 말이 정답임을 알면서도 준환은 괜한 자존심에 입을 꾹 다물었다. 그 낌새를 눈치챈 파지가 준환을 올려다보며 말했다. 그 자존심, 단번에 꺾어주지.

"내가 준환 씨와 헤어져서 다른 남자를 만나고 그 남자와 키스를 하고 사랑을 한다고 생각해봐. 어떨 거 같아?"

파지의 말을 들으며 무의식적으로 머릿속에 파지와 이름 모를 남자가 키스를 하는 장면을 떠올리던 준환이 이를 갈며 거칠게 욕설을 중얼거렸다.

싫었다. 파지가 자신이 아닌 누군가의 품에 안겨 그에게 애교를 떨고 입을 맞추는 꼴을 보느니 차라리 평생 자신의 품에 끼고 사는 게 낫겠다는 생각이 들었다. 그리고 그것은 이 한 몸 희생해서 앞으로 파지의 손에 놀아날 다른 남자들을 구원하는 행위였다. 파지는 남자를 홀리는 위험한 마녀였으니까.

준환은 승훈을 떠올렸다. 파지가 승훈에 의해 병원에 실려온 이후로 승훈과는 전화 한 통도 제대로 하지 못했다. 승훈은 의도적으로 그를 피하고 있었다. 만약 그와 파지가 헤어진다면 승훈은 정말로 파지를 그에게서 낚아챌지도 몰랐다.

준환은 가만히 파지의 눈동자를 들여다보았다.

가정을 해보자. 만약 정말로 나중에 승훈과 파지가 잘 되어서 몇 년 후에 둘이 결혼을 한다 치면…….

갑작스럽게 쏟아져 들어오는 감당할 수 없는 분노에 사로잡힌 준환이 이를 악물었다. 참으려 해도 으르렁거림이 목구멍을 타고 흘러나왔다.

그는 절대로 파지가 다른 남자와 사귀거나 결혼을 하는 것을 두고 볼 수 없을 것 같았다. 특히 승훈은 절대로 안 된다. 승훈과 파지가 결혼을 하게 되어 그가 그들의 결혼식의 하객으로 참석하게 된다면 그는 행복한 신랑이 된 승훈에게서 신부, 파지를 훔쳐오는 만행을 저지를 것이 분명했다.

파지는 생각에 생각을 거듭하는 그를 기다리며 가만히 그를 올려다보았다.

이윽고 생각하던 것을 멈춘 준환이 감각적으로 잘생긴 입술을 열었다.

"헤어지자는 말은 취소야."

준환이 파지의 입술에 다시 한 번 자신의 입술을 가져갔다. 달콤한 즙을 머금은 것 같은 파지의 입술에 닿기 일보직전에 파지가 손을 들어 그의 입술을 막았다.

"잠깐."

"왜?"

준환이 불만 가득한 눈으로 파지를 노려봤다.

"헤어지자는 말은 취소야. 이러면 땡이야? 난 자기 때문에 스트레스 받아서 위에 구멍까지 났는데?"

"구멍은 안 났다니까."

"그게 그거라고 몇 번을 말하니? 하여튼, 지난 시간 동안 내가 받은 상처는 이루 말할 수 없이 커. 그 큰 상처를 고작 헤어지자는 말은 취소라는 말 한마디로 치유할 수 있다고 생각해? 정말 그렇게 생각하는 거야?"

준환이 들고 있던 칼자루가 파지의 손으로 넘어왔다. 파지는 의기양양한 표정으로 준환의 입술을 가차 없이 밀어냈다. 그리고 그의 목덜미에 자신의 입술을 갖다 댔다. 목덜미에 와 닿는 부드럽고 촉촉한 입술의 느낌에 준환이 숨을 훅 들이마셨다.

"파지야?"

준환이 파지의 이름을 불렀다. 그것이 시작 신호라도 된 듯 파지가 준환의 목덜미를 앙 깨물었다.

"윽."

준환의 목덜미를 아프지 않게 깨문 파지가 회심의 미소를 지으며 그의 목덜미를 조심스럽게 빨아들였다. 두 눈을 감고 파지의 입술을 즐기던 준환이 갑자기 눈을 커다랗게 떴다. 그의 얼굴에 경악스러운 표정이 떠올랐다. 그녀는 지금 그에게 키스마크를 새기려 하고 있던 것이다!

"잠깐!"

다른 부위라면 즐겁게 자신의 목덜미를 내어줄 수 있었다. 하지만 지금 파지의 입술이 달라붙어 있는 곳은 그의 와이셔츠 깃 위였다. 그것은 다시 말해, 몇 초 뒤에는 와이셔츠 깃으로도 가릴 수 없는 곳에 적나라하게 키스마크가 새겨질 예정이라는 뜻이다.

"그만해."

"싫어."

파지는 준환의 거부에도 아랑곳하지 않고 열심히 입술을 움직였다.

"당신이 내 거라는 걸 모두에게 알려야겠어."

"김파지!"

"이게 바로 내가 나를 버리려 했던 당신에게 주는 달콤한 벌이야."

파지가 마지막으로 자신이 남긴 키스마크를 붉은 혀로 핥은 후 준환에게서 떨어졌다.

"예쁘게 남았네."

그녀의 입술에 뿌듯한 미소가 걸렸다. 그리고 그녀의 미소와는 대조적으로 준환의 얼굴은 뭐 씹은 듯 잔뜩 구겨졌다.

"이…… 마녀."

"그래도 이런 내가 싫지는 않잖아?"

잠시 뭔가 말하려고 입을 벌렸던 준환이 할 말을 잃은 입을 꾹 다물었다. 그녀는 항상 그들의 관계에 있어서 늘 정답만을 얘기한다.

"반창고 붙이는 건 용서해줄게."

준환이 체념한 듯 미소 지었다.

"목덜미에 반창고가 붙는 건 딱 두 가지 이유뿐이지. 모기에 물렸거나, 키스마크가 찍혔거나. 지금이 여름이 아니라 봄이니까 당연히 반창고를 붙이는 이유는 하나로 줄어들지. 사실 반창고는 붙이나 마나야."

파지가 준환의 목에 자신의 팔을 감았다.

"그럼 하나 더 만들어줘?"

"됐어."

"헤에……. 이번엔 안 보이는데 만들어줄 생각이었는데."

파지가 장난스럽게 웃으며 준환의 넥타이를 잡아 아래로 내리고 와이셔츠의 첫 단추를 끌렀다.

"하나 짚고 넘어가야 할 일이 있어."

파지가 준환의 목덜미에 쪽쪽 입을 맞추며 말했다.

"우리 사이에는 믿음이란 게 부족한 것 같아."

"믿음?"

"준환 씬 날 안 믿잖아. 그래서 날 버리려 했던 거고."

파지가 준환의 심장 근처를 손가락으로 콕콕 찔렀다.

"우리가 다시 시작하게 되었으니까 그 김에 믿음이란 걸 좀 키워보자. 난 준환 씨를 믿어. 준환 씨가 누군가를 죽이고 나에게 와서 '나는 결백해, 믿어줘.'라고 말하면 난 그대로 믿을지도 몰라. 난 그 정도로 준환 씨를 믿고 있어. 준환 씨도 날 그렇게 믿어줘."

파지의 말에 준환이 물었다.

"그럼 넌 정말로 하연 씨를 때리지 않았다는 거야?"

"아니. 때렸어."

역시라는 표정으로 준환이 한숨을 내쉬었다.

실망감이 가득한 준환의 얼굴을 보며 파지가 똑 부러진 목소리로 말했다.

"하지만 따끔할 정도로 뺨을 한 대 후려친 것뿐이야. 뺨 한 대 맞은 거로 전치 2주라니 말도 안 되지. 뭐, 빨갛게 손자국 정도는 남았겠지만."

솔직한 파지의 태도에 준환이 가만히 파지의 눈동자를 들여다보았다. 준환의 탐색하는 눈과 마주해도 절대 흔들리지 않고 굳건한 파지의 눈동자가 정직을 말하고 있었다.

"날 믿어줘, 준환 씨. 믿음이 없으면 그 관계는 얼마 못 가. 난 준환 씨와 오래오래 지속하는 관계를 갖고 싶어. 정말이야. 내가 태어나서 지금까지 준환 씨만큼 사랑한 사람은 없었어."

파지의 솔직한 눈동자가 준환의 가슴에 와 박혔다.

"믿을게."

준환이 조용히 대답했다. 그 대답에 파지가 만족스럽게 웃었다.

"준환 씨 말대로 난 못돼 처먹었는지 몰라. 그래서 나에게 호의를 가지고 있는 사람에겐 관대하지만 적의를 가진 사람에겐 관대하지 못해. 콩쥐는 모두에게 관대한데 난 팥쥐라서 모두에게 관대하지 못한가 봐."

파지가 코를 찡긋했다.

"하지만 어쩌겠어. 그게 바로 준환 씨 복인걸. 나 같은 여자 만나서 내 뒤치다꺼리하는 게 바로 준환 씨의 운명인 걸 어떡해. 대신 몇 배로 보상해줄게."

준환이 말없이 파지의 어깨를 안았다.

그녀와 애인 사이인 척 연극을 하기로 했던 이틀간 그는 참 많은 생각을 했다.

파지와 헤어지기로 결심을 하고 냉정한 시점에서 그동안 자신이 보아왔던 그녀를 관찰하니, 파지는 못된 것이 아니라 그냥 솔직한 것뿐이었다. 얼마 전에 승훈도 그에게 그렇게 말하지 않았던가. 짜증이 나면 짜증이 난다는 표정을 짓고 즐거우면 즐거운 표정을 짓는 여자는 이 세상에 흔하지 않다고. 준환은 파지를 똑바로 바라본 승훈에게 분노를 느끼면서도 내심으로는 그의 말에 어느 정도 동의를 했었다.

그는 그동안 그녀를 허영심 많고 자존심이 센 여자라고 생각해왔는데 알고 보니 그것은 다른 사람에게 상처받지 않기 위해 먼저 방어를 하느라 그런 것에 불과했다. 그리고 그녀는…… 진심으로 그를 사랑하고 있었다. 이번에야말로 그는 그것을 확실히 알아챘다.

준환이 파지의 이마를 손가락으로 살짝 두드리며 말했다.

"보상은 큰 걸로 해줘."

"응."

파지가 사랑스럽게 웃었다.

"당분간 맵고 자극적인 음식 먹지 마. 절대 안 돼. 알았어?"

드디어 퇴원하는 파지를 배웅하기 위해 병원 앞으로 나온 준환이 파지에게 거듭 당부했다. 오늘 아침에도 낙지볶음 노래를 부르는 파지를 얼마나 혼냈던가. 다시 그의 여자가 된 파지는 아니라 다를까 다시 그의 속을 썩이기 시작했다.

"생각해보고."

저 새치름한 반응. 준환이 눈살을 찌푸렸다.

"절대 안 된다고 말했을 텐데? 다시 병원에 실려 오고 싶어?"

"그건 싫어."

파지가 고개를 저었다. 오늘 아침까지 죽을 먹었다. 젠장. 위염 입원이라는 것에는 준환이 시간이 빌 때마다 병실에 놀러 와 함께 놀아준다는 장점과 입원해서 치료를 받는 동안 내내 죽을 먹어야 한다는 단점이 공존하고 있었다.

"입원보다는 그냥 건강한 채로 준환 씨를 만나는 게 좋겠어."

"그럼 맵고 자극적인 음식은 당분간 금지야."

준환이 불만으로 삐죽 튀어나온 파지의 입술을 손가락으로 툭툭 쳤다.

"집어넣어."

"흥."

파지가 자신의 입술을 툭툭 치는 준환의 손가락을 피하기 위해 고개를 돌리다 지나가는 간호사들이 그런 그들의 모습에 속닥거리는 장면을 포착했다. 파지의 시선을 따라 준환의 시선도 그런 그들에게 옮겨졌다.

"우리 얘기하고 있는 것 같지?"

"이게 다 너 때문이잖아."

준환이 짜증난다는 듯 목소리를 낮게 내리깔았다.

"어제 네 병실을 나선 후부터 키스마크에 대한 소문이 병원 안을 돌고 돌아 내 귀에 들어왔어. 나더러 음흉한 짐승이라더군."

"준환 씨 짐승 맞잖아. 음흉한 짐승."

"그러다 혼난다."

"혼내봐, 혼내봐!"

파지가 짓궂게 웃으며 준환에게로 얼굴을 들이밀었다.

"흠흠. 그만."

파지의 유혹적인 입술에서 겨우 시선을 떼어낸 준환이 헛기침을 하며 파지에게서 한 걸음 뒤로 물러섰다.

"쳇. 용기 없긴."

"용기가 없는 게 아니라 공과 사를 구별하는 거다. 여긴 엄연히 내 직장이니까."

"그래 봤자, 작은아버지가 이 병원 원장이라 잘릴 일은 없잖아."

파지의 말에 준환이 피식 웃으며 고개를 흔들었다.

"네가 작은아버지를 잘 몰라서 그래. 기껏 힘들게 의대 졸업해놓고 딴따라 하겠다고 집 나간 아들 녀석이랑 부모 자식 연 끊고 산 지가 벌써 5년째다. 작은아버지는 한 번 아니라고 생각하시면 끝까지 아니라고 생각하시는 분이시지. 특히 공과 사는 엄격하게 구분해놓고 사시는 분이야."

"헤에……. 세상 참 힘들게 사시네."

"너처럼 살아도 문제야. 너처럼 되는대로 솔직하게 막살면 이 큰 병원 하루아침에 다 말아먹는다."

"내가 뭘? 나처럼 사는 게 얼마나 힘든지 알아? 세상에서 솔직하게 사는 게 제일 힘든 법이라고. 그런 의미에서 나는 시대의 진정한 위인으로 추앙받아 마땅하다고."

파지의 말에 터져 나오려는 웃음을 참은 준환이 저 멀리서 이쪽을 향해 다가오는 택시를 보고 손을 흔들었다. 택시는 즉시 준환과 파지의 앞에 멈춰 섰다. 준환이 택시의 뒷문을 열었다. 파지는 기분 좋은 얼굴로 성큼성큼 걸어가 준환이 열어준 택시 뒷좌석에 얌전히 앉았다.

파지가 자리에 앉았음에도 불구하고 준환은 문을 닫기를 망설였다. 준환이 문을 닫기를 망설이는 것을 본 파지가 씩 웃었다.

"진료 때문에 직접 데려다 주지 못해서 미안하지?"

준환이 놀란 듯 파지를 바라봤다.

"걱정하지 마. 이 천하의 김파지, 씩씩한 거 빼면 시체라고."

"조심히 들어가."

"응."

"절대로 맵거나 짠 음식 먹지 말고. 몸이 좀 괜찮아지면 그때 매운 낙지볶음 사줄게."

"오케이. 접수했음."

파지가 준환에게 엄지손가락을 올려 보였다. 그제야 안심한 듯 준환이 택시기사에게 만 원짜리 몇 장을 쥐여주었다.

"아직 환잡니다. 조심히 안전 운전해주십시오."

"여부가 있겠습니까? 안전하게 모셔다 드리지요."

생각보다 멀지 않은 파지의 집에 비해 많은 돈을 선금으로 받은 택시기사의 입이 저절로 쩍 벌어졌다.

"들어가라."

준환이 택시의 문을 닫았다. 출발하기 직전 파지가 준환을 향해 눈동자를 빛냈는데, 그 눈빛은 파지가 엉뚱한 짓을 하기 전의 선전포고와도 같은 눈빛이었기에 준환은 바짝 긴장했다.

"쪼옥!"

이윽고 이어진 파지의 행동에 준환이 비틀거렸다. 파지가 택시 뒷좌석 유리창에 자신의 입술을 갖다 붙인 것이다. 투명한 유리창에 선명하게 찍힌 파지의 선홍빛 입술 도장.

"미, 미쳤어, 김파지? 유리창이 얼마나 더러운데!"

파지의 입술 도장에 대한 충격이 가시자마자 더욱더 충격적인 생각이 준환을 강타했다. 아무리 깨끗하게 유리창을 닦아도 미세 먼지나 세균이 남아 있을 것이 분명한 택시 유리창. 유리창을 닦는 세제가 인체에 유해한 세제일지도 모른다. 혹시라도 강한 전염병을 가진 환자가 택시에 타고 있다가 유리창을 향해 기침이라도 했다면?

쓸데없는 생각들이 꼬리에 꼬리를 물고 있을 때, 파지를 태운 택시가 그대로 출발했다. 택시가 출발하는 소리에 정신을 차린 준환이 택시의 번호판을 머릿속에 집어넣었다. 택시기사가 여성들을 성추행하거나 납치하는 경우가 종종 있다는 인터넷 기사가 떠올랐기 때문이다.

준환이 택시 번호를 입속으로 웅얼거리고 있는데 파지가 준환을 향해 고개를 돌리더니 택시 뒤 유리창을 통해 준환에게 손바닥 키스를 날렸다. 또다시 준환이 휘청거렸다.

"저…… 저 못된 팥쥐!"

준환이 상기된 얼굴로 택시가 사라진 곳을 계속해서 응시하다가 이내 고개를 돌리고 병원 안으로 들어섰다.

"여! 이 선생!"

하경철이었다. 파지의 담당의……. 준환이 고개를 끄덕여 최소한
의 예의를 갖췄다. 매사에 늘 가볍고 낙천적인 그와 매사에 늘 심각
하고 진지한 준환은 전혀 어울리지 않았다. 그래서 그들은 대학 동
기에 올해 서른 살 동갑내기임에도 불구하고 전혀 사이가 좋지 않
다. 물론, 일방적으로 준환이 그를 무시하고 있는 것이지만.

"파지 씨, 벌써 갔나 보네."

경철이 준환의 옆쪽에 눈길을 던졌다가 실망한 듯 미간을 찌푸
렸다.

"컨디션이 안 좋은 것 같아서 택시 태워 집에 보냈어."

"그래? 이상하네. 오늘 아침에 봤을 때는 기분이 무척 좋아 보이
던데."

경철이 자신의 턱을 쓰다듬며 의아해하자 준환은 괜스레 속에
서 열불이 나는 것을 느끼고 잔뜩 가시를 세웠다.

"네가 담당의여서 그랬는지도 모르지. 여간해서 아픈 티를 잘 내
지 않는 사람이니까."

"하긴. 그날도 위에서 출혈까지 일어날 정도로 아팠는데 애써 태
연한 척하려고 하는 모습이 더 안쓰럽긴 했어."

경철의 말에 준환의 미간에 깊은 주름이 잡혔다. 저 가벼운 자식
은 왜 남의 여자한테 집적거리는 거야?

"그래서 앞으로는 파지가 병원 신세 안 지도록 내 쪽에서 더욱더
노력할 생각이야. 그럼 난 할 일이 있어서 이만 실례."

준환이 애써 부글거리는 속을 다잡으며 경철에게서 벗어나려는
데 그런 준환의 뒤통수에 대고 경철이 싱글거리며 말했다.

"진 교수님 생신 선물은 넥타이와 와이셔츠로 했어."

"안 물어봤다."

준환이 험악한 얼굴로 경철을 노려봤다.

"눈빛이 너무 무서운데?"

"입 다물고 가서 할 일이나 하시지? 너도 이제 슬슬 전공의 시험 준비에 바쁠 텐데 말이야."

"피차일반 아니겠어?"

경철이 준환의 험악한 얼굴에도 아랑곳하지 않은 채 방실거리며 말했다.

"나중에 파지 씨 만나면 저녁 사주기로 한 약속 잊지 않고 기다릴 테니까 그 약속 꼭 지켜달라고 전해줘."

오늘따라 더욱더 가벼워 보이는 경철을 한참 동안 노려보던 준환은 이내 더 이상 쳐다볼 가치도 없다는 듯 몸을 돌려 자신의 사무실로 향했다.

책상에 앉아 깍지를 낀 손 위에 턱을 얹은 준환은 지그시 눈을 감았다. 감긴 눈꺼풀로 인해 시야가 검어진 그의 눈앞에 파지의 생글거리는 얼굴이 떠올랐다.

예전엔 단 한 번도 파지에게 이렇게 강렬한 성적인 끌림을 느낀 적이 없었다. 하지만 요 이틀 새 자꾸만 파지에게 키스를 하고 싶다 거나 꼭 끌어안고 싶다는 충동에 속수무책으로 이끌리는 자신을 발견할 때가 한두 번이 아니었다. 게다가 지금은 파지에게 소유욕 비슷한 감정까지 느끼고 있지 않은가!

하긴. 이틀간의 파지의 행동을 떠올려보면 그가 파지에게 성적인 끌림을 느끼고 소유욕까지 느끼는 것은 지극히 당연한 일이 아닐 수 없었다. 병원에서의 파지는 예전의 차갑고 새침한 파지와는 조금 달랐다. 좀 더 유연하고 애교 있고 더…… 사랑스러웠다. 간드러진 목소리와 부드러운 입술로 그를 유혹하기까지 한다. 그것이 그를 잡기 위한 파지의 술수일 수도 있겠지만 못 이긴 척 넘어간 이유는 진심으로 그녀가 사랑스러워졌기 때문이리라.

그에게 있어서 지금의 파지는 예전의 파지가 아니었다. 트로피의 역할을 잘 감당해내던 신경질적이고 도도한 파지는 이제 없다. 파지는 남자의 위신을 세워주는 트로피에서 벗어나 톡톡 튀는 행동으로 남자의 혼을 쏙 빼놓는 사랑스러운 말괄량이가 되어버렸다.

"김파지."

기분 좋게 울리는 특이한 파지의 이름을 입 안으로 굴리면서 준환은 빙긋 미소 지었다. 앞으로 파지가 또 어떤 식으로 그를 놀라게 해줄지 이제는 기대되기까지 했다.

지금까지의 그는 진짜 파지의 모습을 보지 못하고 있었던 것이 분명하다. 파지는 못됐다, 라는 사실 하나에만 초점을 맞추고 있었기 때문에 그는 진정한 파지의 모습을 보지 못했다. 스스로의 생각에 갇혀 파지의 진심을 보려 하지 않고 있었던 것이다. 하지만 이제는 보였다. 그녀의 본모습이.

그러다가 준환은 조금 전 유쾌하게 그에게 선전포고 비슷한 것을 해오던 하경철이 떠올랐다. 그것은 분명 준환을 향한 선전포고였다. 파지가 자신에게 저녁을 사주기로 했다는 것을 준환에게 알리기 위해 일부러 돌아서는 그의 뒤통수에 대고 그런 말을 한 것이다. 병원 내에서 가벼운 바람둥이로 소문이 자자한 하경철. 그의 눈에 파지는 충분히 매력적이고 아름답게 비쳤을 것이다.

경철이 파지에게 욕심을 내는 것은 준환의 잘못이기도 했다. 그가 워낙 그동안 병원 사람들 앞에서 그녀를 홀대했기 때문에 경철은 준환에게 사랑받지 못하는 여자니 자신이 꼬시면 넘어올지도 모른다는 생각을 했던 것이 분명했다. 그들은 학창시절이나 지금이나 항상 라이벌 관계에 놓여 있었으니까.

"누가 넘보게 할 줄 알고?"

순간 파지에게 경고를 해주어야겠다는 생각에 정신이 번쩍 든 준환이 주머니에서 휴대폰을 꺼내들었다. 대체 이 여자는 어쩌자고 한눈에 척 봐도 가볍기가 깃털같이 보이는 남자한테 밥을 사주겠다는 약속을 한 거야?

예전에 파지가 억지로 설정해준 단축번호 1번을 꾹 누르는 준환의 손아귀에 힘이 들어갔다.

집에 도착해 막 침대에 누운 파지가 갑작스럽게 울리는 휴대폰으로 시선을 던졌다. 휴대폰 액정에 준환의 사진이 보였다. 한 달 전 사진 찍기 싫다는 준환에게 억지로 휴대폰을 들이대 사진을 찍고 준환에게서 전화가 오면 저절로 뜨게 만든 것이었다. 파지가 기분 좋게 전화를 받았다.

"응, 준환 씨."

[집에 도착했어?]

"응. 지금 막 도착해서 침대에 누웠어."

[양치질은 했고?]

"응? 무슨 양치질?"

파지가 영문을 모르겠다는 듯 되묻자 준환이 낮은 목소리로 말했다.

[위생적으로 절대 깨끗하지 않을 것이 뻔한 택시 창문에 입술을 비벼댔잖아. 빨리 가서 양치질부터 해.]

"뭐야, 그런 거였어? 귀찮아."

[얼른.]

"진짜 귀찮은데……."

파지가 투덜거리면서도 화장실로 향했다. 휴대폰을 한쪽 빰과 어깨로 지탱하면서 칫솔에 치약을 듬뿍 짠 파지가 다시 휴대폰을 제대로 고쳐 잡으며 양치질을 시작했다. 휴대폰 너머로 치카치카 소리가 들리자 안심한 듯 준환이 누그러진 목소리로 말했다.

[처방받은 약 꼬박꼬박 잘 챙겨 먹고.]

파지가 칫솔 때문에 웅얼거리는 목소리로 투덜거렸다.

"내가 아기도 아니고……. 그런 건 혼자서도 알아서 잘해."

[당연히 혼자서도 잘해야지. 그런 것 하나 제대로 못 하면 스물여덟 먹은 성인이라고 할 수가 없지.]

준환이 잠시 망설이다가 이내 말을 이었다.

[너 배웅하고 들어가는 길에 하 선생 만났다.]

"하 선생? 그게 누구야?"

파지가 경철을 제대로 기억하지 못한다는 것에 묘하게 안심한 준환이 피식 웃었다.

[네 담당의였잖아. 하경철 선생.]

입 안 가득 넘치던 거품을 세면대에 뱉어낸 파지가 그제야 알 것 같다는 듯 탄성을 토해냈다.

"아!"

[이제야 기억나나?]

"그 잘생기고 핸섬하고 샤프한 총각 의사선생님 말하는 거지?"

경철의 외모를 향한 칭찬의 메시지가 가득 담긴 파지의 말에 미소 짓던 준환의 얼굴이 순식간에 일그러졌다. 그와 동시에 즐겁던 기분 또한 급속도로 낮아지기 시작했다.

[그래. 그 잘생기고 핸섬하고 샤프한 하 선생이 오늘 나한테 솔깃한 정보를 주더군.]

"무슨 정보?"

[네가 친절하게도 그 선생한테 친히 저녁을 사주겠다고 약속했다는 것 말이야.]

파지가 웃음을 터뜨렸다.

"난 또 뭐라고. 겨우 그것 때문에 그렇게 무서운 목소리로 전화한 거야?"

[겨우?]

"신세 진 생명의 은인한테 밥 한 끼 사주는 게 뭐가 대수라고 그래. 준환 씨도 저번에 한빛병원 여자 의사랑 같이 저녁 먹었잖아."

파지가 따지고 들었다.

"그때 내가 그렇게 가지 말라고, 갈 거면 나도 같이 데리고 가라고 그랬는데 못 들은 척 혼자 갔으면서!"

찔리는 일이 있는지, 준환이 잠시 주춤하는 기색이 느껴지자 파지의 눈에서 불길이 활활 타올랐다.

[음…… 그건 일 때문에 만나는 자리였으니까, 그건 여기서 빼도록 해. 일 때문에 만나는 자리에 애인을 데리고 가는 남자는 이 세상에 하나도 없어.]

"몰라 몰라, 듣기 싫어. 그날 내가 준환 씨가 저녁 다 먹고 전화할 때까지 얼마나 안절부절못했는지 알아?"

준환이 파지의 반격을 무시하며 말했다.

[그럼 넌 일 때문에 하 선생을 만나는 게 아니라 단지 신세 진 것
에 대한 보답으로 만나는 거니까 하 선생과 저녁 먹는 자리에 내가
함께 해도 괜찮겠네.]

"왜 말이 그렇게 돼? 싫어. 준환 씨는 빠져."

[김파지!]

"준환 씨도 그때 내가 얼마나 불안하고 초조했는지 한 번 느껴
봐."

파지가 의미심장한 미소를 지으며 휴대폰의 통화 종료 버튼을 눌
렀다. 그리고 거품을 헹궈내지 못해 텁텁한 입 안을 위해 세면대의
수도꼭지를 틀고 입 안을 헹궈내기 시작했다.

"어림없어, 이준환. 이제는 김파지의 시대야. 훗."

수건으로 젖은 입가를 닦으며 화장실을 나오는데 파지의 주머니
안에서 잠시 침묵을 유지하던 휴대폰이 시끄러운 비명을 지르며 파
지의 손길을 찾기 시작했다. 수건을 바닥에 던져버린 파지가 휴대
폰의 종료 버튼을 길게 눌러 아예 전원을 꺼버렸다.

"흥, 속깨나 썩을 거다."

잠시 까맣게 전원이 꺼진 휴대폰을 노려보던 파지가 갑자기 생각
난 듯 병원에 입원하던 날 입고 있던 점퍼의 주머니를 뒤적거려 명
함 하나를 찾아냈다. 파지가 위염으로 인해 반쯤 죽어가던 그날 만
난 승훈에게서 받은 명함. 파지는 즉시 그 명함에 나와 있는 번호로
전화를 걸었다. 물론 집전화로 말이다.

[네. 박승훈입니다.]

"안녕하세요, 승훈 씨. 김파지예요."

[아, 파지 씨! 몸은 좀 어떠세요?]

수화기를 타고 들려오는 걱정에 파지가 빙긋 웃었다.

"많이 괜찮아졌어요. 준환 씨가 병간호를 해줬거든요."

[오호라……. 그 이준환이 말입니까?]

"그럼요. 제 옆에서 한시도 떨어지지 않으려고 해서 얼마나 귀찮았는지 몰라요, 호호호."

잠시 간드러지게 웃은 파지가 침을 한 번 꿀꺽 삼키고 진지한 목소리로 입을 열었다.

"승훈 씨."

[예. 말씀하세요.]

"혹시 박지운 씨 여자친구 전화번호 아세요?"

[지운이 여자친구라면…… 정하연 씨 말하는 겁니까?]

"네. 혹시 모르신다면 좀 알아봐주시면 안 될까요?"

[아아. 정하연 씨 연락처라면 알고 있습니다. 친구들끼리 모일 때 몇 번 본 적이 있는데 그때 전화번호를 교환했습니다.]

혹시라도 그 여자의 번호를 알아내지 못할까 봐 걱정하던 파지의 얼굴이 밝아졌다.

"알려주세요. 그 여자 번호."

[그전에 이유를 물어봐도 되겠습니까? 왜 하연 씨 번호를 알고 싶어 하는 건지.]

승훈이 뜸을 들이자 파지의 미간에 줄이 생겼다.

"남자가 쩨쩨하게 여자들 일에 끼어드는 거 아니에요."

파지의 말에 승훈이 웃음을 터뜨렸다.

[하하하! 그러니까 쩨쩨한 남자가 되기 싫으면 빨리 번호를 알려 달란 뜻이군요.]

"정답이에요."

[하하! 파지 씨 정말 재밌는 사람입니다.]

"그런 말 많이 들어요."

[준환이 녀석이 부럽네요.]

승훈의 은근한 말에 파지가 한숨을 내쉬었다.

"본인은 자기가 얼마나 행운인지 모르니까 그게 문제죠."

[준환이는 똑똑한 녀석이라 자기가 얼마나 큰 행운을 얻었는지 벌써 알고도 남을 겁니다. 걱정하지 마세요.]

"꼭 그랬으면 좋겠네요."

승훈에게서 하연의 전화번호를 얻어낸 파지가 음흉하게 웃었다. 파지의 손아귀에서 하연의 전화번호가 적힌 하얀 종이가 순식간에 구겨졌다.

"넌 이제 정말 죽었어."

뺨 한 대 맞고 전치 2주 나온 여자 얼굴 좀 구경하러 가야겠다.

휴대폰 전원을 켜니 부재중 통화가 2통 와 있었다. 모두 준환의 것. TV에서 보면 다른 남자들은 여자친구가 전화를 일방적으로 끊고 받지 않으면 기본이 10통이라던데, 준환은 아직도 기본이 안 돼 있다. 아무리 여자친구가 전화를 툭 끊었다고 해도 그렇지. 좀 끈기 있게 전화 때릴 것이지, 2통이 뭐니, 2통이? 끈기 없는 남자 같으니라고. 쯧쯧, 가르쳐야 할 게 아직도 산더미네, 산더미야.

4장.
지고는 못살아!

　준환은 현재 자신의 휴대폰에 뜬 수신자의 이름을 험악한 얼굴로
노려보고 있었다.
　"흠."
　목소리를 가다듬은 준환이 통화 버튼을 눌렀다.
　[여! 친구!]
　준환의 입술이 일그러졌다.
　"친구는 무슨 얼어 죽을 친구냐."
　[파지 씨한테 다 들었어. 둘이 화해했다면서?]
　"누구한테 들었다고?"
　[파지 씨한테 조금 전에 전화가 왔거든. 네가 파지 씨의 병간호를
하면서 얼마나 짐승처럼 굴었는지 다 들었다.]
　"하!"
　준환이 코웃음을 쳤다.
　"짐승?"

[그래, 이 짐승아. 파지 씨 옆에 착 달라붙어서 떨어질 생각도 안 했다면서?]

내 이 여자를 당장⋯⋯!

준환의 이마에 힘줄이 돋았다.

[다행이다, 자식.]

준환을 놀릴 때 나오는 승훈 특유의 장난기 어린 목소리가 따뜻함을 머금고 부드럽게 변했다.

[지운이 자식 때문에 너 그러는 거 봤을 땐 진짜 얼마나 화가 치밀던지. 그딴 일 때문에 헤어지는 건 좀 너무하다 싶었다.]

"박승훈⋯⋯."

[너랑 파지 씨 진짜 잘 어울리거든? 내가 양보할 테니까 둘이 어디 한 번 지지고 볶고 알콩달콩 잘 살아봐라.]

"지금까지 연기했던 거라고 말하는 거냐?"

[뭘?]

"내 기억으론 너, 그날 나한테서 파지를 빼앗겠다고 선전포고를 했던 것 같은데?"

[아니지. 네가 버린 파지 씨를 내가 거두겠다고 했지.]

승훈이 킬킬거리며 웃어댔다.

[그때 네 목소리 정말 볼만했지. 표정은 더 가관이었을 거야, 그치?]

준환이 온몸으로 내뿜고 있던 적의를 거두고 한숨을 내쉬었다.

"그날 그런 말을 한 이유나 알자."

준환이 목소리에서 적의를 거두고 차분하게 물어오자 승훈의 목소리가 다시 진지해졌다.

[네 녀석을 20년이나 지켜봐왔던 나로서는 파지 씨랑 네가 그렇게 헤어지는 꼴은 절대로 보고 싶지 않았다.]

"그게 뭐 대수라고……."

준환이 마음에도 없는 말을 지껄이며 시선을 아래로 내리깔았다. 말은 그렇게 했지만 그는 승훈에게 고마움을 느끼고 있었다. 그가 아니었으면 준환은 아직도 파지와 냉전 중이었을 것이다. 아니, 아예 남남이 되어 있었겠지.

[그냥 친구의 오지랖이라고 생각하고 잘 들어. 너도 잘 알겠지만 난 주위 사람들의 얘기만 듣고 누군가를 판단하는 과오를 저지르는 사람을 가장 어리석은 사람이라고 생각하고 있어.]

"그래."

[난 아직 파지 씨의 얘기를 듣지 못했고 너도 제대로 듣지 못했다고 했지. 지운이 자식, 하연 씨가 다치고 나서 이성을 잃은 모양인지 파지 씨에 대해 지나칠 정도로 나쁘게 말하더라고.]

승훈이 잠시 말을 멈췄다. 준환에게 생각할 시간을 주는 것 같았다.

[난 지운이 말이나 하연 씨 말, 다는 안 믿는다. 누구의 말도 안 믿고 있을게. 그러니까 넌 파지 씨의 안 좋은 얘기만 듣고 판단하지 말고 천천히 제대로 살펴보고 사랑해줘라. 제삼자가 보기에 파지 씨, 너 많이 사랑하는 것 같았어. 그렇게 사랑하는 사람한테 오해를 받고 헤어지자는 통보를 받으면 파지 씨가 너무 안쓰럽잖아. 그래서 내가 좀 도발을 했지.]

승훈이 다시 킬킬거렸다.

[아주 잘 넘어오시더라고, 이준환 선생.]

"네가 연기를 잘해서 그랬겠지."

준환이 이죽거리자 승훈이 약간은 씁쓸한 목소리로 말했다.

[반은 진심이었는데?]

"뭐라고?"

[솔직히 파지 씨가 널 사랑하는 걸 보면서 내심 많이 부러웠거든. 파지 씨, 널 따라서 우리들이 모이는 모임은 꼬박꼬박 참석하면서도 네가 아닌 다른 사람의 시선을 느끼거나 다른 사람이 말을 걸면 노골적으로 불쾌해하고 불편해했거든. 그런 파지 씨의 모습을 보고 나도 처음에는 너나 다른 녀석들처럼 파지 씨의 성격이 좀 못된 거라고 생각하고 관심을 껐었어. 솔직히 세상 어느 남자가 그런 성격의 여자에게 호감을 느끼겠냐. 그런데 내 생일날이었나? 그날도 파지 씨는 여느 때처럼 무뚝뚝하고 새침한 표정으로 난 너희들이랑 같이 놀기 싫은데 준환 씨 때문에 여기 앉아 있는 거야, 라는 표정을 짓고 있었다. 그 모습에 정말 질렸다는 생각이 들더라고. 생일을 축하하는 자리에 와서까지 그런 표정을 짓고 있는 건 좀 실례잖아. 그런 생각을 하면서 멍하니 파지 씨를 쳐다보고 있었는데, 갑자기 네가 술 그만 마시라면서 손에서 술잔을 빼앗으니까 어린아이처럼 좋아하면서 환하게 웃는 거야. 마치 이 세상 행복이란 행복은 모두 다 자기가 가진 것처럼 말이야. 그 모습을 보고 진심으로 네가 부러워졌다. 한 여자를 그렇게 행복하게 웃게 해줄 수 있는 능력을 갖춘 남자라…… 그건 모든 남자들의 로망이잖아. 솔직히 그런 여자, 놓치면 너무 아깝잖아.]

승훈의 말에 준환이 이를 갈았다.

"그날 찍은 거지?"

[응? 뭘 찍어? 아아, 그날 내가 찍은 파지 씨 사진?]

"그래."

[저도 모르게 셔터에 손이 가더라고. 그 정도로 빛났다, 파지 씨.]

"내 거다."

[알아, 인마.]

승훈이 너스레를 떨었다.

[네가 파지 씨를 행복하게 해준다면, 나는 눈물을 머금고 물러나 주지.]

"행복은 잘 모르겠지만 노력은 해보마."

[자식, 튕기긴.]

준환이 갑자기 어두워진 목소리로 물었다.

"친구끼리 여자 돌려가며 사귀는 거 꼴불견이라면서 질색을 하던 네 눈에도 그렇게 비쳤는데, 남의 여자 따위 껌으로 여기는 녀석한테는 더욱더 반짝반짝 빛나 보이겠지? 갖고 싶어서 어쩔 줄 모를만큼."

[뭐야.]

승훈의 목소리에 놀라움이 배어들었다.

[누가 나 말고 파지 씨를 넘보는 건데? 난 안전함이 보장되지만 다른 녀석들은 그런 거 보장 못 한다고.]

"있어. 깃털처럼 가벼운 놈 하나."

준환의 낮은 목소리로 으르렁거렸다.

[아 참.]

승훈이 갑자기 생각났다는 듯 손가락을 튕겼다.

[파지 씨가 아까 전화해서 하연 씨 전화번호를 물어보더라.]

"뭐?"

이를 갈던 준환의 눈이 동그래졌다.

[왜 물어보는지 물어봤는데, 대답을 안 해주더라고.]

"대답을 안 해줬다고?"

[남자가 쩨쩨하게 그런 거 물어보는 게 아니라나 뭐라나. 아하하하! 넌 정말 재밌는 여자랑 만나는 거야.]

준환은 파지를 칭찬하느라 정신이 없는 승훈과의 통화를 마치고 파지에게 전화를 걸었다. 애석하게도 그녀는 통화 중이었다.

휴대폰에 하연의 번호를 입력하고 통화 버튼을 누르는 파지의 얼굴에 심술이 덕지덕지 붙었다.

"빨리 받아라, 이 가시나야."

하연이 전화를 받길 기다리며 주문 아닌 주문을 외우고 있는데 신호음이 끊기고 가냘픈 여자의 목소리가 들렸다. 단정하고 조신한 여자의 대표적인 목소리. 그 목소리는 여자인 자신조차 듣고만 있어도 저절로 보호해주고 싶은 마음이 들게 하는 그런 목소리였다.

[여보세요?]

"정하연 씨?"

[네. 제가 정하연입니다. 그런데 실례지만 누구…….]

"나 누군지 알지?"

[네?]

"모르는 척하긴."

파지가 씩 웃었다.

"자기한테 전치 2주의 부상을 입힌 사람 목소리도 못 알아보네요? 나 같으면 죽을 때까지 기억하고 있다가 찾아가서 박살을 낼 텐데 말이죠. 난 누구 말대로 못돼 처먹어서 당하고는 못 사는 성격이거든요."

[김⋯⋯파지 씨?]

"그래요. 이제야 알아보다니, 좀 실망인데요? 난 너한테 전치 2주의 상해를 입힌 죽어 마땅한 여자잖아요?"

잠시 휴대폰 너머로 침묵이 흘렀다.

"어머. 그 잠깐 사이에 꿀이라도 먹었나 봐요? 입 안에 거미줄 돋겠다, 입이 뚫렸으면 어디 말 좀 해봐요."

[김파지 씨? 내가 파지 씨보다 한 살이 더 많아요. 갑자기 전화해서 이렇게 버릇없이 굴지 마세요.]

하연이 싸늘해진 목소리로 말했다. 그 말에 파지가 코웃음을 쳤다.

"언니 같은 행동을 해야 언니 대우를 해주지요. 그렇게 유치찬란한 짓을 해놓고도 언니 대접 받기를 원하세요, 전치 2주 씨?"

[김파지 씨!]

"왜! 정하연 씨!"

파지가 버럭 소리를 지르자 하연이 목소리를 가다듬었다. 이 정도까지 찔렸는데 본색을 드러내지 않고 있다는 뜻은 분명 저 여자 옆에 누군가가 있다는 거겠지. 그날 화장실에서는 있는 대로 자신의 인내심을 꼬아 비틀던 여자였으니.

[파지 씨, 도가 지나치시네요. 더 이상 버릇없게 행동하면 저도 가만히 있지 않겠습니다.]

"어머! 그거 잘 됐네요. 나도 가만있고 싶지 않은데. 우리 서로 가만히 있고 싶지 않으니까 움직이면 되겠네요. 지금 만나죠. 어디서 만날까요?"

[저는 파지 씨 다시는 만나고 싶지 않습니다. 중요한 용건이 있으신 거라면 그냥 대화로 해결하도록 해요.]

"왜, 또 맞을까 봐 겁나세요? 이번엔 전치 2주가 아니라 4주가 나올까 봐?"

파지가 비꼬자 휴대폰 너머로 이 가는 소리가 소름끼치도록 분명하게 들려왔다.

[우리 남자친구들이 자주 모이는 카페 아시죠? 모나카. 내일 7시에 거기서 뵙도록 하죠.]

"좋아요. 늦지 마세요."

파지가 먼저 전화를 끊었다.

"좋아. 이제부턴 전쟁이다, 김파지. 요즘 시대에 내 남자는 내가 지켜야 하는 거야. 세상 어느 누구도 내 남자를 나 대신 지켜주지 못해."

다음날 파지는 씩씩하게 밥을 챙겨 먹고 드라마를 보면서 스트레칭도 하며 하루를 보내다가 하연과 약속한 시간이 가까워지자, 얼른 샤워를 하고 나와 화장대에 앉았다.

커다란 거울이 붙어 있는 화장대 앞에 앉아 자신의 얼굴을 여기저기 뜯어보던 그녀는 평소보다 더 공을 들여 화장을 하기 시작했다. 병원에서는 화장도 제대로 못 하고 간호사에게 빌려 겨우 BB크림이나 바를 수 있을 정도였으니, 오랜만에 하는 화장은 하연과의 만남에 잔뜩 달아올랐던 그녀의 마음을 오히려 안정되고 차분하게 만들어주었다.

"꿀리면 지는 거다, 파지야."

공을 들여 눈썹을 그리면서 파지는 샐쭉하게 웃었다. 누가 봐도 그 여자보다 내가 훨씬 예뻐 보일 정도로 화려하게 꾸미고 나가주겠어. 애초부터 여자란 자신보다 예쁘고 잘난 사람에게 무의식적으로 기가 죽는 법이었다.

두고 보자고. 아까의 전화 통화는 새 발의 피라고 여길 정도로 말끝마다 철저하게 비꼬아서 본색을 드러내게 만들어줄 테니까.

내 남자한테는 손도 못 대게 해주겠어. 같은 여우라면 넌 아직 내 발끝에도 못 미치는 하급 여우야. 꼬리 하나 달린 여우 주제에 어디서 꼬리 아홉 개 달린 여우한테 올라타니? 적당히 해라. 그러다 땅으로 곤두박질친다, 응?

잔뜩 벼르며 호화찬란하게 꾸미고 나온 파지가 오늘 하연과 만날 약속 장소인 모나카 앞에 도착했다. 지금 시각은 약속시간을 훨씬 넘긴 7시 30분이었다.

카페의 문 앞에 서서 항상 가지고 다니는 손거울로 자신의 얼굴 상태를 점검하던 파지의 얼굴에 오만한 미소가 어렸다. 그야말로 완벽, 그 자체였다.

"이제 슬슬 들어가 볼까?"

당당하고도 힘찬 걸음으로 카페 문을 열고 들어선 파지의 눈에 새치름한 표정으로 앉아 있는 하연이 보였다.

"가소롭네."

청순가련한 얼굴과는 전혀 어울리지 않는 새치름한 표정을 지으며 자신을 노려보는 하연에게 여유로운 미소를 던져준 파지가 하연의 자리에 앉았다.

30분이나 늦은 것에 대해 아무런 사과의 말도 하지 않고 덥석 자리에 앉아 짧은 미니스커트 아래로 드러난 매끈한 다리를 꼬는 파지를 향해 하연이 날카롭게 말했다.

"사람을 30분이나 기다리게 했으면 오자마자 사과부터 해야지요."

하연의 말에 파지가 코웃음을 치더니 테이블 가까이 상체를 붙이고 얼굴을 하연의 가까이에 들이댔다.

"이봐요, 정하연 씨. 당신은 사과에 대한 정의를 잘 모르고 있나 봐요. 사과는 상대방에게 잘못했을 때나 그 사람에게 미안한 마음이 들 때 하는 말이에요."

"그래서요?"

"난 정하연 씨한테 잘못한 적도 없고 미안한 마음이 들지도 않거든요. 그러니까 굳이 사과를 할 필요는 없다고 생각하는데……."

"뭐예요?"

아래로 처져 순하게 보이는 하연의 눈꼬리가 순식간에 하늘 높은 줄 모르고 위를 향해 높게 치솟았다. 그래, 바로 그 모습이야. 그날, 나한테서 준환 씨를 빼앗겠다고 당당하게 큰소리치던 그때의 얼굴. 드디어 나왔군.

"코리안 타임. 알죠?"

파지가 하연에게 한쪽 눈을 찡긋했다. 그런 파지의 모습을 보는 하연의 입술이 하얀 이에 사정없이 깨물렸다.

"기본 30분은 너그러운 마음으로 이해해주는 거예요. 그런 거 하나

이해 못할 정도로 마음이 좁은 건 아니잖아요? 천사표, 정하연 씨."

하연이 잠시 파르르 떨더니 이내 끓어오르는 마음을 정리하려는 듯 심호흡을 하기 시작했다. 파지는 그제야 하연의 얼굴을 찬찬히 훑어보았다. 분명 싸대기 한 대 맞은 것 같은 사람의 얼굴은 아니었다. 왼쪽 눈에는 아직 채 가시지 않은 피멍의 흔적이 고스란히 남아 있었고, 붉은 입가는 뭔가에 맞은 듯 심하게 터져 있었다. 오른쪽 뺨에는 손톱자국으로 보이는 스크래치도 몇 개 보였다.

"좋아요. 이제 본론으로 들어가도록 하죠."

"바라던 바예요."

하연이 편하게 자세를 잡고 앉았다. 그런 하연을 향해 파지는 보이지 않는 이를 드러내며 으르렁거렸다.

"우선 정하연 씨의 전치 2주에 대해 토론하는 시간을 가져보도록 할까요?"

파지가 하연의 왼쪽 눈가의 멍을 노려보며 묻자, 하연의 얼굴이 급속도로 차갑게 굳어졌다. 그것은 뭔가 찔리는 것이 있을 때의 사람들의 표정이 분명했다. 자신의 거짓을 숨기기 위해 무조건적으로 방어할 준비를 하는 인간의 본능.

"그날 내가 화장실에서 나갈 때 정하연 씨 얼굴은 어떤 각도에서 보아도 손색이 없을 정도로 멀쩡했어요. 아! 맞아요. 손자국은 좀 선명하게 나 있었죠. 그건 인정할게요, 내가. 그런데 어떻게 하루 만에 전치 2주가 나올 수 있는 걸까요? 꼭 마법 같아서 신기하네요."

파지가 비꼬자 하연이 미간을 찌푸렸다. 그러다 이내 교활한 미소를 지으며 자신의 상처를 손가락 끝으로 살살 어루만지기 시작했다.

"무슨…… 소리를 하는지 모르겠네요. 이건 파지 씨가 만들어 놓은 상처잖아요."

파지의 눈썹이 하늘을 향해 치켜 올라갔다.

"그 상처가 내가 만든 상처다…… 이 말이죠?"

"본인이 내놓고 모른 척하는 건가요? 아아…… 그날 파지 씨, 술 많이 마셨죠. 그래서 기억이 잘 나지 않는 모양인데 이 상처, 파지 씨가 만든 상처 맞아요. 그 밖에 팔이나 다리에도 시꺼먼 멍이 들었죠."

그날 파지는 술을 많이 마시지 않았다. 그리고 하연이 아무리 자신의 남자친구를 빼앗으려 하는 불여시라고 해도 준환의 친한 친구의 애인이었기에 좋게 마무리 지으려 화장실에서 있었던 일을 아무에게도 말하지 않았었다. 그건 순전히 준환을 위해서였다. 하지만 태어나서 지금까지 한 몇 안 되는 선행 중 하나였던 그 일로 인해 그녀는 어떤 대가를 치러야 했던가. 준환을 위해 했던 선행으로 인해 준환과 영영 헤어질 뻔했다.

"후후후."

갑자기 파지가 웃기 시작했다. 처음에는 작고 가볍던 파지의 웃음소리가 시간이 지남에 따라 점점 커지기 시작해 온 카페 안을 울리기 시작했다.

"역시 착한 건 나랑 안 맞아."

오늘만 하더라도 준환이나 하연의 남자친구에게 하연의 본성을 까발리기 위해 노력하는 것보다는 일을 크게 만들지 않기 위해 하연과 단둘이 만나 결판을 짓고 평화로운 일상으로 돌아가고자 하지 않았던가. 준환을 위한 선행은 항상 파지를 음험한 사지로 몰아넣는다. 아니, 준환을 위한 선행을 떠나서 지금까지 살아오면서 누군가를 위해 선행을 베풀 때면 항상 그 대가로 자신이 다쳤던 것 같다. 그녀의 몸이 다치든지…… 마음이 다치든지. 꼭 그 둘 중 하나였다.

"내 나름의 예의를 갖춰 깍듯이 대접해주려고 했는데 말이야……"

파지가 웃음을 멈추고 거만한 태도로 의자에 몸을 깊숙이 묻고 앉아 붉은 매니큐어가 칠해진 손톱으로 테이블을 톡톡 두드렸다.

"이봐, 정하연 씨. 너는 절대로 건드려선 안 되는 곳을 겁도 없이 계속해서 건드렸어. 나한테 있어서 이준환이란 존재는 절대로 누군가가 넘봐선 안 되는 성역인데 말이지."

"성역?"

"그날 난 술을 딱 반 잔 마셨을 뿐이야. 넌 모르고 있겠지만 난 술을 잘 못하거든. 체질적으로 맞지가 않아서 웬만하면 마시는 시늉만 할 뿐 거의 입에 대지 않아. 준환 씨도 그걸 잘 알고 있고. 그런데 넌 내가 술에 취해 자기를 죽어라 패서 전치 2주의 부상을 입혔다고 잘도 지껄이고 있지."

파지가 손을 뻗어 하연의 세련되게 웨이브된 머리카락을 우악스럽게 움켜잡고 자신에게로 끌어당겼다.

"이준환은 말이야."

파지가 하연의 머리카락을 아프게 끌어당겼다. 하연의 귓가에 자신의 입술을 가까이 가져간 파지가 은밀한 목소리로 말했다.

"이준환은…… 내가 지금까지 살아오면서 처음으로 전부를 갖고 싶다고 생각한 사람이야. 누구한테도 전부를 준 적 없던 내 마음을 송두리째 가져간 사람이기도 하고. 그래서 난 그 사람을 절대로 빼앗길 수가 없어. 나 같은 여자한테도 따뜻한 마음이 있다는 것을 깨닫게 해준 최초의 사람이니까."

"이거 놔!"

하연이 파지의 손에서 빠져나가기 위해 꿈틀대자 하연의 머리카락을 쥔 파지의 손에 더욱더 힘이 들어갔다.

"난 17살 때 친구를 찔렀던 사람이야. 그런 내가 이제 와서 내 전부가 된 그 사람을 빼앗아가려 하는 널 가만 놔둘 것 같니?"

말을 마친 파지가 천천히 하연의 머리카락을 쥔 손에 힘을 풀었고 하연은 파지의 손아귀에서 벗어날 수 있었다. 하지만 파지에게서 벗어난 하연은 전신을 가늘게 떨고 있었다. 17살 때 친구를 찔렀다고 말하며 보이지 않는 협박을 하던 파지의 눈동자. 새파랗게 독기가 서린 눈동자가 하연의 온몸을 휘감고 놓아주지 않았다.

하연이 가늘게 떠는 모습을 바라보고 있던 파지가 웃음을 터뜨렸다. 뭐야. 겉모습만 대범한 여우였지 속은 겁에 질린 양이었잖아?

살벌하게 하연을 쏘아보던 파지가 행동을 바꿔 다시 예의 그 빈정 섞인 존댓말로 말하기 시작했다.

"이봐요, 정하연 씨. 난 정말 정하연 씨가 왜 전치 2주의 상처를 입었는지 모르겠어요. 그 미스터리는 정하연 씨만이 알고 있겠죠."

파지가 자리에서 일어섰다.

"정하연 씨와는 더 이상 함께 말을 섞고 싶지 않네요."

"이대로 밖으로 나가시면 후회하실 텐데요."

갑자기 하연이 피식 웃었다. 궁지에 몰린 쥐새끼의 얼굴에서 다시 여유로움을 되찾은 하연의 얼굴은 소름이 끼칠 정도로 못생겼다. 파지는 비열한 얼굴로 자신을 향해 미소 짓고 있는 하연의 얼굴에 또다시 손을 대고 싶은 마음을 가까스로 참으며 옆자리에 놓아두었던 핸드백을 집어 들었다.

"이 자리에서 계속 정하연 씨와 말을 섞는 것이 더 후회스러울 거예요."

자리에서 등을 돌리려던 파지가 힐끗 하연에게 시선을 던졌다.

"이 자리를 뜨기 전에 한 가지만 더 말씀드리죠."

파지가 하연을 향해 붉은 입술로 섬뜩한 미소를 지어보였다.

"고양이는 결코 호랑이를 이길 수 없어요."

말을 마친 파지가 카페의 입구로 걸어가 문을 열었다. 그곳에는 준환의 친구…… 즉 하연의 남자친구가 서 있었다. 파지를 발견한 지운의 눈이 저절로 하연을 찾아 카페 안을 헤맸다. 그리고 결국 하연을 발견했다. 조금 전까지만 해도 예쁘게 세팅이 되어 있던 머리를 잔뜩 헝클어뜨리고 고개를 숙인 채 가늘게 몸을 떨며 애처롭게 울고 있는 하연을…….

"하연아!"

지운이 서럽게도 울고 있는 하연에게 달려가 그녀의 작은 어깨를 품에 안았다.

"하……. 이런 거였니?"

파지가 어이없다는 듯 헛웃음을 터뜨리며 뒤돌아섰다. 이런 유치한 작전밖에는 생각하지 못하는 애송이를 지금까지 자신의 라이벌로 쳐준 것이 한없이 부끄러웠다.

하연의 유치한 장난에 웃으며 돌아서서 카페를 나서려는 파지의 발걸음을 지운의 목소리가 붙잡았다.

"얘기 좀 하실까요, 김파지 씨?"

올 것이 왔군. 그냥 넘어가 주면 어디가 덧나나?

"후."

한숨을 내쉰 파지가 뒤돌아섰다. 파지가 한 걸음 내디딜 때마다 하연이 움찔움찔 몸을 떨었다. 가소로운 것 같으니라고. 이대로 남자친구랑 같이 깔아뭉개주지.

"앉으시죠."

지운이 자신과 하연이 앉은 맞은편을 가리켰다.

"마감이 얼마 남지 않아서 그쪽한테 내드릴 시간이 얼마 없네요. 용건만 간단히 해주세요. 이래 봬도 A급 동화작가니까요."

지운이 남자다운 눈썹을 일그러뜨렸다.

"상당히 건방지시군요."

"훗. 당신 애인만 하겠어요?"

파지가 어깨를 으쓱했다.

"조금 전 하연이한테서 연락받고 급하게 오는 길입니다. 파지 씨가 전화해서 하연이를 불러냈다고요. 무섭다면서 덜덜 떠는 하연이를 달래서 절대로 약속장소에 나가지 말라고 했는데 결국 착한 하연이가 나왔네요."

지운이 하연의 어깨를 안은 팔에 힘을 주며 말했다.

"전치 2주로 모자라서 또다시 손을 댔습니까?"

"아뇨."

파지가 고개를 저었다.

"뭐라고요?"

"손댄 적 없다고요."

파지가 당당하게 말했다. 그러더니 갑자기 뭔가가 떠올랐다는 듯 눈동자를 빛냈다.

"아아. 정정하죠. 손댄 적 딱 한 번 있네요. 그날 화장실에서 뺨을 한 대 날려줬죠."

파지의 말에 열이 솟구친 듯 지운이 목구멍으로 으르렁거렸다.

"그럼 하연이를 때렸다는 것을 인정하는 겁니까?"

"네. 인정하죠."

"전치 2주나 되는 부상을 입힌 것도?"

지운의 말에 파지가 묘한 미소를 지으며 고개를 갸웃거렸다.

"생각해보세요, 박지운 씨."

"뭘 말입니까?"

"입장을 바꿔보자고요. 당신 같은 건 하연 씨 곁에 있을 자격도 없다면서, 네 여자친구는 내가 반드시 빼앗아 보일 거라고 선전포고하는 남자가 있어요. 어떻게 하시겠어요?"

파지의 물음에 지운이 놀란 듯 붕어처럼 입술만 벙긋거렸다. 파지의 말 속에 숨은 뜻은 하연이 파지에게 준환을 빼앗겠다고 선전포고를 했다는 뜻 아닌가.

"남자답고 씩씩한 지운 씨는 당장에 그 녀석을 녹다운시켰겠죠. 당신, 소싯적에 복싱 좀 했다면서요?"

파지가 자신의 긴 생머리를 손가락으로 훑어 내리며 눈을 아래로 내리깔았다.

"전래동화에 나와 착한 콩쥐를 못살게 구는 팥쥐처럼 못돼 처먹은 나라면 그 상황에서 어떻게 할까요? 내게서 준환 씨를 빼앗으려는 저 여자에게 겨우 전치 2주의 가벼운 부상만을 입혀서 다시 준환 씨 주위에서 얼쩡거릴 기회를 줄까요, 아니면 이왕 손을 대는 거 전치 2주는 새 발의 피로 보일 정도로 아주아주 커다랗고 깊은 상처를 입혀서 그 위험 요소를 아예 제거해버릴까요?"

파지의 입술에 위험한 미소가 걸렸다.

"생각해봐요. 어떤 것이 이득이 될까요?"

"우리…… 하연이가 준환이에게 집적거렸다는 겁니까, 지금?"

아아. 이 남자 말이 안 통하는 남자네.

"정확히 말해서 준환 씨가 아니라 나에게 먼저 집적거렸죠."

파지가 손가락으로 머리카락을 돌돌 말며 미소를 지었다.

"이렇게 착하고 여린 하연이가 준환이를 빼앗겠다고 선전포고를 했다는 말입니까? 그 말을 어떻게 믿습니까?"

"믿지 않아도 좋아요. 어차피 내 말을 믿어줄 거라는 기대는 눈곱만큼도 없었으니까."

파지가 왼손에 찬 시계로 시간을 확인한 뒤 울그락불그락 표정 관리를 제대로 하지 못하고 있는 지운에게 말했다.

"타임 오버. 더 이상 당신에게 할애해드릴 시간이 없네요. 그럼 전 이만 바빠서……"

당당하고 요염하게 파지는 자리에서 일어섰다. 그리고 여전히 훌쩍거리며 가늘게 떠는 하연에게 가증스럽다는 듯한 시선을 던졌다.

"그날 준환 씨한테 전화해서 이런 말을 하셨다죠? '네 여자 간수 좀 잘해라.' 그건 내가 하고 싶은 말이네요. 임자 있는 남자에게 집적거리기나 하는 엉덩이 가벼운 애인 간수 좀 잘하세요. 난 내 남자 절대로 빼앗기지 않을 테니까."

"오늘 일…… 준환이가 알면 분명히 별로 좋아하지 않을 겁니다."

지운이 이를 갈며 말했다.

"준환이는 파지 씨를 1년 남짓한 시간밖에 만나지 않았지만 나와는 6년 지기 친구니까요."

"남자가 치사하게 여자한테 모욕 좀 당했다고 일러바치기나 하고……. 훗, 참 믿음직한 남자네요. 마음대로 하세요. 준환 씨가 별로 안 좋아하면 어때요? 오늘 일로 나랑 헤어지고 싶다고 해도 상관없어요."

파지가 자신만만한 얼굴로 어깨로 흘러내린 머리카락을 뒤로 넘겼다.

"항복할 때까지 유혹하고 또 유혹해서 그 마음, 다시 내 것으로 만들면 되니까."

말을 마치고 휙 돌아서서 도도한 걸음으로 카페의 출입문을 통해 밖으로 나갔던 파지가 다시 출입문을 열고 고개를 빼꼼 내밀었다.

"저 여자, 정말 내 손에 아작나는 꼴 보고 싶지 않으면 다시는 내 눈앞에 띄게 하지 말아요. 다음에 다시 만나면 그땐 정말로 저 여자가 죽을 때까지 손찌검하고 싶어질지도 모르니까."

그 말을 끝으로 다시 밖으로 나간 파지는 다시 돌아오지 않았다. 정하연과 박지운의 완벽한 패배였다. 억지로 덜덜 떨고 있는 자신의 어깨를 꼭 끌어안아주며 파지를 향해 욕설을 중얼거리는 지운의 눈을 피해 초조한 듯 입술을 깨물던 하연이 그의 동정심을 사기 위해 더욱더 가련하게 흐느끼기 시작했다.

"지운 씨…… 나 믿죠? 나한테는 지운 씨밖에 없어요. 정말이에요. 내가 사랑하는 건 지운 씨예요."

"알아. 알고 있어."

지운이 가늘게 떨고 있는 하연의 어깨에 입을 맞추며 그녀를 달랬다.

"오늘은 먼저 집에 들어가. 준환이 자식 좀 만나야겠어."

지운이 잔뜩 인상을 찌푸린 채 하연의 손을 잡고 카페를 나서며 말했다.

"그 자식, 여자 보는 눈이 너무 없어. 어쩌자고 저런 여자를 골랐지?"

준환의 여자 보는 눈에 대해 불만을 터뜨리며 주차해 두었던 차로 다가가는 지운의 뒤에서 하연이 의미심장한 미소를 지었다.

'분열시킨 후 정복하라.' 바로 그것이 그녀가 세운 계략이었다.

퇴근할 시간이 얼마 남지 않아 괜히 즐거워지는 마음에 콧노래까지 부르고 있던 준환에게 전화가 걸려왔다. 지운이었다. 왠지 받고 싶지 않아 잠시 망설이며 휴대폰을 노려봤다. 저번에도 그의 전화 한 통 때문에 파지와 헤어질 결심을 하지 않았던가. 이번 해프닝의 원인은 전적으로 준환에게 있었지만 지운에게도 잘못이 없는 것은 아니었다. 파지가 하연을 때리긴 했지만 그 정도로 심하게 때리진 않았다고 하지 않은가! 뭐, 몇 대를 때렸든 때린 것은 파지가 잘못한 것이지만.

그는 파지를 믿기 위해 노력하기로 결심했고 아직까지 그 결심은 흔들리지 않았다. 하지만 본능적으로 알고 있었다. 지운의 전화가 자신의 결심을 흔들지도 모른다는 것을.

사실 어제 그녀가 승훈에게서 하연의 전화번호까지 알아내 갔다는 얘기를 듣고 난 후로부터 내내 마음 한구석이 불안으로 가득했었다. 파지는 하연의 전화번호를 알아낸 이유가 무엇이냐는 그의 물음에 애교 섞인 키스로 답을 대신했었다.

한참을 망설이던 준환이 억지로 손을 움직여 전화를 받았다.

"지운이냐."

[준환아. 오늘 병원 일 끝나고 나랑 좀 만나자.]

퇴근하자마자 파지에게로 가려던 계획이 무산되자 준환이 짜증 어린 신음을 삼켰다.

"무슨 일이야?"

[할 얘기가 있다. 파지 씨와 관련된 얘기야.]

아직도 어차피 고소도 하지 않겠다고 결정을 내렸으면서 또다시 그 일을 꺼내려는 지운에게 짜증이 난 준환이 차가운 목소리로 말했다.

"파지 얘기라면 너랑 더 할 얘기 없다."

[여기 모나카야. 올 때까지 기다릴게.]

"오늘은 선약이 있어서 안 돼."

[오늘 꼭 해야 할 일이야. 네 여자친구가 저지른 사고는 네가 처리해야지.]

"뭐?"

준환의 얼굴이 하얗게 질렸다.

"파지가 사고를 쳤다고?"

[그래. 네 못된 여자가 우리 하연이를 불러내서 또다시 한바탕했다.]

승훈을 통해 하연의 전화번호를 알아갔다고 하더니, 결국 파지가 하연을 불러내 사고를 친 모양이었다.

준환이 이를 악물고 대답했다.

"곧 가지."

준환이 전화를 끊고 굳어진 얼굴로 파지에게 전화를 걸었다. 전화기가 꺼져 있었다.

"도대체 이게 무슨……."

준환의 눈동자에 혼란이 깃들었다.

5장.
파지라는 이름의 상처덩어리

저 멀리서 지운이 심각한 표정을 한 채 자리에 앉아 있는 것을 발견한 준환이 굳은 얼굴로 지운에게 다가갔다.

"왔냐?"

"그래."

"앉아라."

준환이 지운의 맞은편에 앉았다. 웨이트리스가 다가와서 찬물이 담긴 잔을 준환의 앞에 놓고 사라졌다.

"뭐 마실래?"

지운의 물음에 준환이 고개를 저었다.

"됐다. 생각 없어. 뜸 들이지 말고 시작해. 파지가 무슨 짓을 했다는 거야?"

준환의 물음에 지운의 눈이 분노로 타올랐다. 그 모습에 준환이 긴장으로 몸을 굳혔다. 분명 지운의 눈에 떠오른 것은 파지를 향한 강한 분노였다.

"그 여자랑 당장 헤어져라."

"뭐……."

"도저히 두고 볼 수가 없어서 그런다. 당장 헤어져. 널 생각해서 하는 말이야."

지운이 강력하게 주장했다.

"큭. 하연이가 널 빼앗겠다고 했단다. 웃기지 말라고 그래. 그 착하고 섬세한 하연이가……. 나만 바라보는 그 예쁜 사람이 다른 남자를, 그것도 내 친구를 빼앗으려고 한다니……. 그 여자, 머리가 돌아도 한참 돌았어."

지운이 생각만 해도 짜증난다는 듯 두 주먹을 불끈 쥐었다. 파지도 준환에게 그런 말을 했었다. 하연이 파지에게서 자신을 빼앗겠다고 말했었다고. 그래서 때렸다고. 가만히 지운의 얘기를 듣던 준환의 눈에 한 줄기 빗금이 서렸다. 파지를 미친 사람 취급하는 지운이 못마땅해진 것이다.

"거기까지."

준환이 손을 들어 지운의 흥분에 찬 말을 막았다.

"정도껏 해라, 지운아."

지운이 타오르는 분노로 흥분했던 얼굴로 준환을 노려봤다.

"너 지금 흥분해 있다. 평소에는 너그럽게 허허 웃으면서 넘어가던 자식이 왜 이래."

"너 같으면 흥분 안 하게 생겼냐? 그 여자가 하연이를…… 내가 사랑하는 사람을 죽도록 괴롭히는데!"

"그럼 나도 너에게 화를 내야겠군. 너도 지금 내 앞에서 내가 사랑하는 사람을 욕하고 있으니까."

지운의 입술이 딱 닫혔다. 할 말이 없어진 것이다.

"너 파지 씨 안 사랑한다면서? 그냥 부모님 때문에 어쩔 수 없이 만난 거라면서?"

"그건 내가 반년 전, 술에 취해 아무렇게나 지껄였던 말이지. 지금은 아니야. 지금은 파지…… 사랑해."

예전에는 분명히 사람들이 파지를 사랑하느냐고 물으면 당연하게 아니라는 답변을 내어줄 수 있었다. 하지만 지금은 아니다. 묘하게 달라졌다. 그는 분명 파지에게 무언가 감정이 있었다. 아직 뭐라고 확실하게 설명할 수는 없지만 갖고 있는 것은 분명한 어떤 감정이. 파지를 옹호하기 위해 친구에게 망설임 없이 파지를 사랑한다고 말할 수 있을 정도라면 그 감정은 사랑이 맞을지도 모르겠다.

"설사 파지가 정말로 하연 씨를 때렸다고 해도 뭔가 이유가 있겠지. 난 지금 파지를 믿으려고 노력하고 있어. 그 노력을 헛되게 하려 하지 마라."

"그럼 하연이가 정말로 파지 씨한테 그런 짓을 했다는 거야?"

지운이 험악한 얼굴로 물었다.

"아니."

준환이 침착한 목소리로 말했다.

"파지 쪽 얘기도 들어봐야 한다는 거다. 전에 너한테 그 얘기를 들었을 때 나는 파지의 얘기도 들어보지 않고 나 혼자 결정하고 판단했어. 다시는 그런 실수를 반복하고 싶지 않아. 설사 정말로 파지가 잘못한 거라고 해도 나는 일단 양쪽의 얘기를 듣고 그 후에 판단할 생각이다."

그렇게 말한 준환이 앞에 놓인 냉수를 한 모금 마신 뒤 일어섰다.

"정말로 날 위한다면 무조건 파지랑 헤어지라고 강요하지 말고 내가 파지와 이야기를 하고 올 때까지 기다려. 그게 정말 친구를 위한 행동이다. 지금의 네 행동은 파지에게 화가 나서 그 사람한테 상처를 주기 위해 나에게 헤어짐을 강요하고 있는 것처럼 보이니까."

준환의 말에 허를 찔린 듯 지운의 얼굴에 잔뜩 퍼져 있던 분노가 옅어졌다.

"넌……. 파지 씨를 믿냐."

지운의 물음에 준환이 단호하게 고개를 저었다.

"아니, 아직."

"그럼 왜……."

"믿으려고 노력하는 중이라고 했잖아. 이제부터 그동안 밀어왔던 그날의 얘기를 물어보러 갈 거야."

준환이 혼란스러워하는 지운을 놔두고 파지에게로 향했다. 파지를 만나 자초지종을 듣고 그 후에 모든 것을 판단하고 싶었다. 설령 파지가 정말로 잘못을 했다고 하더라도……. 인간 이준환, 한 번 실수는 용납하더라도 두 번 실수는 용납하지 않는다.

9층 오피스텔 창문에 기대서서 밖을 바라보면서 파지는 손에 든 작은 소형 녹음기를 빙빙 돌렸다. 여차해서 녹음기를 놓치면 그대로 아래로 떨어져 다시는 사용하지 못하게 박살이 날 수도 있는 위험한 행동이었다.

"이준환. 한 시간만 더 주지."

파지는 창밖의 지나다니는 사람들을 살펴보며 작게 중얼거렸다. 파지는 준환이 오기만을 기다리고 있는 것이었다. 그 사이 손에서 빙빙 돌아가던 녹음기가 이제는 허공에 던져졌다가 다시 파지의 손에 들어오기를 반복했다.

-딩동.

그때 깔끔한 파지의 집 초인종 소리가 들렸다. 인터폰을 들어 확인해보니 역시 준환이었다. 문밖에 준환이 서 있다는 것을 확인한 파지의 입술이 행복으로 헤벌어졌다. 올 줄 알았다. 준환은 무뚝뚝하지만 무척이나 믿음직한 사람이었다. 약속을 하는 것보다 그 약속을 지키는 것을 더 중요시하는 고지식한 남자.

"준환 씨?"

"그래, 나야."

"한 시간 늦었어. 오늘 준환 씨 9시에 퇴근한다고 했잖아."

"빨리 문 열어."

한 옥타브 낮아진 준환의 목소리에 파지가 생글거리면서 달려가 문을 열었다. 인터폰 화면이 아닌, 실제로 마주한 준환의 얼굴은 화면에서보다 더욱더 심각하게 굳어져 있었다.

"왜 이렇게 늦었어? 나는 퇴근하자마자 바로 올 줄 알았는데."

"지운이 만났어."

준환이 원룸 안으로 들어서자마자 심각한 어조로 말했다. 그 말에 파지가 붉은 입술을 휘며 웃었다.

"그럴 줄 알았어."

"네가 하연 씨를 불러내 또다시 화를 일으켰다고 하더군."

"맞아. 내가 불러냈어."

파지의 말에 준환이 어두운 얼굴로 물었다.

"왜?"

준환의 물음에 파지는 엉뚱한 말을 던졌다.

"날 믿니?"

준환은 고개를 저었다.

"아직."

"그럼 노력은 하는 중이니?"

"그래."

"증거는?"

파지가 증거를 보여달라는 듯 붉은 매니큐어를 칠한 손을 들어 준환에게 손바닥이 보이게 내밀었다. 준환은 그런 파지의 손바닥을 가만히 내려다보다가 이내 고개를 저으며 대답했다.

"내 증거는 눈에 보이는 게 아니야. 널 한 번 믿어보기 위해 여기에 온 것. 그게 바로 내가 네가 줄 수 있는 믿음의 증거다."

"좋아. 충분해."

파지가 준환에게로 뻗었던 손을 거둬들이며 씩 웃었다.

"얘기해줘. 도대체 왜 하연 씨를 불러내 또다시 손을 댄 거야?"

"날 믿을 준비됐어?"

파지가 손안에서 빙글빙글 돌리던 소형녹음기를 꼭 쥐며 물었다.

"그래. 말해봐."

"준환 씨는 고지식한 사람이야. 그렇지?"

"그래."

"그래서 약속한 건 어떻게든 지키려고 노력하고."

파지의 말에 준환은 무언으로 긍정했다.

"하지만 고지식한 덕분에 확실한 증거가 있지 않은 이상은 누군가에게 온전히 믿음을 갖지도 않지."

파지가 조금 전 자신이 서 있던 창가로 다가가 창밖으로 소형녹음기를 든 팔을 내밀었다.

"준환 씨가 선택해. 증거를 보고 날 믿을래, 아니면 그냥 믿을래?"

"뭐?"

"여기 증거가 있어."

"증거라니? 무슨 증거?"

파지가 생글거렸다.

"난 여우야. 꼬리 아홉 개 달린 여우. 여우는 자기의 살길이 마련되어 있는지 없는지를 확인한 후, 살길이 마련되어 있다는 것을 확신했을 때에만 이빨을 드러내. 자꾸 유치한 방법으로 공격하는 그 여자 때문에 열 받아서 웬만하면 나도 이런 유치한 짓은 안 하려고 했는데, 망했어. 발끈해서 늘 갖고 다니던 소형녹음기로 녹음해버렸지 뭐야. 길거리를 돌아다니다 아이디어가 생각났을 때, 그 아이디어를 하나하나 글로 적는 건 너무 귀찮은 일이잖아? 그래서 난 그때그때 생각난 아이디어는 글로 적지 않고 즉석에서 생각난 것을 목소리로 녹음해. 뭐, 글 쓰는 직업을 가진 내 습관이 날 살렸다고 볼 수 있지."

파지가 즐거워 죽겠다는 듯 어깨까지 들썩거리며 웃었다.

"자. 이 안에는 오늘 있었던 일과 그날 있었던 일의 어렴풋한 진상이 담겨 있어. 이걸 듣고 날 믿을래, 아니면 그냥 있는 그대로의 날 믿을래?"

어떤 순간에도 냉정을 유지해야 하는 의사인 준환의 눈동자가 지금은 무척이나 거칠게 흔들리고 있었다. 이 여자는 지금 그를 시험하고 있는 것이다.

잠시 흔들리는 눈동자로 파지를 바라보던 준환이 피식 웃었다. 그리고는 천천히 자신의 눈을 파지의 눈과 맞췄다. 새까맣고 맑은 파지의 눈이 준환의 선택을 종용하고 있었다. 그 눈동자를 들여다 보고 있던 준환의 몸에 한기가 들었다. 왠지 모를 불안감이 그의 온몸을 휘감고 있었다.

　이상하게 자신이 저 소형녹음기 안에 들어 있는 목소리를 듣는 순간, 파지가 멀어질지도 모른다는 불안감이 들었다.

　인간 이준환에게 있어서 확실한 증거란 무척 중요한 것이었다. 그는 웬만큼 확실한 증거 없이는 그 어떤 것도 믿지 않았다. 그 때문에 의학적으로나 상식적으로 확실하게 증명되지 않은 것은 허구로 치부하고 거들떠보지도 않았다.

　한참을 고민하던 준환이 입을 열었다.

　"던져버려."

　파지의 입술이 벌어졌다. 준환의 선택에 만족한 파지가 소형녹음기를 창밖으로 던지려 할 때였다.

　"잠깐."

　"왜?"

　파지가 불만스럽게 준환을 쳐다봤다.

　"창밖으로 던지면 지나가는 사람들이 맞을지도 몰라."

　준환의 말에 파지가 어이없다는 듯 준환을 노려봤다. 멋지게 소형녹음기를 창밖에 던져버리고 준환에게 달려가 뜨거운 키스를 뿌리려 했는데, 그 찬란한 순간을 준환이 훌륭하게 망쳐버린 것이었다.

　"내놔."

　"싫어."

"듣지 않을 거야. 난 분명히 널 선택했어. 그러니까 내놔."

준환의 독촉에 파지가 불신어린 표정으로 다가와 준환의 손에 소형녹음기를 건넸다. 소형녹음기를 건네받은 준환이 녹음기를 든 손을 하늘로 높이 쳐들었다가 이내 바닥에 내동댕이쳤다.

소형녹음기는 커다란 소리를 내면서 바닥에 던져졌고 그 길로 사망에 이르렀다. 그것은 아래로 거칠게 내동댕이친 남자의 힘에 의해 처음의 형태를 알아볼 수 없을 정도로 처참하게 부서졌다. 크리스마스 날 파지가 산 커플 슬리퍼를 신은 준환의 발이 그것을 사뿐히 지르밟았다.

"이제 만족해, 못된 팥쥐 씨?"

"응."

파지가 환하게 웃으며 소형녹음기를 밟고 서 있는 준환에게 달려가 키스했다.

"읍!"

당황한 듯 잠시 멈칫했던 준환이 이내 피식 웃으며 파지의 입술에 자신의 입술을 맡겼다. 준환의 따스한 혀와 파지의 달콤한 혀가 한데 얽혔다. 파지의 입 안에서는 상큼한 레몬 맛이 났다. 파지가 레모네이드를 좋아하는 것을 잘 알고 있는 준환은 앞으로 그녀가 레모네이드를 실컷 먹을 수 있게 해주겠다고 속으로 다짐하며 그 새콤달콤한 즙을 한껏 들이마셨다.

"음……."

얼마의 시간이 지났을까, 겨우 떨어진 두 사람이 분홍색 소파에 앉자마자 파지가 짓궂게 웃으며 좋은 것을 구경시켜주겠다며 컴퓨터 앞으로 쫄랑쫄랑 걸어갔다.

"무슨 좋은 것?"

준환의 물음에 파지가 섹시한 웃음을 흘리며 한 손을 입가에 대고 속삭이듯 말했다.

"야한 동영상."

"윽!"

테이블 위에 놓인, 그녀가 반쯤 마시다 만 레모네이드를 한 모금 마시던 준환이 입 안에 머금고 있던 레모네이드를 분수처럼 뿜었다. 그리고 사레가 들렸는지 연신 컥컥거리기 시작했다.

"준환 씨! 괜찮아?"

파지가 아연실색해서 준환에게 달려와 그의 등을 쓸어주며 걱정스럽게 물었다.

"이 못된 팥쥐 같으니라고!"

겨우 기침을 멈춘 준환이 촉촉해진 눈동자를 손가락으로 문지르며 파지를 노려봤다. 그런 준환의 시선에 파지가 은밀한 목소리로 말했다.

"준환 씨 은근히 밝힌다."

"김파지!"

준환이 버럭 성질을 내자 파지가 선홍빛 혀를 날름 내밀어보이고는 다시 컴퓨터 앞으로 다가갔다.

"기다려봐. 좋은 것 들려줄 테니까."

"들려줘?"

준환의 물음에도 대답하지 않고 미간을 찌푸리며 마우스를 클릭하던 파지가 환하게 웃었다.

"이제 됐다!"

파지의 말이 끝나자마자 그와 동시에 낯설지만 어딘지 낯익은 여자의 목소리가 들려오기 시작했다. 가만히 그 목소리의 주인을 머릿속으로 검색하던 준환이 검색을 마치자마자 미간을 일그러뜨리며 낮게 신음했다.

준환이 이를 악물며 스피커에서 들려오는 소리를 듣는데, 파지의 조용한 목소리가 원룸 안을 울렸다.

"말했잖아. 난 여우라고. 꼬리가 하나가 아니라, 자그마치 아홉 개나 달린."

오랜만의 친구들 모임에 나간 준환은 어김없이 지운의 곁에 앉아 자신을 향해 다소곳하게 고개를 숙여 인사하는 하연을 발견하고 미간을 찌푸렸다. 준환이 모임에 조금 늦게 나가서였을까, 대부분의 친구들은 술에 떡이 되어 있었고 그나마 술과의 전쟁에서 살아남은 친구들은 앞을 다투어 준환에게 파지의 행방을 물었다.

"파지 씨는?"

"얼마 전에 위염에 걸려서 병원에 입원했었어. 오면서 전화해보니, 컨디션이 영 별로라서 오늘은 패스란다."

그 말에 술에 떡이 되어 실신 직전에 이른 지운을 챙기던 하연의 입가에 미소가 떠올랐다. 그 미소는 하연을 살피던 준환의 눈에 곧장 파고들었고 그와 동시에 준환의 미간에 패인 주름이 더욱더 깊어졌다.

그날의 녹음 내용이 준환의 머릿속을 스쳐지나갔다. 그것은 분명 하연이 잘못했다는 것을 보여주는 확실한 증거는 아니었다. 하지만 어렴풋이 사건의 진상을 유추할 수 있을 정도는 되었다. 그것으로 파지의 결백을 확신할 수 있게 된 준환은 지금까지와는 다른 눈으로 하연을 보기 시작했다.

파지의 행방을 물었던 친구가 고개를 갸우뚱했다.

"원래 위염은 웬만하면 통원치료하지 않나?"

"맞아. 그런데 파지의 경우는 좀 심했어. 미란성위염에 출혈도 심했거든. 당장 위벽이 뚫려도 할 말 없을 정도였으니까. 고통이 심했을 거야."

"쯧쯧. 파지 씨 성격 화끈한 건 알아줘야 해. 아픈 것도 화끈하게 아프잖아."

친구의 농담에 준환이 웃었다.

"여어! 이준환, 왔냐?"

술에 떡이 되어 인사불성이 된 친구 하나가 비틀거리며 준환에게 다가와 술잔을 내밀었다. 독한 위스키였다.

"늦게 왔으니까 그만큼 많이 마셔야지. 자, 받아라."

준환이 정중하게 잔을 밀어내며 거부의 의사를 밝혔다.

"내일 아침 일찍 병원 나가봐야 해. 그리고 의사는 웬만해선 술을 가까이하지 않는 게 좋아. 술 때문에 인생 망친 의사들이 여럿 봤다."

"자자, 그러지 말고 한 잔만."

우리나라 사람들의 안 좋은 술 문화가 여기서 드러나고 있었다. 저 혼자 마실 것이지 괜히 안 마시겠다는 사람 붙들고 늘어져 기어코 술을 마시게 만드는 질 나쁜 한국인들의 습관. 질척하게 달라붙는 친구에게 짜증을 느낀 준환이 그 친구를 밀어내려 할 때였다.

"중선 씨, 이러지 마세요. 준환 씨는 의사잖아요. 언제 병원에서 호출이 있을지도 모르는데……."

언제 준환의 가까이로 다가왔는지, 하연이 준환의 팔을 붙잡으며 큰 눈으로 호소했다. 사슴처럼 커다랗고 맑은 하연의 눈동자가 보내는 호소가 먹혀들었는지 잠시 투덜거리던 중선이 자리로 돌아가 다른 친구들과 부어라 마셔라를 시작했다.

"준환 씨, 괜찮아요?"

"괜찮습니다."

준환이 자신의 팔을 붙잡은 하연의 팔을 조심스럽게 떼어내면서 자신을 향해 손을 흔드는 승훈에게 다가갔다. 하연도 슬그머니 준환을 따라 자리를 옮겼다. 지운은 인사불성으로 의자에 쓰러져 세상 모르게 자고 있었다.

"언제 왔냐?"

준환의 물음에 승훈이 준환에게 술병을 건넸다. 준환이 웃으며 술병을 받아들었다.

"한 시간 전쯤? 가만히 있지만 말고 따라라. 난 너와는 달리 금주가 몸에 안 맞는단 말이야."

준환이 얼음이 든 잔에 위스키를 따라서 승훈에게 건넸다. 술잔을 건네받은 승훈이 위스키를 홀짝거리다가 문득 생각난 듯 물었다.

"파지 씨는 좀 어때?"

"괜찮아. 매운 낙지볶음이나 불닭을 먹겠다고 달려 나가는 걸 온갖 협박을 총동원해 가까스로 말리는 중이다."

"안 되지, 안 되지. 의학적인 지식이 별로 없는 나도 위에 구멍이 생기기 직전까지 갔으면 얼마 동안은 자극적인 음식을 피해서 위를 편하게 쉬게 해줘야 한다는 것 정도는 아는데 말이야. 하여튼 못 말린다니까."

"파지가 워낙 매운 걸 좋아해서……."

준환이 지금쯤 혼자 있을 파지가 걱정된다는 듯 고개를 저었다.

"저……."

승훈과 그렇게 파지에 대한 얘기를 나누고 있는데 하연의 가냘픈 목소리가 끼어들었다. 준환의 곁에 앉은 하연이 자신의 존재를 눈치채주기를 기다리다 지쳐 먼저 입을 뗀 것이다.

"무슨 얘기를 그렇게 재밌게 하세요?"

하연이 하얗게 웃으며 묻자 승훈도 마주 웃으며 대꾸했다.

"파지 씨에 대해 얘기를 하고 있었습니다."

승훈이 준환의 목에 자신의 팔을 감으며 장난스럽게 말했다.

"복 받은 자식이죠. 파지 씨 같이 괜찮은 여자를 홀랑 집어가 버렸으니. 아, 어디 파지 씨 같은 여자 또 없나? 있으면 바로 채 가서 색시로 삼을 텐데."

하연의 웃고 있는 입술 끝에 작은 경련이 일었다.

"아…… 네. 파지 씨 참 괜찮은…… 사람이죠."

"그러고 보니 얼마 전에 파지 씨가 전화를 해서 하연 씨 전화번호를 묻기에 가르쳐 줬는데 괜찮죠?"

승훈이 악의 없는 얼굴로 싱긋 웃었다. 하연이 한층 굳어진 얼굴로 고개를 끄덕였다.

"네. 괜찮아요. 그렇지 않아도 얼마 전에 파지 씨 만났어요. 그런데 파지 씨처럼 솔직하고 거침없는 분은 저랑 잘 맞지 않는 것 같아요. 저는 조금 소심한 성격이라 그런 성격의 사람들은 조금 무서워서……."

하연이 커다란 눈을 살짝 내리깔며 두 손으로 자신의 팔을 감쌌다.

"그렇습니까? 이상하네요. 전 파지 씨처럼 솔직하고 대담한 사람이 더 잘 맞는 데 말입니다. 하하하."

승훈이 머리를 긁적이며 멋쩍게 웃었다.

"네?"

하연이 눈을 동그랗게 떴다가 다시 눈을 아래로 내리깔고 작은 목소리로 말했다.

"아……. 사람마다 잘 맞는 성격이 있으니까요. 승훈 씨 같이 밝고 호탕하신 분은 파지 씨랑 잘 어울릴지도 모르겠네요."

어딘지 모르게 악의가 섞인 하연의 말에 준환이 차가운 목소리로 물었다.

"그럼 이 중에 파지랑 안 어울리는 성격이 있다는 말씀입니까?"

"어머. 얘기가 그렇게 되나요? 혹시라도 그렇게 들렸다면 죄송해요. 그런 뜻은 아니었는데……."

하연이 얼굴을 붉히며 손사래를 쳤다.

"아닙니다."

"하지만 생각해보니 준환 씨 같은 성격은 파지 씨랑 잘 안 어울릴 것 같아요."

"지금 뭐라고 하셨습니까?"

준환의 얼굴에 험악한 기운이 맴돌았다.

"앗! 준환 씨가 파지 씨랑 안 어울린다는 뜻은 아니었어요. 그냥…… 준환 씨 같이 성실하고 강직한 사람은 파지 씨의 성격이랑 잘 안 맞을 것 같다는……."

준환은 하연이 교묘하게 파지를 안 좋게 말하고 있다는 것을 깨닫고 험악하게 인상을 찌푸렸다.

"그 말이 그 말이지 않습니까."

준환의 언성이 높아지자 그제야 하연이 입을 꾹 다물며 상처받은 듯 눈동자를 들어 준환을 바라봤다. 그러더니 갑자기 머리가 핑 돈 듯 한 손으로 관자놀이를 문질렀다.

"아, 죄송해요. 술기운이 돌아서……. 제가 실례되는 말을 했다면 정말 죄송해요. 제가 술에 좀 약한데다 취하면 저도 모르게 횡설수설하는 버릇이 있어서……."

하연이 서둘러 일어서려다 휘청하더니 준환의 품에 안겼다. 하연이 자신의 품에 안기자마자 준환이 불에 덴 듯 빠른 동작으로 승훈에게 하연을 맡겼다.

"지운이 자식 상태가 저 모양이라 하연 씨 챙길 정신이 없는 것 같으니까 네가 좀 챙겨줘라."

"그래."

승훈이 웃는 얼굴의 가면을 벗고 냉정한 표정으로 자신의 어깨에 기댄 하연을 바라봤다. 파지와 하연을 둘러싼 폭력 사건의 진실을 궁금해하는 그에게 준환은 MP3 파일 하나를 보내왔다. 승훈은 영문도 모른 채 준환이 보내온 MP3 파일을 클릭해 들었다. 스피커에서는 낯익은 목소리가 흘러나왔다. 두 여자의 목소리였다. 묘하게 공격적으로 대화를 나누고 있는 여자들의 정체를 깨달은 승훈은 그야말로 소스라치게 놀랐다.

잠시 후, 준환에게서 전화가 걸려왔다.

"어머, 죄송해요."

가녀린 하연의 목소리가 승훈의 회상을 방해했다.

"아닙니다."

"제가 취해서 실수를……."

하연이 예의를 차리려는 듯 승훈에게서 벗어나려 하다가 비틀거리며 다시 준환의 어깨에 머리를 기댔다. 준환이 미간을 찌푸리며 자리에서 벌떡 일어섰다.

준환이 예고도 없이 벌떡 일어서자, 정말로 비틀거린 하연을 승훈이 받아 부축했다. 부축하는 승훈의 얼굴은 불쾌감으로 일그러져 있었다.

불쾌하다. 하연의 태도에 숨겨진 무언가가 준환을 불쾌하게 만들었다. 파지가 녹음했던 하연의 목소리를 듣고 난 후라 더욱 그럴지도 몰랐다. 분명 하연은 순수한 의도로 지금 자신에게 접근하는 것이 아닐 것이다. 세상에 어느 여자가 술에 취해 쓰러진 자신의 애인은 나 몰라라 하고 애인의 친구의 곁에 앉아 긴장의 끈을 놓는단 말인가!

"승훈아. 부탁한다."

준환이 자리를 떠나려고 하다가 심술궂은 표정으로 자신을 노려보고 있는 파지를 발견하고 그 자리에 우뚝 멈춰 섰다. 어지러운 듯한 손으로 연약하게 자신의 머리를 누르고 있던 하연의 얼굴에 묘한 미소가 어렸다.

"파지야……."

"나 왔어."

파지가 툴툴거렸다.

"몸은 괜찮아? 컨디션이 안 좋다며?"

"괜찮아. 좀 자고 일어났더니 이제는 말짱해. 지금부터 24시간 동안 내내 이리저리 뛰어다녀도 끄떡없을 만큼 컨디션은 문제없어."

"다행이네."

준환이 웃으며 파지를 향해 손을 내밀었다. 전혀 거리낄 것 없다는 준환의 태도가 얄미워진 파지가 입술을 삐죽거리다가 마지못한 듯 터벅터벅 걸어와 준환의 목에 자신의 팔을 둘렀다.

파지와 준환의 동태를 살피며 자꾸만 자신에게 기대오는 친구의 연인을 정중하게 떼어내 의자 등받이에 기대놓던 승훈이 휘파람을 불었다.

"파지 씨, 화끈하네요."

파지가 승훈에게 엄지손가락을 들어 보인 후 준환에게 물었다.

"지금 내가 본 상황을 오해해도 돼?"

"아니."

"그럼 내가 준환 씨를 믿어주길 바라?"

"응."

준환의 대답에 파지가 흔쾌히 웃어보였다.

"좋았어. 그럼 믿을게."

파지가 준환의 입술에 쪽 소리가 날 정도로 뽀뽀를 한 후 떨어져 나왔다. 의자에 기대 죽은 듯 축 늘어져 있는 하연을 향해 사나운 눈길을 보내던 파지가 비워진 1,000cc 맥주병에 생수를 반쯤 따랐다. 그리고 룰루랄라 콧노래까지 부르며 테이블 위의 얼음을 하나씩 하나씩 맥주잔에 집어넣었다. 얼음과 물로 맥주잔이 가득 차자 파지가 맥주잔을 들고 어디론가 향했다. 그녀가 향한 곳은 지운이

만취해 널브러져 있는 곳이었다.

"설마……."

준환이 경악한 표정으로 파지에게 성큼성큼 다가가려는 찰나, 촤악! 시원한 소리와 함께 맥주잔 가득 들어 있던 얼음물이 지운의 얼굴을 적셨다.

"푸핫!"

팔자 좋게 대자로 뻗어 있던 지운이 갑작스러운 물세례에 놀라 눈을 번쩍 떴다. 그리고는 코에 들어간 물에 괴로운 듯 고개를 발작적으로 기침을 했다. 귀까지 물이 들어갔는지 기침을 하던 지운이 고개를 삐딱하게 세우고 손바닥으로 위를 향해 있는 귀를 퍽퍽 치기 시작했다.

"꼴좋다."

파지가 맥주병을 테이블에 소리 나게 내려놓으며 깔깔댔다. 그 소리에 지운이 모든 행동을 멈추고 파지를 올려다봤다.

"김……파지?"

"친구 애인 이름은 그렇게 함부로 부르는 게 아니에요, 박지운 씨."

피지가 사악하게 웃으며 가슴 위로 팔짱을 꼈다.

"물세례를 받으니 정신이 좀 드나 봐요. 원래 집 나간 정신을 바짝 들게 하는 데는 이 얼음물만 한 게 없죠. 간만에 시원했죠?"

"이 물, 파지 씨가 부은 겁니까?"

지운이 살짝 혀가 꼬인 목소리로 으르렁거렸다.

"그럼 누구겠어요?"

발끈해서 뭐라고 소리치려던 지운이 다시 한 번 발작적으로 기침을 하기 시작했다. 지운의 기침이 멈출 때까지 끈기 있게 기다리던 파지가 의자에 기대 눈을 커다랗게 뜨고 지운과 자신을 바라보고 있는 하연을 가리켰다.

"정신 들었으면 얼른 일어나서 애인이나 챙겨요. 당신이 만취해서 곯아떨어진 사이에 자꾸 내 애인한테 집적거리는데, 내가 여기 온 이상, 그 꼴은 더 이상 못 봐주겠네요."

파지의 따끔한 일침에 지운의 충혈된 눈이 하연에게 향했다. 조금 전까지만 해도, 가늘게 뜬 눈을 하고 주위의 돌아가는 상황을 살피던 하연은 잠든 척 축 늘어져 있었다.

"술에 취해 널브러진 애인 놔두고 왜 저기서 지지리 궁상을 떨고 앉아 있는지 나는 도무지 이해할 수가 없지만 오늘은 그냥 넘어가도록 하죠. 좋은 날이니까."

파지가 자신에게 다가온 준환의 팔에 자신의 손을 밀어 넣으며 말했다.

"이 팔에 손을 밀어 넣을 수 있는 사람은 나밖에 없어요."

파지는 오직 하연과 준환만이 알아들을 수 있는 말을 하며 배부른 고양이처럼 미소 지었다.

물에 젖은 옷을 탁탁 털며 비틀비틀 하연에게 다가가던 지운이 파지가 아닌 준환에게 사나운 시선을 던졌다.

"난 분명 널 생각해서 파지 씨와 헤어지라고 충고했었다."

"그랬었지."

"하지만 넌 내가 아닌 저 여자를 선택했어."

준환이 어깨를 으쓱하며 파지의 머리카락을 쓰다듬었다.

"나와 보낸 6년이 저 여자와 보낸 1년보다 가치가 없다는 뜻으로 알겠어."

"마음대로 생각해라."

지운이 이를 갈았다.

"오늘, 많은 친구 앞에서 나한테 개망신을 준 너와 저 여자를 절대로 용서하지 않을 거다. 다시는 연락하지 마라."

지운의 말에 파지가 끼어들었다.

"말은 바로 하도록 하죠. 많은 친구라고 해봤자 온전한 정신으로 남아 있는 사람은 몇 안 되는 것 같은데요?"

준환이 곧 죽어도 입을 쫑알댈 것 같은 파지의 입술을 손을 들어 막았다.

"쉿."

"칫."

파지가 미간을 찌푸렸다.

"내가 하려던 말을 대신 해줘서 고맙다. 나도 너같이 사람 볼 줄 모르는 사람과는 더 이상 친구 따위 해먹고 싶지 않아. 잘 가라."

준환이 파지의 입술을 막고 있지 않은 손을 들어 가볍게 흔들었다. 순간 파지의 눈에 미안함이 번졌다. 잊고 있었던 고통이 떠올랐기 때문이다. 친구를 잃는 고통이 얼마나 큰지, 그 고통을 견디지 못한 자신이 어떻게 무너져 내렸는지에 대해서 말이다.

파지의 두 눈이 질끈 감겼다.

6장.
파지의 흉터

　한참을 잔뜩 화가 나서 씩씩거리며 준환과 파지를 노려보던 지운과 그런 지운을 말리려고 애쓰던 하연이 떠난 술자리에 남아 잠시 자리를 지키고 있던 파지와 준환은 얼마 지나지 않아 엉덩이를 털고 자리에서 일어났다.

　차에 타자마자 준환은 파지에게 안전벨트를 매주며 어딘지 어두워 보이는 파지의 눈에 자신의 눈을 맞춰왔다.

　"기분이 안 좋아?"

　"응?"

　"컨디션 안 좋아 보이는데……. 역시 몸이 안 좋은데 무리해서 온 거 아니야?"

　"아니야. 괜찮아."

　준환이 창백해진 파지의 뺨에 손바닥을 대며 말했다. 조금 전 성질이 머리끝까지 난 듯 씩씩거리며 이리저리 날뛰던 지운과 그런 지운을 말리던 하연이 술자리에서 떠나간 뒤부터 파지는 넋을 놓은 사람처럼 멍했다.

"정말 괜찮아?"

"응."

파지가 고개를 끄덕이다가 이내 미안한 표정으로 준환을 바라
봤다.

"미안해."

"뭐가 미안해?"

파지가 미안한 듯 두 눈을 내리깔았다.

"오늘 일……."

파지가 준환의 옷자락을 꼭 쥐며 말했다.

"나 지운 씨랑 준환 씨랑 절교하게 만들 생각은 아니었어. 하지
만 준환 씨도 알잖아. 나, 지고는 못 사는 거. 내가 당한 만큼 갚아
줘야 직성이 풀린단 말이야. 그래도 나 많이 참은 거야. 그 사람이
준환 씨 친구라서."

"알아."

준환이 웃으며 파지의 머리를 끌어안았다.

"많이 참았어, 우리 팥쥐."

"팥쥐라고 하지 마."

파지가 투덜거리며 준환의 어깨에 얼굴을 묻었다.

"난 동화 속 팥쥐처럼 못된 건 아니야. 난 이유 없이 사람을 괴롭
히는 못된 짓은 안 해."

"이유 있으면 괴롭혀도 되고?"

준환의 물음에 파지가 고개를 끄덕였다.

"당연하지. 난 당하고는 못 살아, 정말. 요즘 세상에서 마냥 착

하게 사는 건 손해 보는 장사란 말이야. 마냥 당하고만 살면 그 스트레스는 누가 감당할 거야? 그리고 한번 약한 사람이라고 찍히면 그다음부터는 늘 약한 사람 취급을 받는 거야. 난 그래서 싫어. 바보처럼 당하고 사는 거. 하지만 그래도 난 죄 없는 사람을 미워하고 심술궂게 대하지는 않는다고."

준환이 파지의 이마에 입을 맞췄다.

"그래. 넌 악녀가 아니라 고슴도치일 뿐이야."

"그래도 미안해."

"됐어. 괜찮으니까 이제 그만 미안해 해. 쉿."

안전벨트 때문에 준환을 제대로 안을 수가 없어 어깨에 얼굴만 묻고 있던 파지가 안전벨트를 풀고 두 팔로 준환의 목을 끌어안았다.

"그래도 두 사람 친구잖아."

준환이 단호한 말로 정정했다.

"친구였지."

"그래도……."

준환이 파지의 머리에 턱을 올려놓고 허공을 노려보며 말했다.

"이런 일로 깨어질 얄팍한 관계였다는 것이 증명되었을 뿐이야. 너 때문이 아니라. 적어도 정말 진정한 친구라면 연인 때문에 힘들어하는 친구에게 조언을 해주지, 무작정 헤어져라 마라 윽박지르진 않아. 너와 헤어지라고 했을 때 녀석의 마음은 친구를 걱정하는 마음이 아니라 자신의 사랑에 방해되는 방해자를 제거하려 했던 마음이 더 컸을 거라고 생각해."

준환이 이를 악물었다.

"정하연 씨가 어떤 의도로 그 녀석한테 접근했는지는 모르겠지만 순수한 의도로 그 녀석과 사귀는 것 같지는 않던데, 그래서 그게 걱정일 뿐이야, 나는."

"하아."

파지가 한숨을 내쉬었다.

"아무든 오늘 일은 정말 유감이야. 나도 이런 결과를 바랐던 건 아니라는 것만 알아줘, 준환 씨."

"알고 있어."

준환이 파지의 입술에 입을 맞췄다.

"가자."

파지의 집 앞에 도착한 준환이 차를 한 잔 얻어 마시겠다고 파지의 집으로 밀고 들어갔다.

"뭐 다른 꿍꿍이가 있는 건 아니지?"

파지가 의심스럽다는 듯 장난스레 게슴츠레한 시선을 보내자 준환이 웃으며 신발을 벗고 커플 슬리퍼를 신었다.

"뭐 마실래?"

"커피."

"지금은 인스턴트커피밖에 없는데 괜찮아?"

"괜찮아."

준환은 가만히 소파에 앉아 파지가 싱크대 앞에서 이리저리 움직이는 모습을 지켜보았다. 조금 전 파지의 표정이 머릿속에서 떠나지를 않는다. 생각해보면 지금껏 그리 오래 사귀어왔으면서 자신은 파지에 대해 아는 것이 거의 없었다. 파지는 그의 모든 것을 다 알고 있는데 말이다.

"자."

파지가 역시 커플 머그컵을 쟁반에 받쳐 들고 준환에게로 다가와서 파란색 하트가 그려져 있는 컵을 건넸다.

"뜨거우니까 조심해."

뜨거운 머그컵을 받아들고 잠시 망설이듯 바닥을 내려다보고 있는 준환의 옆에 파지가 앉았다.

"말해."

"뭐?"

"나한테 할 말 있잖아."

"어떻게…… 알았어?"

준환의 물음에 파지가 피식 웃었다.

"준환 씨랑 1년이나 사귀어왔어. 게다가 사람의 감정 변화에 민감한 편인 내가 그걸 모르겠어? 뭔데? 들어줄 테니까 그리 걱정스러운 얼굴 하지 말고 그냥 말해."

"알고 싶어."

"뭘?"

"널."

준환이 머그컵을 테이블 위에 내려놓고 손가락으로 부드럽게 파지의 머리카락을 쓸었다.

"지금까지 너와 만나 오면서 널 알고 싶다는 생각은 단 한 번도 해본 적이 없었어. 하지만 지금은 달라. 널 알고 싶어. 날 만나기 전, 네가 지금까지 어떻게 살아왔는지. 어째서 넌 그렇게 사람들에게 가시를 세우고 스스로를 보호하는 건지."

파지의 눈동자에 고통스러움이 배어 나왔다.

"컴퓨터에 녹음되어 있던 것을 듣는 그날부터 쭉 물어보고 싶었던 게 있어."

파지가 머그컵을 테이블에 내려놓으며 준환에게서 시선을 피했다. 처음이었다. 파지가 준환의 시선을 피하는 것은.

"어떤 거? 내가 정말 사람을 찔렀는지? 정말 친구를 찔러서 부상을 입혔는지?"

파지가 준환의 시선을 피한 채 자조적인 웃음을 입가에 머금었다.

"정말 나도 참 멍청하지. 나 그때 진짜 너무 흥분했었나 봐. 하지 않아도 될 말을 지껄이고. 내가 그런 말 했는지도 모르고 그대로 준환 씨한테 다 들려줘버렸네……."

한참 동안 준환의 시선을 피하던 파지가 갑자기 고개를 들고 준환을 똑바로 바라봤다.

"맞아. 내가 그랬어. 그 친구가 너무 마음에 안 들어서…… 그래서 그랬어."

잠시 준환의 눈동자가 흔들렸다. 그 흔들림이 지금 준환의 동요가 얼마나 큰지 말해주고 있었다. 파지가 다시 눈을 아래로 내리깔려 할 때였다.

"거짓말."

"뭐……."

"거짓말하지 마. 난 진실을 듣고 싶어서 온 거야, 파지야. 그날의 너와 정하연 씨의 대화를 듣고 생긴 그 의문으로 인해 며칠 동안 계속 생각했어. 네가 정말 그랬을까? 그랬다면 왜 그랬을까? 하지만 결국 답은 나오지 않았어. 혼자 고민하다 결국 내 마음대로 생각해서 또 널 오해하는 것보다는 차라리 속 시원하게 물어보는 게 낫겠다 싶어서 이렇게 네 집에 억지로 비집고 들어온 거야. 네가 원했던 그 믿음을 지금 나는 너에게 주고 있는 거라고. 이제 막 널 믿기 시작한 날 실망시키지 마."

"내가 그랬다니까. 정말로 내가 찔렀……."

고집스럽게 도전적으로 말하는 파지를 준환이 거세게 끌어안았다. 파지의 떨림이 준환에게 고스란히 전해졌다. 파지는 이렇게 약한 여자였다. 부드러운 살결을 적에게 노출시키지 않기 위해 가시로 등을 덮어 자신을 보호하는 고슴도치처럼 그저 스스로를 보호할 뿐이었다. 이런 여자를 어떻게 강하다고 생각할 수 있었을까.

"힘들면 말하지 않아도 돼. 내가 잘못했어. 미안해."

파지가 자신을 꼭 끌어안아주는 준환의 품에서 딱딱하게 경직되어 있다가 이내 풀어지며 그에게 몸을 맡겼다.

"준환 씨……."

"하지만 알고 싶었어. 난 너에 대해 아는 게 거의 없어. 안다고 해봤자 네 직업이나 나이, 네가 좋아하는 음식 같은 아주 기본적인 것들뿐이야. 난 네 부모님이 일찍 돌아가셨다는 것만 알았지 언제 어떤 이유로 돌아가셨는지도 모르고, 너에게 친구라고 부를만한 사람이 없다는 것만 알았지 왜 그런지 그 이유는 몰랐어. 그땐 별로 상관이 없었으니까. 너란 여자가 내 옆을 장식해주는 게…… 그게 마냥 좋았을 뿐이니까 자세한 건 몰라도 좋았어. 하지만 지금은 달라. 알고 싶다. 세세한 것 하나까지 다 알고 싶어. 그러다가 그날 그 녹취록을 들은 거야."

준환이 커다란 손으로 파지의 머리카락을 쓰다듬었다.

"사실 많이 놀랐다. 네가 정하연 씨에게 그 얘기를 하는 대목에서 아무렇지 않은 표정으로 앞만 바라보고 있는 널 보면서 많이 놀랐지만 아닌 척했어. 그리고 집에 가서 밤새도록 혼자 고민하고 또 생각했지."

파지가 자신의 머리카락을 쓰다듬어오는 준환의 손길을 음미하듯 조용히 두 눈을 감은 채 미소 지었다.

"말하기 싫으면 하지 마. 그냥 믿을게. 내가 아는 넌……. 내가 새롭게 알아가고 있는 넌 절대로 그런 사람이 아니니까."

"어떻게……."

조용히 준환의 말을 듣고 있던 파지가 입을 열었다.

"어떻게 믿을 수 있어? 증거 없인 절대로 아무것도 믿지 못하는 당신이란 사람이."

"네가 가르쳤잖아. 증거 없이 믿는 방법을."

준환이 파지에게서 살짝 몸을 떼어내고 파지를 바라보며 웃었다.

"증거 없이도 믿음이란 그 단어 하나만으로도 상대만을 신뢰할 수 있는 방법을 네가 가르쳐 줬잖아."

바보처럼 듬직한 준환의 웃음에 파지는 무너졌다. 파지의 눈에서 거짓 없는 투명한 눈물이 흘러내렸다. 언젠가 준환을 골탕 먹이기 위해, 준환의 동정을 사기 위해 흘렸던 거짓 눈물이 아닌 투명한 눈물이 파지의 뺨을 타고 내려갔다.

"흑……."

준환의 손이 다가와 그런 파지의 뺨을 훑고 지나갔다. 파지가 준환의 손바닥에 자신의 뺨을 기대며 조용히 입을 열었다.

"쟤 진짜 재수 없어."

"절대 상종도 하지 마."

창가 맨 끝자리에 앉은 파지의 곁을 지나가던 친구들이 무심하게 창밖을 바라보고 있는 파지를 흘겨보며 말했다. 한때 친구라고 믿었던 아이들이 내뱉은 그 잔인한 말은 그대로 파지에게 전달되었고 파지는 붉은 입술을 꽉 깨물었다.

"수진이 남자친구가 쟤 좋다고 수진이를 찼잖아. 친구 남자친구나 뺏는 나쁜 년. 어우, 쟤 진짜 짜증나. 보기만 해도 토 나올 것 같아."

"옆 반에 정희도 당했대."

막 고등학생이 된 여자애들의 잔인함이란 이루 말할 수가 없었다. 한 아이가 다른 아이에게 미움을 사기 시작하면 너나 할 것 없이 다 같이 합심해서 그 아이를 따돌리며 재밌어한다. 그 아이가 어떤 상처를 받든 상관하지 않고 괴롭히며 그것에서 오는 묘한 쾌감을 즐기는 것이다.

일부러 들으라는 듯 근처에 서서 커다란 소리로 자신의 욕을 하는 친구들을 이를 악물며 외면하던 파지에게 구원의 목소리가 들려왔다.

"너희들 그만 좀 해."

목소리의 주인공은 생김새는 별로 예쁘지는 않았지만 투명하고 하얀 피부가 참 예쁜 아이였다. 잠시 고개를 갸웃하며 저 아이가 누굴까 생각하던 파지가 얼마 전에 같은 반으로 전학 온 여자아이가 하나 있다는 것을 생각해 냈다.

같은 반 친구들의 잔인한 따돌림으로 인해 그녀는 수업시간 외의 대부분의 시간을 창밖의 풍경을 바라보는 것으로 때우며, 교실 쪽으로는 절대 고개도 돌리지 않았다. 그 덕분에 그녀는 얼마 전에 새로 온 전학생의 얼굴을 오늘 처음 봤다.

"너희들 정말 이제 그만 좀 할 수 없어? 그렇게 여러 명이 한 사람 괴롭히는 거 유치하지도 않니? 진짜 꼴불견이야. 옆에서 보고 있자니 한심해서 원."

그 여자아이의 말에 파지를 괴롭히던 친구들이 심술궂은 표정으로 그 아이를 노려봤다.

"니가 뭔데 재수 없게 이래라 저래라야?"

"쟨 또 뭐니?"

여자아이가 새침한 표정을 지으며 앙칼진 목소리로 말했다.

"안 그럼 선생님 불러올 거야."

그 말에 뭐라 반박하려던 친구들이 뭐라고 저들끼리 쑥덕거리더니 이내 욕설을 중얼거리며 떠나갔다. 친구들이 떠나가고 조용해진 파지의 옆자리에 털썩 주저앉은 여자아이가 표정 없는 얼굴로 앞만 보고 있는 파지를 향해 방긋 웃어보였다.

"난 정미야."

파지가 무심한 표정으로 정미를 한 번 훑어본 후 다시 앞을 바라봤다.

"선정미."

앞을 바라보던 파지가 놀란 듯 빠르게 정미에게 시선을 던졌다.

"내 이름도 네 이름만큼 특이하지?"

그렇게 말하며 정미는 햇살처럼 화사하게 웃었다.

"네 이름은 저번에 선생님 심부름으로 출석부 가지고 오다가 봤어. 나 이름이 특이해서 애들한테 놀림 많이 받았는데 너도 그랬겠다."

"별로."

파지의 대답에 정미는 다시 한 번 웃었다. 별로 웃기지도 않은 대답이었는데 말이다.

"너 되게 웃긴다."

"네가 더 웃겨."

그렇게 정미는 파지의 첫 번째 친구가 되었다.

타고난 천성이 할 말은 해야 직성이 풀리고 자신에게 못되게 구는 사람에겐 배로 못되게 구는 탓에 친구라고 부를만한 사람이 주위에 아무도 없었던 파지는 고등학교에 올라오면서 청소년 중 가장 예민한 시기라는 고등학생이 된 아이들 사이에서 심한 집단 따돌림까지 당하게 되었다.

처음에는 또박또박 대꾸를 하며 자신을 괴롭혀오는 친구들과 마주 싸웠던 파지는 작정하고 괴롭히는 아이들에게는 무관심이 최고라는 깨달음을 얻은 후로는 아예 관심을 끈 채 아슬아슬한 학교생활을 유지해나가고 있었다. 그러던 중 유일하게 자신의 편을 들어주는 정미를 만나게 된 것이다.

처음엔 자신이 어떤 태도를 보여도 웃으며 다가오는 정미를 이상한 시선으로 보던 파지는 어떤 일이 있어도 자신을 믿고 자신의 편을 들어주는 사람이 생긴다는 것에 대한 기쁨을 맛보면서 천천히 정미에게 마음을 열어갔다. 그 덕분에 태어나서 처음으로 매일의 학교생활이 즐겁고 재미있게 느껴지기 시작했다.

그 일은 여름방학이 끝나고 새 학기가 시작된 지 얼마 지나지 않아서 일어났다.

파지는 정미와 함께 지내는 동안 친구의 집에 놀러 가서 밤새 수다를 떨면서 군것질을 하는 재미나 휴일에 놀이공원에 놀러 가서 스릴 넘치는 놀이기구를 타며 스트레스를 해소하는 재미, 길거리를 걸을 때 친구의 팔짱을 끼고 걸어가는 재미나 쉬는 시간에 친구와 함께 화장실에 다녀오는 재미를 알아버렸다.

그날도 파지는 정미와 함께 예전보다 훨씬 자연스러워진 동작으로 팔짱을 끼고 매점에 들러 이것저것 군것질거리를 사고 얼마 전에 놀러 갔다 왔던 얘기를 하며 웃고 있었다.

"친구가 생겨서 좋겠어, 김파지."

교실로 향하는 복도로 들어섰을 때, 한때 파지를 심하게 괴롭히던 친구들이 파지와 정미를 에워쌌다.

그들은 파지에게 정미라는 친구가 생긴 뒤로 한동안 그녀를 괴롭히는 것에 흥미를 잃은 듯 보였었다.

"아주 보기 좋아."

대여섯 명 되어 보이는 아이들은 파지와 정미를 화장실로 몰았다.

"귀찮게 하지 말고 저리 꺼져."

정미와 팔짱을 낀 파지가 날카롭게 말하자 그녀를 괴롭히던 아이들 중 리더였던 수진이 파지의 머리카락을 잡고 화장실 안으로 질질 끌고 들어갔다.

"파지야!"

이런 일 한두 번 겪은 것도 아닌데 호들갑을 떨며 소리를 지르는 정미를 향해 파지가 빨리 도망치라는 듯 손을 몇 번 휘저었다. 어차피 이런 애들은 파지를 괴롭히는 것이 목표일 테니까.

"너희들 그만 못해!"

정미는 파지의 신호를 보고도 못 본 척 파지의 머리채를 잡고 있는 수진에게 달려들어 그녀의 손에서 파지를 떼어내려고 안간힘을 쓰기 시작했다. 뒤에 서 있던 아이들이 정미를 파지에게서 떼어냈다.

"이거 놔!"

파지와 정미가 화장실 안으로 끌려 들어가고 화장실 문이 닫혔다.

"어땠어? 친구놀이는."

수진이 파지의 머리채를 거칠게 놓으며 물었다. 수진의 눈에 핏발이 서 있었다. 수진의 눈과 마주친 순간 파지는 깨달았다. 이 아이들……. 자신과 정미를 화장실 안으로 끌어들이고 문을 잠근 아이들은 지금 흥분해 있었다. 한동안 보이지 않았던 벌레를 다시 발견하고 혐오감에 치를 떨며 근처의 신문지를 말아 들고 그 벌레를 죽이기 위해 집요하게 쫓아다니는 사람처럼 이 아이들도 파괴감에 잔뜩 흥분해 있었다.

"그동안 네가 저년과 웃으면서 내 앞을 지나갈 때마다 얼마나 불쾌하고 짜증났는지 몰라. 너 같은 것한테 친구가 어디 어울린다고 생각해?"

수진이 손을 치켜올려 파지의 뺨을 내리쳤다. 뺨을 맞은 채 잠시 가만히 있던 파지가 정신이 든 듯 미간을 찌푸리며 자신을 때린 수진의 뺨을 사정없이 내리쳤다.

"나만 맞고는 못살지."

파지가 씩 웃었다. 그것을 신호로 파지를 감싸고 서 있던 여섯

명의 아이들이 달려들었다. 대뜸 머리채부터 잡혀 움직임을 봉쇄
당했음에도 불구하고 파지는 닥치는 대로 자신에게 달려들어 오는
아이들을 할퀴고 꼬집고 주먹으로 때리면서 스스로를 보호하고 있
었다.

"때리지 마!"

잠시 멍하니 서 있던 정미도 곧 제정신을 차리고 싸움판에 끼어
들어 파지를 도와 아이들과 싸웠다. 하지만 두 명은 결코 여섯 명을
이길 수 없었다. 얼마간의 시간이 흐르고 아이들이 바닥에 침을 뱉
으며 화장실을 나갔다.

화장실 문이 큰 소리를 내며 닫히자마자 화장실 바닥에 대자로
뻗어 있던 파지와 정미가 만신창이가 된 서로의 모습을 바라보고
웃음을 터뜨렸다.

"너 눈에 멍들었어."

"너는 입가가 터졌다."

서로의 모습을 놀리며 웃던 파지의 눈꼬리를 타고 눈물이 떨어졌
다. 그 모습에 정미가 안쓰러운 얼굴로 그 눈물을 닦아주며 흐느끼
기 시작한 파지를 꼭 안아주었다.

"미안해. 내가 좀 더 힘이 되어 줬으면 이런 일 없었을 텐데."

"아니야. 내가 더 미안해."

정미의 작고 따뜻한 손이 파지의 등을 토닥거려 주었다. 파지는
그렇게 태어나서 처음 생긴 친구의 품에 안겨서 한 시간을 엉엉 울
었다.

그날 이후로 정미는 새로운 따돌림의 대상이 되어 파지와 함께
아이들의 괴롭힘을 당하기 시작했다. 정미와 함께 있을 땐 파지를

괴롭히지 않았던 친구들도 이제는 너나 할 것 없이 약속한 듯 정미와 파지를 괴롭혔다. 하지만 그 모진 괴롭힘 속에서도 파지와 정미가 웃을 수 있었던 건 서로를 향한 우정 때문이었다.

"너희 둘만 보면 하루가 재수 없어. 니들 웃는 얼굴만 보면 눈이 썩는 것 같다고!"

인적이 드문 본관의 4층 화장실에서 수진의 패거리들과 마주친 파지와 정미가 그들을 지나치려 할 때였다. 수진이 냅다 파지를 밀어 넘어뜨렸다.

"파지야!"

정미가 소리를 지르며 파지에게 달려들었다.

"네 그 건방진 태도가 정말 마음에 안 들어."

수진이 파지의 멱살을 잡았다. 수진에게 멱살을 잡힌 파지도 지지 않고 수진을 노려보며 비아냥거렸다.

"난 네가 더 마음에 안 들어. 못생긴 주제에 어디서 얼굴을 들이밀어? 내 얼굴 보면 눈이 썩는 것 같다고 했지? 그럼 나는 어떨 것 같아? 네 그 못생긴 얼굴만 보면 토할 것 같아. 아주 속이 울렁거려."

파지의 말에 수진이 파지의 머리채를 잡고 흔들었다. 파지도 지지 않고 수진의 머리채를 잡고 흔들었고 주위의 아이들이 거칠게 달려들어 그들을 떼어놓기 위해 애썼다.

"이거 놔! 안 놔?"

"너 먼저 놔!"

주위 애들이 아무리 주먹으로 때리고 발로 차도 한 사람만 공격하자는 심보로 파지는 수진의 머리채를 잡고 늘어졌다.

"독한 년!"

순간 파지가 수진의 아랫배를 발로 걷어찼다. 수진이 뒤로 나가 떨어졌다. 그런 수진에게 달려든 파지가 그녀의 얼굴을 마구잡이로 때렸다.

"악!"

순간 정미의 비명소리가 파지의 귀를 파고들었다. 정미를 찾기 위해 파지가 한눈을 판 순간 수진이 파지를 밀치고 일어섰다. 정미는 세면대에 머리를 부딪친 듯 주저앉아 피가 흐르는 머리를 꼭 부여잡고 있었다.

"너……."

파지가 정미를 밀친 아이에게 달려들려는 찰나였다. 드르륵 하는 소리가 들렸다.

"죽여버릴 거야."

수진이 두꺼운 종이를 자를 때 쓰는 크고 튼튼한 커터칼을 꺼내들고 있었다. 그리고 파지를 향해 위협적으로 휘둘렀다. 수진을 제외한 나머지 아이들이 당황한 듯 멈칫했다.

그들 또한 수진처럼 잔인했지만 몸은 성인일지 몰라도 정신은 아직 덜 자란 미성숙한 아이들이었다. 그런 아이들의 눈에 수진이 꺼내든 칼은 충분히 위협적이었다.

"수, 수진아!"

그녀가 칼까지 꺼내들 줄은 몰랐다는 듯 수진의 친구들이 당황한 얼굴로 수진에게 가까이 다가갔다.

"저리 가! 저년 오늘 내가 꼭 죽여버릴 거야."

수진이 위협적으로 칼날을 휘두르는데도 아랑곳하지 않고 파지는 정미가 쓰러져 있는 곳으로 다가가 정미의 어깨를 잡아 일으켰다.

"정미야, 병원 가자. 피 많이 나."

"으응."

정미의 어깨를 잡아 부축하며 파지가 화장실 문 앞으로 향했을 때였다.

"움직이면 진짜 찌를 거야."

수진의 낮은 목소리가 들려왔다. 파지가 뒤돌아서서 차가운 눈으로 수진을 노려봤다.

"너 지금 뭐가 먼전지 몰라? 사람이 다쳤잖아. 아무리 내가 죽이고 싶을 정도로 미워도 오늘은 좀 참아. 뇌진탕일지도 몰라. 병원에 가야 해."

"닥쳐!"

수진이 소리를 지르며 파지를 향해 다가왔다. 그녀가 움직이지 말라는 듯 여전히 위협적인 커다란 칼날을 파지를 향해 겨누자 파지가 실소를 머금었다.

"그럼 찔러 봐."

"뭐?"

순간 수진이 당황스러운 듯 두 눈을 깜박였다.

"찌를 용기도 없는 주제에 그런 걸로 사람 협박하는 거 아니야."

파지가 머리가 아픈 듯 연신 신음하는 정미를 부축하며 뒤돌아서 화장실을 나가려 할 때였다.

"이잇!"

이름 모를 흥분으로 인해 정신이 반쯤 나간 듯 보이는 수진의 고함소리가 들려 무의식적으로 고개를 뒤로 돌렸을 때였다. 수진이 칼을 쥐고 파지를 향해 달려들었다. 잠시 시간이 멈춘 듯 주위가 싸늘해졌다. 순간 아무 소리도 들리지 않았다. 공기조차 멈춘 것 같았다. 그리고 그 뒤를 이어 누군가의 신음과도 같은 비명소리가 들렸다. 그 비명의 주인공은 자신의 어깨에 기대 서 있던 정미였다. 파지의 옆구리가 따뜻한 액체로 인해 축축해졌다.

"정, 정미야?"

머리를 다친 쇼크였는지, 아니면 칼에 찔린 쇼크였는지 정미가 힘없이 화장실 바닥으로 무너져 내렸다.

"아악!"

정미가 쓰러지는 모습을 본 다른 아이들이 비명을 지르며 화장실 문을 열고 도망쳤다. 자신의 손에 들려 있는 피가 잔뜩 묻은 칼을 멍하니 바라보던 수진도 이내 화들짝 놀라서 그 칼을 화장실 바닥에 버리고 먼저 달려 나간 아이들의 뒤를 따라 화장실을 박차고 나갔다.

"정미야. 정미야!"

화장실 바닥에 정미가 축 늘어져 있었다. 파지가 주저앉아 정미의 몸을 흔들었다. 거세게 흔들었음에도 불구하고 정미는 두 눈을 감은 채 미동도 하지 않았다.

한참 동안 정미를 흔들던 파지의 눈에 붉은 피가 넓게 번져 있는 정미의 옆구리가 보였다.

"가만있어봐……. 지혈을…… 해야 해."

파지가 떨리는 손으로 피가 흘러나오는 정미의 옆구리에 손을

었다. 정미의 옆구리에서 뜨거운 피가 줄줄 새어나오기 시작했다. 파지가 덜덜 떨리는 입술을 깨물며 자신의 블라우스를 벗어 그것으로 정미의 옆구리를 꾹 누르기 시작했다. 그녀의 새하얀 블라우스는 금세 붉게 물들었다.

"정미야……. 어떡해, 정미야……."

파지의 눈에 눈물이 고였다. 한참 동안 정신없이 정미의 옆구리를 누르며 흐느껴 울던 파지가 정신이 든 듯 소리를 지르기 시작했다.

"누구 없어요? 살려주세요! 살려주세요! 사람이 칼에 찔렸어요! 살려주세요!"

다행히 근처를 지나가고 있던 체육 선생님이 파지와 정미를 발견했다. 아연실색한 표정으로 잠시 파지와 정미를 바라보고 있던 체육 선생님이 얼른 정미를 안아들고 양호실로 가 지혈을 부탁하고 교무실에서 구급차를 불렀다. 때아닌 칼부림 소동으로 인해 파지가 정미를 찔렀다는 소문은 학교 내로 퍼졌고 정미는 구급차를 타고 병원으로 실려 갔다.

다행히 정미의 상처는 치명상이 아니었다. 하지만 뇌진탕으로 인한 머리의 부상이 심해 4주 동안 병원에 입원을 해야 했다. 학교에서는 학교의 체면을 위해 이번 일을 묻어두고자 했고 파지는 입을 다물었다. 정신을 차린 정미가 자신을 찌른 사람은 파지가 아닌 수진임을 밝혔지만 학교의 이사장이었던 수진의 아버지가 어떻게 손을 썼는지, 이내 사건은 조용히 끝을 맺었다.

사건에 대해 묻는 선생님들과 어른들의 질문에 파지는 입을 닫아버렸다. 정미를 찌른 것은 수진이었지만, 결과를 제공한 것은 자신이었기 때문에 책임을 부정할 수가 없었기 때문이었다. 분명히 파지가 수진에게 찔러보라고 도발하지 않았으면 정미는 다치지 않았을 것이다. 수진은 분명 파지를 찌르려 했다. 하지만 이성을 잃은 수진의 조준 실패로 파지와 맞붙어 있던 정미가 대신 찔린 것이다.

파지는 4주 동안 내내 하루도 빠짐없이 정미의 문병을 갔다. 하지만 매번 문전박대를 당하고 돌아왔다. 아프고 괴로웠을 정미가 자신을 외면하는 것을 이해하려 애쓰며 파지는 정미가 퇴원해 학교로 돌아올 때까지 인내하며 기다렸다.

4주가 지나 정미가 퇴원한 다음 날 정미는 학교에 나왔다. 깔끔하고 단정한 모습의 정미는 다치기 전과 다름없어 보였다. 달라진 것을 굳이 꼽으라면 등교한 후부터 지금까지 짝꿍인 파지와 단 한 번도 눈을 마주치지 않고 있다는 점이었다.

"정미야, 이제 괜찮은 거야?"

"……."

"이제 안 아파? 걱정 많이 했어."

"……."

파지의 말에 정미는 아무 대꾸도 하지 않았다. 잠시 후 담임선생님이 들어와 정미를 앞으로 불러냈다. 아무 표정 없는 얼굴로 자리에서 일어난 정미는 담임선생님 옆으로 가 섰다.

"정미가 이사하게 되는 바람에 전학을 가게 됐다. 오늘까지만 여기서 너희들과 함께 공부를 하고 내일부터는 새로운 학교로 등교할 거야."

정미의 전학 소식은 갑작스러웠다. 파지가 믿을 수 없다는 눈으로 정미를 바라봤다. 정미는 끝끝내 파지의 시선을 외면했다.

　방과 후 집에 가는 길. 파지가 집으로 돌아가려는 정미의 팔을 붙잡았다.

　"이거 놔."

　오늘 처음으로 정미가 입을 열었다. 하지만 그 열린 입술을 타고 나온 목소리는 예전의 그 따뜻하고 부드러웠던 목소리가 아닌 차갑고 냉정한 목소리였다.

　"왜……."

　파지가 울 것 같은 목소리로 물었다.

　"왜 가?"

　파지의 물음에 정미가 눈을 들어 파지를 바라봤다.

　"힘들어서."

　"뭐?"

　"더 이상 네 옆에 있는 게 힘들어."

　파지가 흔들리는 눈으로 정미를 바라봤다.

　"다른 애들이 아무리 힘들게 괴롭혀도 너만은 나한테 힘이 되어 준다고 했잖아. 무슨 일이 있어도 날 외면하지 않겠다고…… 늘 함께 있어준다고…… 그랬었잖아."

　"이번 일을 겪으면서 많이 생각했어. 생각해보면 네 옆에 있으면서 난 항상 다치기만 했어. 이번엔 다행히 죽지 않고 살아났어. 하지만 다음엔? 그다음엔? 아이들의 괴롭힘 속에서 나는 너 때문에 또 어떤 일을 겪을까?"

　파지가 입술을 깨물었다.

"너와 함께 있는 게 무서워졌어. 미안해. 안녕, 잘 있어."

정미가 파지의 손에서 자신의 손을 빼냈다. 그리고 돌아섰다.

"한 가지만."

파지가 눈물이 고인 눈으로 정미를 바라보며 물었다.

"한 가지만 묻자. 내 친구가 되었던 걸 후회하니?"

파지의 물음에 정미가 등을 보인 채로 가만히 서 있다가 천천히 말했다.

"후회해."

파지의 눈에서 눈물이 떨어져 내렸다. 눈물 때문에 흐린 시야로 인해 저 멀리 걸어가는 정미의 모습이 제대로 보이지 않아 팔로 눈물을 닦고 또 닦았다. 닦아도 닦아도 점점 조그맣게 변해가는 정미의 뒷모습은 제대로 보이지 않았다. 결국 파지는 주저앉아 목 놓아 울었다.

태어나서 처음으로 만든 친구라는 존재는 쉽게 파지의 손을 놓고 떠나가버렸다. 그동안 나누었던 우정조차 부정하고 잔인하게 떠나갔다. 이제는 그 누구에게도 마음을 주지 않으리라. 다시는 마음을 온전히 열어 보여 상대방에게 자신을 상처 줄 수 있는 권한을 부여하지 않으리라.

그 후 전교에 파지가 정미를 찌르는 바람에 정미가 전학을 갔다는 소문이 파다하게 퍼졌고 아이들은 파지의 얼굴을 보는 것조차 싫어하며 파지를 투명인간 취급했다. 파지 또한 그런 그들에게 시선 한 번 던지지 않고 자신의 방식대로 세상을 살아갔다. 그러면서 점점 세상을 살아가는 데 대한 자신만의 노하우를 터득해나갔다.

"그렇게 살아오던 중에 준환 씨를 만났어. 문병 온 사람들과 희희낙락하는 사람들 틈에서 혼자 앉아 있는 나한테 다가와 무뚝뚝한 얼굴로 관심을 보여준 당신한테 한순간에 마음을 빼앗긴 거야. 내가 가장 약해졌던 순간에 당신이 내가 가장 약한 곳을 공격해 들어와 단번에 승리를 쟁취했어."

파지가 여전히 흐느끼는 목소리로 말했다. 준환은 말없이 그런 파지를 꼭 끌어안고 다독였다.

그도 고등학교 시절 그런 경험이 있었다. 준환이 누군가를 지독하게 괴롭혔다거나 괴롭힘을 당했다는 것은 아니다. 다만 주위에 무관심한 편인 특유의 성격 때문에 한 사람을 단순히 재미나 장난감으로 괴롭히는 아이들을 방관했을 뿐이다. 그때의 준환은 도움을 요청하는 눈으로 주위를 이리저리 돌아보는 그 아이의 눈을 가볍게 외면하고 저 할 일을 했다. 늘 먼저 나서서 그런 아이를 도와준 건 준환이 아닌 오지랖 넓고 정의감이 투철한 승훈이었다.

"그때…… 옆 침대의 아주머니가 다른 아주머니들이랑 같이 내 얘기를 하는 걸 듣고 그날 새벽에 몰래 선물용 음료수, 갖다 준 거지?"

파지가 눈물이 고인 눈으로 서글프게 웃으며 물었다. 준환의 광대뼈가 순식간에 붉어졌다. 준환이 파지의 시선을 피하며 더듬거렸다.

"무, 무슨…… 무슨 소린지 모르겠는데."

"거짓말하지 마. 새벽에 몰래 와서 내 침대 옆 서랍에 선물용 오렌지 주스 상자 갖다 놨잖아. 자는 척하면서 실눈 뜨고 다 봤어."

파지의 말에 준환이 흠흠 헛기침을 했다. 옆 침대의 아주머니가 일부러 들으라는 듯 목소리도 낮추지 않은 채 파지의 흉을 보는 것을 듣고 반사적으로 그 흉의 주인공인 파지의 얼굴을 봤다. 그때의 파지는 턱을 꼿꼿이 들고 도도한 표정으로 그를 올려다보고 있었는데 그 표정은 마치 할 말 있으면 해보라는 듯 당당해 보였다. 그 도도하고 당당한 표정 속 어딘가 신경 쓰이는 어떤 표정이 숨겨져 있는 것 같이 느껴져 괜스레 마음이 쓰인 준환은 그날 새벽 자신의 사무실 안에 있던 선물 받은 음료수를 파지의 병실에 놓고 왔다. 다른 사람들이 자는 사이 누군가 파지에게 문병을 온 것처럼 보이도록 말이다.

지금 생각해보면 그때 자신이 왜 그랬는지 이해가 가지 않았다. 그는 분명 주위 사람들에게 이상할 정도로 무관심한 편이었으니까.

"그때였을 거야. 준환 씨가 내 마음에 발을 쑥 하고 집어넣은 게."

파지가 배시시 웃었다.

"내 얘기를 믿던 안 믿던 그건 준환 씨 마음이야. 어쨌든 난 진실을 얘기했어. 나머지는 준환 씨가 알아서 판단해."

괜히 툴툴거리는 파지의 말에 준환이 파지의 머리를 숨쉬기 힘들 정도로 가슴에 꼭 안았다. 숨쉬기 괴로워진 파지가 발버둥 칠 때까지.

"미쳤어, 준환 씨? 나 숨 막히게 해서 죽이려고?"

"고맙다."

"뭐가?"

"날 믿고 얘기해줘서. 분명 말하기 힘들었을 텐데 이렇게 얘기해줘서."

"그러니까 앞으로 나한테 잘해."

"잘할게."

파지의 안에 숨겨져 있는 또 다른 파지를 조금이나마 엿본 것 같아 기분이 들뜬 준환이 파지에게 깊게 입을 맞추려는데, 파지가 갑자기 입을 가리고 찢어지게 하품을 했다.

"실컷 울고 났더니 졸려."

"뭐?"

준환이 어이가 없다는 듯 파지를 노려봤다.

"준환 씨, 이제 가. 나 잘래."

파지가 소파에서 일어나 섰다.

"씻고 자야겠어. 너무 피곤해."

파지를 따라 소파에서 일어섰던 준환이 은근한 표정으로 파지를 바라봤다.

"밤이 늦었으니 그냥 여기서 자고 가야겠어."

파지의 눈이 동그랗게 떠졌다.

"자, 자고 간다고?"

"그래. 왜, 안 돼? 우린 엄연한 연인 사인데?"

준환의 말에 파지가 새빨갛게 붉어진 얼굴로 말을 더듬었다.

"저기……. 그러니까 난……. 저기, 난 아직 마음의 준비가 안 됐어……. 그리고 우리가 사귄 지는 일 년이 넘었지만 서로 마음을 확인한 지는 얼마 안 됐고……. 그리고 에, 또……."

횡설수설하는 파지를 귀엽다는 눈으로 바라보던 준환이 짓궂게 말했다.

"너 너무 앞서 가는 거 아니야?"

"뭐라고?"

"떡 줄 사람은 생각도 않는데 김칫국부터 마시지 마, 김파지. 나도 온종일 일하고 친구들 술자리까지 다녀와서 피곤해. 네가 하고 싶어도 내가 못 해."

파지의 얼굴이 더욱더 새빨개졌다.

"이, 이……!"

파지가 소파에 얌전히 놓여 있던 쿠션을 들어 준환의 어깨를 퍽 내리쳤다.

"일부러 나 놀린 거지!"

"아니야, 아니야."

준환이 웃으며 파지를 끌어안았다.

"자고 가겠다는 말은 진심이었어. 그냥 널 꼭 안고 잠들고 싶어. 뾰족한 가시 속에 이렇게 여린 진짜를 숨겨놓고 있던 널 꼭 안은 채로 잠들고 싶다. 정말이야."

"허튼짓 안 할 거지?"

"안 해. 오늘은."

"오늘은?"

파지가 눈을 가늘게 뜨고 준환을 노려봤다.

"그래. 오늘은."

준환이 음흉한 미소를 지어보였다.

"이 변태!"

파지가 새빨간 얼굴로 소리쳤다.

"씻고 올게."

준환이 얄밉게 웃으며 욕실로 향하자 파지가 쿠션을 집어던졌다.

"어림없어."

등 뒤로 날아오는 쿠션을 눈치채고 몸을 살짝 돌려 피한 준환이 그대로 욕실 안으로 들어갔다.

"어우, 정말……. 언제부터 저렇게 능글맞아진 거지?"

파지가 허공을 바라보며 입술을 삐죽거렸다.

파지가 한참을 욕실을 향해 구시렁거리고 있을 때, 물소리가 뚝 멈추고 더운 김을 내뿜으며 욕실 문이 살짝 열렸다.

"파지야."

"응?"

파지가 무심코 옆을 돌아다봤다.

"윽!"

TV나 영화에서만 나올법한…… 수건을 허리에 두른 남자의 알몸이 떡하니 버티고 서 있었다.

"준환 씨, 진짜 변태야? 저리 가! 쉬! 쉬!"

파지가 손을 흔들며 홍시만큼 붉어진 얼굴을 돌렸다.

"옷이 없어."

"옷?"

준환이 수건으로 머리를 털며 말했다.

"양복을 입고 잘 순 없잖아? 잠이라도 편하게 자야지. 잠 제대로 못 자면 내일 병원에서 피곤해."

"아아……. 그렇지."

파지가 멍하게 대꾸하며 붉어진 얼굴로 슬금슬금 준환의 몸을 훑어보기 시작했다. 넓고 단단한 가슴이 언제든지 환영이라는 듯 떡벌어져 있었다. 준환이 자기 관리만큼은 무슨 일이 있어도 항상 철저하게 한다는 것은 알고 있었지만 이렇게까지 완벽한 몸매를 가진 줄은 몰랐다.

"뭘 그렇게 뚫어져라 쳐다보는 거야?"

준환이 고개를 갸우뚱하며 묻자 파지가 작은 목소리로 속삭이듯 말했다.

"지금의 준환 씨…… 왠지 되게 야한 느낌이야."

"뭐?"

준환이 어이없다는 얼굴로 파지를 바라보다가 헛기침을 하며 시선을 피했다. 분위기가 묘해졌다. 남자의 알몸에 군침을 흘리고 있는 여자와 그런 여자 앞에서 수건 한 장만 달랑 두른 채 서 있는 남자. 분위기가 묘할 수밖에 없지, 암암.

"이, 입을 옷 갖다 줄게."

파지가 얼른 몸을 돌려 옷장으로 달려가려 할 때였다. 준환이 뒤에서 파지를 끌어안았다. 방금 막 샤워를 마친 촉촉하고 단단한 몸이 파지를 온전히 감싸 안았다.

"갖고 싶어?"

"뭐, 뭘?"

파지가 당황한 듯 팔다리를 버둥거리자 파지의 귓가에 킥하고 짓궂게 웃는 목소리가 들렸다.

"나."

"무, 무슨!"

"언제든지 말해. 기꺼이 줄 테니까. 원할 때마다 가질 수 있게 해주지."

준환이 파지의 귓불에 입을 맞추며 떨어져 나갔다. 평소의 반듯하고 성실한 모습은 온데간데없이 엄청나게 야해진 준환으로 인해 파지의 가슴이 요동쳤다. 두근거리는 가슴에 손을 얹고 두려움 반, 기대 반으로 눈을 빛내며 준환을 돌아본 파지의 얼굴이 급속도로 굳어졌다. 준환이 파지의 얼굴을 잡아 쭉 당기며 짓궂게 말했다.

"파지 너 은근히 밝힌다."

이 말은…… 녹음기 사건이 있었던 날 파지가 준환을 놀리며 했던 말이 아닌가!

"이…… 바보!"

파지가 준환의 얼굴을 냅다 밀치고 옷장을 향해 달려갔다. 이 수모는 절대로 잊지 않으리라.

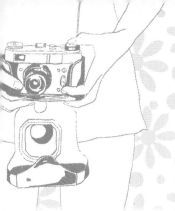

"파지 씨 같은 여자를 애인으로 둔 이 선생은 참 운이 좋은 남자 같습니다, 하하하!"

파지를 칭찬하며 스테이크 조각을 써는 경철을 마주 바라보던 파지가 어색한 얼굴로 하하 웃어보였다.

이 남자, 가볍다. 가벼워도 너무 가볍다.

파지가 경철과 함께 저녁 식사를 하게 된 경위는 이랬다.

준환에게 보내는 사랑의 도시락과 함께 이번에 새로 출간된 자신의 동화책을 가지고 오랜만에 병원에 들른 파지는 자신을 향해 반가운 미소를 지으며 다가오는 경철을 발견했다.

"오랜만입니다, 파지 씨!"

반갑다는 듯 함박웃음을 머금고 있는 경철에게 마주 웃으며 인사한 파지가 서둘러 준환의 사무실로 향할 때였다.

"저 저녁 식사 약속 잊지 않고 있습니다."

경철의 결정적인 한마디. 그 말 속에는 '너 그 약속을 지키지 않

165

으면 신용이 없는 사람으로 간주할 것이다' 라는 무시무시한 협박이 숨겨져 있었다. 준환을 약 올리기 위해 플러스 예의상으로 한 약속이 이제 와서 효과를 발할 줄이야……

어색하게 웃으며 파지는 경철에게 선약이 있기를 바라면서 그러면 말 나온 김에 오늘 저녁이 어떻겠냐고 물었고, 뜻밖에도 경철은 흔쾌히 오케이를 선언했다. 그것으로 상황 종료.

"이 집 스테이크는 언제 먹어도 맛있습니다."

경철이 유쾌하게 웃으며 말했다.

"네. 전 처음 와봤지만 맛이 꽤 괜찮네요."

"그렇죠? 그래서 파지 씨를 이리로 모셔온 겁니다. 맛있는 스테이크를 먹여드리고 싶어서."

경철의 말에 파지가 고개를 저었다.

"우리, 말은 바로 하자고요. 경철 씨가 저한테 스테이크를 먹이는 게 아니라 제가 경철 씨한테 스테이크를 먹이는 거죠."

순간 경철이 동그래진 눈으로 파지를 바라보다가 이내 웃겨 죽겠다는 듯 웃어 재꼈다.

"하하하! 파지 씨, 정말 귀엽네요."

"귀엽다는 말 많이 들어요."

"설마 남자인 제가 파지 씨한테 얻어먹겠습니까? 당연히 제가 사야죠."

"아뇨. 제가 사기로 했으니까 오늘은 제가 살게요."

"아닙니다. 남자의 체면을 생각해서라도 제가 내게 해주세요."

끈질긴 경철의 말에 파지가 이상한 눈으로 경철을 바라봤다. 이 남자가 왜 이래?

"대신 다음에 파지 씨가 사면되잖습니까?"

"다음이요?"

순간 경철의 의도를 파악한 파지가 냉정해진 눈으로 경철을 노려봤다. 직장 동료의 여자에게 은근슬쩍 다음이라는 얘기를 꺼내는 남자는 딱 한 부류다. 동료의 여자를 꼬시기 위해 만반의 준비를 한 늑대.

"다음은 없어요."

파지가 딱 잘라 말했다.

"사실 저녁을 사드리겠다는 약속도 예의상으로 했던 말인데 그걸 지금까지 기억하고 계신 하 선생님에게 미안해서 지금 이 자리에 나와 있는 거니까요."

"예?"

경철이 놀란 눈으로 파지를 바라봤다.

"그러니까 약속대로 오늘은 제가 사도록 하죠."

달콤한 목소리로 말하며 파지가 스테이크 조각을 입에 집어넣었다. 경철이 굴욕을 당했다는 듯한 얼굴로 표정을 지으며 말했다.

"상당히 냉정하시군요."

"내 남자가 아닌 다른 남자들한테 만요."

"내 남자라면 이준환 선생을 말하는 건가요?"

"당연하죠."

파지가 더 이상 말하고 싶지 않다는 듯 다시 새로운 조각을 입 안에 집어넣었다. 그 모습에 잠시 가만히 앉아 있던 경철이 묘하게 웃었다.

"제가 생각했던 것과는 좀 다른 분이었네요, 파지 씨는."

"그래요?"

"예."

경철이 시원시원한 목소리로 말했다.

"솔직히 꼬시면 넘어올 줄 알았습니다."

"네?"

파지가 이렇듯 솔직하게 자신의 속셈을 말하는 경철에게 놀란 듯 눈을 커다랗게 떴다.

"제가 이 선생한테 작은 콤플렉스가 있어서 말입니다. 이 선생은 별로 신경 쓰고 있는 것 같지 않지만, 전 이 선생을 제 인생의 라이벌이라고 생각하고 살고 있어요. 그러다 보니 항상 이 선생의 일거수일투족에 관심을 가질 수밖에 없었습니다."

준환의 일거수일투족에 지대한 관심이 있다고 말하는 경철을 파지가 묘한 눈으로 노려봤다. 그러자 경철이 두 손을 들어 아니라는 듯 황급히 손사래를 쳤다.

"아, 파지 씨! 지금 무슨 생각 하고 있는지 알겠는데, 그건 정말 아니니 걱정하지 마세요. 절대로 아닙니다. 전 여자가 좋습니다, 여자가."

서둘러 변명 아닌 변명을 하는 경철의 태도로 인해 파지가 피식 웃었다. 그러자 경철이 다시 본론으로 돌아가 다시 이야기의 핵심으로 접근했다.

"늘 먼발치에서 가끔 이 선생을 찾아오는 파지 씨를 바라보기만 했었습니다. 그런데 이렇게 파지 씨가 위염으로 내과에 입원하는 바람에 같이 말을 섞을 기회가 생겨 이런저런 얘기를 주고받다 보니 파지 씨 성격이 거침없고 자유분방해서 작정하고 꼬시면 넘어올 것처럼 보였다고나 할까요?"

파지가 미간을 찌푸렸다. 꼬시면 넘어올 것처럼 보였다니…… 누가! 내가?

잠시 화가 난 듯 인상을 찌푸리고 있던 파지가 한숨을 내쉬었다. 하긴. 준환도 처음엔 자신이 가볍고 마냥 화려하게만 보여 옆에 끼고 자랑할 트로피로 생각했었다지 않는가.

"그런 착각을 심어드려서 죄송하네요."

파지가 미안한 듯 말했다.

"의외로 저 한번 물면 절대로 놓지 않는 악바리 근성이 있거든요. 싸움으로 치자면 17대 1로 붙어도 한 놈만 패자라는 근성으로 무작정 한 놈만 물고 늘어지는 독한 놈 타입이라고나 할까요?"

파지의 말에 경철이 다시 웃음을 터뜨렸다.

"네? 하하하! 아, 이것 참. 어쩌죠? 저 이 선생이 정말로 부러워졌습니다."

파지가 도도한 표정을 지으며 말했다.

"부러워도 어쩔 수 없어요. 단념하세요. 전 절대로 이준환의 것이니까요."

"하하하!"

경철이 한바탕 크게 웃어댔다.

"뭐가 그렇게 웃겨요?"

파지가 밉지 않게 그를 흘겨보며 묻자 경철이 여전히 웃음기 가득한 얼굴로 말했다.

"둘이 천생연분이라는 생각이 들어서 그럽니다."

"천생연분요?"

"저번에……. 음, 파지 씨가 병원에 입원하기 전날이었나? 아무튼 파지 씨가 병원에 입원하기 얼마 전에 이 선생 사무실에 용건이 있어서 들른 적이 있는데, 그날 봤어요. 이 선생이 지갑 속, 파지 씨의 얼굴을 홀린 것처럼 쳐다보고 있는 우스운 광경을요."

경철의 말에 이번엔 파지의 얼굴이 홀린 듯 멍해졌다.

"제 사진을 말이에요? 그럴 리가 없는데⋯⋯."

"그럴 리 있습니다. 그날 제가 파지 씨 이름을 들먹이면서 좀 놀렸더니 안 그래도 무서운 녀석이 더 무서워지더라고요. 왜 이 선생화나면 무섭잖습니까. 그래서 그만 꼬리를 내리고 도망쳤어요."

경철이 일부러 그녀에게 보이려는 듯 과장해서 상체를 부르르 떨었다.

그녀가 입원하기 전이면, 하연의 말도 안 되는 거짓말로 인해 그녀에게 머리끝까지 화가 난 그가 그녀에게 이별을 선언하는 바람에 둘은 헤어져 있던 상태였다. 그런 상태에서 그가 그녀의 사진을 홀린 듯 바라보며 부드러운 표정을 지었다니⋯⋯.

그 후 이어진 경철의 말을 빌리자면 준환은 그날 사랑에 빠진 남자의 모습을 하고 그녀를 바라보다 경철에게 들키자 어딘가 멋쩍어하며 화를 냈다고 했다.

경철과 마주 앉아 그의 목소리를 듣는 그 순간에도 그녀는 준환의 생각밖에 없었다. 가슴이 참을 수 없이 벅차올랐다. 그들이 헤어짐이라는 성장통을 겪기 전에도 그들은 하나로 이어져 있었다. 그녀와 준환은 이미 서로를 사랑하고 있었던 것이다.

그 후로부터 다시 부드러워진 분위기 속에서 즐겁게 식사를 할 수 있었다. 경철은 가볍지만 꽤 유쾌하고 재밌는 남자였고 파지는 그런 경철과의 식사가 나쁘지 않다고 생각했다.

후식으로 블루베리 치즈케이크를 먹고 있을 때였다. 진동으로 돌려놓는 것을 깜빡한 파지의 휴대폰이 요란한 소리를 내며 울었고 파지가 얼른 휴대폰을 들어 수신자를 확인했다. 준환이었다. 조금 전 자신이 직접 싼 도시락을 만족스럽게 먹던 준환의 얼굴이 떠올라 배시시 미소 지은 파지가 전화를 받았다.

"응, 준환 씨."

[어디야?]

"저녁 먹고 있어."

[누구랑?]

어딘지 캐묻는 듯한 준환의 말에 잠시 의아한 표정을 지은 파지가 치즈케이크를 입 안에 넣고 있는 경철을 한 번 본 후 입을 열었다.

"하 선생님이랑."

[하 선생?]

"응. 저번에 저녁 식사 대접하겠다고 약속했다 했잖아. 그래서 오늘……."

이상하게 저기압인 준환 때문에 덩달아 기분이 이상해진 파지가 눈동자를 데구루루 굴리다가 창가에 서 있는 남자와 눈이 마주치고 놀라서 입을 딱 벌렸다.

"준환 씨?"

[이 근처에 네가 좋아하는 케이크를 파는 집이 있다는 것이 생각나 도시락의 답례로 사다주려고 차에서 내렸더니 네가 보이더군.]

준환의 차가운 눈과 파지의 당황한 눈이 마주쳤다.

"화났어?"

[화났어.]

"저기…… 별로 준환 씨가 화낼 만한 상황이 아니거든, 지금? 그 냥 정말 순수하게 인사차, 같이 저녁 먹은 거야."

[병을 치료해줬다고 인사차 저녁을 사주는 환자라……. 그렇다면 나는 적어도 몇 백 번도 더 넘게 얻어먹었겠군.]

"준환 씨!"

[그만 끊지.]

준환이 차가 세워져 있는 곳으로 향했다. 당황한 얼굴로 그런 준환을 바라보던 파지에게 경철이 말했다.

"이 선생 화가 많이 났나 보네요. 미안합니다."

경철이 정말 미안한 듯 고개를 숙여보이자 파지가 손사래를 쳤다.

"아니에요. 이따가 가서 풀어주면 되겠죠."

파지가 신경 쓰이는 얼굴을 하고 있자 경철이 자리에서 일어났다.

"전 다 먹었습니다. 파지 씨도 더 이상 먹고 싶은 마음이 없는 것 같으니 그만 일어나도록 하죠."

마냥 가벼워만 보이는 남자가 은근히 듬직한 면이 있다는 생각을 하며 경철과 함께 레스토랑을 나온 파지에게 경철이 택시를 잡아주었다.

"집 앞까지 모셔다 드리고 싶지만 더 큰 오해를 살 것 같아 택시를 잡아주는 것으로 멈추겠습니다."

"아, 고마워요."

"다시 한 번 말씀드리지만 미안합니다."

"괜찮다고 했잖아요. 저녁 식사…… 의외로 즐거웠으니까요."

파지의 말에 경철이 다행이란 표정을 지었다. 그러더니 다시 가벼운 남자의 콘셉트로 돌아왔는지 파지를 향해 윙크를 날렸다.

"오늘 일 때문에 이 선생이랑 헤어지게 되면 오세요. 넓은 가슴으로 위로해드릴 테니."

"사양할게요. 하 선생님이 위로해줄 그런 일은 없을 거예요. 그럼 이만 가보겠습니다. 좀 급해서…….."

파지가 경철에게 손을 흔들어 보인 후 택시에 올라탔다. 택시 기사에게 준환의 집 주소를 알려주면서 파지가 깊은 한숨을 내쉬었다. 솔직히 준환에게 미리 알리지 않고 경철을 만난 건 자신의 잘못이었다. 하지만 그렇게 냉정하게 돌아가버릴 건 또 뭐람……. 조금만 더 있었으면 그 자리에서 삼자대면으로 인해 가볍게 오해를 풀수도 있었는데.

갑작스럽게 밀려오는 짜증에 파지가 미간을 찌푸렸다.

사나운 기세로 집에 도착한 준환이 거친 동작으로 겉옷을 벗었다. 조금 전의 영상들이 한꺼번에 떠올라 준환을 괴롭혔다. 물론 파지를 믿고 있었다. 언제나 일편단심으로 자신만을 바라보는 파지를 의심하는 것은 절대로 아니었다. 하지만……. 파지를 믿고 있지만 파지의 주위에서 호시탐탐 그녀를 노리는 늑대는 믿지 못하겠다. 열 번 찍어서 안 넘어가는 나무 없다는 옛말은 틀린 말이 아니었던 것이다. 파지의 부지런한 찍음에 결국 넘어간 이준환이라는 나무가 그것을 증명하고 있었다.

파지가 다른 남자의 맞은편에 앉아 사랑스럽게 미소를 짓는 모습은 상상 이상으로 준환을 괴롭혔다. 늘 자신의 곁에 있을 것이라 믿었던 파지가…… 자신에게만 애교를 부리고 자신에게만 키스를 하고 자신에게만 사랑을 속삭이는 파지가 다른 남자에게 그 행동을 한다고 생각하면…… 미칠 것 같았다. 그런 생각만으로도 심장이 지끈거려왔다.

"점점 미친놈이 되어가는군."

준환이 거칠게 머리를 쓸어 올렸다. 양복 상의 안주머니에 넣어 두었던 지갑을 꺼낸 준환이 그 안에 들어 있는 사진을 노려봤다. 이틀 전, 파지가 애교 있는 웃음을 흘리며 지갑에 넣어둔 사진이었다. 긴 생머리를 바람에 휘날리는 파지가 생글생글 웃고 있었다.

그 사진은 파지의 과거에 대한 고백을 들은 후, 준환이 그녀에게 기분 전환을 시켜주기 위해 근처 공원에 놀러 갔던 날 자신이 직접 찍어주었던 폴라로이드 사진이었다. 승훈이 찍어주었던 사진 위에 새로 끼워진 그 사진은 준환의 가슴을 뿌듯하게 만들어주었지만, 솔직하지 못하기가 둘째가라면 서러운 그는 기분 좋은 표정을 숨기고 퉁명스러운 표정으로 둔갑해 지갑이 두꺼워지면 들고 다니기 불편하니 당장 빼라고 투덜거렸다.

하지만 그는 그렇게 투덜거리면서도 요 며칠, 시간만 나면 지갑을 열어 파지의 사진을 보며 뿌듯해하느라 시간 가는 줄 몰라 점심 때를 놓친 적도 있었다. 항상 새치름하고 도도한 표정으로 타인의 접근을 본능적으로 거부하는 파지가 자신의 옆에서는 이렇게 환하게 웃을 수 있다는 것에 대한 자부심이 준환의 마음을 설레게 했다. 아마도 항상 무뚝뚝한 표정을 짓고 있는 자신도 파지의 옆에서는 이런 얼굴로 웃고 있을지도 모른다. 마음의 모든 빗장을 열어둔 무방비 상태로 말이다.

"파지야……"

준환이 파지의 이름을 속삭이며 저도 모르게 지갑 속 파지의 얼굴에 입을 맞췄다. 그때 도어락을 해지하는 소리가 삑삑 시끄럽게 울어대며 준환의 모든 행동을 스톱시켰다. 도어락이 해지되고 문이

열리는 순간 얼굴이 붉어진 준환이 재빨리 지갑을 등 뒤로 숨기며
소파에서 벌떡 일어섰다.

자신의 집 비밀번호를 알고 있는 사람은 오직 한 사람, 파지 하나
뿐이었다. 천성이 남을 쉽게 믿지 못하는지라 준환은 부모님에게도
비밀번호를 알려주지 않았다. 원래는 파지에게도 알려주지 않았었
는데 파지를 믿기로 결심했던 그날 파지의 달콤한 꼬임에 넘어가
바보같이 헤벌쭉해진 얼굴로 술술 알려주고 말았다.

"준환 씨!"

파지가 문을 열고 뛰어들어 왔다. 거친 호흡을 내뱉는 파지와 그
런 파지를 놀란 눈으로 바라보는 준환의 눈이 마주쳤다.

"못됐어, 정말."

파지가 달려와 준환의 품에 안겼다. 잠시 가만히 파지의 부드러
운 몸을 느끼고 있던 준환이 갑자기 파지를 밀어냈다.

"저리 가. 나 화났어."

준환이 미간을 찌푸리며 파지를 노려봤다. 그에 지지 않고 파지
또한 준환을 맹렬하게 노려보며 말했다.

"준환 씨가 그렇게 가버리면 내 입장이 어떻게 돼! 정말 바람피우
다 들킨 여자 꼴이 됐잖아!"

파지의 말에 준환이 움찔 몸을 긴장시켰다.

"그렇게 가버릴 게 아니라 레스토랑 안으로 들어와서 삼자대면
을 했으면 오해도 안 하고 내가 이렇게 급하게 준환 씨 집으로 달려
오다가 다치지도 않았을 거 아니야!"

자신의 집으로 오다가 다쳤다는 파지의 말에 준환의 눈동자가
재빨리 파지의 머리끝부터 발끝까지 훑었다. 그러다가 무릎 위로

살짝 올라오는 치마 밑의 무릎이 죄다 까져서 피가 흐르고 있다는 것을 발견하고 신음을 흘렸다.

"이런."

준환이 재빨리 파지를 달랑 안아 들어 소파에 앉혔다.

"왜 이런 거야?"

파지가 뾰로통한 얼굴로 대답했다.

"택시에서 내려서 오피스텔 현관으로 뛰어가다가 넘어졌어."

"무릎만 다쳤어?"

준환이 파지의 무릎을 살피며 묻자 파지가 고개를 저었다.

"손바닥도……."

"쯧."

준환이 파지의 손바닥을 살펴보더니 혀를 차며 빠른 걸음으로 화장실 안으로 들어가 물이 든 대야와 수건, 그리고 구급상자를 가지고 왔다.

"좀 따끔거릴 거야. 아파도 참아."

준환이 상처를 씻어내고 수건으로 물기를 닦았다.

"윽."

파지가 작게 신음했다. 좀 심하게 갈렸는지 상처에 물이 닿았을 뿐인데도 심하게 쓰라렸다. 파지가 신음하는데도 아랑곳하지 않고 준환이 다시 한 번 상처를 씻어냈다.

"아파."

파지가 투정하는 투로 말하자 준환이 어림없다는 듯 단호한 얼굴로 파지의 상처를 수건으로 감싸 물기를 제거했다.

"조금만 더 참아. 금방 끝날 테니."

준환이 이를 악물고 깨끗한 탈지면에 소독약을 묻혀 파지의 상처에 갖다 댔다. 시뻘겋게 드러난 살갗에 소독약이 닿으면 아플 것이 당연했다. 하지만 준환은 비록 상처의 치료를 위해서라지만 파지가 자신 때문에 아파할 것이라는 생각에 마음이 좋지 않았다.

"으……."

파지가 입술을 꼭 깨물며 쓰라린 고통을 참아냈다. 이렇게 해야지만 세균 감염을 방지할 수 있다. 생각 같아서는 다 때려치우라고 소리치고 싶었지만 꾹 참았다. 이런 아픔쯤은 고등학교 때 아이들에게 괴롭힘을 당하면서 다분히 겪었던 것 아닌가.

"후."

준환이 조금이나마 상처의 고통을 줄이기 위해 따뜻한 입김을 불었다.

"자, 다 됐어. 이제 연고 바르자."

"응."

파지가 자신의 무릎과 왼손 바닥에 연고를 바르고 거즈를 붙이는 준환의 머리를 가만히 바라보다가 다치지 않은 손을 들어 부드럽게 쓰다듬었다.

"마음이 많이 아팠지?"

파지의 물음에 이제 막 거즈를 다 붙이고 반창고로 고정한 준환의 움직임이 멎었다.

"미안."

준환이 천천히 고개를 들어 파지를 올려다봤다. 준환의 눈동자 속에 아픔의 조각이 보였다.

"예전에는 그런 생각해본 적 없는데. 최근 들어 자꾸 널 잃으면 살 수 없을 거란 생각을 하게 돼. 네가 날 두고 다른 남자에게 날아갈 일은 절대 없다는 것도 알아. 이제는 널 믿으니까. 하지만 혹시라도…… 정말 혹시라도 다른 남자가 널 채가면 난 어떻게 하지?"

준환이 바닥에 주저앉아 파지의 종아리를 꼭 끌어안았다.

"너에게 어떤 감정도 느끼지 못하던 때가 엊그제 같은데……. 못된 짓만 골라서 하며 날 괴롭힌 널 버리려 했던 때가 얼마 지나지 않은 것 같은데……. 지금 난 그런 널 잃을까 봐 두려워하고 있어."

파지가 자신의 종아리를 꼭 끌어안은 준환의 두 뺨을 손으로 감쌌다.

"날 사랑해?"

"……."

준환은 아무 말 하지 않고 파지를 올려다보았다.

"말해봐. 날 사랑해? 날 사랑하게 됐어?"

준환의 고개가 천천히 위아래로 움직였다. 준환의 얼굴을 감싼 파지의 손도 그에 따라 함께 위아래로 움직였다.

"널 사랑하게 된 거 같아."

준환이 두 눈을 감았다. 파지가 그런 준환의 입술에 자신의 입술을 가져가며 부드럽게 속삭였다.

"그럴 때도 됐지."

"내가 네 가시가 되어줄게. 그러니까 이제 앞으로 네가 세상에 가시를 세울 필요는 없어."

"사랑해, 준환 씨."

파지가 준환의 입가를 고양이처럼 할짝거리자 준환이 불만스러운 듯 낮게 신음하며 깊게 파고들어왔다. 파지가 웃으며 거칠게 파고들어오는 준환의 입술을 받아들였다.

"네가 하 선생과 나란히 마주앉아 웃고 있는 모습을 본 순간 머릿속에서 경고음이 울렸어. 그날……. 내가 널 버리려 했던 그날 이후, 네가 위염에 걸리지 않아서 우리 병원에 입원하지 않고 그대로 우리 사이가 끝났더라면 넌 지금쯤 내가 아닌 다른 남자의 앞에 앉아 내게 보여줬던 그 미소를 보여주며 그를 즐겁게 해줬겠지? 불현듯 든 그 생각에 차마 다리를 움직일 수 없게 되어서 그대로 전화를 걸었어."

"그때 내가 전화를 받은 거구나?"

파지가 빙긋 웃으며 준환의 입술에 버드키스를 날렸다. 잠시 귀여운 파지의 키스를 즐기던 준환이 어두운 목소리로 말했다.

"사실 네가 거짓말을 하지 않고 하 선생과 함께 저녁을 먹고 있다고 말했을 때 제일 먼저 든 생각은 안도감이었어. 넌 역시 언제나 나에게 진실하구나. 거짓말을 하고 무언가를 숨기기 위해 횡설수설하지 않는구나. 하지만 곧 다른 생각이 날 지배했지. 호시탐탐 먹이를 노리는 늑대 같은 남자들이 네 주위를 배회하다 결국 널 빼앗아 버리면 어떡하지? 난 이제 막 널 사랑하게 되었는데 무뚝뚝하기만 하고 무드 따윈 찾아볼 수 없는 그런 나에게 질린 네가 여자를 잘 아는 하 선생 같은 남자에게 끌려 날 버리면 그땐 정말 어떻게 해야 하는 거지?"

"난 절대로 무슨 일이 있어도 먼저 준환 씨를 버리고 떠나지 않아. 왜 아직까지 그걸 모르는 거야? 설사 준환 씨가 나에게 질려 날 버리고 떠난다 해도 내가 쫓아가서 다시 나에게 빠지게 만들 거야."

파지의 당당한 말에 준환이 피식 웃었다.

"저번처럼?"

"맞아. 저번처럼."

파지가 당연하다는 듯 고개를 끄덕였다.

"준환 씨가 또다시 날 버리려 하면 그땐 준환 씨 집에 쳐들어가서 쫓아내도 절대 나오지 않을 거야. 그리고……."

"그리고?"

"다시 나한테 반하게 만들 거야."

준환이 그런 파지의 종아리를 힘주어 꼭 끌어안은 다음 상처 난 파지의 양 무릎에 입술을 댔다.

"그렇게 그 자리를 떠난 건 내 잘못이야. 미안해."

"아니야. 차라리 하 선생님 만날 때 준환 씨를 불렀어야 했는데 안 그래서 미안해. 하지만 사실 준환 씨한테 좀 느끼게 하고 싶은 마음이 더 커서 일부러 준환 씨를 부르지 않았었어."

"뭘 느끼게 하고 싶었는데?"

"준환 씨도 몇 달 전에 여자 의사랑 같이 저녁 먹었잖아."

"그건 일……."

"아니. 일 때문이란 건 나도 잘 알고 있어. 그래서 그 식사 자리에 쳐들어가는 대신 가만히 앉아서 준환 씨 전화를 기다린 거지. 하지만 그때 준환 씬 나한테 이렇게 말했어. 바람피우는 것도 아닌, 일 때문에 여자를 만나는 건데 그럴 때마다 이렇게 귀찮게 굴 거면 헤어지자고. 기억 안 난다고 하지 마."

"기억……나."

준환이 딱딱하게 굳은 얼굴로 고개를 숙였다.

"그래서 나도 한 번 그렇게 말해보고 싶었어. 물론 생각뿐이었어. 현실로 옮길 생각은 없었지만, 하 선생님과 저녁 식사를 하면서 계속 준환 씨가 생각나더라. 혹시 어쩌면 준환 씨도 어쩔 수 없이 다른 여자와 식사를 하게 됐을 때 내 생각을 할지도 모른다는 생각이 들었어."

"그랬어."

준환이 수긍하듯 고개를 끄덕이자 파지가 그런 준환의 입술을 손가락으로 살짝 때렸다.

"그래도 다음엔 그런 못된 말 하지 마."

"응. 명심할게."

파지가 다시 준환의 머리카락을 쓰다듬으며 물었다.

"그럼 다시 화제를 돌려 아까의 상황으로 돌아가 보자고. 왜 그렇게 그냥 갔어? 날 남겨두고."

"잘 모르겠어. 그냥 그 자리에 서 있는 게 너무 괴로워서 발길을 돌렸어. 마음 한편으로는 네가 날 쫓아와 주길 바랐는지도 몰라. 다른 남자에게 흔들리지 않고 온전히 날 쫓아오는 널 보고 싶었는지도……."

"바보."

파지의 핀잔에 준환이 피식 웃었다. 하지만 됐다. 이제 정말 됐다. 파지는 온전히 이준환의 것이고 절대로 다른 남자에게 흔들리지 않는다. 열 번 찍어 안 넘어가는 나무 없다는 말은 사실이지만 뭐, 자신이 파지 나무의 곁에 서서 파지 나무를 훔쳐가기 위해 도끼를 들고 나타나는 나무꾼을 저 멀리 십 리 밖으로 쫓아내면 되지 않은가.

"준환 씨가 나한테 사랑한다고 말해준 거 오늘이 처음이라는 거 알아?"

준환은 대답 대신 파지가 가장 바라는 말을 입에 담았다.

"사랑해."

"한 번 더."

"사랑해."

"계속."

"사랑해."

준환이 마치 주문처럼 사랑을 속삭일 때마다 파지가 준환의 입술에 입을 맞추며 키스의 주문을 외웠다.

사랑해.

"사랑해. 사랑해. 사랑해."

순간 자신의 안에 있는 사랑의 무게가 얼마나 큰지 새삼 느껴진 준환이 피식 웃었다. 자신의 안에서 이렇듯 크게 자라고 있던 사랑을 왜 이제야 깨달은 건지 이해가 되기 시작했다. 이 사랑은 파지를 만나는 1년 동안 꾸준히 조금씩 성장해 왔던 것이다. 그가 눈치채지 못하게 아주 조금씩, 조금씩. 결국 눈치를 챘을 땐 돌이킬 수 없을 정도로 커져 손쓸 겨를도 없이 그의 마음을 온전히 차지했다. 이것은 심술궂은 마녀 같은 파지의 신비로운 마법이 분명했다.

잠시 그의 입술이 파지에게서 떨어지자 파지가 달콤한 숨을 내쉬며 말했다.

"있지, 준환 씨?"

"응?"

"나 옷 좀 갈아입고 올게. 흙 묻어서 지금 엉망진창이야."

옷을 갈아입겠다는 파지의 말에 준환의 미간이 좁아졌다. 가뜩이나 예민한 피 끓는 청춘에 사랑하는 여자가 옷을 갈아입겠다는 말에 자극을 받은 것이다.

준환이 억눌린 목소리로 말했다.

"원룸에서 따로 갈아입을 데가 어디 있다고 그래."

그의 말에 파지가 두 눈을 동그랗게 뜨고 그를 쳐다보다가 푸핫하고 웃음을 터뜨렸다.

"혹시 따로 갈아입을 곳이 없으니 내 앞에서 갈아입어라, 그런 건 아니겠지?"

파지가 웃음 섞인 목소리로 말하자 준환이 두 눈을 가늘게 뜨고 고개를 끄덕였다.

"보고 싶어."

진지한 그의 목소리에 파지의 얼굴에 당황이 서렸다.

"그, 그치만……."

"안 된다고 말하려는 거 다 알고 있어."

준환이 삐딱하게 웃어 보였다.

"하지만 연인 사이에 조금 맛보는 것 정도는 괜찮잖아?"

엄청나게 엉큼한 바람둥이 같은 미소에 긴장했던 파지의 어깨에서 힘이 빠졌다.

"이…… 바람둥이! 그 미소로 여자들 몇 명이나 꼬셨어! 말해!"

파지가 손을 들어 준환의 어깨를 꽤 아프게 두드렸다.

여자의 손이지만 힘이 단단하게 들어가 꽉 쥐어진 주먹으로 어깨를 맞아 아플 법도 한데 그는 생글생글 웃으며 그녀를 끌어안았다.

준환이 그녀의 목과 어깨가 만나는 곳에 입술을 갖다 대고 쪽 소리가 날 정도로 빨아들였다. 그의 입술이 자신의 피부를 빨아들이는 짜릿한 감각에 파지의 몸이 바들바들 떨렸다.

"화장품에도 샘플이라는 게 있는 데 김파지 샘플 좀 주세요."

준환이 파지의 귀 뒤의 예민한 살을 이로 살짝 깨물며 손을 그녀의 등 뒤로 돌려 원피스의 지퍼를 내렸다.

준환의 입술에 정신이 팔린 사이 파지 자신도 모르게 내려간 원피스의 지퍼로 인해 연한 살구색 브래지어를 입은 그녀의 상체가 그를 향해 고스란히 드러났다.

"앗!"

준환이 얇은 천 한 장만이 겨우 가려주고 있는 하얀 가슴에서 눈을 떼지 못하고 있자 뺨부터 시작해서 온몸이 분홍빛으로 물든 파지가 두 손으로 자신의 드러난 가슴을 가리려 했다.

"창피해."

준환은 어딘가에 홀린 사람처럼 그녀의 손가락 사이로 보이는 하얀 피부를 응시했다.

"하얗고 예뻐. 그리고…… 굉장히 부드러워 보여. 눈에 보이는 것처럼 만지는 감촉도 부드러울까?"

준환의 손이 파지의 손을 아프지 않게 잡아 내렸다. 강렬하게 자신을 바라보는 준환의 눈길이 싫지 않았는지, 준환이 잡지 않은 손이 잡힌 손을 따라 저절로 아래로 내려갔다.

준환의 손가락이 그녀의 브래지어 선을 따라 천천히 움직였다. 그의 손가락이 예민한 피부를 스칠 때마다 소름이 끼쳤다.

제대로 경험해보지 못한 것에 대한 두려움에 아무것도 못하고 있는 자신이 꼭 그에게 지는 것 같아 용기가 생긴 파지가 도발적으로 입술을 깨물며 한 손으로 그의 뺨을 잡아 자신의 가슴으로 끌어당겼다.

"맛보면 달콤할 걸?"

그녀의 말에 준환이 그녀의 하얀 가슴에 입술을 묻었다.

"못된 팥쥐."

준환이 그녀의 드러난 피부를 핥으며 한 손으로 가슴의 무게를 재보듯 부드럽게 움켜쥐었다.

"아……."

어린아이처럼 자신의 가슴을 핥고 움켜쥐는 그의 머리를 한 손으로 어색하게 끌어안은 파지가 가쁜 숨을 내쉬었다. 그녀라고 왜 그를 안고 사랑해주고 싶지 않겠는가.

미지의 세계에 발을 들여놓는 것에 대한 두려움은 문제가 아니었다. 그가 함께 가준다면 그녀는 얼마든지 그에게 안겨 하늘을 날아저 우주 끝까지 갈 준비가 되어 있었다. 하지만 그녀는 선뜻 그럴 수가 없었다. 남녀 간의 사랑에 대한 그녀의 두려움은 그것보다 더 깊고 아픈 곳에 있었기 때문이다.

다시금 준환의 입술이 그녀에게 다가왔다. 그가 혀를 내밀어 그녀의 입술을 핥자 그녀가 즉각 반응하며 입술을 벌려 그를 환영했다. 그의 손이 물속에서 헤엄치는 물고기처럼 그녀의 피부 위에서 유연하게 흐르자 파지가 무의식적으로 신음소리를 뱉어내는 입술을 꼭 깨물었다.

준환은 그렇게 그녀를 만지고 맛보며 이대로 그녀를 안고 싶다고 중얼거렸고, 그녀는 그의 말에 뜨거운 숨만을 내뱉으며 아무 대답도 하지 못했다.

잠시 후, 파지가 준환에게 말했다.

"역시 안 되겠어. 그만할래."

그녀의 한 마디에 그의 얼굴이 괴롭게 일그러졌다.

잠귀가 밝고 예민한 편인 준환은 새벽에 걸려온 전화 소리에 잠에서 깨어났다. 내일 병원에서 바쁘게 일을 하려면 충분히 휴식을 취해야 한다는 생각에 무의식적으로 다시 눈을 감으려던 준환이 갑자기 눈을 번쩍 뜨고 어둠 속에서 열심히 진동하고 있는 휴대폰을 찾아 손에 쥐었다. 혹시라도 아픈 파지가 의지할 곳이 없어서 자신에게 전화를 했을지도 모르는 일이었다. 저번에 파지가 위염에 걸렸을 때, 정말 아프다는 파지의 전화를 믿지 않는 바람에 남자친구인 자신이 당연하게 해야 할 일을 승훈이 대신해줬다는 사실이 아직도 준환의 마음속에 찝찝하게 남아 있었다.

맑아진 정신으로 휴대폰의 액정을 들여다본 준환의 입가가 딱딱하게 굳었다. 수신자는 파지가 아닌, 지운이었다. 잠시 받을까 말까 고민하던 준환이 휴대폰 폴더를 열고 통화키를 눌렀다.

"웬일이냐."

[준환아…….]

휴대폰을 통해 들려오는 음울한 음성은 지운의 것이 분명했지만 평소 녀석의 목소리와는 확연하게 달라 이질감이 느껴졌다. 지운은 흐느끼고 있었다.

"무슨 일이야?"

[준환아…….]

지운이 다시 한 번 흐느끼는 목소리로 준환의 이름을 부르자, 준환이 침대에서 몸을 일으켰다.

"듣고 있으니까 얘기해라."

[하연이하고…… 헤어졌다.]

준환이 눈을 가늘게 뜨며 어딘지 모르게 교활해 보였던 여자의 얼굴을 떠올리는데, 지운의 흐느낌 가득한 목소리가 다시 이어졌다.

[엊저녁에 헤어졌다.]

준환이 침착한 목소리로 물었다.

"이유는?"

[친구를 소중하게 생각하지 않는 사람과는 더 이상 만나고 싶지 않다고 하더라고.]

"뭐?"

준환이 미간을 찌푸렸다.

[그동안 계속 너랑 다시 화해하라고 옆에서 애쓰는 모습이 마냥 예쁘고 착하게만 보이더라. 6년이나 된 친구 사이가 이렇게 멀어져서야 되겠느냐고……. 자기 때문에 우리 둘 사이가 멀어진 것 같아 마음이 아프다고 하는데…… 그 모습이 너무 사랑스러웠어.]

지운의 한숨이 휴대폰을 타고 전해져왔다.

[그래도 난 고집을 부렸다. 하연이를 괴롭힌 파지 씨나 그런 파지 씨를 옹호하고 나서는 네가 미워서 절대로 다시 만나지 않겠다고 못 박았다고. 그랬더니 그날부터 연락을 뚝 끊더군. 어제 겨우 연락이 되어서 만나러 갔는데…… 차가운 얼굴로 6년이나 된 친구를 그렇게 헌신짝처럼 버리는 남자는 믿을 수가 없대. 나한테 너무 실망해서 다시는 만나고 싶지 않다더라……. 나 어떻게 해야 하냐. 정말로 어떻게 해야 하냐, 준환아. 지금 나, 정말로 어떻게

해야 할지 모르겠어. 하연이가 보고 싶다, 준환아.]

그의 걱정은 사실로 드러났다.

언젠가는 이런 일이 생길 줄 알고 걱정했는데, 그의 걱정은 쓸데 없는 걱정이 아니었나보다. 정말로 이런 일이 생긴 것이다. 설마, 설마 했는데 그 설마가 적중해버렸다. 지운은 하연에게 버림을 받았다.

준환이 무거운 목소리로 한숨을 내쉬듯 말했다.

"내일 퇴근 후에 만나자."

[그래…… 고맙다.]

여전히 흐느끼는 목소리의 지운이 전화를 끊었다.

휴대폰을 머리맡에 둔 준환은 다시 잠들기 위해 눈을 감았지만, 여러 가지 생각으로 복잡해진 머리는 그것을 거부하며 점점 말똥말 똥해지기 시작했다.

"후……."

작은 한숨을 내쉬며 침대에서 일어선 준환이 방의 불을 켜고 책 상에 앉았다.

'미꾸라지 한 마리가 온 웅덩이를 흐려 놓는다.' 라는 옛말이 불 현듯 떠올랐다. 정하연……. 그 한 사람으로 인해 준환과 그의 주위 의 모든 사람들이 고통받고 있었다. 몇 번 만나보지도 못한 여자를 향한 낯선 미움이 준환을 흔들어 놓았다.

워낙 사람들에게 관심 없이 살아왔던지라 어느 한 존재를 향한 낯선 미움은 준환의 머릿속을 어지럽히고 괴롭혔다. 하연 때문에 그는 파지를 믿지 못해 헤어질 뻔하고 친구와의 우정도 끊어졌다. 그뿐만이 아니었다. 그녀를 철썩 같이 믿고 있던 지운까지도 그녀

때문에 큰 상처를 받고 고통스러워하고 있었다.

"도대체 얼마나 더 내 주위를 흐려놓을 겁니까, 정하연 씨."

준환이 이를 갈듯 중얼거렸다.

콧노래를 부르며 집 안 청소를 하고 있던 파지의 휴대폰 벨이 울렸다. 준환이었다.

"응, 준환 씨."

[지금 뭐 하고 있어?]

"청소하고 있어. 요즘 집 안 청소를 안 했더니 먼지가 산더미처럼 쌓였지 뭐야."

[너무 무리하지는 마. 힘들면 도우미 아줌마 불러줄게.]

"칫, 됐네요. 나 그렇게 약한 사람 아니거든? 그리고 대한민국의 웬만한 여자들은 거의 다 집 청소 하나쯤은 거뜬히 해낼 줄 알아. 여자를 너무 과소평가하지 마."

[어머니는 집 안 청소 한 번만 해도 다음날 앓아누우시는데?]

준환이 어리둥절한 목소리로 말하자 파지가 웃음을 터뜨렸다.

"당연하지. 준환 씨 본가는 심하게 넓잖아. 나 같아도 그 집 다 청소하라고 하면 청소가 끝나기도 전에 골병들 거야. 게다가 어머님은 곱게 자라신 분인데다 체질상 조금만 몸을 심하게 움직여도 금방 지치시잖아."

파지가 저번에 스쿼시를 한 번 같이 쳤다가 삼일을 앓아누웠던 최 여사를 생각하며 키득거리다 걱정스러운 얼굴로 말했다.

"요즘 어머님이 본가로 놀러 오라고 성화신데 간다고, 간다고 하고 못 가고 있어. 좀 마음에 걸리네."

[어머니 그런 일로 서운해 하실 분 아니야. 그냥 네가 보고 싶어서 그러는 거지.]

"그걸 아니까 더 마음에 걸리는 거야. 어머님이 날 얼마나 좋아하시는지 아니까."

[널 친딸처럼 생각하고 계셔. 그걸 잊지 마.]

"응."

파지의 눈이 별처럼 반짝였다. 처음엔 준환을 꼬시기 위해 그의 부모님들에게 접근했지만 이내 그분들에게 마음을 빼앗겼다. 파지가 준환만큼이나 사랑하는 사람들이었다. 아무 꾸밈없이 순수하게 자신을 좋아해 주는 최 여사와 이 회장으로 인해 파지의 마음이 활짝 열렸다.

"그런데 왜 전화한 거야? 뭐 하냐고 물어보기 위해 바쁜 시간 쪼개서 전화한 건 아닐 테고……."

[오늘…….]

"오늘?"

[오늘 지운이 녀석이랑 만나기로 했다.]

"지운 씨를?"

[어제 새벽에 지운이 녀석이 전화했더라고. 다 죽어가는 목소리로.]

잠시 미간을 찌푸렸던 파지가 활짝 웃으면서 말했다.

"다행이다."

[다행이라니, 뭐가?]

"사실 지운 씨가 나한테 한 짓은 좀 괘씸하지만 나도 뭐, 잘한 건 없으니까. 술에 취한 사람한테 얼음물을 부은 건 확실히 내가 좀 잘

못 했어. 그래서 나 때문에 준환 씨랑 지운 씨랑 싸웠다는 사실이 내내 마음에 걸렸었거든."

[너 때문 아니라니까…….]

"솔직히 나 때문인 것도 있잖아."

파지의 말에 준환이 입을 다물었다.

"처음에는 지운 씨가 준환 씨랑 다시는 안 만나겠다니까, 정하연…… 그 여우 같은 여자가 이제 준환 씨한테 집적대지 못하겠구나……. 정말 잘됐다. 막 이런 생각을 잠깐 했어. 하지만 나 혼자 좋자고…… 내 마음 하나 편하자고 준환 씨를 친구랑 영영 멀어지게 만들었다는 생각이 드니까 걷잡을 수 없을 정도로 마음이 아프더라."

[파지야…….]

"하지만 잘됐어. 이제 둘이 화해할 일만 남았네. 다시 친구를 되찾은 준환 씨를 위해 정하연 씨가 다시 준환 씨 옆에서 알짱거리는 건 살짝 눈감아 줄게. 정 뭐하면 내가 나서서 또 정의의 응징을 가하면 되고."

파지가 코에 주름을 잡으며 말하자 준환이 어두운 목소리로 말했다.

[아니. 앞으로 정하연 씨, 너나 내 앞에 나타나지는 않을 것 같다.]

"왜?"

[지운이 녀석, 정하연 씨와 헤어졌다. 일방적으로 정하연 씨 쪽에서 이별 통보를 한 모양이야. 그것 때문에 상처받고 울고 있었어.]

파지가 입술을 깨물며 허공을 노려봤다.

"설마, 설마 했는데 정말 그 설마 같은 일이 일어났네."

[그래. 그래서 오늘 만나서 얘기를 나눠볼까 하는데…….]

"하는데?"

[그래서 오늘은 널 만나러 가지 못할 것 같아. 미안해.]

"준환 씨가 미안할 필요가 뭐 있어."

[그래도 미안해. 앞으로 널 매일매일 혼자 두지 않겠다고 결심했는데.]

"괜찮아. 오늘은 밀린 책이나 보면서 빈둥거리지 뭐."

파지가 씩 웃고서 은밀한 목소리로 물었다.

"그런데 어디서 만나?"

[응?]

"지운 씨랑 어디서 만나냐고."

[모나카. 우리가 자주 가는 카페 기억하지?]

"아아. 기억나. 거기?"

파지가 말끝을 늘렸다. 그곳이라면 정말 잘 알고 있지. 하연과 지운. 그들과 삼자대면을 했던 그곳이 아니던가.

"거기서 만나기로 했어? 몇 시에?"

꼬치꼬치 캐묻는 파지의 말에 준환이 잠시 의아함을 느꼈지만 곧 모든 것을 다 털어놓았다. 예전 같았으면 꼬치꼬치 캐물어오는 파지가 귀찮아 전화를 뚝 끊었을 테지만 지금은 파지가 물어보지 않는 것까지도 다 털어놓고 싶어질 정도의 팔불출이 되어버렸다. 솔직히 자신이 팔불출 남편처럼 행동한다는 것이 싫지가 않았다. 그 정도로 자신이 파지에게 단단히 묶여버렸다는 뜻이기도 하니까 말이다.

[7시 반.]

"흐응, 그렇단 말이지? 알았어, 그럼. 난 하던 청소 마무리할 테니까 준환 씨도 정성을 다해 환자들을 돌보도록!"

[그래. 내일 보자.]

"응."

전화를 끊은 파지가 서둘러 두르고 있던 앞치마를 벗은 후 샤워를 한 뒤 화장대 앞에 앉았다. 여자의 무기는 기본 미모 앤드 화장발이다. 전장에 나가는 군인이 자신의 무기를 챙기듯 파지가 신경써서 화장에 몰두했다.

"몰래 가서 엿들어야지."

파지가 즐겁게 콧노래를 부르며 얼굴에 부드러운 손놀림으로 에센스를 펴 발랐다.

퇴근 준비를 서두르고 있던 준환에게 한 통의 문자메시지가 왔다. 파지일지도 모른다는 생각에 헤벌쭉해진 얼굴로 헛기침을 하며 문자를 확인한 순간 준환의 얼굴이 꼭 뭐 씹은 사람처럼 불쾌하게 일그러졌다.

—안녕하세요, 정하연이에요. 할 얘기가 있어요. 오늘 좀 만나 뵙고 싶은데 시간 어떠세요? 연락 기다릴게요.

몇 번이나 문자를 읽어보던 준환이 잠시 후 연락 온 번호로 전화를 걸었다. 기다리고 있었다는 듯 상대방이 전화를 받았다.

[준환 씨?]

"정하연 씨 되십니까."

[네.]

망설이는 듯싶던 하연이 작은 목소리로 말했다.

[그냥 하연이라고 불러주세요.]

하연의 말에 불쾌한 듯 미간을 찌푸린 준환이 딱딱하게 입을 열었다.

"무슨 용건으로 문자 하신 겁니까."

[지운 씨 일 때문에…….]

"지운이한테 무슨 일이라도 생긴 겁니까?"

[아뇨! 그건 아닌데…….]

어찌 된 일인지 하연은 준환에게 지운과 헤어졌다는 것을 숨기고 있었다. 그것을 깨달은 준환이 잠시 침묵하자 하연이 다시 입을 열었다.

[직접 만나뵙고 말씀드릴게요. 전화로는 말씀드리기 좀 뭐해서요.]

잠시 고민하던 준환이 파지의 얼굴을 떠올리고는 고개를 끄덕이며 승낙했다.

"조금 있으면 퇴근할 시간이 됩니다. 모나카에서 7시 반에 뵙도록 하죠."

[네. 그럼 지금 바로 출발할게요.]

하연이 기다렸다는 듯 대답하고는 전화를 끊었다. 잠시 휴대폰을 만지작거리며 가만히 앉아 있던 준환이 이내 결심했다는 듯 자리에서 일어나 의사 가운을 벗어 옷걸이에 걸어놓고 사무실 밖으로 나갔다.

7시 20분에 모나카 앞에 도착한 준환이 카페 문을 열고 안으로 들어갔다. 아직 아무도 오지 않은 듯했다. 준환이 카페 문이 잘 보이는 자리에 가서 앉았다. 웨이트리스가 차가운 물이 든 잔과 메뉴판을 들고 준환에게 다가왔다.

"아직 오지 않은 일행이 있습니다. 그 사람이 오면 주문하겠습니다."

웨이트리스가 고개를 끄덕이고 자리를 떠났다. 준환이 죄 없는 카페 문을 노려보고 있는데 하연이 하얀색 원피스를 입고 카페 안으로 들어서서 준환의 얼굴을 찾는 듯 두리번거리다 굳은 얼굴의 준환을 발견하고 수줍게 미소 지었다.

"일찍 오셨네요."

하연의 말에 준환이 건조한 목소리로 대답했다.

"일하고 있는 병원이 이 근처라 생각보다 일찍 왔습니다."

"아…… 네."

하연이 무뚝뚝한 준환의 태도에 어리둥절한 표정을 짓다가 준환의 맞은편 자리에 앉았다. 하연이 가만히 준환의 표정을 살폈다. 사람들이 필요 이상 가깝게 다가오는 것을 꺼리는 준환이지만 그래도 친구의 애인인 자신에게 살갑게 굴지는 못해도 이토록 차갑지는 않았는데, 어딘지 이상했다.

웨이트리스가 다시 한 잔의 물과 메뉴판을 가지고 왔고 하연은 테이블을 향해 몸을 숙이며 메뉴판을 자세히 들여다봤다. 하연이 상체를 숙인 덕에 살짝 파인 원피스 아래로 하연의 가슴골이 보였다. 한참 동안 그렇게 메뉴판을 뚫어져라 바라보던 하연이 고개를 들고 웨이트리스에게 활짝 웃어보였다.

"저는 밀크티로 할게요. 준환 씨는 뭘로……."

"전 됐습니다."

"하지만…… 뭐라도 마시면서 얘기하는 게……."

"괜찮습니다. 그리고 선약이 있기 때문에 오랜 시간 앉아 있을 수 없습니다."

하연의 하얀 얼굴에 순간적으로 질투의 빛이 스쳐지나갔다. 하지만 그것은 눈을 의심할 정도로 찰나의 순간 사라졌다.

"파지 씨와 만나기로 하셨나 보네요. 죄송해요. 이렇게 준환 씨의 시간을 빼앗아서……."

"괜찮습니다."

준환이 무뚝뚝하게 말하는데 웨이트리스가 하연의 앞에 밀크티를 놓고 종종걸음으로 사라졌다. 그때 카페의 문이 조용히 열리고 화려하게 단장한 파지가 들어섰다. 준환과 파지의 눈이 허공에서 한데 얽히고 파지의 눈이 곧바로 준환의 맞은편에 앉은 여자의 뒤통수로 향했다. 파지는 한눈에 그 여자가 누군지 알아보고 씩 웃더니 준환과 하연이 앉아 있는 자리의 앞자리에 앉았다.

"오늘 왜 만나자고 하셨는지 그 이유가 궁금해서 이 자리에 나왔습니다. 이제 말씀해주시죠."

준환의 말에 하연이 밀크티를 한 모금 마시고 애처로운 표정을 지으며 말했다.

"지운 씨…… 때문이에요."

"지운이랑 정하연 씨 사이에 무슨 일이라도 있는 겁니까?"

준환이 하연의 입에서 진실을 듣기 위해 물었다. 하지만 그 질문에 하연은 고개를 저으며 부정했다.

"아니에요. 아무 일도 없어요."

준환의 얼굴에 실망감이 감돌았다. 애꿎은 여자를 함정으로 몰아넣는 것 같아 마음이 안 좋아 다시 한 번 하연을 시험해본 건데 이 여자는 끝끝내 지운과 자신이 헤어졌다는 말을 하지 않았다. 오히려 그것을 부정했다.

준환이 이를 악물며 하연의 너머에 앉아 웨이트리스가 갖다 준 레모네이드를 맛있게 홀짝거리고 있을 파지를 상상했다. 붉은 입술이 만족스럽게 휘어지면서 레모네이드에 꽂힌 빨대를 빨아 마시겠지. 그리고 분명 준환과 하연의 대화에 귀를 기울이고 있을 것이다.

준환은 하연에게 전화를 받고 잠시 생각하다가 병원을 나서며 파지에게 전화를 걸었다. 하연에게 좋지 않은 감정을 품고 있는 파지에게 자신이 하연과 만날 예정이라는 것을 숨기고 싶지 않았다. 그래서 전화를 했다. 처음에는 하연과 지운, 삼자대면을 할 생각으로 하연을 모나카에 불렀지만 파지는 그 얘기를 듣고 앙큼한 계획을 세웠다. 일명 '멍청한 박지운 구출하기 대작전'이라나 뭐라나.

잠시 준환이 생각에 잠겨 있는 동안 카페의 문이 다시 한 번 열리고 잔뜩 풀이 죽은 표정의 지운이 들어섰다. 때를 놓치지 않고 파지가 소리 없는 발걸음으로 지운에게 다가가 다짜고짜 자신의 옆자리로 잡아끌었다.

"뭐하는 짓……읍!"

지운이 화가 난 얼굴로 소리치려 하자 파지가 지운의 입을 강하게 틀어막았다. 그리고 작은 목소리로 속삭였다.

"조용해요. 이게 다 불쌍한 당신을 위해서 하는 일이니까."

파지가 당당하게 속눈썹을 깜빡거리며 말했다.

"나라고 뭐, 박지운 씨가 좋아서 이런 귀찮은 짓을 하는 줄 알아요? 나도 박지운 씨 싫어요. 우리 사이에는 감정의 골이 깊게 파여 있잖아요? 하지만 박지운 씨가 준환 씨의 친구였다는 걸 감안해서 큰맘 먹고 도와주기로 마음먹은 거니까 그냥 가만히 좀 찌그러져 있어요!"

파지의 말에 그녀의 팔을 뿌리치려던 지운의 동작이 멈췄다.

"명색이 남자라면 여자한테 차여도 자기가 왜 차였는지는 정확히 알고 차여야 할 거 아니에요. 자기가 왜 차였는지도 제대로 모르면서 궁상맞게 밤새 술이나 퍼마시고 친구한테 전화해서 징징거리는 건 남자답지 못한 행동이라고요."

"그게 무슨……."

"쉿, 조용히……."

파지가 입술에 집게손가락을 올려놓고 뒤의 테이블 쪽을 응시했다.

하연이 밀크티의 가장자리를 집게손가락으로 쓰다듬으며 말했다.

"그동안 저 때문에 지운 씨와 준환 씨의 사이가 멀어진 것 같아 너무 마음이 안 좋았어요. 그래서 지운 씨한테 준환 씨와 화해를 하라고 몇 번이나 말했는데도 도통 듣지 않아서……. 저라도 나서서 지운 씨와 준환 씨를 화해시켜야겠다는 생각에……."

"좋은 생각으로 절 만나러 와 주셔서 감사합니다만, 전 지운이와 화해할 생각이 전혀 없습니다."

"네?"

하연이 놀란 눈으로 준환을 응시했다.

"무슨 일이 있어도 지운이와는 다시 얼굴을 마주하고 싶지 않다는 말입니다."

"하지만 두 분은 6년 동안 함께 지내온 친구잖아요."

"여자 하나 때문에 깨질 얄팍한 우정이었습니다."

"그래도……."

하연이 눈물을 글썽거렸다.

"지운 씨가 준환 씨와 절교를 하고 나서 많이 힘들어했어요. 자존심 때문에 화해는 하지 않으려 했지만 오랜 친구를 잃고 힘들어하는 모습이 너무 안쓰러워서……. 사랑하는 사람이 친구를 잃고 힘들어하는 모습이 너무 안타까워요."

"지운이가…… 힘들어했다는 말입니까?"

"네. 그래서 저라도 나서서 두 분의 우정을 다시 맺어주는 게 낫겠다 싶어서……."

하연이 고개를 숙이고 있다가 결심한 듯 두 주먹을 불끈 쥐며 준환을 올려다봤다.

"준환 씨가 지운 씨와 화해하겠다는 생각이 들 때까지 계속 준환 씨를 찾아와 괴롭힐 생각이에요, 저는."

"그건 누구를 위해서입니까?"

준환의 물음에 하연이 부끄러운 듯 얼굴을 붉혔다.

"당연히 지운 씨를 위해서죠."

"하지만 지운이는 정하연 씨와 헤어지기 전까지는 저와 절교를 한 것에 대해 별로 개의치 않았던 것 같던데요."

준환의 말에 하연이 놀란 듯 준환을 올려다봤다.

"네?"

"어제 전화가 왔습니다. 지운이가 울면서 전화했더군요. 저와 절대로 화해하지 않겠다는 지운의 말에 화가 난 정하연 씨가 한참 동안 지운이를 피해 다니다가 결국 지운이에게 일방적으로 이별을 통보했다고."

하연의 표정이 일그러졌다.

"지운 씨가 준환 씨에게 전화를…… 했군요."

"그래서 오늘 지운이와 만나기로 했습니다."

"절대로 무슨 일이 있어도 준환 씨에게 먼저 연락을 하지 않겠다고 했는데……."

하연이 씁쓸한 표정으로 말했다.

"사실…… 거짓말이었어요. 지운 씨와는 어제 헤어졌어요. 하지만 결코 지운 씨가 싫어서 이별을 통보한 게 아니었어요. 친구와의 우정을 소홀히 여기는 지운 씨의 행동이 잘못되었다고 생각되어서……."

"그래서 친구보다 당신을 더 믿고 신뢰하던 그 녀석한테 그런 상처를 준 겁니까?"

"아니에요! 결코 상처 줄 생각은 없었어요……. 하지만 친구를 소중하게 생각하지 않는 그 점이 싫다는 것을 보여주기 위해 일부러 그런 거였어요. 그리고 준환 씨와 지운 씨가 화해를 하면 그때 다시 지운 씨를 만날 생각이었다고요."

"정말 지운이와 제가 화해를 하길 바랐다면 이렇게 애꿎은 절 붙잡고 하소연을 할 게 아니라, 당신의 남자친구인 지운이를 붙잡고 화해하겠다는 말이 나올 때까지 설득을 했어야 합니다."

"하지만 지운 씨는 듣지 않았어요."

"그런다고 애인의 친구를 찾아와 화해를 하겠다는 말이 나올 때까지 계속 괴롭히겠다는 말을 하는 건 이치에 맞지 않습니다."

준환이 딱 잘라 말하자 하연이 울음을 터뜨렸다. 커다란 눈에서 투명한 눈물이 쉴 새 없이 쏟아지고 있음에도 불구하고 준환은 아랑곳하지 않은 채 차가운 눈으로 하연을 바라봤다. 이제야 그의 눈에 모든 정황이 정확하게 보였다.

"이런 망할! 내가 저것의 머리털을 잡아 뜯지 않으면 사람이 아니다!"

파지가 두 팔 걷어붙이고 준환과 하연이 앉아 있는 테이블로 직행하려 하는데 지운이 손을 들어 그런 파지를 막았다.

"이거 놔요! 당장 가서 저 여우 머리털을 홀라당 다 뜯어 놓을 거라고요! 어디서 지 남자 놔두고 내 남자한테 집적대!"

"그만해요, 파지 씨!"

지운이 낮은 목소리로 단호하게 말했다. 파지가 놀라서 그런 지운을 올려다봤다. 며칠 새 눈에 띄게 야윈 지운의 얼굴이 고통스럽게 일그러져 있었다. 지운이 천천히 일어나서 준환과 하연이 앉아 있는 테이블로 다가갔다.

"준환아."

준환과 하연이 동시에 지운을 쳐다봤다. 잠시 하연의 얼굴 표정이 굳는가 싶더니 이내 부드럽게 풀어지며 미소 지었다.

"지운 씨, 여긴 어떻게……."

"오늘 준환이와 여기서 만나기로 약속을 했거든."

"그랬어요? 난 또……. 내가 지운 씨 대신 준환 씨를 만나서 화해하라고 설득하고 있었어요. 이대로 두면 지운 씨는 준환 씨와 절대로 화해하지 않을 것 같아서……."

지운이 피식 웃었다. 무척이나 힘없는 미소였다.

"무슨 화해? 내가 바라지도 않는 화해?"

"네?"

"난 분명히 이렇게 얘기했어. 하연이 널 지키기 위해 준환이와의 관계를 깨끗하게 끊어버리겠다고. 6년 동안 만나 온 친구를 기꺼이 버리고 널 선택했다고. 다시는 준환이를 만나지 않을 것이고, 준환이와 절교를 하겠다는 내 마음은 진심이라고. 그런데 넌……."

지운이 고통스러운 듯 미간을 찌푸렸다.

"이젠 네 말을 못 믿겠어. 도대체 어디까지가 진실이고 어디까지가 거짓인 거지? 아니면 처음부터 거짓이었던 거야?"

파지가 테이블을 향해 다가오면서 차갑게 말했다.

"그건 당신이 알아서 판단할 문제예요."

파지가 오만한 표정으로 하연을 향해 웃어보였다.

"준환 씨와 난 당신이 옳은 판단을 할 거라 믿고 당신들 둘을 이 자리에 부른 거니까요."

하연이 파지를 죽일 듯 노려봤다. 그런 하연의 시선을 가볍게 무시하며 파지가 지운과 시선을 맞췄다.

"지운 씨는 하연 씨를 믿는다고 했죠? 자, 봐요. 그 믿음의 결과가 어떠했는지. 저는 연인과의 사이에 사랑 다음으로 가장 중요한 것은 믿음이라고 생각해요."

파지가 준환에게 미소를 던졌고 준환도 그런 파지에게 미소를 되돌렸다.

"하지만 그 믿음은 상대방이 진실이라고 말하고 있을 때 사용하는 것이에요. 상대방이 거짓말을 밥 먹듯 하고 있을 때 사용하면 그것은 오히려 스스로에게 상처를 주는 무서운 독이 되죠."

파지가 준환의 손을 잡아 일으켰다.

"우리들은 이만 퇴장할게요. 다음 스테이지는 지운 씨와 정하연 씨가 함께 풀어나가야 할 것 같네요."

준환이 지운의 어깨에 손을 올렸다.

"오늘 일로 상처를 많이 받았겠지만 깨닫는 것도 많을 거다."

잔뜩 굳어진 지운의 어깨를 몇 번 토닥인 준환이 지운의 손에 작은 MP3를 쥐여주었다.

"난 이 녹음파일을 영원히 없애버릴 생각이었어. 하지만 파지가 그렇게 하지 말라고 하더라. 어쩌면 하연 씨와 파지가 얽혔던 사건의 가장 큰 피해자일지도 모르는 너도 진실을 알아야 한다면서. 지금 넌 나와 파지가 무척 잔인하다는 생각을 하고 있을지도 모르겠다. 하지만 언젠가는 너도 알게 될 거야. 모르는 게 마냥 약은 아니다. 요즘은 알아야 약이 되는 시대야."

준환의 팔에 이끌려 카페를 나서려던 파지가 지운을 돌아보며 말했다.

"그 MP3, 은근히 비싼 거거든요? 듣고 난 후에는 꼭 준환 씨를 만나서 직접 반납하세요. 그거 내 거예요."

8장.
결혼해주세요

　그 일이 있고 딱 일주일이 되는 오늘, 준환과 지운은 모나카의 구석진 테이블에 마주앉아 있었다.

　생각에 잠긴 듯 두 손을 깍지 끼어 테이블에 올려놓은 채 미동도 없이 가만히 앉아 있던 지운이 어두운 목소리로 입을 열었다.

　"여기에서 우리에서 처음 봤다더군. 우리가 앉아 있던 테이블의 앞 테이블에 앉는 바람에 우리가 하는 얘기를 어쩌다 엿듣고 네가 집안도 빵빵한데다 미래가 보장되는 의사라는 것을 알아냈대."

　지운이 깊은 한숨을 내쉬었다.

　"네가 집안이 좋은데다가 직업까지 좋고, 잘생기기까지 해서 무척 마음에 들었던 모양이야. 은근슬쩍 접근하려는데 너한테는 애인이 따로 있다는 말을 듣고 대신 친구였던 나한테 접근했다더라."

　"역시 그랬군."

　"처음에는 얘기하지 않으려 하다가 MP3 안에 든 녹음파일을 듣고 표정이 돌변했어. 그리고 숨길 것 없다는 듯 거침없이 술술 털어

놓더군. 그런 하연이의 모습은 처음이라 무척 당황스러웠어."

"너한테는 안 된 일이지만 더 크게 상처받기 전에 끝난 게 다행이라고 생각한다, 난."

"그동안 우리가 함께 했던 시간은 헛된 시간이었어. 난 그 시간 시간을 소중하게 아끼고 사랑했는데…… 후우. 이제 다시는 여자를 믿을 수 없을 것 같아."

지운이 고통스러운 듯 두 눈을 질끈 감았다 천천히 떴다.

"나와 사귀다가 적당히 기회를 봐서 널 꼬시려고 했다더라. 파지 씨와 널 싸움 붙여 헤어지게 만들고 네가 파지 씨와 헤어져 혼자 있는 동안 꼬셔서 빼앗으려 했대. 내가 네 친구라는 점을 이용해서 말이야……"

"바보 같은 여자군."

준환이 이 자리에 없는 하연을 향해 조소를 보냈다.

"난 친구의 여자를 빼앗는 파렴치한 짓을 제일 혐오하니까."

"그건 나도 마찬가지야."

"어떻게 내가 친구의 여자였던 여자와 사귈 거라는 말도 안 되는 생각을 했던 거지?"

준환이 어이가 없다는 듯 눈살을 찌푸리자 지운이 말했다.

"예전에 한 번, 친구의 남자를 빼앗았던 경험이 있다나 봐. 그 경험을 살려 너에게 한껏 들이댔는데 네가 별 반응을 보이지 않아 무척 실망스러웠다는 말도 하더군. 여자란 참 무서운 존재야. 여자는 멀티 플레이가 가능하다더니……"

지운의 푸념 섞인 말에 준환이 파지를 떠올리며 피식 웃었다.

"그런 의미에서 파지는 프로 멀티 플레이어라고 할 수 있지."

준환의 말에 지운이 잠시 멈칫하다가 이내 호탕하게 웃어 재꼈다.

"그래. 인정한다. 파지 씨는 프로 중의 프로야."

준환이 갑자기 진지해진 얼굴로 지운을 응시했다.

"지운아. 난 연인과의 관계에도 믿음이 가장 중요하듯 친구와의 관계에서도 믿음이 가장 중요하다고 생각한다. 예전에는 그 믿음이란 게 별로 중요하지 않다고 생각했어. 연인이든 친구든 정만 있으면 그 관계를 훌륭하게 지속해 나갈 수 있다고 생각했지. 하지만 아니었다. 모든 관계에서는 믿음이 가장 중요해. 난 네가 제정신을 차릴 거라 믿고 있었기 때문에 그날 파지의 계획에 기꺼이 동참했던 거다. 다행히 그 결과는 내가 예상했던 대로 무척 만족스러워."

"그래."

지운이 자신의 머리카락을 손가락으로 거칠게 쓸어 올렸다.

"나란 놈은 정말 구제불능인가보다."

괴로운 얼굴로 잠시 테이블 위의 아메리카노를 바라보고 있던 지운이 씩 웃으며 준환을 바라봤다.

"파지 씨 영리한 사람이더라."

지운이 자신의 손안에 얌전히 자리 잡고 있던 MP3를 준환에게 건네주며 말했다.

"이 MP3 말이야. 그날 이걸 주고 가면서 이렇게 말했잖아. 널 꼭 직접 만나서 전해주라고."

"그랬지."

"생각해보니까 그 말뜻은 널 다시 만나서 이번엔 완벽하게 화해하라는 뜻이었던 것 같다."

준환이 뿌듯한 미소를 지었다.

"우리 파지가 좀 많이 영리해."

"틀렸어. 파지 씨는 영리하기보다는 좀 더 심한 표현을 써서 영악해."

"그것도 인정할게."

준환이 두 손을 들며 피식 웃었다. 지운도 어딘가 어두운 얼굴이었지만 지금만큼은 밝게 웃었다.

"제대로 알지도 못하면서 네 애인을 욕하고 심술 맞게 행동한 점 용서해라. 내 잘못이었다. 파지 씨에게도 그동안 미안했다고 전해 줘. 많이 반성하고 있다고."

그러더니 지운이 짓궂게 눈을 반짝이며 물었다.

"내 사과를 들은 파지 씨는 과연 뭐라고 말할까?"

지운의 질문에 잠시 입을 다물고 생각에 잠겨 있던 준환이 하얀 이를 드러내며 환하게 웃어보였다. 그러더니 파지 흉내를 내듯 턱을 높게 치켜들고 한껏 거만한 표정으로 이렇게 말했다.

"조금 못마땅하긴 하지만 준환 씨를 생각해서 그 사과, 기꺼이 받아들이도록 하죠. 그나저나 잘됐네요. 이 기회에 사람 보는 눈 좀 키우세요."

두 사람은 동시에 커다랗게 웃음을 터뜨렸다. 카페 안의 사람들이 놀라서 쳐다볼 정도로 크고 환하게 말이다.

"흐응, 그래서 둘이 화해한 거야?"

파지가 준환의 어깨에 기대앉아 준환의 뺨에 입을 맞추며 묻자 준환이 불만스러운 듯 고개를 돌리고 입술을 대어왔다.

"으음."

파지가 기분 좋은 신음을 흘리며 준환의 목을 꽉 끌어안았다. 준환의 입술이 파지의 턱을 타고 아래로 아래로 내려갔다. 쇄골에 깊게 입을 맞추며 핥아 올리던 준환의 입술이 더 아래를 향하자 파지가 그런 준환의 입술을 저지했다.

"싫어. 하지 마."

"왜?"

준환이 미간을 찌푸렸다.

"뭘 하지 마?"

"알면서 물어보지 마."

파지가 가볍게 눈을 흘겼다. 준환이 아이스크림을 빼앗긴 아이처럼 투덜거리며 말했다.

"난 하고 싶어. 이제 괜찮지 않아?"

"안 돼. 내가 싫어."

"도대체 왜 싫다는 건데? 내가 널 사랑하고 너도 날 사랑하는데! 내가 보기엔 너 충분히 준비됐어. 되고도 남았다고."

파지가 준환의 뺨을 두 손으로 잡아 고정시키고 자신과 눈을 맞췄다.

"우리가 뜨겁게 사랑하는 연인이긴 하지만 아직 결혼은 하지 않은 남남이잖아?"

"뭐?"

파지가 새침한 표정으로 말했다.

"이래 봬도 난 혼전순결주의거든."

파지가 긴 속눈썹을 깜빡거리며 말했다.

"요즘 사람들은 하얀 웨딩드레스의 참 의미를 잊고 사는 것 같아. 여자는 모름지기 결혼식을 할 때까지 순결하게 몸을 지키다가 결혼식장에 들어설 때 깨끗하고 순수한 신부가 되어야 하는 거야."

잠시 파지가 새하얀 웨딩드레스를 입고 자신의 곁에 서 있는 모습을 상상하던 준환의 입술이 헤벌쭉 벌어졌다. 그런 준환에게 파지가 방어적으로 말했다.

"나한테 너무 구시대적인 발상을 하고 있다고 뭐라 하지 마. 그게 내 신념이니까. 신부는 하얀 웨딩드레스가 어울릴 정도로 순결 그 자체여야 해. 그래야 하얀 순백의 신부가 될 자격이 있는 거라고."

"아니야. 예뻐."

준환이 파지의 코끝에 입을 맞췄다. 순결한 몸으로 자신을 기다린다는데 어느 남자가 싫어하겠는가. 오늘따라 새침한 표정을 하고 방어적으로 고개를 빳빳하게 치켜들고 있는 파지가 더욱더 예뻐 보였다.

"그러니까 널 안으려면 결혼식을 올린 뒤여야 한다는 거지?"

준환의 말에 파지가 눈을 흘겼다.

"당연하지. 난 비싼 몸이라고."

"흠."

준환이 생각에 잠긴 듯 잠시 입을 다물었다. 파지가 준환의 무릎 위에 올라타 준환의 가슴에 손을 올리며 말했다.

"대신 키스 정도라면 입술이 닳도록 많이 많이 해줄게."

"좋아."

준환이 파지를 끌어안아 자신의 가슴에 꼭 붙였다. 파지의 심장 박동이 자신의 심장박동과 함께 어우러져 묘한 하모니를 이루고 있었다.

"난 준환 씨가 날 이렇게 꼭 끌어안을 때가 참 좋더라."

"왜?"

"준환 씨 심장 소리가 잘 들리거든."

파지가 준환의 심장에 손바닥을 얹었다.

"준환 씨가 내 옆에서 살아 숨 쉬고 있다는 증거잖아. 그래서 난 이 소리가 세상에서 제일 좋아. 있지, 난 가끔씩 준환 씨가 하늘에서 내려온 게 아닐까 하는 생각을 해."

"무슨 소리야?"

준환이 어리둥절한 얼굴로 묻자 파지가 그런 준환의 입술에 도장을 찍었다.

"너무 외로워서 죽을 것 같은 날 불쌍하게 여기신 하나님이 큰 인심을 쓰셔서 준환 씨를 나한테 보내주신 거야. 더 이상 외롭고 슬프지 말라고."

"바보 같은 소리."

준환이 피식 웃으며 파지의 머리카락에 입을 맞췄다. 파지가 준환의 허리를 꼭 끌어안으며 준환의 심장에 귀를 댔다.

"언제나 내 옆에 있어줄 거지?"

"그래."

"약속할 수 있어?"

"그래. 약속할게."

"그 약속 절대로 변치 마라."

"응."

준환과 파지의 입술이 다시 한 번 한데 얽혀들었다.

며칠 뒤, 준환의 손에 이끌려 연인들의 프러포즈 장소로 유명한 레스토랑을 찾은 파지의 입술에 의미심장한 미소가 어렸다. 드디어 이 남자가 자신에게 프러포즈하려는 모양이었다. 열이면 열, 백이면 백, 프러포즈를 하기만 하면 성공하는 레스토랑이라 인터넷 뉴스에까지 나온 이곳을 익히 들어 잘 알고 있던 파지가 모르는 척 주위를 두리번거렸다.

"여기 음식이 그렇게 맛있어?"

"맛있다더군."

"그래? 그럼 기대해도 돼?"

"기대해도 돼."

파지와 준환이 예약된 자리로 가 앉았다.

"여기 분위기 마음에 들어."

파지가 만족스러워하자 준환이 빙긋 웃었다.

"신경 써서 골랐지."

그렇게 한참을 이 얘기 저 얘기를 하면서 하나 둘씩 등장하는 요리를 먹고 있는데 준환이 주머니에서 뭔가를 꺼내들었다. 남색의 작은 벨벳 상자였다. 그 상자를 본 파지의 눈이 동그래졌다.

"파지야."

"응?"

"날 사랑해?"

준환의 물음에 파지가 어린아이처럼 웃으면서 고개를 끄덕였다.

세상에서 제일 사랑했다. 이 남자만큼 누군가를 사랑해본 적이 없었다.

"응. 사랑해. 이 세상에서 당신만큼 다른 누군가를 사랑해본 적 없어. 정말이야."

파지의 대답에 준환이 만족스러운 미소를 지었다.

"그럼 나랑 평생 같이 살자."

준환이 파지를 향해 손에 든 반지 상자를 열어 보였다. 파지가 나이프와 포크를 접시 위에 내려놓고 가만히 앉아 그런 준환을 응시했다. 살짝 얼굴을 붉힌 준환이 파지의 왼손 약지에 반지를 끼웠다. 커플링 위에 끼워진 프러포즈 반지가 파지의 약지에서 예쁘게 반짝거렸다.

"나랑 결혼하자, 파지야. 평생 행복하게 해줄게."

"정말?"

"그래. 너도 알다시피 나는 이제 조금만 있으면 전문의 시험을 보게 돼. 시험공부를 위해 11월부터는 병원을 쉴 예정이고. 그전에 너와 결혼을 하고 싶어. 하루라도 빨리 널 내 품에 안고 잠들고 싶어. 아침에 깨어났을 때 네 얼굴이 내 눈앞에 제일 먼저 보였으면 좋겠어. 힘들게 일하고 돌아와 지친 몸으로 집 안에 들어서면 밝게 웃으며 지친 날 따뜻하게 맞아주는 널 보고 싶어. 사랑해, 파지야. 그러니까 제발 나랑 결혼해줘. 이제 정말 너 없인 하루도 못 살 거 같다."

어딘지 모르게 무척이나 애절한 준환의 말을 들으며 잠시 자신의 약지에 끼워진 반지를 내려다보던 파지가 도도한 표정으로 붉은 입술을 열었다.

책상에 앉아 잠시 허공을 바라보고 있던 준환이 짜증스럽게 얼굴을 찌푸리고 신음하듯 파지의 이름을 되뇌었다.

"못된 김파지."

사나운 기세로 허공을 노려보던 준환이 손바닥에서 이리저리 굴리고 있던 벨벳 상자를 책상에 쾅 내려놓았다.

"뭐? 결혼의 필요성을 별로 못 느끼겠다고?"

준환이 기가 차다는 듯 코웃음을 쳤다.

얼마 전……. 아니, 얼마 전이라고 얼버무리지 않아도 정확히 기억난다. 닷새 전, 준환은 파지에게 청혼했다. 연인들의 프러포즈 장소로 유명하다는 레스토랑에서 반지를 끼워주며 전문의가 되기 전에 날짜 잡자고 했다가 바로 퇴짜를 맞았다.

"싫어. 솔직히 아직은 결혼에 대한 필요성을 못 느끼겠어. 요즘 여자들 평균 결혼 연령이 30대 초반이잖아. 난 아직 이십 대 후반이고. 조금만 더 미스인 상태를 즐기고 싶어. 꼭 그렇게 나랑 결혼하고 싶으면 내가 준환 씨와 결혼해야 하는 이유, 열 가지만 대 봐."

이렇게 말한 파지는 도도한 표정으로 붉은 입꼬리를 슬쩍 올리며 웃었다. 준환이 그날의 파지의 얄미운 표정이 새삼 생각나 두 주먹을 불끈 쥐었다.

준환은 내년 1월에 전문의 시험을 치를 예정에 있었다. 그래서 시험공부를 위해 병원에 나가지 않는 올 11월에 파지와 결혼식을 올려 파지에게 '내 것이니 아무도 건드리지 마' 도장을 찍어주고 불같이 뜨거운 신혼생활을 즐길 계획이었는데 파지의 냉담한 거절로 인해 그 계획은 실현이 불가능하게 생겼다. 솔직히 사실대로 말하자면 하루라도 더 빨리 파지를 품에 안고 잠들고 파지의 얼굴을 보며 잠에서 깨어나고 싶은 마음이 더 컸는지도 모르겠다.

준환이 휴대폰을 꺼내들고 단축번호 1번을 길게 눌렀다. 잠시 후 파지의 달콤한 목소리가 휴대폰을 타고 흘러나왔다.

[열 가지 생각해놨어?]

다짜고짜 묻는 말에 준환이 눈을 가늘게 떴다.

"흥. 열 가지? 스무 가지도 댈 수 있어."

[오호, 그래? 그럼 어디 한 번 읊어봐.]

"열 가지 다 대면 결혼해주는 건가?"

준환의 물음에 파지가 방실방실 웃으며 대답했다.

"글쎄, 생각 좀 해보고."

[김파지!]

"아, 잠깐. 나 지금 본가에 거의 다 왔거든. 이따가 다시 전화할 게."

[본가? 우리 본가 말하는 거야?]

준환이 눈을 동그랗게 뜨고 물었다.

"자기네 본가지, 그럼 누구 본가를 말하는 거겠어? 난 본가 같은 거 없잖아. 잘 알고 있으면서."

[본가엔 왜……]

"어머님이 오늘 소꼬리찜이랑 잡채랑 표고버섯전이랑 이것저것 해놓으셨다고 놀러 오라고 하셔서. 아버님, 어제 일본으로 출장 가셨다면서? 아버님이 집에 안 계시니 심심하다고 하셔서 오늘 본가에서 잘 거야. 자기 전에 어머님이랑 같이 얼굴에 붙일 진주 마스크팩도 두 개나 준비해놨다? 이거 한 장에 만 원이 넘는 거야. 거의 이만 원 돈이라니까? 이거 붙이고 자서 다음날 일어나면 윤기가 자르르 흐르는 민낯을 만나 볼 수 있대. 나, 어머님이랑 같이 이거 붙이고 꿀 피부로 다시 태어날 거야."

[뭐?]

"잠깐만, 준환 씨. 네, 어머님! 파지예요. 문 열어주세요. 준환 씨, 미안한데 이따가 다시 통화하자. 지금은 어머님과 오랜만의 재회의 정을 좀 나눠야겠어. 미안. 이따 봐. 사랑해. 쪽!"

전화는 끊겼다.

준환이 손바닥 위의 휴대폰을 어이없다는 눈으로 노려봤다.

파지가 한 손에는 커다란 과일바구니를, 다른 한 손에는 예쁜 무늬의 스카프가 든 쇼핑백을 들고 커다란 저택 안으로 들어섰다. 정원이 있는 마당을 지나 가정부 아주머니가 열어준 문을 통과해 들어서니 최 여사가 싱글벙글 웃는 얼굴로 파지를 맞이했다.

"오랜만에 봬요, 어머님."

"오랜만이야, 파지 양."

"어머님. 그 끝에 양 자는 빼시기로 했잖아요. 만날 때마다 약속 해놓으시고 또 잊으셨어요?"

파지가 애교 있게 웃으며 하이힐을 벗고 안으로 들어섰다. 파지가 들고 온 과일바구니와 쇼핑백을 최 여사에게 건넸다.

"오랜만에 찾아뵙는데 달랑 빈손으로 오는 건 실례가 될 것 같아 서……. 이 스카프 제가 직접 고른 거예요. 받아주세요, 어머님."

"이런 것 안 사와도 되는데……. 나한테는 네가 선물이나 다름없어. 파지, 네가 이렇게 찾아와서 말동무도 해주고 같이 밥도 먹어주는 게 그 어떤 선물보다 더 좋아."

"아이, 어머님도 참."

파지가 웃으며 최 여사의 손을 꼭 잡았다.

"좀 앉자."

최 여사가 파지의 손을 잡고 소파로 인도했다. 감정 표현을 잘 하지 않는 편인데다 무뚝뚝하기가 하늘을 찌르는 아들 하나만 낳아 기르다 보니 그녀는 파지처럼 애교 많고 싹싹한 사람에게 정이 갔다.

준환이나 그 밖에 다른 사람들이 최 여사와 함께 있는 파지의 모습을 본다면 억울하다고 아우성을 칠까 우려될 정도로, 파지는 정말 최 여사에게 친절하고 예의 바른데다 싹싹하기까지 했다.

"필자 씨, 지금 뭐하고 있어요? 우리 예비 며느님이 좋아하는 시원한 레모네이드 내와야지요."

최 여사의 말에 필자가 얼른 주방으로 들어가 시원한 레모네이드를 가지고 와, 파지와 최 여사의 앞에 놓아주었다.

"필자 아주머니께서 만든 레모네이드는 언제 먹어도 맛있어요. 이래서 제가 레모네이드를 못 끊는다니까요."

파지가 눈웃음을 살살 치며 레모네이드를 칭찬하자 필자의 얼굴에 뿌듯한 미소가 어렸다.

"오랜만에 아버님도 좀 뵈려 했는데 아쉽게도 출장 가시고 안 계시네요."

파지가 아쉬운 듯 말하자 최 여사가 고개를 끄덕였다.

"회장님도 아쉬워하시면서 가셨어."

"그래도 내일 돌아오시니까 내일 회장님 오실 때까지 여기서 엉덩이 붙이고 앉아 있을래요."

"그럼, 그래야지."

최 여사가 파지가 예뻐 죽겠다는 듯 미소 지었다.

"어머님께 드릴 선물이 하나 더 있어요."

스카프의 포장을 풀고 있던 최 여사가 궁금한 듯 눈동자를 빛냈다.

"하나 더 있다고?"

"이번에 새로 출간된 따끈따끈한 신작 동화책이에요. 어머님이 제 동화책 좋아하시잖아요. 이번 건 특별히 공들여 썼어요."

파지가 핸드백 안에서 분홍색 포장지로 직접 포장한 동화책을 꺼냈다.

"어머, 너무 고마워요, 파지 양. 포테의 세 번째 시리즈, 이거 너무 기다렸는데……."

최 여사가 동화책 표지를 손가락으로 만져보며 좋아했다.

"이번에도 표지가 참 예쁘네."

"신경 써서 만들어 달라고 했거든요. 이번 편이 포테의 비밀이 드러나는 편이라서요."

"그래?"

최 여사가 책의 첫 페이지를 열기 위해 손가락을 놀리자 파지가 얼굴을 붉히며 손가락을 배배 꼬았다.

"나중에 제가 집에 돌아가면 그때 읽어주세요. 지금 읽으시면 제가 너무 부끄럽잖아요."

"알았어. 네가 너무 부끄러워하니까 그럼 그렇게 할게. 당장이라도 읽고 싶지만 참아야지, 뭐."

최 여사가 동화책을 테이블 위에 올려놓았다. 그러더니 뭔가 할 말이 있는 듯 입을 벙긋거렸다가 다시 다물고 잠시 뜸을 들였다.

"사실 오늘 널 집으로 부른 이유는 네게 맛있는 음식을 먹이고 싶어서만은 아니야."

"어렴풋이 느끼고 있었어요. 어머님, 저한테 뭔가 할 말이 있으신 거죠?"

최 여사가 망설이는 얼굴로 고개를 끄덕였다.

"음……. 넌 우리 준환이를 어떻게 생각하고 있어?"

"당연히 세상에서 제일…… 그리고 그 누구보다도 더 사랑하고 있지요."

파지가 당연하다는 듯 당당히 말하자 최 여사의 굳은 얼굴이 조금 펴졌다.

"그럼 우리 환이와 결혼까지 생각하고 있다고 봐도 되는 거야?"

"네?"

파지가 눈을 동그랗게 떴다.

"결혼……이요?"

"회장님과 내 생각에는 너와 우리 준환이가 올해가 가기 전에는 식을 올렸으면 좋겠어. 알다시피 준환이가 내년 초에 전문의 시험을 치르잖아?"

"네."

"그런데 다행히도 우리 준환이가 올해 11월부터 시험공부 때문에 병원에 안 나가고 집에서 쉬면서 공부할 예정이거든. 때맞춰 그때쯤 둘이 결혼을 했으면 좋겠는데……."

최 여사가 파지의 눈치를 살피며 말했다.

"늙은이들이 너무 앞서 나가는 건가?"

파지가 얼른 고개를 저었다.

"아뇨. 빠르긴커녕 너무 느리셨어요."

파지가 투정부리듯 입술을 죽 내밀고 말했다.

"결혼 얘기 나올 때까지 기다리느라 지쳐서 죽는 줄 알았다고요, 저."

최 여사의 얼굴이 환해졌다. 최 여사가 곁에 앉은 파지의 손을 꼭 잡고 토닥이기 시작했다.

"우리 준환이가 좀…… 멋없고 무뚝뚝한 면이 없지 않아 있는 것 알지? 그래도 어떡하겠어. 천성이 그런걸. 착하고 예쁜 파지, 네가 이해하고 잘 보듬어줘. 얼마 전에 준환이가 너와 결혼할 생각이라 했을 때 우리가 얼마나 다행이라고 생각했는지 몰라. 보통 의사들은 레지던트 4년 차가 되기 전에 일찍 일찍 결혼해서 안정을 찾는데, 우리 준환이는 안 그랬거든. 때가 되면 할 거라나 뭐라나. 평생 결혼 같은 것 안 할 것 같이 굴어서 그동안 알게 모르게 우리가 얼마나 걱정했는지……"

최 여사의 눈에 눈물이 살짝 고였다. 손수건을 꺼내 우아한 몸짓으로 눈가의 눈물을 찍어낸 최 여사가 다시 말을 이었다.

"지금부터 결혼 준비를 서두르면 11월 전에는 식을 올릴 수 있을 것 같은데……. 오늘 준환이 퇴근하면 이리로 오라고 해야겠네."

최 여사가 신난 듯 말하자 파지가 손사래를 쳤다.

"안 그러셔도 돼요. 아마 퇴근하자마자 여기로 올 거예요. 제가 오늘 여기서 자고 갈 거라고 했거든요."

"그래?"

"네."

"그럼 오늘 당장 결혼 얘기를……."

"잠깐만요, 어머님!"

파지가 최 여사의 말을 막았다.

"제가 준환 씨랑 결혼하겠다고 한 얘기는 당분간 비밀로 해주세요."

"어머, 왜?"

최 여사가 궁금한 듯 고개를 갸우뚱거리자 파지가 눈동자를 반짝반짝 빛냈다. 파지가 못된 장난을 생각할 때의 악동 같은 얼굴로 은밀하게 말했다.

"준환 씨 시험공부 하느라 정신없어서 신혼 생활도 제대로 못 보낼 것 같은 예감이 들어서요. 좀 억울하니까 준환 씨를 대신 좀 괴롭히려고요."

그 말에 다시 최 여사의 얼굴이 어두워졌다.

"역시…… 내년에 준환이가 개원하고 제대로 자리 잡은 뒤에 식을 올리는 게 낫겠지?"

"아뇨! 무슨 그런 큰일 날 말씀을!"

"응?"

파지의 강력한 거부반응에 최 여사가 고개를 번쩍 들었다. 파지의 두 눈이 불타고 있었다.

"절대로 올해가 가기 전에 준환 씨에게 '내 거 찜' 도장을 찍을 거예요. 법적으로도 문제없게. 혹시라도 다른 여자가 준환 씨에게 집적댈 시, 당당하게 그 여자에게 정의의 응징을 할 수 있는 위치에 오르려면 준환 씨의 아내 자리가 딱 제격이죠."

파지의 맹랑한 말에 최 여사가 즐겁다는 듯 호탕하게 웃어 재꼈다. 거짓 없고 솔직한 파지의 이런 점이 정말 마음에 들었다. 가끔 좀 지나치게 거칠 때도 있었지만, 그것은 파지의 꿀 같은 애교가 제대로 커버해주었다.

"하지만 여기서 중요한 건 그동안 제가 준환 씨에게 애가 탄 만큼 준환 씨도 애가 타봐야 한다는 거예요. 그동안 준환 씨가 저한테 청혼해주기만을 얼마나 기다렸는데요. 1년을 넘게 가슴 졸이며 기다려왔는데 이대로 그냥 싱겁게 오케이, 콜! 하기에는 좀 억울하잖아요. 어머님도 같은 여자니까 제 맘 이해하시죠?"

1년 전, 파지가 너무 마음에 쏙 드는 바람에 요지부동인 준환에게 파지를 억지로 갖다 붙이려 노력하던 때가 떠올라 최 여사가 빙긋 웃으며 고개를 끄덕였다.

생글거리며 웃고 있는 파지의 얼굴을 마주 보던 최 여사는 파지를 처음 만났던 날을 떠올렸다.

최 여사는 그날 아들을 만나기 위해 병원으로 향했다. 그날이 마침 정 기사가 개인 사정으로 인해 쉬는 날이었기 때문에 택시를 타고 갔었는데 택시에서 내리면서 어떤 젊은 남자와 부딪혀 호되게 넘어졌다.

다행히 바닥에 머리를 부딪치는 사고는 면했지만 심하게 넘어진 터라 자리에서 일어나지 못하고 한참을 끙끙 앓고 있었다.

"이봐요, 아줌마. 거 참 길 똑바로 못 다녀요? 아, 진짜 아침부터 재수가 옴 붙었네. 짜증나서 원."

한눈에 봐도 험악한 인상에 우락부락하게 생긴 젊은 남자가 넘어진 그녀를 일으켜줄 생각도 하지 않고 성질부터 내고 있는 통에 최 여사가 뭐라고 한마디 하려고 한 그때였다.

"괜찮으세요?"

인형처럼 예쁘장하게 생긴 아가씨가 그녀를 향해 다가와 넘어진 그녀를 부축했다.

"괜찮아요."

"어디 다치신 데는 없으시고요?"

예쁘장하게 생긴 아가씨는 그녀의 부축 덕분에 자리에서 일어선 최 여사에게 시선을 흘끔 주더니 곧장 그 젊은 남자에게로 성난 시선을 던졌다.

"이봐요. 그쪽은 어른 공경이라는 거 몰라요?"

"뭐? 이 여자가 지금 갑자기 끼어들어서 뭐라고 하는 거야?"

"사람이 기본적인 건 지키고 살아야죠. 딱 보아하니 그쪽은 어디 다친 데도 없는 것 같은데, 넘어진 어른을 일으켜주지는 못할망정 지금 이게 무슨 짓이에요? 많이 다치셨으면 어쩔 뻔했어요?"

"네가 뭔 상관이야? 예뻐서 이번 한 번은 봐줄 테니까 그냥 갈 길 가라? 응?"

젊은 남자가 험악한 표정으로 여자를 향해 위협적으로 주먹을 쥐어보이자 안 되겠다 싶어진 최 여사가 나서려 할 때였다. 갑자기 그녀의 휴대폰이 울렸다.

"여보세요? 아, 김 검사님? 안 그래도 오늘 찾아뵈려고 했어요. 네. 그런데 지금 좀 사정이 안 좋아서요. 아무래도 지금 저 괜한 시비에 휘말려서 한 대 얻어맞을 것 같은데, 얻어맞고 고소하면 도와주실래요?"

김 검사라는 사람과 통화 중인 그녀가 젊은 남자를 노려보며 한

마디 한 마디 또박또박 뱉어내자 그가 잠시 주춤했다.

"네. 그럼 이따 전화 드릴게요."

그녀가 통화를 마쳤을 때 그 남자는 자리에서 이미 사라진 지 오래였다.

남자가 사라진 것을 확인한 예쁘장한 아가씨는 최 여사를 향해 씨익 웃어보였다.

"사라졌네요."

"고마워요, 아가씨."

최 여사가 사심 없이 환하게 웃는 그녀의 미소에 전염된 듯 함께 웃으면서 감사의 말을 전했다.

"아니에요. 호되게 넘어지신 것 같으니 지금은 별로 아프지 않아도 따뜻한 물에 반신욕 같은 거 꼭 하세요. 타박상에는 반신욕이 그만이에요."

그녀가 최 여사에게 살짝 고개를 숙여 보이고 자리를 떴다.

무언가에 홀린 것처럼 그 여자의 뒤를 따라 병원 안으로 들어간 최 여사의 귀에 그녀가 누군가와 통화를 하는 소리가 들렸다.

"아, 글쎄. 갑자기 검사 만들어서 죄송하다니까요. 작은 출판사 편집장, 엘리트 검사로 레벨 상승시켜줬으면 감사하게 생각해야지. 안 끼어들 수가 없었어요. 원래는 그런 싸움에 잘 안 끼어드는 편인데, 나도 왜 그랬는지 몰라요. 알았어요, 알았어. 이번 달 안에 원고 넘길게요."

그것이 최 여사와 파지의 첫 만남이었다.

그리고 두 달 뒤, 그들이 두 번째로 만났을 때 파지는 최 여사를 까맣게 잊고 있었다. 아마 파지의 기억 속에는 그들의 두 번째 만남의 기억이 첫 번째 만남의 기억이리라. 파지는 그날, 꽤 터프하고 당찼던 자신의 본 성격을 숨기고 간드러진 애교를 떨며 최 여사에게 다가왔다. 한눈에 봐도 준환을 사랑하고 있는 것이 뻔한, 그래서 준환의 어머니인 자신에게 점수를 따기 위해 애쓰고 있는 것이 뻔하게 보이는 그런 행동으로 말이다.

최 여사는 그것이 밉지 않았다. 적당히 앙큼해 보이고 귀여워 보였다.

그땐 정말 답답했지.

최 여사가 혀를 끌끌 찼다.

주변 환경을 떠나 사람 자체를 보면 여러모로 어디 한 군데 빠지지 않는 파지가 준환의 천생연분이라 생각해서 둘 사이를 팍팍 밀어주었건만, 무뚝뚝한 얼굴로 연신 피해 다니기만 하던 바보 같은 아들 녀석 때문에 잔뜩 열이 받아 쥐어뜯은 머리카락만 한 트럭이다.

솔직히 처음엔 파지에게 부모님이 없다는 것이 조금 마음에 걸렸었다. 하지만 이내 파지의 사람됨이나 당차고 올곧은 성품을 보고 단박에 며느릿감으로 점찍게 되었다. 그리고 얼마 지나지 않아 아들 준환에게 파지와의 인연을 은근슬쩍 밀어붙이기 시작하게 되었다. 그들은 준환을 일편단심으로 사랑하는 파지의 마음을 믿었고 그 믿음은 결국 그들을 배신하지 않고 좋은 결과를 가져다주었다. 그렇다. 결과가 좋으면 다 좋은 법이다.

"그래도 우리 준환이, 너무 힘들게 하지는 말아라. 결혼에 관심도 별로 없던 녀석이 먼저 결혼하겠다며 제 발로 우릴 찾아올 정도로 너를 끔찍하게 생각하는 모양이니까."

"당연하죠. 이게 다 우리의 밝고 행복한 미래를 위해서라니까요."

파지와 최 여사가 마주 보고 의미 있는 미소를 교환했다.

준환이 주머니 속의 반지 상자를 손으로 만지작거리며 본가의 대문 앞에 서서 벨을 눌렀다.

[준환 씨?]

인터폰에서 파지의 낭랑한 목소리가 들려왔다.

"그래. 문 열어줘."

[알았어, 잠깐만.]

잠시 후 대문이 열렸다. 준환이 심호흡을 하며 성큼성큼 현관문을 향해 걸어가기 시작했다. 한 걸음 걸을 때마다 파지를 아내로 맞아야 하는 이유를 한 가지씩 머릿속으로 곱씹으면서.

"왔어?"

파지가 현관문 앞에 서서 준환에게 손을 흔들었다. 그 옆에는 준환을 낳아주고 길러주신 높고 높은 은혜를 자랑하는 어머니, 최 여사가 서 있었다.

"다녀왔습니다, 어머니."

"그래. 시장하지? 씻고 와서 저녁 먹어라."

최 여사가 준환 모르게 파지를 향해 윙크를 하고 주방으로 향했다. 파지도 그런 최 여사에게 윙크를 되돌렸다.

"얘기 좀 하자."

준환이 최 여사를 따라 주방으로 들어가려는 파지의 팔을 붙잡았다.

"무슨 얘기?"

파지가 시치미를 뚝 떼며 속눈썹을 깜빡이자 준환이 이를 악물
었다.

"네가 원하는 열 가지 이유에 대해서."

"열 가지밖에 안 돼? 아까는 스무 가지라면서?"

"열 가지든 스무 가지든 다 말할 테니까 올라가자고."

준환이 파지의 팔을 잡고 자신이 독립하기 전에 사용했던 2층 방
으로 이끌었다. 파지도 잠시 반항하는 듯싶더니 순순히 몸의 힘을
빼고 준환을 따라 2층으로 올라갔다.

"앉아."

준환이 자신의 침대를 가리켰다.

"어머, 아래층에 어머님도 계시는데…… 저질이야, 준환 씨."

파지가 코맹맹이 목소리로 말하자 준환이 파지를 안아들어 침대
에 앉히고 자신도 그 옆에 앉았다.

"할 얘기라는 게 뭐야?"

파지가 준환을 올려다봤다.

"정말 지금 내가 무슨 얘기를 하려고 널 이리로 데려왔는지 몰라
서 묻는 거야?"

준환이 미간을 찌푸리며 묻자 파지가 씩 웃으며 말했다.

"아니. 알아."

능글맞은 파지의 대답에 준환이 한숨을 푹 내쉬더니 파지의 오른
손을 들어 올렸다.

"첫 번째."

준환이 파지의 오른손 엄지에 입을 맞추며 말했다.

"너한테 확실히 내 거라는 도장을 찍어주고 싶어."

"흐음."

파지가 작게 콧소리를 내며 어디 더 해보라는 듯 눈을 가늘게 떴다.

"내 거라는 도장을 찍는데 혼인신고만 한 건 없지."

준환이 파지의 검지에 입을 맞췄다.

"두 번째. 하루라도 빨리 널 내 품에 안고 잠들고 싶어."

그 말에 파지가 반박했다.

"저번에 우리 집에서 자고 간 적 있으면서. 그때 준환 씨가 날 너무 꼭 안고 자는 바람에 새벽에 화장실도 못 가고 그대로 안겨서 잤다고."

준환이 파지의 오른손을 잡은 채 은근한 목소리로 말했다.

"그날 그렇게라도 하지 않으면 못 참을 것 같았어."

파지의 눈이 동그래졌다.

"못 참아?"

준환이 의미심장한 얼굴로 씩 웃어보였다.

"모름지기 남자들이란 아닌 척해도 모두 본능에 충실한 동물이라고. 매사에 좀 무신경한 편인 나라도 야밤에, 밀폐된 공간에서, 사랑하는 여자와, 단둘이, 침대 위에 누워 있으면 참기가 좀 어려워."

파지가 얼굴을 붉히며 고개를 푹 숙이자 준환이 그런 파지의 머리카락에 입을 맞추며 말했다.

"물론 네가 기다려달라고 했으니 기다릴 거야. 내 말은 네가 순백의 하얀 신부가 되길 기다리는 대신 그 기다림의 시간을 좀 줄이자는 거지."

준환의 말에 파지가 투덜거렸다.

"날 사랑해서 결혼하고 싶은 게 아니라 나랑 자고 싶어서 결혼하고 싶은 거 아니야?"

파지가 준환을 노려보자 준환이 짐짓 엄한 얼굴로 파지를 내려다봤다.

"그런 못된 말 하면 못써. 혼난다."

"흥."

"널 사랑한다고 깨닫기 전에는 널 안고 싶은 마음도 없었어. 너도 알고 있잖아? 하지만 널 이 세상의 그 누구보다 사랑하게 되었다는 것을 깨달은 지금은 널 안고 싶어 미치겠어. 정말로 널 안고 싶은데…… 진짜로 안고 싶은데, 참는 거야. 내가 자제하지 못해서 그것 때문에 네가 상처받는 게 싫어. 널 위해서, 네가 가진 그 신념을 위해서 내가 자제하고 인내하는 거라고, 이 바보야."

준환이 파지의 어깨를 꼭 끌어안았다.

"널 순백의 신부로 만들어줄게. 하얀 웨딩드레스가 누구보다 잘 어울리는 그런 순결한 신부로 만들어줄 거라고."

잠시 준환의 넓고 따뜻한 가슴 안에서 포근함을 즐기던 파지가 이내 준환을 밀어내고 눈을 반짝였다.

"세 번째."

"응?"

"아직 많이 남았잖아. 은근슬쩍 넘어가려 하지 말고 제대로 말해. 세 번째는 뭐야?"

어쩔 수 없다는 듯 어깨를 으쓱한 준환이 다시 파지의 오른손을 잡고 이번엔 중지에 입을 맞췄다.

"세 번째. 달게 자고 일어나 눈을 떴을 때 제일 먼저 보이는 얼굴이 네 얼굴이었으면 좋겠어."

중지에 머물러 있던 준환의 입술이 약지에 와 닿았다.

"네 번째. 하루라도 빨리 너와 한집에서 살고 싶어. 퇴근해서 돌아오면 환하게 웃으면서 날 맞아주는 네 품에 안겨서 하루의 피로를 싹 날려버리고 싶어."

파지가 만족스러운 콧소리를 내며 준환의 어깨에 자신의 머리를 기댔다. 준환이 그런 파지의 소지에 입을 맞춘 후 장난스럽게 핥았다.

"다섯 번째. 아마 전문의에 합격하면 군대에 군의관으로 가게 될 것 같아. 삼 년이라는 긴 시간 동안 늑대 소굴에 널 놔두고 싶지 않아. 함께 가자."

준환의 말에 파지가 나른한 한숨을 내쉬었다.

"준환 씨가 군의관이 되면 장교로 들어가는 거니까, 따로 군관사에서 함께 생활할 수 있게 해준다고 했지?"

"그래."

준환이 미안한 듯 파지의 입술에 입을 맞췄다.

"군미필자를 남편으로 맞아달라고 떼쓰는 것, 정말 미안하게 생각해. 함께 군관사에서 삼 년이나 되는 긴 시간을 살아달라고 하는 것도……. 그 빚은 평생 함께 살면서 차근차근 갚아줄게."

한참 동안 쪽하는 소리가 준환의 방을 울렸다. 두 사람의 입술이 떨어질 무렵 파지의 붉은 혀가 준환의 입술을 고양이처럼 할짝거렸다.

"그건 생각을 좀 해봐야 하는 문제야."

파지가 도도한 얼굴로 말했다. 하지만 준환은 알고 있었다. 파지는 자신과 삼 년이나 떨어져 지낼 바에야 차라리 군관사로 쳐들어와 매일매일을 함께 할 여자라는 것을.

준환이 파지의 왼손 엄지에 입술을 댔다.

"여섯 번째. 다른 남자들이 너에게 집적댈 시, 정정당당하게 그 놈팡이를 응징할 수 있는 권리를 갖고 싶어."

준환의 말에 파지가 씩 웃었다. 자신의 것을 빼앗으려는 하이에 나를 정정당당하게 응징할 수 있는 권리⋯⋯. 이것은 자신이 원했던 것 아닌가. 사랑을 하면 닮는다더니, 준환은 확실히 파지를 닮아가고 있었다.

다음은 검지⋯⋯.

"일곱 번째. 웨딩드레스를 입은 널 보고 싶어. 새하얀 웨딩드레스를 입고 내게로 한 걸음씩 걸어오는 네 모습이 궁금해."

미소를 머금고 있는 준환의 입술이 파지의 중지를 살짝 핥아 올렸다.

"여덟 번째. 네게 내 아이를 주고 싶어."

"음⋯⋯ 그건 정말 마음에 든다."

파지가 준환의 가슴에 얼굴을 묻었다.

"난 아이는 되는 대로 많이 낳자는 주의야. 내가 외롭게 자랐으니까 내 아들 딸들은 형제 자매들과 함께 북적거리면서 즐겁고 행복하게 자랐으면 좋겠어."

파지의 말에 준환이 고개를 끄덕였다.

"나도 외동으로 태어났기 때문에 아이는 많이 낳고 싶어. 하지만 넷이 딱 좋겠어. 더 이상 많이 낳으면 네가 힘들 거야."

"싫어. 열 명."

"안 돼. 넷."

"열."

"넷!"

"열!"

결국 준환이 졌다는 듯 한숨을 내쉬었다.

"아이 문제는 나중에 다시 생각하기로 하지."

준환의 입술이 한참 동안 약지에 머물자 파지가 손가락을 바르르 떨었다.

"아홉 번째. 네가 없는 나는 절대로 상상할 수 없어. 네가 내 곁에 있다는 것이 꿈이 아니라 현실이라는 것을 확인 받고 싶어."

마지막으로 준환의 입술이 왼손 소지에 닿았다가 파지의 입술로 옮겨졌다. 준환은 파지의 입술 위에 자신의 입술을 대고 속삭이듯 말했다.

"열 번째. 내가 널 사랑하기 때문이야. 널 사랑하기 때문에…… 세상에 너보다 더 사랑할 사람은 앞으로 절대 없을 거란 것을 알기 때문에 너와 결혼하고 싶어. 죽을 때까지 평생 함께 살자."

말을 마친 준환이 파지의 입술에 깊게 파고들었다. 파지의 부드러운 입술의 감촉을 음미하던 준환이 천천히 파지를 침대에 눕히려 할 때였다.

"준환아, 파지야! 와서 저녁 먹어라!"

문밖에서 최 여사의 목소리가 들려왔다. 파지가 재빨리 준환을 밀치고 침대에서 일어나 옷매무새를 단정히 정돈했다.

"어머님이 부르신다. 빨리 나와, 준환 씨."

준환이 으르렁거렸다.

"하던 건 마저 하고 나가."

"뭘?"

파지가 눈을 동그랗게 뜨고 묻자 준환이 파지의 입술을 엄지손가락으로 문질렀다.

"난 아직 이걸 만족스럽게 맛보지 못했는데."

"지금은 어머니가 먼저야."

파지가 몸을 돌려 문 앞으로 향하자 준환이 인상을 쓰며 파지에게 다가가 돌려세웠다.

"그럼 그것만 말해줘. 결혼……할 거지?"

"글쎄, 생각해본다고 했잖아."

"군대에 아이 얘기까지 함께 나눠 놓고 이제 와서 결혼 안 하겠다고 내빼면 재미없을 줄 알아."

준환이 험악하게 인상을 찌푸리고 으르렁거리며 말하자 파지가 속눈썹을 깜빡이며 준환을 올려다봤다.

"내가 결혼을 아예 안 하겠다고 했니? 나도 준환 씨랑 결혼하고 싶어."

"그럼 왜……."

"단지 지금 당장 하고 싶지 않다는 것뿐이지."

파지가 준환을 향해 혀를 날름 내밀어 보이고는 문을 열고 서둘러 밖으로 나갔다. 잠시 넋을 놓고 가만히 서 있던 준환이 파지의 이름을 길게 부르며 파지를 따라 나갔다.

그날 저녁 식사는 말로 하지 않아도 뻔했다. 준환은 저기압, 파지는 생글생글, 최 여사는 의미 모를 웃음.

'도대체 올해 안에 결혼에 골인하려면 어떻게 해야 하는 거야!'

준환의 소리 없는 비명이 주방 안을 가득 채웠다.

9장.
오래된 상처 헤집기

따로 나와 살기 전에 사용하던 방을 파지에게 내주고 손님방에 둥지를 튼 준환이 침대에 누워 연신 한숨을 토해냈다. 자신이 방에 들어올 때까지도 아랑곳하지 않고 어머니, 최 여사와 마스크팩을 붙인 채 수다를 떠느라 준환을 본척만척하던 파지가 생각났기 때문이다.

'너 나랑 사귀는 거냐, 아니면 어머니랑 사귀는 거냐!' 라고 따지고 싶은 것을 팔불출이란 오명을 쓸까 봐 두려워 꾹 참고 방으로 들어와 누웠다. 도대체 파지는 왜 어머니한테 사족을 못 쓰는 걸까? 아버지도 마찬가지였다. 예전 같았으면 파지가 자신과 사귀기 위해 부모님께 알랑방귀를 뀌고 있는 것이라 생각했을 것이다. 하지만 서로 사랑을 확인하기 전에도 파지는 준환의 부모님과 항상 가까운 관계를 유지했다. 준환과 사이가 좋을 때도, 좋지 않을 때도 준환의 부모님한테만은 항상 부담스러울 정도로 잘했다.

이런저런 생각을 거듭하던 준환은 한 가지 결론에 다다랐다. 혹시 부모님이 일찍 돌아가셔서 부모님의 사랑을 제대로 받지 못해 자신의 부모님께 사랑받으려 애쓰는 것은 아닐까?

곱게만 자라온 준환은 상상할 수 없을 정도로 많은 상처가 있던 파지였다. 그동안 받아온 상처만큼 숨기고 있는 가시도 엄청났다. 그런 파지가 유일하게 가시를 세우지 않은 사람은 준환과 준환의 부모님 정도일까?

갑자기 어떤 자부심이 준환의 가슴을 벅차게 만들었다. 자신의 부모님께 입 안에 든 혀처럼 잘하는 파지가 자랑스러웠다. 밖에 나가서 이렇게 예쁘고 사랑스러운 여자가 내 여자라고 소리치고 싶을 정도로.

준환이 깍지를 낀 손을 뒤통수에 대고 가만히 누워서 피식 피식 웃고 있을 때 방문이 열리며 작은 목소리가 들려왔다.

"준환 씨……."

준환이 침대에서 일어나며 방문을 향해 고개를 돌렸다.

"파지?"

"응. 나 왔어."

파지가 이런 야심한 시각에 자신이 있는 침실로 놀러 왔다는 것에 별로 놀라지 않은 준환이 파지를 향해 팔을 벌렸다. 마음 한쪽 구석에서는 파지가 자신을 찾아올 것이라 믿어 의심치 않고 있었다. 왜냐하면 그들이 서로를 사랑하는 마음은 자로 잰 듯 똑같았기 때문이다. 그랬기에 생각하는 것조차 서로를 무척이나 닮아 버렸다. 아마도 파지가 오지 않았으면 준환이 갔을 것이다. 실제로도 삼십 분만 더 기다렸다가 파지가 오지 않으면 파지가 머물고 있는 방으로 쳐들어갈 생각이지 않았던가.

파지의 달콤한 몸이 준환의 품 안으로 쏙 들어왔다.

"나 기다렸지?"

"네가 안 오면 내가 가려 했어."

"거짓말."

파지가 사랑스럽게 눈을 흘겼다.

"방에서 기다리다가 안 오기에 내가 온 거 거든?"

"조금 전까지만 해도 네가 어머니랑 대화를 나누고 있었잖아. 삼십 분만 더 기다렸다가 네 방으로 건너갈 생각이었어."

준환의 대답이 만족스러운 듯 파지가 키득거리며 웃었다.

"어머니랑 얘기하는 게 좋아."

"어머니도 너랑 얘기하는 거 좋아하셔."

"다행이네."

파지가 자신의 가슴에 손을 얹으며 장난스럽게 안도의 한숨을 내쉬었다.

"다른 사람한테는 못되게 굴어도 어머님이랑 아버님한테는 못되게 굴지 못하겠어. 너무 다정하신 분들이라서……."

"너한테만 그래. 우리 어머니나 아버지, 남들한테 상당히 엄하신 분들이야."

파지가 준환을 올려다봤다.

"솔직히 고백하자면…… 사실 처음에는 준환 씨한테 첫눈에 반하는 바람에 준환 씨 꼬시는데 이용하려고 어머님이랑 아버님한테 일부러 더 잘했었어. 어머님이랑 아버님이 준환 씨를 향한 내 사랑을 응원해주신다면 천군만마보다 더 든든한 백을 갖게 되는 거잖아."

처음 듣는 얘기라는 듯 준환이 한쪽 눈썹을 치켜올렸다. 그 표정을 파지가 화난 표정이라 간주하고 기어들어가는 목소리로 말했다.

"화나지? 그래. 당연히 화날 거야. 나 같아도 자기 부모님을 이용하려 했었다는 말 들으면 화날 것 같으니까."

"계속해봐."

"음…… 그런데 두 분이 점점 나한테 마음의 문을 여는 게 눈에 보이니까 나도 덩달아서 진심이 되더라고. 나중에는 준환 씨와 잘되지 못해도 준환 씨 부모님과는 평생 만남을 유지하며 살고 싶다는 생각까지 하게 됐어. 처음 시작은 좀 불순한 의도였지만 지금은 정말 아니야. 순수하게 그분들을 사랑해. 정말이야."

준환이 파지의 머리카락을 한 줌 쥐어 그 머리카락에 입을 맞췄다.

"네가 우리 부모님을 나만큼 사랑하고 있다는 건 이렇게 귀로 듣지 않아도 이미 알고 있어. 아무리 내가 좀 둔한 면이 있어도 내 눈은 그냥 장식이 아니야, 파지야."

파지가 준환의 목에 팔을 두르며 꼭 껴안았다.

"내가 결혼 전까지 기다리라 해서 좀 힘들지?"

파지가 짓궂은 목소리로 묻자 준환이 투덜거리듯 말했다.

"당연한 소리."

"그래도 나 때문에, 나를 사랑해서 참는 거지?"

"그래."

"미안한데 조금만 더 참아줘."

의미심장한 파지의 말에 준환이 파지를 조금 떼어놓고 그녀의 얼굴을 감싸 자신을 마주보게 만들었다.

"얼마나? 도대체 얼마나 더? 내년? 내후년?"

준환의 미간에 주름이 생기자 파지가 손을 들어 그 주름을 어루만졌다.

"인상 쓰면 준환 씨는 어딘지 모르게 섹시해 보여서 안 돼."

"뭐?"

"마냥 단정해 보이는 준환 씨가 미간을 찌푸린 채 가늘게 뜬 눈으로 날 보면 사실 가슴이 너무 두근거려서 폭발할 것 같아. 되게 금욕적으로 보이거든. 한계까지 참아내고 있는 절제된 남자의 모습 같아서 그 한계를 깨뜨려버리고 싶어져. 후후."

준환의 미간에 자리 잡은 주름이 더 깊어졌다.

"잘도 그런 말을……."

"그렇지만 사실인걸? 준환 씨는 단정해 보이다가도 조금만 방심하면 엄청나게 섹시해진단 말이야."

"그만."

준환이 파지의 입을 손으로 틀어막았다.

"정말 덮쳐버리는 수가 있어."

파지가 눈동자를 데굴데굴 굴렸다.

"네가 아직 남자를 잘 몰라서 그러는데, 한 번 자극받으면 지구가 멸망한다 해도 절대로 멈출 수 없는 게 남자야. 밑에서 어머니가 주무시고 계시다는 것도, 네가 처녀라는 것도 아랑곳하지 않고 거칠게 대할지도 몰라. 내가 그랬으면 좋겠어?"

파지가 고개를 저었다.

"그럼 날 자극하는 일은 이제 그만 해. 나도 한계가 있어."

파지가 고개를 끄덕이자 준환이 파지의 입을 막았던 손을 떼어내고 그녀의 입술이 닿았던 손바닥에 자신의 입술을 갖다 댔다.

"우와. 준환 씨 자극 받으니까 되게 무섭다."

"그걸 알면 더 이상 날 자극하지 마."

"흐응, 고려해볼게."

파지가 혀를 날름 내밀었다. 그 모습에 준환이 피식 웃음을 터뜨렸다. 정말 어쩔 수 없는 여자다, 파지는.

파지가 준환의 무릎에 앉아 넓은 어깨에 머리를 올려놓았다.

"내가 다른 여자들과 달라서 미안해."

파지의 작은 손이 준환의 등을 꼭 끌어안았다.

"나…… 정말 결혼 전까지는 지키고 싶어."

"그래."

준환이 한숨 섞인 대답을 했다.

"나도 준환 씨를 사랑해. 너무 사랑해서 준환 씨의 전부를 가지고 싶어. 이런 것으로 준환 씨를 괴롭히는 거 싫어. 하지만 안 돼. 어렸을 때 엄마하고 약속했거든. 하늘에서 날 지켜보고 계실 엄마한테 내가 해줄 수 있는 단 한 가지가 바로 그거야."

"무슨 소리야?"

준환이 파지의 얼굴을 보기 위해 몸을 떼어내려 했으나 파지가 그것을 저지했다. 얼굴을 마주하는 것을 거부하며 더욱더 세게 준환의 단단한 등을 끌어안았다.

"사실…… 이건 그 누구한테도 말한 적 없는 일급비밀이야. 생애처음이자 마지막이었던 내 친구 정미한테도 말한 적 없던 거야."

한참 동안 파지의 얼굴을 보기 위해 바르작거리던 준환이 이내 포기하고 몸의 긴장을 풀었다.

"나 사실 아빠가 없어."

"뭐?"

준환의 눈이 커다래졌다. 그는 파지에게서 부모님이 어렸을 때 일찍 돌아가셨다는 말만 들어왔기 때문이다.

"임신한 엄마를 아빠가 버렸대. 그래서 엄마는 항상 입버릇처럼 여자는 몸을 소중히 해야 한다, 결혼식을 올려 사람들의 축복을 받은 진정한 부부가 되기 전에는 절대로 몸을 허락해서는 안 된다. 그렇게 말씀하셨어. 엄마는 날 낳은 걸 후회한 적이 한 번도 없지만 섣불리 행동한 건 후회한다고 하셨지. 나는 꼭 여자를 지켜줄 줄 아는 남자에게 가라고 했어."

준환의 커다란 손이 파지의 등을 부드럽게 쓰다듬었다. 어쩌면 파지가 가지고 있는 가치관은 어머니의 삶을 지켜보던 어린 날에서 파생된 것일지도 모른다.

"내가 초등학교를 졸업하던 날 함께 자장면을 먹으러 가던 길에 사고를 당했어. 트럭을 몰던 음주운전자 때문이었지. 엄마가 찰나의 시간에 날 감싼 덕분에 난 가벼운 타박상만 입고 끝이 났는데 엄마는 그 자리에서 돌아가셨어. 날 너무 꽉 안고 돌아가신 바람에 구급대원들이 엄마한테서 날 떼어내느라 엄청 힘드셨대."

파지의 가냘픈 몸이 덜덜 떨리고 있었다. 준환이 이를 악물며 그런 파지를 꼭 끌어안았다. 이렇게 꼭 끌어안으면 파지의 떨림이 멈출지도 모른다는 생각에 안고 또 안았다.

"결국 외삼촌이 날 맡아주셨는데, 매일 밤 삼촌이랑 숙모랑 나 때문에 싸우는 소리가 내 방까지 들려왔어. 그 뒤부터 이를 악물고 독하게 살았지. 사촌 동생이나 언니, 오빠들이 뒤에서 뭐라고 수군

대도 꾹 참고 못 들은 척 살아왔어. 그리고 고등학교를 졸업하자마자 그 집에서 나와 따로 독립해서 살았어."

"잘했어. 잘 버렸어, 파지야."

"나 못되고 제멋대로지만 남한테 부끄러운 삶을 살았던 건 아니야. 난 떳떳해."

"그래. 수고했어."

준환이 연신 고개를 끄덕이며 파지의 등을 토닥였다.

"이런 나라도 괜찮으면 결혼……해줄게. 하지만 이거 하나만은 알아둬. 결혼식 올려도 내 쪽 하객은 거의 없을 거야. 별로 친하게 지내는 사람이 없어서."

"괜찮아. 다 괜찮아."

준환이 말했다.

"너만 오면 돼. 많은 하객 다 필요 없어. 결혼식 날 내 옆자리에 너만 있으면 돼."

"흐음……. 정말이지?"

파지가 오만한 표정으로 말했다.

"그 말 취소 안 할 거지?"

"그래."

"나중에 딴말하면 국물도 없을 줄 알아."

"11월이 되기 전에 결혼식 올리자."

"흠……."

파지가 아무런 대답도 하지 않자 준환이 파지를 떼어내고 무섭게 노려봤다.

"너무 튕기면 매력 없어, 김파지."

준환의 협박에 파지가 환하게 웃으며 말했다.

"그래도 날 사랑하잖아."

"끄응."

준환이 작게 신음했다. 못된 팥쥐 같으니라고…….

파지가 손가락을 하나하나 꼽아보며 뭔가 계산을 하더니 짝 소리 나도록 손바닥을 쳤다.

"시간이 얼마 없다. 지금이 5월 중순이니까 11월이 되기 전에 결혼하려면 지금부터 서둘러야 해!"

눈을 동그랗게 떴던 파지가 준환의 어깨를 주먹으로 내리쳤다.

"그러게 말이야, 진작에 청혼했으면 결혼 준비 시간이 좀 더 널널했을 꺼 아니야! 다 준환 씨 탓이야. 책임져!"

잠시 멍하니 파지의 얼굴만 바라보고 있던 준환이 지금 그 말이 곧 결혼 승낙의 뜻이라는 것을 깨닫고 함박웃음을 머금었다.

"책임이야 얼마든지 질게."

이날 준환의 웃음은 지금까지 준환이 지어왔던 그 어떤 웃음보다 더 크고 환했다.

파지가 아기자기한 소품들이 여기저기 즐비한 작은 카페 문을 열고 들어섰다. 그러자 기다리고 있었다는 듯 소탈하고 쾌활한 목소리가 곧장 그녀를 향해 날아들었다.

"까칠녀, 여기야."

햇살이 가득 들어오는 창가에 자리를 잡고 앉아 손을 흔들며 자신을 부르는 여자를 향해 다가가던 파지가 눈을 가늘게 떴다.

"까칠녀라 부르지 말라고 했잖아요."

파지가 미간을 찌푸리며 자리에 앉자 소연이 멋쩍은 듯 웃었다.

"파지 씨만 생각하면 입에서 저절로 튀어나가는데 그럼 어떡하니?"

"말이 튀어나가기 전에 입을 다물면 되죠."

파지가 자리에 앉으며 말했다.

"그래, 그거 말 되네."

소연이 호탕하게 웃으며 가까이 다가온 웨이트리스에게 자신 몫의 아메리카노와 파지 몫의 레모네이드를 주문했다.

"파지 씨, 레모네이드 맞지?"

"맞아요."

소연이 테이블에 팔꿈치를 댄 손에 턱을 괴고 파지를 빤히 응시했다.

"너무 오랜만에 만나서 그런가? 파지 씨, 좀 변했어."

"뭐가요?"

"까칠한 건 여전하지만, 뭐랄까……. 좀 부드러워졌다고 해야 하나?"

"부드러워져요?"

"응."

소연이 이상하다는 얼굴로 말했다.

"아까만 해도 말이야. 내가 파지 씨 대신 레모네이드를 주문해 줬잖아."

"그런데요?"

"옛날 같았으면 '내가 뭘 마실 줄 알고 대뜸 레모네이드를 주문하는 거예요? 커피를 마시고 싶었을지도 모르잖아요.' 라고 따졌을 파지 씨가 가만히 있는 게 좀 이상해."

"오늘은 레모네이드를 마시고 싶었으니까요."

"그때도 파지 씨는 레모네이드를 마시고 싶어 했잖아."

소연이 짓궂게 웃었다.

"다만 내가 대신 주문을 해줬다는 게 마음에 안 들었을 뿐이지. 그 밖에도 뭐, 파지 씨 얼굴에서 독기가 좀 빠진 것 같은 느낌이 들기도 하고…… 표정도 많이 부드러워졌어."

자신을 위아래로 훑어보는 소연의 시선을 가만히 견디고 있던 파지가 미간에 깊은 주름을 잡았다.

"자꾸 이러시면 저 그만 일어날 거예요."

파지가 핸드백을 움켜쥐자 소연이 손을 뻗어 말렸다.

"아, 미안, 미안. 내가 파지 씨 놀리는 걸 이 세상에서 제일 좋아하는 거 알잖아."

"저는 놀림당하는 걸 이 세상에서 제일 싫어하고요."

"알았어. 일단 핸드백 내려놔. 아직 본론에 들어가지도 않았는데 내빼려고 하다니…… 치사해."

파지가 못 이긴 척 핸드백을 옆자리에 내려놓았다.

"오늘 부른 이유가 뭐예요? 아직 마감 날짜가 되려면 멀었는데."

파지의 말에 소연이 서운하다는 듯 눈살을 찌푸렸다.

"서운한 걸…… 우리 사이가 꼭 마감 날짜가 다가와야지만 만나는 사이야?"

"출판사 편집장과 작가 사이가 대개 그렇죠."

언뜻 들으면 무척 모질게 들리는 말을 서슴없이 내뱉은 파지가 피식 웃었다. 소연은 준환과 그의 부모님을 제외하고 파지가 유일하게 조금이나마 곁을 내어주고 있는 사람이었다.

소연이 서운한 표정으로 말했다.

"진짜 그렇게 생각하고 있는 거면 나 진짜 서운해. 내가 치사하게 들릴 것 같아서 얘기 안 하려고 했는데 말이야. 파지 씨, 그때 소리 소문 없이 조용하게 맹장염으로 병원에 입원했을 때 말이야. 내가 얼마나 서운했는지 알아? 병문안은커녕, 반년 전에 내가 준환 씨랑 어떻게 만나게 됐냐고 꼬치꼬치 캐묻는 바람에 파지 씨가 어쩔 수 없이 얘기해주다가 그때 맹장염 얘기가 나와서 알게 된 거잖아? 게다가 얼마 전에 파지 씨 위염 때문에 병원에 입원한 것도 어제서야 알았어. 워낙 자기 얘기 잘 안 하는 작가 둔 탓에 매정한 편집장 소리 듣게 생겼다고, 나."

소연이 투덜거리듯 불만을 토해내자, 그 사이 종업원이 두고 간 레모네이드의 빨대를 휘휘 저으며 파지가 말했다.

"다음번에 병원 신세 지게 될 때는 제일 먼저 통보하도록 하죠. 서운한 것도 참 많네요, 편집장님은."

"언니."

소연이 정정했다.

"언니라고 부르라고 몇 번을 말하니?"

파지가 못이긴 듯 눈을 내리깔며 딱딱하게 입을 열었다.

"언니."

파지의 입술을 타고 새침하게 나온 언니라는 호칭에 소연이 만족스러운 듯 아메리카노를 한 모금 마셨다.

"아, 난 여기 커피가 너무 좋더라. 다른 카페 커피랑은 차원이 달라."

커피의 맛과 향을 음미하던 소연이 말꼬리를 길게 늘어뜨리며 파지의 눈치를 살폈다. 파지는 그런 소연을 새침한 눈으로 바라보며 레모네이드를 마시고 있었다.

"오늘 나오라고 한 이유는 말이야."

"그럴 줄 알았어요."

"어? 나 그렇게 알기 쉬운 여자였어?"

소연의 농담에 파지의 입가에 미소가 번졌다.

"다짜고짜 전화해서 약속장소랑 시간 알려주면서 나오라고 하는데 어떻게 몰라요."

"음……. 있지. 파지 씨가 다른 사람들이랑 같이 일하는 거 별로 안 좋아한다는 거 잘 알고 있는데 말이야……. 딱 이번 한 번만 애니메이션 스토리 작가로 일하지 않을래?"

"애니메이션 스토리 작가요?"

"응."

소연이 고개를 끄덕였다.

"며칠 전에 내가 아는 선배가 몸담고 있는 회사가 어린이용 애니메이션을 만드는 회산데 이번에 새로 또 하나 만들 계획인가 봐. 그렇게 큰 회사는 아니지만 기반 튼튼하고 국내에서 손꼽히는 알아주는 기업이라……. 상상력 좋고 실력 좋은 동화작가 한 명만 추천해달라고 난리기에 파지 씨를 추천해버렸지 뭐야. 뭐 그쪽에서도 그동안 파지 씨가 출간한 동화들 읽어보고 상당히 흡족해하는 눈치였거든."

소연이 파지의 눈치를 살피다가 다시 입을 열었다.

"물론 정규직은 아니야. 프리랜서로 일하는 거고 보수도 넉넉히 쳐주겠대."

잠시 생각에 잠겨 있던 파지가 소연을 바라봤다.

"내 실력을 그렇게 높이 사줘서 정말 고마운데요. 미안하지만 이번 일은 패스예요."

파지의 거절에 소연이 실망한 듯 미간을 일그러뜨렸다.

"역시 다른 사람들이랑 같이 어울려서 일하는 게 싫은 거야?"

"그런 이유도 있지만 더 큰 이유가 있어요."

"무슨 이유?"

소연이 궁금한 듯 고개를 갸웃거리자 파지가 잠시 말을 멈췄다가 함박웃음을 지으면서 말했다.

"결혼."

"결혼?"

"나 곧 결혼하거든요."

소연의 눈이 커다랗게 벌어졌다.

"맙소사! 결국 그 의사선생이랑 결혼하는 거야?"

"맞아요."

"11월 안에 결혼을 성사시키려면 지금부터 준비해야 할 게 한가득인데 그런데 정신 팔 시간이 없어요."

"프러포즈는? 준환 씨가 한 거고?"

소연의 물음에 파지가 빨간 매니큐어가 칠해진 손으로 머리카락을 넘기며 도도하게 말했다.

"그렇게 당연한 소리는 하는 게 아니에요. 티 안 나게 그 사람 청혼 받아내려고 내가 얼마나 애쓴 줄 알아요?"

파지의 말에 소연이 쿠션에 몸을 기대면서 눈을 빛냈다.

"그래도 다행이네."

"뭐가요?"

"결혼식 올리기 전에 파지 씨가 결혼한다는 사실을 미리 알게 돼서. 옛날 파지 씨 같으면 결혼하고 애 셋 정도 낳은 후에야 은근슬쩍 결혼했다고 언질을 줬을 텐데 말이야."

소연이 짓궂게 말하자 파지가 톡 쏘아붙였다.

"원래도 애니메이션 스토리 작가 일 제의만 안 했어도 결혼할 때까지 얘기 안 할 생각이었어요."

파지의 쏘아붙임에 소연이 능글맞게 응수했다.

"모로 가도 서울만 가면 된다고 어찌 됐든 결국 파지 씨가 결혼한다는 아주 중요한 정보를 입수했으니까 괜찮아."

소연의 능글맞은 응수에 파지가 결국 참지 못하고 웃음을 터뜨렸다.

"특별히 편집장님만은 결혼식에 초대해 드리죠. 대신 축의금 왕창 뜯길 테니, 마음 단단히 먹고 오세요."

"흥, 노처녀 편집장 두고 치사하게 먼저 시집가면서 뭘 바라니?"

소연이 믿지 않게 눈을 흘겼다.

"속 쓰릴 액수만 아니라면 얼마든지 오케이다, 오케이!"

"속 쓰릴 액수 아니면 식장에 출입도 못하게 할 거예요."

장난스럽게 웃던 소연이 한숨을 내쉬었다.

"그나저나 선배한테는 뭐라고 하니. 선배 쪽에서는 널 대단히 마음에 들어 했는데."

"아쉽지만 언젠가 인연이 닿으면 다시 만나겠죠, 뭐. 하지만 지금은 결혼 준비에만 열중하고 싶어요."

파지가 준환의 얼굴을 떠올리며 미소를 지었다. 머릿속에 떠오른 준환의 얼굴이 파지를 향해 미소 짓고 있었다. 그런 파지의 웃는 얼굴을 심술궂은 표정으로 바라보던 소연이 덩달아 웃으며 말했다.

"독기 빠진 파지 씨 얼굴 볼만한데? 하하하!"

독기 빠진 파지의 얼굴은 지금까지 소연이 본 파지 중 가장 예뻐 보였다. 사랑을 하는 여자는 아름답다고 했던가. 사랑의 절정의 한 가운데 서 있는 파지는 여자인 소연이 보기에도 눈이 부실 만큼 아름다웠다.

"에휴. 배 아파서 더는 못 참겠다. 나도 어디 가서 남자 하나 꿰차 야지, 안 되겠네."

소연이 아쉬운 듯 입맛을 다셨다.

작은아버지인 이 원장의 방에 불려간 준환은 현재 불쾌하게 얼굴 을 찌푸리고 있었다.

"내가 아는 사람 외동딸인데 사람이 괜찮아서 그래."

"만나고 있는 사람이 있습니다. 작은아버지도 아시잖습니까."

준환이 기분 나쁜 듯 미간을 찌푸리며 씹어뱉듯 말했다.

"결혼할 겁니다. 청혼도 했고 이미 승낙도 받은 상태입니다. 부 모님께서도 그 사람, 많이 좋아하십니다."

"다 널 위해서 하는 말이다, 준환아."

이 원장이 자신의 맞은편에 앉은 준환을 지그시 바라봤다. 자식 이라고 하나 있는 것이 연예인이 되겠다고 집을 나간 후 인연을 끊 고 산 지가 벌써 5년이었다. 부모의 속을 썩어 문드러지게 만들고 집을 나가 이따금 TV에 얼굴을 비추는 아들 녀석보다 더 아들 같은 녀석이 바로 준환이었다. 항상 성실하고 의젓해 이 원장이 말하지 않아도 가려운 곳을 벅벅 긁어주는 준환을 이 원장은 아들처럼 아끼고 사랑했다. 그런 준환이 어디서 굴러먹다 왔는지 모를 애먼 여자와 사귀더니 결국 결혼까지 하겠다고 나선 것이다.

"연애와 결혼은 엄연히 다르다. 연애는 할 만큼 해봤으니, 이제는 제대로 된 여자 만나서 결혼해야지."

준환의 얼굴이 험악하게 일그러졌다.

"지금 무슨 소리를 하시는 겁니까!"

준환의 험악한 기세에도 불구하고 아랑곳하지 않은 이 원장이 한 장의 사진을 테이블 위에 내려놓았다. 사진 속의 여자는 창백할 정도로 하얀 얼굴에 길고 검은 생머리를 가진 미인이었다. 뜨거운 피처럼 새빨갛고 화려한 장미를 닮은 파지와는 전혀 다른…… 하얗고 청초한 백합을 떠올리게 하는 여자였다.

"한설치과 선 원장 외동딸이다. 한설치과가 그렇게 큰 병원은 아니지만 입소문을 타서 그런지 이 동네에서는 꽤 유명해. 선 원장 외동딸이 그렇게 총명하고 예의 바르다고 하더라. 이름만 들어도 다 아는 명문대를 졸업했다. 그래서 그런지 주위에서 선 원장 외동딸이랑 제 아들이랑 한 번만 엮어달라고 난리도 아니야."

"작은아버지."

준환이 낮은 목소리로 말했다.

"이러지 마십시오. 진짜 이러시면 안 됩니다. 다른 사람들은 다 명예와 집안을 따져도 작은아버지만큼은 이러시면 안 되는 겁니다. 아버지나 어머니가 어디 집안 따져가며 사람을 사귀신 적 있으십니까? 작은아버지도 그런 것 따지시는 분이 아니셨잖습니까! 왜 갑자기……."

"나도 이러고 싶어서 이러는 게 아니다. 하지만 그 아가씨는 좀 심하지 않으냐. 사람 시켜서 알아봤더니 미혼 가정에서 태어나서 일찍 어미 여의고 친척 손에 자란데다 고등학교만 졸업하고 대학도 못 나온 별 볼일 없는 아가씨 아니냐. 조건이 안 좋아도 이렇게 안 좋을 수는 없는 거다, 준환아. 네가 너무 아까워. 그 아가씨는 너랑은 격이 달라도 한참 다르다."

아무렇지도 않은 얼굴로 조건이나 격을 따지는 작은아버지를 혐오스럽게 응시하던 준환이 이를 악물고 조용히 물었다.

"그럼 저랑 맞는 여자는 도대체 어떤 여자입니까."

"양부모 다 살아계시는 집안에서 자라 배울 것은 다 배운 아가씨지. 나도 많은 것을 바라진 않는다. 하지만 적어도 양부모 다 살아계신 가정에서 자라고 대학교는 나와야 하지 않겠냐."

더 들어볼 것도 없다는 듯 준환이 자리에서 벌떡 일어섰다.

"더 들을 가치도 없습니다. 그만 나가보겠습니다."

준환이 일어나 문을 향해 걸어가자 이 원장이 말했다.

"내일 7시 수한호텔 레스토랑에 약속 잡아 놨다. 늦지 말아라."

"그 약속 취소하시는 게 좋겠습니다. 전 안 나갑니다."

준환이 문을 열었다. 이 원장도 지지 않고 계속해서 말을 이었다.

"이름은 선정미. 나이는 올해로 스물여덟이다. 여자를 기다리게 하는 것은 남자가 할 행동이 아니니, 네가 먼저 가서 기다리고 있어라."

문을 열고 밖으로 나가려던 준환이 무언가에 머리를 맞은 듯 멈춰 섰다가 천천히 고개를 돌렸다.

"지금 뭐라고 하셨습니까? 그 여자…… 이름이 뭐라고요?"

"선정미라고 한다. 이름이 좀 괴상하긴 하지만 뭐 어떠냐, 이름 보고 살 것도 아닌데 말이다."

"그 여자가⋯⋯ 올해 스물여덟이라고요?"

"그래. 네가 만나고 있는 여자랑 나이가 같지?"

준환이 뭔가 심상치 않은 반응을 보이자 이 원장이 흐뭇하게 웃었다. 드디어 이 녀석이 마음을 바꾼 모양이다.

"얼굴 예쁘고 공부 잘하고 머리까지 좋은 팔방미인이니, 가서 잘 잡아라. 이런 기회는 두 번 다시 안 온다."

의기양양한 이 원장의 얼굴을 가만히 바라보던 준환이 고등학교 시절 자신을 외면하고 떠난 친구의 얘기를 하며 눈물을 흘리던 파지를 떠올리고 작게 신음했다.

사무실로 돌아와 책상에 앉은 준환이 지갑을 꺼내 펼쳤다. 지갑 안에서는 파지가 환한 얼굴로 웃고 있었다.

"파지야."

준환이 소리 내어 파지의 이름을 불러보았다. 하지만 환하게 웃고 있는 파지에게서 대답은 들을 수 없었다. 지금 눈앞의 파지는 실물이 아닌, 사진이었기 때문이다.

준환은 한참을 더 파지의 얼굴을 바라보다가 이내 시선을 돌려 허공을 노려봤다.

사실 작은아버지가 그에게 소개를 시켜주고 싶어 안달 난 여자가 예전 파지의 친구가 아닐 수도 있었다. 세상에 나이 같고 이름 같은 사람이 한둘이던가? 하지만 작은아버지의 입에서 '선정미'라는 이름이 나온 순간 이상하게도 갑자기 가슴이 철렁 내려앉는 기분이 들었다. 그녀는 파지에게 커다란 상처를 준 사람 중 하나이지 않은가. 그녀를 한 번 만나보고 싶다는 생각이 강하게 들었다.

"미안해, 파지야. 이번 한 번만 봐줘."

준환이 미안한 듯 중얼거리며 파지의 사진에 입을 맞췄다.

다음날, 약속시간보다 10분 정도 일찍 수한호텔 레스토랑에 도착한 준환은 자리를 잡고 앉아 정미를 기다렸다. 혹시나 하고 나와 본 자리였지만, 지금 그가 만나려 하고 있는 여자가 파지의 친구였던 여자가 맞으면 맞는 대로, 아니면 아닌 대로 걱정이었다.

만약 그녀가 파지의 안에 남아 있는 상처의 일부인 선정미가 맞다면 그 사실을 파지에게 말해야 할지, 말하지 말아야 할지가 이준환 인생 최대의 고민거리가 될 터였고, 아니라면 어여쁜 연인인 파지를 두고 작은아버지의 꾐에 넘어가 맞선자리에 나온 자신을 향한 분노와 함께 어떡하면 이 사실을 파지가 모르게 할 수 있을까 전전긍긍해야 할 것이었다.

지금 자신이 만나려는 여자가 그 선정미가 맞느냐 아니냐에 따라 고민해야 할 장르가 갈린다는 생각에 긴 생머리의 작은 체구의 여자가 자신을 향해 다가오는 줄도 모르고 있던 준환이 눈앞에 보이는 검은 구두에 흠칫 놀라 고개를 들었다.

"이준환 씨, 맞으시죠?"

여유로운 미소를 띤 여자의 사근사근한 목소리에 준환이 자리에서 일어섰다.

"예. 맞습니다. 선정미 씨?"

"네. 제가 선정미예요."

"만나서 반갑습니다."

준환이 인사를 건네자 정미가 고개를 살짝 끄덕여 보이며 말했다.

"아, 네. 저도 반가워요."

정미가 부드럽게 웃으며 자리에 앉자 정미를 따라 자리에 앉은 준환이 오늘따라 유난히 굼뜬 자신의 머리를 채찍질했다. 언제부턴가 파지가 얽힌 일이라면 물불을 못 가리는 바보가 되어버린 자신의 미래가 훤히 보이는 듯했다. 늘 매사에 시크하고 냉철하던 이준환은 이제 없다.

지금 눈앞의 여자가 파지가 말하던 그 여자가 맞는지 확인하기 위해 슬쩍 떠보려 입을 열던 준환의 말을 정미가 가로챘다.

"오늘 제가 이 맞선자리에 나온 것은 준환 씨와 정말 잘해 보기 위해 나온 게 아니에요."

꽤 망설이다 말한 건지 빠르게 터져 나온 정미의 말에 준환이 한쪽 눈썹을 올렸다.

"준환 씨에게 뭘 좀 물어보고 싶은 게 있어서 아버지를 졸라 이렇게 자리를 마련했습니다. 기분 나쁘셨다면 죄송해요."

"기분 나쁘진 않습니다. 하지만 왜 그러셨는지 물어봐도 되겠습니까?"

준환의 물음에 정미가 입술을 깨물며 준환의 시선을 피했다.

"준환 씨가…… 준환 씨가……."

"예."

"제가 아는 사람과 가까운 사인 것 같아서요."

"예?"

"얼마 전에 창조병원에 건강검진을 받으러 갔다가 우연히 봤거든요. 병원에서 두 분이 같이 나와 차를 타고 어딘가로 가는 모습을요."

"둘이라니요?"

준환의 머릿속은 이제 패닉 상태였다. 자신이 무슨 말을 하고 있는 건지도 모르겠다. 준환은 지금 제삼자의 입장에서 지금의 상황을 지켜보며 정미의 말에 대구를 하고 있을 뿐이었다.

"음……. 그 애, 준환 씨랑 매우 가까워 보이더라고요. 그래서 준환 씨랑 얘기를 좀 나누고 싶어서 아버지에게 부탁을 했어요. 무작정 찾아가서 준환 씨를 만나볼까 생각도 했지만, 그랬다가 혹시라도 그 애와 마주치게 되면 곤란하니까요."

"지금 선정미 씨가 말하는 그 애는 혹시 제 연인을 말하는 겁니까?"

정미가 다시 한 번 입술을 깨물었다.

"맞아요. 제 눈이 틀리지 않다면 분명 그건 연인의 모습이었으니까요."

정미가 말을 마치자마자 준환의 머릿속이 빠르게 회전을 하기 시작했다. 어찌 됐든 지금 둘은 같은 목적으로 이 자리에 나와 있는 것이었다. 파지라는 목적 하나로.

비로소 준환에게 상황을 정리하고 그 상황에 맞게 말을 할 수 있는 여유가 생겼다. 지금 돌아가는 상황이 무척이나 흥미롭다.

"그러니까, 선정미 씨도 파지 때문에 절 만나려 했던 겁니까?"

정미의 눈이 커다래졌다 이내 잠잠해졌다.

"네. 준환 씨한테 부탁을 좀 하고 싶어서요."

준환의 입술이 호를 그렸다.

"파지를 만나고 싶으신 겁니까?"

"그게 아니라……."

반사적으로 부정하려던 정미가 이내 고개를 끄덕였다.

"네."

똑바로 자신을 응시하는 준환의 시선에, 자신의 시선을 살짝 아래로 비낀 정미가 어두운 목소리로 입을 열었다.

"그렇게 말씀하시는 걸 보니 고등학교 다닐 때 무슨 일이 있었는지 파지한테 들으셨나보네요."

"얼마 전에 들었습니다."

"하아……."

정미가 한숨을 내쉬었다.

"그땐 그렇게 떠나는 게 저를 지키는 일이라고 생각했어요. 상실감에 무너질 그 애 생각은 조금도 하지 않았죠. 너무 무서웠거든요. 핏발선 눈으로 마치 사냥감을 쫓는 사냥꾼처럼 우리를 쫓는 아이들이 정말 두렵고 무서웠어요. 그대로 다시 학교로 돌아가면 다음번엔 정말 죽을 것 같아서……. 솔직하게 말하면 그때의 난 파지의 곁을 지키는 것보다 내 살길이 더 급했어요."

"이 세상의 모든 존재는 언제나 생존에 대해 강한 집착을 보이는 법이죠. 생존에 방해가 될 위협적인 존재가 생기면 본능에 따라 그 존재의 행동반경에서 벗어나고자 합니다. 그 본능은 누구에게나 다 있습니다. 정미 씨에게 있어서 생존에 위협을 가하는 존재가 파지였을 뿐입니다."

"인정하기는 싫지만 맞는 말이에요. 그 당시엔 저를 칼로 찌른 아이보다 파지가 더 무서웠으니까요. 그땐 파지와 즐거웠던 순간보다 파지 때문에 힘들고 아팠던 순간의 기억이 더 컸어요."

"그럼 지금은 아니라는 겁니까?"

"나만 피해자라는 생각에 파지를 기억하지 않으려 멀리 전학을 간 후, 한 살 한 살 나이가 들고 몸과 마음이 성숙해지자 나만 피해

자라고 생각했던 게 틀렸다는 걸 알았어요. 어떻게 보면 정말 피해자는 파지였을지도 몰라요."

정미가 목이 타는 듯 앞에 놓인 물컵을 들어 꿀꺽꿀꺽 마셨다. 그리곤 준환의 눈을 뚫어져라 쳐다보며 진심을 담아 말했다.

"보고 싶어요. 파지를……. 만나서 얘기를 나눠보고 싶어요."

정미의 진심 어린 말에 준환이 입을 열었다.

"처음에 작은아버지의 맞선자리 권유에 화가 많이 났습니다. 한 번도 그런 적이 없으셨던 분인데……. 생각해볼 가치도 없다는 생각에 거절하려는 찰나, 정미 씨의 나이와 이름을 들었습니다. 물론 제가 아는 선정미 씨와 당신이 다른 사람일지도 모른다는 생각은 들었습니다. 하지만 만에 하나, 같은 인물일 수도 있다는 생각에 한 번 나가보자 마음을 먹고 이 자리에 나온 겁니다."

"그러셨군요."

"정말 선정미 씨가 파지의 친구였던 그 사람이 맞다면, 파지의 얘기를 건넨 후의 반응을 보고 그 반응이 긍정적인 반응이라면 만남의 자리를 주선하고 싶었습니다."

"만나고 싶어요."

"하지만 지금 생각해보니 그건 제가 결정할 문제가 아니었던 듯 싶습니다."

준환이 확신하듯 말했다.

"그건 파지가 결정할 문제지요."

"그건 맞는 말이네요. 제가 무작정 만나고 싶어 한다 해도 파지가 거부하면 어쩔 수 없는 노릇이니까요."

정미가 체념하듯 손가락으로 컵의 가장자리를 쓸어내렸다.

"하지만 만나서 그 말만은 꼭 해주고 싶어요. 파지와 친구가 되었
던 것을 후회한다고 했던 그 말……. 그 말을 듣고 새하얗게 질린 파
지의 얼굴을 보고 돌아서자마자, 그 말을 했던 것을 후회했다고요."

준환은 정미의 진실어린 목소리를 들으며 지금 이 말을 파지가
꼭 들었으면 했다. 정미가 더 이상 파지의 적이 아니라는 생각에 준
환이 거짓 없는 미소를 보이며 말했다.

"오늘 자리에 나오게 돼서 다행이라는 생각이 듭니다. 맞선이라
는 얘기를 들었을 때는 절대로 나오지 않으려 했었는데 말입니다."

준환의 미소에 정미도 여유를 되찾고 미소를 되돌렸다.

준환은 긴장감 어렸던 상황이 해결된 것에 대한 만족감에 젖어
있느라 발견하지 못했지만 지금 방금 자신의 옆을 지나간 한 쌍의
남녀 중 여자가 자신이 잘 아는 여자라는 사실을 인지하지 못했다.
남자의 팔에 매달려 준환의 곁을 지나친 여자…… 맞선자리가 마음
에 든다는 준환의 말과 그에 화답하는 낯선 여자의 미소를 보고 모
든 것을 파악했다는 회심의 미소를 지은 여자는 다름 아닌 꼬리 하
나 달린 불여우, 하연이었다.

하연이 이번에 새로 사귄 남자는 부잣집 막내아들이었다. 우연히
지나가다 친구를 통해 그가 요즘 새롭게 떠오르고 있는 식품회사
의 막내아들이라는 것을 알게 된 하연은 작심하고 그를 꼬셔, 당당
하게 그의 여자친구의 자리에 올라앉았다.

자신을 위해서라면 이것저것 마다하지 않고 카드를 긁어대는 해
성식품 윤 회장의 막내아들인 새정이 하연의 눈에는 준환보다 더욱
더 비싼 보석으로 보였다. 준환이 그냥 보통의 작은 다이아몬드라

면 새정은 거대한 다이아몬드의 원석이었다.

솔직히 새정의 외모는 준환보다 훨씬 떨어지는 최하급이었다. 하지만 새정의 작은 키라든가 살집이 있는 몸매는 새정이 자신에게 쓰는 돈의 양으로 충분히 커버할 수 있었다.

"우리 하연이, 뭐 먹고 싶어?"

자리에 앉자마자 다정한 목소리로 묻는 새정의 말에 하연이 특유의 연약하고 섬세한 미소를 지어보였다.

"새정 씨가 먹고 싶은 거 먹고 싶어요."

하연의 예쁜 미소에 제 간이라도 떼 줄 듯 헤벌쭉한 미소를 짓던 새정이 웨이터를 불러 음식을 주문하는 동안 이리저리 골똘히 생각에 잠겨 있던 하연이 핸드백을 들고 자리에서 일어났다.

"저 잠깐 화장 좀 고치고 올게요."

주문을 마치고 한입에 꿀떡 삼켜버리고 싶다는 듯 하연의 얼굴을 뚫어져라 바라보던 새정이 손사래를 쳤다.

"고칠 게 뭐가 있어. 지금도 충분히 예뻐."

"하지만 새정 씨 앞에서는 더 예뻐 보이고 싶단 말이에요."

하연은 투정 섞인 목소리로 애교 있게 두 눈을 내리깔았다.

"지금도 예쁘다니까? 자, 자리에 앉아."

짜증이 머리끝까지 솟아올랐지만 초인의 의지로 참아 넘긴 하연이 억지 미소를 지으며 새정의 손을 살짝 뿌리쳤다.

"새정 씨는 여자를 너무 몰라. 빨리 다녀올게요."

하연이 새정의 뺨에 입을 맞춘 후 부끄럽다는 듯 종종걸음으로 화장실을 향해 걸어갔다. 화장실을 향해 걸어하는 하연의 등 뒤로 기분 좋은 듯 하하하 웃는 새정의 목소리가 들려왔다.

"짜증나 죽겠네. 웬 남자가 말이 저렇게 많아? 돈만 아니면 그냥 콱!"

화장실에 들러 세면대 앞에서 자신의 얼굴을 꼼꼼히 살펴보던 하연이 투덜거리며 핸드백 안에서 휴대폰을 꺼내들었다.

"아직 삭제 안 했을 텐데…… . 가만있어보자…… . 파지…… . 파지…… ."

저번의 그 사건 이후로 파지의 전화번호를 '미친년'이라고 저장해 놓은 후, 지금까지 삭제한 기억이 없으니 아마 아직 있을 것이다.

"찾았다."

하연의 입술이 교묘하게 뒤틀렸다.

다행히 지금은 새로운 남자를 만나 당당하게 기 펴고 살고 있긴 하지만 이준환이라는 돈 되고, 외모 되는 근사한 남자를 놓친 안타까움과 분함, 그리고 파지 때문에 당한 굴욕을 생각하면 아직도 자다가도 벌떡 일어나게 된다. 늘 어떻게 하면 그때 당한 분함을 갚아 줄 수 있을까 요리조리 고민하던 하연에게 드디어 파지에게 커다란 상처를 줄 수 있는 천금 같은 기회가 찾아온 것이었다.

거울 속에 비치는 자신의 완벽하게 세팅된 청순한 얼굴을 바라보며 하연은 통화 버튼을 눌렀다.

10장.
과거는 과거 현재는 현재

어제 새벽까지 새로 나온 로맨틱 코미디 영화 DVD를 빌려다 보느라 잠을 제대로 자지 못한 파지가 침대에서 잠에 허우적거리고 있을 때 휴대폰의 벨소리가 울렸다.

"아, 정말······. 제발······. 나 졸린다 말이야."

베개로 귀를 틀어막고 이리저리 온몸을 비틀던 파지가 끊임없이 울리는 벨소리에 결국 손을 뻗어 전화를 받았다.

"여······보세요?"

[김파지 씨?]

"누구세요?"

낯익지만 어딘지 불쾌한 목소리에 파지가 침대에서 일어나 앉았다.

[이준환 씨랑 알콩달콩 재밌게 잘 사시느라 내 목소리 잊으셨나봐.]

"정하연?"

[어머, 내 이름 기억하고 있었네요?]

방금까지 자다 일어난 바람에 산발로 엉망이 된 머리를 쓸어 올리며 파지가 물었다.

"용건만 간단히 하자. 왜 전화했니?"

[이젠 아예 하대하겠다, 이건가요?]

"시끄럽고. 할 말 없으면 이만 끊는다."

[잠깐만요!]

파지가 정말 전화를 끊을 기세로 말하자 하연이 다급하게 소리쳤다.

"왜?"

[지금 수한호텔 레스토랑으로 오면 재밌는 거 볼 수 있는데. 올래요?]

"내가 거길 왜 가니?"

[정말 재밌는 거 있는데.]

"니 얼굴?"

[이……!]

버럭 소리를 지르려던 하연이 목소리를 가다듬었다.

[지금 이 레스토랑에 나만 있는 거 아니에요.]

"그럼 누구랑 있는데? 박지운 씨?"

[그 사람이랑은 이미 끝난 거 잊었어요? 그 사람이랑 끝나게 해준 사람, 다른 누구도 아닌 김파지 씨, 당신이잖아요?]

"끊는다."

이런 맹숭한 여우는 상대할 가치도 없다.

[이준환 씨!]

종료 버튼을 누르려던 파지의 손가락이 멈칫했다.

"뭐?"

[지금 여기 이준환 씨도 와 있어요.]

"아, 그래?"

파지는 준환이 일 때문에 종종 동료 의사들과 호텔 레스토랑 같은 곳에서 점심을 함께 한다는 걸 알기 때문에 별거 아니라는 생각에 심드렁하게 말했다.

"그래서?"

[그래서라니요?]

"준환 씨가 거기 있는데 뭐 어쩌라고?"

[누구랑 있는지 궁금하지 않아요?]

"여자랑 있겠지."

휴대폰 너머로 하연이 숨을 삼키는 소리가 들려오자 파지가 배시시 웃었다. 준환이 남자랑 같이 밥을 먹고 있는데 전화했을 리가 없다. 자신이 하연이라도 남자랑 단둘이 식사를 하는 준환을 발견하면 그냥 그러려니 하고 지나칠 것이다. 준환과 하연은 파지로 인해 끝이 무척 안 좋았으니까 괜히 다시 엮이고 싶진 않겠지. 준환은 분명 여자랑 같이 식사를 하고 있을 것이다. 준환이 여자랑 같이 식사를 하고 있으니까 저것이 약 올리려고 전화한 것이 분명했다.

[어떻게 알았어요? 여기 와 있어요?]

"아니. 집인데?"

[치, 뭐야. 짜증나게…… 이미 알고 있었잖아?]

하연이 투덜거렸다.

[아…… 정말……. 둘이 진짜 짜증나서 못 봐주겠네. 애인이 선을

보는데, 그걸 알고 있으면서도 그냥 넘어가 준다는 거야? 그걸 그냥 둔다고? 흥. 진짜 믿음이 강한 거야, 아니면 미련한 거야?]

하연의 투덜거림을 가만히 듣고 있던 파지의 미간에 주름이 잡혔다.

"너 지금 뭐라고 그랬니?"

[김샜네. 이만 끊죠.]

이번엔 파지가 소리쳤다.

"잠깐!"

[왜요?]

"지금 준환 씨가 수한호텔 레스토랑에서 뭘 보고 있다고?"

[다 알면서 뭘 물어요?]

분하다는 듯 하연이 짜증을 내며 말했다.

"수한호텔 레스토랑이라고 그랬지?"

[내가 몇 번을 말해! 수한호텔 레스토⋯⋯.]

휴대폰을 통해 짜증을 내던 하연의 목소리가 멈췄다. 그리고 잠시 후 하연이 언제 짜증을 냈느냐는 듯 달콤하고 은근한 목소리로 물었다.

[혹시 몰랐던 거예요? 이준환 씨가 지금 선보고 있다는 거.]

휴대폰 너머로 하연의 깔깔거리는 목소리가 들렸다.

[뭐야, 그냥 추측한 것뿐이었잖아? 어때요, 김파지 씨? 남자는 믿을 게 못 돼요. 호호호! 지나가면서 들었는데, 이준환 씨, 오늘 맞선 자리가 아주 만족스럽다고 그러던데요?]

파지가 잔뜩 굳어진 얼굴로 하연의 의기양양한 목소리가 울려 퍼지고 있는 휴대폰의 종료 버튼을 눌러 전화를 끊었다.

"뭐야, 이준환."

잠시 침대에 앉아 지금 자신이 처한 상황이 어떤 상황인가 생각하며 머리를 굴리던 파지가 벌떡 일어나 주섬주섬 옷을 챙겨 입기 시작했다.

믿었다. 파지는 준환은 믿었다. 지금 상황에서 의심하는 게 당연하긴 하지만 그래도 믿었다. 자신을 누구보다 사랑한다고 했던 준환은 그럴 사람이 아니었다. 뭔가 오해가 있었겠지. 선은 무슨 선! 파지와 빨리 결혼하고 싶어 안달을 하던 사람이었다. 파지와 결혼하고 싶은 이유를 열 가지나 대며 낭만적으로 프러포즈를 했던 사람이었다. 절대 그럴 리가 없어.

화장하고 머리를 할 시간이 없었다. 현장을 덮쳐서 하연이 했던 말이 거짓이라는 것을 증명해보일 테다.

"나 지금 가, 준환 씨. 나 실망시키면…… 알지?"

책상 위에 놓인 준환과 자신의 사진을 향해 말한 파지가 서둘러 집을 나섰다.

"하연아, 아……."

새정이 잘게 자른 고기를 하연의 입에 넣어주며 예뻐 죽겠다는 듯 웃었다.

"음. 새정 씨가 먹여주니까 더 맛있는 거 같아요."

"정말?"

새정이 뿌듯하게 웃으며 다시 한 번 하연의 입가에 고기를 내밀었다.

"자, 또 아."

265

"으응. 아."

배불러 죽겠는데 계속 음식을 밀어 넣는 새정에게 한소리 하려던 충동이 솟은 하연이 웃음으로 그 충동을 무마시키려 애쓰며 고기를 받아먹었다.

"난 잘 먹는 여자가 좋더라."

새정에게 마주 웃어주며 레스토랑 로비를 바라보던 하연의 입가에 쾌감어린 미소가 떠올랐다. 드디어 이제나저제나, 목 빠지게 기다리던 파지가 등장한 것이다. 급했는지 화장기 없는 민얼굴에 대충 주워 입은 듯한 티셔츠와 청바지를 입고 말이다.

"오늘 새정 씨 덕분에 좋은 구경해요."

"응? 무슨 구경?"

"있어요. 그런 게."

"그래?"

"음…… 나 한 조각 더 먹고 싶은데……."

하연의 애교에 새정이 얼른 고기 한 조각을 하연의 입 안에 쏙 집어넣었다. 역시 싫다는 남자 쫓아다니며 배부르게 욕먹는 것보다는 나 좋다는 남자 꼬랑지에 꿰차고 다니면서 여왕 노릇 하는 게 백배는 더 낫다.

지금 파지가 느낄 배신감을 생각하며 고소해하던 하연은 눈앞의 이 남자를 잡기 위해 더 이상 파지를 건드리는 것을 멈추기로 마음먹었다. 정말 별의별 방법으로 자신을 물 먹이는 여자였다. 도가 지나치게 건드렸다가 화가 난 파지에 의해 새정과 좋나는 건 정말이지 사양이다. 이제 저쪽 커플에게 손 떼련다. 이미 복수의 쾌감을 조금이나마 맛보았으니 이제 됐다.

"새정 씨, 우리 이번 주말에 어디로 놀러 갈까요?"

고기를 다 씹어 먹고 와인을 한 모금 마신 하연이 물었다.

"글쎄. 하연이 해외여행 한 번도 안 가봤다고 했지?"

"네. 가보고 싶긴 한데……. 혼자 가는 건 너무 무서워서……."

"그럼 이번 주말에 해외로 좀 나가볼까?"

"하지만…… 무서운데……."

"걱정하지 마. 내가 있잖아."

새정이 자신만 믿으라는 듯 주먹으로 가슴을 탁 쳤다.

"그럼 전 새정 씨만 믿을게요."

"그래."

새정의 뿌듯한 얼굴을 보며 하연은 생각했다. 역시 여자는 모름지기 자신이 조종하기 쉬운 남자를 만나야 한다고.

"예약하셨습니까?"

지금 파지에게 예약을 했냐고 묻는 직원의 말이 들릴 리 만무했다.

"저기, 손님?"

어깨를 잡는 남자의 손을 뿌리친 파지가 준환을 찾아 눈동자를 이리저리 굴렸다.

"아……!"

저쪽 테이블에서 정말로 즐거운 듯 미소를 띠고 이야기를 하는 준환의 얼굴이 보였다. 준환의 맞은편에 있는 여자는 뒤통수밖에 안 보였지만 준환의 얘기에 귀를 기울이며 열심히 고개를 끄덕이는 것으로 보아, 둘이 쿵짝이 잘 맞는 모양이었다.

준환에게 다가가 이게 뭐하는 짓이냐고 물어보기 위해 가까이

다가가던 파지가 갑자기 걸음을 멈췄다.

지금 이 상황이 마음에 들지 않았다. 그것도 엄청.

"준환 씨, 지금 뭐하는 거야?"

준환에게 들릴 리 만무한 작은 목소리로 물은 파지가 돌아섰다. 왠지 지금 준환과 저 여자 사이에 자신이 끼어들면 안 될 것 같은 느낌이 들었던 것이다.

평소의 파지였다면 당당하게 준환에게 다가가 내 남자 넘보지 말라고 으르렁거렸을 테지만 오늘은 그러고 싶지 않았다. 꼭 누군가 그러지 말라고 속삭이는 것 같았다.

예전에 준환이 한 여의사와 함께 식사를 한 일이 있었을 때, 왜 그랬냐고 따지는 파지에게 냉정하게 말하던 준환의 모습이 뇌리를 스쳐지나갔다.

혹시 하연이 오해를 하고 잘못 말한 것일 수도 있었다. 준환은 정말 동료 여의사와 단순히 식사를 하고 있는 것뿐인데 하연이 오해를 하고 약 올리기 위해 자신에게 전화를 한 것일 수도 있었다. 지금 자신이 끼어들어 바람피우는 거냐며 다그치면 준환의 체면이 상할 수도 있다. 나중에. 조금 더 나중에 준환이 혼자 있을 시간에 전화를 하거나 찾아가서 물어보면 된다. 그러면 된다.

파지는 자신을 다독이며 조용히 레스토랑을 나섰다.

준환은 정미와 식사를 하며 파지에 대해 듣고 싶어 하는 정미를 위해 파지와 있었던 일 중 재밌었던 일들만 골라 이야기를 해주었고 정미는 눈동자를 반짝거리며 준환의 이야기에 귀를 기울였다.

"그런 일이 있었군요."

하연과 지운 때문에 헤어졌다가 다시 만나게 됐던 이야기를 들은 정미가 미소를 머금으며 말했다.

"파지 성격은 예나 지금이나 똑같네요. 원한은 열 배로 갚아주던 아이였으니까."

"그 일 때문에 파지가 제게 선정미 씨와의 이야기를 해줬던 겁니다."

"그렇군요."

"파지, 많이 아파했습니다. 하지만 선정미 씨를 원망하는 것 같지는 않더군요."

"정말 그랬으면 좋겠네요. 예전에 사촌 언니의 딸이 읽는 동화책의 작가의 이름이 김파지라는 것을 보고 파지가 동화작가가 되었다는 것을 알게 됐어요. 김파지란 이름은 절대로 흔한 이름이 아니잖아요. 파지가 동화작가가 된 이후로 저, 파지의 책 한 권도 빠짐없이 다 사서 읽었어요. 아이가 있는 주위 사람들에게 선물을 할 때도 꼭 파지의 책을 선물했고요. 물론 파지에게 죄의식이 남아서 그것을 떨치기 위해 한 행동은 아니었어요. 뭐랄까, 파지가 쓴 글은 정말 따뜻하고 다정했거든요. 사실 저…… 연락할 마음만 먹으면 얼마든지 파지와 연락할 수 있었어요. 출판사에 전화를 해서 파지의 연락처를 물어보거나 그게 안 되면 팬레터 주소로 편지를 보내거나 메일을 보내거나……. 파지가 작가로 데뷔한 후부터는 연락할 방법이 무궁무진했죠. 그 때문에 언젠가 파지를 만나면 무슨 말을 해야 할지 연습도 했었는데 막상 만나려고 하니 무서워서……. 파지가 절 원망할까 봐, 파지에게 원망의 말을 들을까 봐 무서워서 그랬던 것 같아요."

"그럼 지금은 왜 파지를 만나겠다고 저와 만날 계획까지 꾸민 겁니까?"

준환이 정곡을 찌르자 정미가 흠칫 몸을 긴장시켰다.

"파지의 기억 속에 상처를 주고 떠났던 나쁜 친구로 남아 있고 싶지 않아서요. 짧은 기간이었지만 파지와 함께 보냈던 그 시간은 지금도 잊을 수 없는 추억이 되었어요. 나쁜 기억은 언젠가 좋은 기억으로 덮어진다고들 하죠. 어릴 땐 고통스러운 기억이 파지와의 좋은 기억을 가리고 있어서 몰랐는데 서서히 나쁜 기억들이 사라지면서 파지와의 즐겁고 행복했던 추억들이 하나 둘 생각이 나더군요."

"파지를 정말 만나고 싶으신 겁니까?"

"네. 만나고 싶어요."

"파지가 거절할지도 모릅니다. 그런 면에 있어서는 칼 같은 사람이라."

"알고 있어요. 만약 저랑 만나는 걸 거절한다고 해도 어쩔 수 없죠. 파지의 손을 먼저 놓아버린 건 저였으니까요."

정미의 애처로운 모습에 준환이 위로하듯 말했다.

"파지의 친구는 아마 선정미 씨가 처음이자 마지막일 겁니다."

"그건 또 무슨 말이죠?"

"파지가 맹장으로 병원에 입원했을 때……. 그때 처음 파지를 만났는데, 수술하고 퇴원할 때까지 단 한 사람도 문병을 와주지 않더군요. 그동안 워낙 힘들게 살아온지라, 스스로를 보호하기 위해 고슴도치처럼 가시를 세우고 다가오는 사람을 내치는 게 습관이 되었던 것 같습니다."

준환의 말에 정미의 눈에 눈물이 고였다.

"뻔뻔한 말이겠지만 다시 한 번 파지와 좋은 친구가 되고 싶어요."

"파지가 거부하지 않는 한은 도와드리겠습니다."

"고맙습니다."

준환은 정미가 적어준 연락처가 적힌 종이를 재킷 주머니에 집어넣었다.

저녁 8시 반. 파지는 침대에 앉아 벽에 걸린 시계를 바라보며 주문처럼 중얼거렸다.

"전화해라. 전화해. 지금 당장 전화해, 이준환."

따리리리.

갑작스럽게 울리는 전화벨 소리에 놀란 파지가 펄쩍 뛰었다. 파지의 주문이 통했는지 준환에게서 전화가 온 것이다.

"흠흠."

목소리를 가다듬은 파지가 전화를 받았다.

"준환 씨?"

[응. 나야.]

"나 보고 싶어서 전화한 거야?"

파지가 초조함을 무력화시키기 위해 애써 웃으며 물었다.

[그래.]

대화가 끊겼다. 어딘지 어색한 듯한 준환의 목소리에 파지가 미간을 찌푸렸다.

"벌써 여덟 시가 넘었는데, 밥은 먹었어?"

[응. 먹었어.]

또다시 끊긴 대화.

"뭐 먹었는데?"

[설렁탕.]

또.

파지의 좁혀진 미간이 더 이상 좁혀질 수 없을 정도로 좁혀졌다.

"점심은 뭐 먹었는데?"

의미심장한 파지의 물음에 준환이 움찔했다. 수화기 너머에서는 아무런 소리도 들려오지 않았다.

"나 빼고 맛있는 거 먹었나 봐? 아무 말 없는 거 보니까."

장난스럽게 말하는 파지의 말에 준환이 흠흠 목소리를 가다듬었다. 준환이 뭔가 말하고 싶은데 망설이는 것 같은 예감이 든 파지가 불안한 목소리로 물었다.

"준환 씨, 왜 그래? 오늘 좀 이상해."

[파지야. 나 할 말이 있다.]

"응? 무슨 말?"

겉으론 웃고 있지만 파지의 가슴은 불안감에 쿵쿵 뛰고 있었다. 이것은 흡사 이별을 말할 때, 남자들의 자세가 아닌가!

[지금부터 내가 하는 말 잘 들어.]

"말해. 듣고 있어, 나."

[내가 하는 말이 좀 불쾌하거나 기분이 나쁠 수도 있어. 하지만 너한테 숨기고 싶진 않아. 너한테 큰 잘못을 하나 했는데, 용서해줄 수 있겠어?]

"뭔데? 나한테 무슨 잘못을 했기에 이렇게 뜸을 들이는 거야?"

[나 오늘 점심에 선을…… 봤다.]

파지의 가슴이 쿵하고 내려앉았다.

정말이었어.

"선……?"

[내가 보고 싶어서 본 게 아니야. 나 믿지?]

준환의 물음에 파지는 아무 말도 하지 않았다.

[사정이 좀 있어서…….]

"무슨 사정?"

준환은 대답하기를 망설였다. 이제 곧 한식구가 될 작은아버지가 파지와의 결혼을 반대한다는 것을 파지가 알아봤자 좋을 것이 하나도 없기 때문이었다.

[음. 그건 나중에 말해줄게. 그런데 그 맞선자리가…….]

파지가 준환의 말을 끊었다.

"선, 왜 봤는지 말 안 해줄 거야?"

[응?]

"그래놓고 자길 믿어달라고?"

파지의 목소리가 점점 높아졌다.

준환의 목소리에 짙게 베어 있는 불안함과 초조함, 그리고 어색함이 못 견디게 싫다. 늘 준환을 믿어왔던 파지였지만 오늘의 준환은 절대로 믿음이 가는 사람이 아니다. 뭔가 자신에게 상처를 줄 말을 할 준비를 하는 것이 분명했다. 그날처럼.

준환이 파지에게 처음 헤어지자고 말했던 날, 파지는 눈에 띄게 큰 마음에 상처를 받았다. 그리고 오늘…… 오늘의 준환은 단호하게 헤어지자고 말하던 그날의 준환과는 좀 다른 분위기였지만 그날과 비슷한 불안감은 똑같았다.

"왜 봤어? 선."

[파지야. 얘기 끝까지 들어봐.]

"듣기 싫어!"

[김파지!]

독불장군처럼 고집스러운 파지의 행동에 준환도 슬슬 화가 나는 듯했다.

"안 들을래. 싫어. 안 들을 거야."

일방적으로 전화를 끊은 파지가 침대에 누워 이불을 뒤집어썼다.

아무리 믿음을 주고 신뢰를 주는 사이라도 일방적으로 말도 없이 몰래 선을 본 건 분명 준환이 잘못한 거다. 이해할 만한 답을 주기 전까지는 절대로 안 만날 테다.

미친 듯이 차를 몰고 와 파지의 오피스텔까지 당도한 준환이 차를 주차하고 엘리베이터에 올랐다. 생각하면 할수록 하도 어이가 없고 분통이 터져 못살겠다.

물론 파지에게 일언반구도 없이 덜컥 선을 봐버린 자신에게도 문제는 있었다. 하지만 천천히 얘기하면 오해도 풀리고 서로 좋은 방향으로 일이 진행될 것이라는 믿음이 있었기에 그런 것이었다. 하지만 아예 얘기조차 듣지 않으려 하니…….

상처 받으면 더욱더 반항적으로 나오는 파지를 진작 눈치챘어야 했는데, 자신에게는 한 번도 그런 적이 없어서 미처 대비를 하지 못했다.

섣부른 행동과 언행으로 파지에게 상처를 준 자신에게도 화가 나고 자신의 얘기를 들어주는 시늉조차도 하지 않는 파지에게도 화가 나는 이율배반적인 감정에 얼굴을 붉히던 준환이 드디어 파지의 집

앞에 당도했다.

준환은 손가락을 들어 초인종을 눌렀다. 이미 예상했던 일이지만 반응이 없었다.

"김파지. 이렇게 나오시겠다? 비밀번호는 호군가."

준환이 의기양양하게 비밀번호를 눌렀다. 틀린 비밀번호라는 경고음이 복도를 울렸다. 다시 한 번 더.

삐삐삐삐!

맙소사! 그새 비밀번호를 바꿔버렸다.

준환이 문을 두드리기 시작했다.

"파지야."

쿵쿵쿵.

"파지야. 문 좀 열어봐. 변명이라도 좀 하자. 응?"

쿵쿵쿵.

"파지야!"

파지는 결국 나오지 않았다.

현관문에 등을 대고 바닥에 주저앉은 준환이 조용히 말했다.

"너 때문에 그랬어. 오지랖 넓다고 비웃어도 좋은데. 너 때문에 그랬다고, 이 꽁한 팥쥐야."

한편, 침대에 앉아 절대로 문 열어주지 않겠다고 다짐하던 파지가 조용해진 현관문에 움찔 몸을 굳혔다.

"뭐야, 진짜 갔나?"

어딘지 사랑을 확인하기 전으로 돌아간 듯한 준환의 무뚝뚝하고 어색한 분위기에 상처받아 전화를 끊고 전원을 꺼놓았지만 준환이 자신을 찾아올 것이라는 걸 믿고 있었기에 울분을 삭일 수가 있었다. 그랬기에 조용한 현관이 더더욱 용서가 되지 않았다.

"정말 간 거면 알아서 해, 준환 씨."

파지가 씩씩거리며 현관으로 다가갔다. 구멍으로 살펴보니 문밖에는 아무도 없었다. 인터폰 화면도 마찬가지였다.

"뭐야."

자존심에 먼저 전화해볼 수도 없고 현관문을 열어 확인하는 것도할 수 없어 한참 동안 현관 앞에서 이리저리 왔다 갔다 하던 파지가결국 호기심을 참지 못하고 슬쩍 현관문을 열었다.

"김파지."

현관문을 열자마자 들리는 음산한 목소리.

"으악!"

소스라치게 놀란 파지가 비명을 질렀다.

"깜짝 놀랐잖아, 준환 씨!"

"밤새 여기서 너 나올 때까지 기다리려고 했어."

준환의 말에 순간 지금 자신들이 싸움 중이라는 것을 깨달은 파지가 애써 도도한 척 고개를 쳐들었다.

"그래서?"

"그으래서어?"

준환이 음산한 목소리로 말하자 파지가 발끈해서 앙칼지게 소리쳤다.

"내가 이해할 수 있는 변명을 하기 전까지는 집 안에 한 발짝도못 들어올 줄 알아!"

"들어가겠다면?"

"신고할 거야."

파지가 혀를 날름 내밀고 집 안으로 들어가려 하자 준환이 파지를 달랑 안아들었다.

"신고해봐, 어디."

준환은 온몸을 버둥거리며 비명을 지르려는 파지의 입술을 자신의 입술로 틀어막았다.

"읍!"

오랜만에 맛보는 입술은 여전히 감각적이었다.

"신고해봐, 김파지."

"하지마."

"싫어."

준환이 파지의 입술을 핥으며 현관 안으로 들어섰다.

"현관문 열려 있어."

파지가 경고했다.

"그래서?"

준환이 조금 전 파지의 흉내를 내며 말했다.

"지나가는 사람이 보면 풍기문란죄로 신고 당할 거야, 우리. 문 열어놓고 야한 짓 한다고."

"하라고 해."

다시 한 번 준환이 파지의 입술을 덮쳤다. 준환의 부드러운 혀가 파지의 입 안을 가차 없이 파고들자 파지가 작게 신음했다.

"나 아직 화났어."

"알아."

"그게 다야?"

"화는 조금 있다가 풀어줄게. 지금은 안 돼."

준환이 파지의 목덜미에 입술을 묻었다.

"내가 싫어진 거 아니었어?"

"응?"

"내가 싫어져서 선보고 무뚝뚝하게 말하고 어색하게 자꾸 틈 들인 거 아니야?"

파지의 물음에 준환의 눈꼬리가 올라갔다.

"이 바보야. 네가 싫어졌다면 널 보기만 해도 내가 이렇게 되겠어?"

한참 후에 준환의 말뜻을 이해한 파지가 얼굴을 화르륵 붉혔다.

"뭐야, 이 변태!"

"날 믿는다고 했잖아. 이런 상황에서 믿음을 달라고 말하는 게 좀 뻔뻔하다는 거 아는데, 믿어줘. 사랑해. 이제 난 너만 사랑한다고."

손을 뻗어 열린 현관문을 닫고 파지를 달랑 들어 안은 채 침대로 걸어간 준환이 파지를 얌전히 내려놓고 파지의 위로 올라와 키스를 거듭했다.

"반짝이는 네 눈을 사랑해."

준환의 입술이 파지의 눈을 훑었다.

"오똑하고 작은 네 코를 사랑해."

준환의 감각적인 입술이 이번엔 파지의 코를 쓸었다.

"말랑말랑하고 부드러운 네 뺨을 사랑해."

준환의 하얀 이가 파지의 뺨을 살짝 깨물었다 놓아줬다.

"그리고 달콤한 네 입술을 사랑해."

마지막으로 준환의 입술이 파지의 입술에 닿았다. 파지의 양해를 구하기 위해 노크를 하듯 조심스럽게 혀끝으로 파지의 입술을 두드린 준환이 새침하게 살짝 열어주는 파지의 입술을 파고들었다. 커피를 마셨는지 커피향이 가득한 파지의 입 안을 훑던 준환이 갑자기 미소를 지었다.

"정말 예쁘다, 김파지. 정말 예뻐."

감탄 어린 목소리로 말하는 준환의 뺨을 양손으로 감싼 파지가 준환의 눈과 자신의 눈을 맞추게 했다.

"그럼 이제 변명해봐. 한 번 들어나 보자."

파지의 말에 준환의 시선이 잠시 흔들리다 이내 파지의 시선을 피했다.

"뭐야. 또 뜸 들일 거야?"

"아니야. 말해줄게. 다 말해줄게."

준환이 천천히 일어나 앉자, 파지 또한 준환을 따라 일어나 앉았다. 곁에 앉은 파지의 어깰 잡아당겨 자신의 다리 사이에 앉힌 준환이 뒤에서 파지를 꼭 끌어안았다.

"상처 받았지?"

잠시 움찔한 파지가 이내 고개를 끄덕였다.

"받을 뻔했지."

"미안해."

"미안할 짓 한 건 아니까 다행이네."

"나 이제 변명 시작할 테니까 잘 들어."

"응."

파지가 준환의 품에 자신의 몸을 온전히 맡겼다.

"선을 본 건 정말 잘못했어."

"맞아. 준환 씨가 잘못했어."

"그런데 정말 다른 여자가 만나고 싶어서 그런 건 아니야."

"그건 알고 있어. 준환 씨는 지금 내 매력에 푹 빠져서 허우적거리고 있잖아."

파지가 장난처럼 말하자 준환이 파지의 목덜미에 얼굴을 묻었다. 한참 동안 파지의 목덜미에 코를 묻고 파지만의 향기를 듬뿍 들이마시며 숨을 고른 준환은 지금 눈앞의 이 여자가 상처받지 않기 위해 작은 선의의 거짓말을 하기로 결심했다.

"작은아버지가 아는 친구분한테 부탁을 받으셨나봐. 창조병원 외과 레지던트, 조카가 보면 볼수록 괜찮던데 만나는 여자 없으면 자기 딸아이랑 한 번 만나보게 하는 게 어떻겠냐고. 내가 좀 괜찮은 신랑감이어야지."

준환의 말에 파지가 쿡쿡 웃었다.

"작은아버지가 차마 거절할 수가 없었다더군."

"그래서 본 거야?"

"그건 아니지. 아무리 작은아버지가 부탁하셔도 되는 게 있고 안 되는 게 있는 법이니까."

"그럼 왜 본 거야?"

"선을 볼 상대 여자 이름과 나이 때문에."

파지의 눈꼬리가 휙 올라갔다.

"왜? 이름 예쁘고 나이 어려서?"

"아니야."

준환이 파지의 목덜미를 살짝 깨물었다.

"아얏, 아파!"

"내가 얘기 마칠 때까지 한마디만 더 해. 그럼 온몸을 깨물어줄 테니까."

"그거 마음에 드는데?"

"쉿."

준환이 살짝 잇자국이 남은 목덜미를 슥 핥았다. 파지가 몸을 부르르 떠는 게 느껴졌다.

"으음……."

"약속해줄 수 있어? 지금부터 내가 하는 얘기를 듣고 놀라지 않는다고."

"약속은 못 하겠는데? 놀라는 걸 참는 게 어디 마음대로 되나."

"말뿐이라도 좋으니까 약속해줘."

"생각해볼게."

"자, 첫 번째. 놀라지 않기."

"응."

"두 번째는 상처받지 않기."

"응."

"세 번째는 울지 않기."

"으응……."

"마지막으로 다섯 번째는 화내지 않기."

파지는 대답 대신 고개를 끄덕였다. 다시 한 번 파지를 꼭 끌어안으며 준환이 입을 열었다.

"선을 볼 상대 여자 이름이…… 선정미였어."

말을 마친 준환이 조심스럽게 파지의 반응을 살폈다. 준환이 무슨 소리를 했는지 깨달은 파지의 유연한 몸이 순식간에 단단하게 긴장했다. 그 긴장이 안쓰러워 코로 파지의 목덜미를 비빈 준환이 말을 이었다.

"나이도 너랑 같은 스물여덟이었지. 물론 처음엔 안 나갈 생각이
었어. 그래서 작은아버지께도 확실하게 못을 박았지. 하지만 사무
실로 돌아와 지갑 속의 네 사진을 보면서 찬찬히 생각을 해보니, 한
번 만나보는 게 좋을지도 모르겠다는 생각이 들더라고."

"왜……?"

"왠지 운명이란 것이 그녀를 내 앞에 데려다 준 것 같았어. 그녀
와 만나서 대화를 해보라는 속삭임이 들려왔거든. 그녀가 네가 아
는 그 선정미가 아닐 수도 있다는 생각을 하긴 했지. 그래도 가보고
싶었다."

파지는 아무 말이 없었다.

"네가 꽁꽁 싸매두고 있는 그날의 기억을 조금이나마 덜 아프게
해주고 싶은 마음이 강했던 거야. 그녀를 만나 대화를 해보고 싶었
어. 선정미 씨 앞에 가서 당당하게, 난 김파지의 연인입니다. 김파
지의 처음이자 마지막인 친구였던 당신에게 묻고 싶은 게 있어서
이 자리에 나왔습니다, 하고 말할 작정이었지. 하지만 선수를 빼앗
겼지 뭐야."

"뭐……?"

"그 맞선자리, 계획한 게 바로 그녀였어."

준환의 팔을 붙잡은 파지의 손에 힘이 들어갔다.

"언젠가 우리 병원에서 건강검진을 받고 나오는데 연인처럼 다
정하게 걷고 있는 우릴 봤다더군. 그래서 망설이다가 혹시나 하고
나와 만날 자리를 마련했던 거래. 날 만나러 병원으로 찾아오는 편
이 더 쉬웠을 테지만, 그랬다가 혹시라도 너와 마주치게 되기라도

하면 네가 무슨 말을 할지 무서워서 나와 따로 만날 계획을 세웠다더라."

준환이 파지의 몸을 돌려세웠다. 어린아이처럼 품에 안긴 파지의 얼굴에는 표정이 없었다. 그저 멍하게 준환을 올려다보고 있을 뿐이었다.

"혼란스럽니?"

"조금."

"과거랑 마주하는 것이 두려워?"

파지는 대답하지 않았다.

"널 만나고 싶은데 두려웠대. 네게서 들을 원망의 눈초리와 말들이 무서워서. 선정미 씨도 너와 같았던 거야. 그때의 악몽이 서서히 사라지고 나니까 남은 것은 너와의 좋았던 추억뿐이라더군."

"거짓말."

"그녀와 나눴던 얘기를 그대로 네게 들려주고 싶지만 네가 그녀에게서 직접 들어야 할 말인 것 같아서 하지 않을게."

"만나기 싫어."

고집스럽게 내뱉어지는 파지의 말에 준환이 고개를 끄덕였다.

"그래. 그건 네가 선택할 몫이지."

"안 만날 거야. 싫어."

"알았어. 강요하지 않을게."

준환이 파지의 이마에 입을 맞추고 일어나 입고 있던 재킷을 벗었다. 그리고 그 재킷을 파지의 눈앞에 내밀어 보였다.

"이 안에 선정미 씨의 전화번호가 적힌 종이가 들어 있어."

파지의 눈이 저절로 준환의 손에 들린 재킷으로 향했다.

"선정미 씨를 만날지 안 만날지는 온전히 네가 결정하는 거야. 오늘 같은 날, 밤새 너와 함께 있어주고 싶지만 네가 할 결정을 방해하지 않기 위해서 난 이제 집으로 돌아갈게."

준환이 재킷을 장대 옷걸이에 걸었다.

"재킷은 두고 갈게, 파지야."

준환이 현관을 향해 걸어가고 있는데도 파지는 눈으로만 그를 쫓을 뿐, 붙잡지 못했다.

현관에 다다라 신발을 신은 준환이 파지를 향해 그가 가진 가장 최고의 미소를 보여주었다.

"내일 아침에 재킷을 찾으러 다시 올 거야. 만약 내일 재킷을 찾으러 왔을 때, 재킷 안에 연락처가 그대로 남아 있으면 네 선택을 존중해서 집에 가는 길에 내가 찢어서 버릴게. 지금 내가 해줄 수 있는 게 그것밖에 없어서 미안하다."

"준환 씨……."

"그럼 파지야, 내일 보자."

그렇게 말해놓고 차마 발걸음이 떨어지지 않는 듯, 준환은 한참 동안 현관 앞에 서서 혼란스러운 눈동자로 자신을 바라보고 있는 파지를 마주 바라보다 이내 돌아갔다.

준환이 돌아가고, 적막이 고요하게 가라앉은 집 안에 홀로 남겨진 파지는 준환이 두고 간 재킷만 노려보고 있었다.

그렇게 준환이 돌아가고 난 후, 지치지도 않는지 한참 동안 장대 옷걸이에 걸린 준환의 재킷을 노려보고 있던 파지의 눈에 투명한 눈물이 고였다. 독하디독한 년이라 욕을 하는 사람들 앞에서도 절대 눈물을 보이지 않았던 그녀였다.

정미와 함께 했던 반년 남짓한 시간이 떠올랐다.

그 반년 동안 파지는 정미와 함께 등하교를 하고 함께 시험공부를 하고 함께 화장실을 다녀오고 함께 점심을 먹었다. 어느 한 쪽이숙제를 해오지 않은 날에는 쉬는 시간에 몰래 숙제를 보여주기도하고 또 어느 한 쪽이 아파서 학교에 나오지 못하는 날에는 방과 후에 과일이나 음료수, 과자 같은 것을 사 들고 문병을 오기도 했다.

찬찬히 하나하나 생각해보면 정미와 파지에게는 불행했던 날보다 행복했던 날들이 더 많았다. 하지만 그 행복했던 날들은 성숙하지 못했던 아이들의 파괴적인 폭행과 폭언에 바람 앞의 촛불처럼허무하게 사라져버렸다.

"이제 와서 뭘 어쩌라고……. 겨우 잘 살고 있는 사람 찾아와서뭘 어쩌라고!"

장대에 걸린 준환의 재킷이 마치 정미라도 되는 듯 한참을 노려보던 파지가 날카롭게 소리쳤다.

한순간에 모든 것을 놔버리고 도망치듯 떠난 아이였다. 고통 속에서 무미건조하게 살아가고 있던 파지에게 다가와 먼저 손을 내밀어놓고 파지가 태어나서 처음으로 여자아이들의 우정이라는 것을맛보고 행복에 빠져 허우적거리고 있을 때 가차 없이 잡고 있던 손을 놓아버린 아이란 말이다!

파지는 아직도 자신과 친구가 된 것을 후회한다고 했던 정미의마지막 말을 잊을 수가 없었다.

그녀는 절망 속에서 맛본 행복이 얼마나 단지, 그 행복이 떠나가고 다시 찾아온 절망이 얼마나 쓴지 충분히 겪었다. 그래서 자신을 껍질 안에 가두고 상처를 주기 위해 다가오는 사람에게 이를 드러내는 법을 배울 수 있었던 것이다.

파지는 침대에서 일어나 정미의 연락처가 들어 있는 준환의 재킷에 다가간 파지가 가늘게 떨리는 손으로 재킷을 집어 들었다. 그리고 느릿한 동작으로 재킷의 주머니에 손을 넣었다.

부스럭.

망설이다 넣은 파지의 손가락에 곱게 접혀 있는 듯한 종이의 질감이 느껴졌다.

"날 위해 애써준 준환 씨에게는 미안하지만······. 찢어버릴 거야."

한편으로는 과거의 상처를 잊지 못해 늘 마음 한구석이 어두웠던 자신을 위해 정미와의 만남을 주선해준 준환의 마음이 고마웠다. 물론 정미와의 만남을 주선하기까지의 과정이 다 마음에 든 것은 아니었지만 말이다.

결혼을 코앞에 두고 있으니, 자신이 이제 제 사람이라 생각하고 아픔도 슬픔도 모두 떨쳐버리고 새롭게 태어나 자신에게 오라는 뜻이었을 테지.

그녀는 손가락에 힘을 주고 종잇조각을 주머니에서 빼냈다. 그녀는 손바닥을 펴보았다. 그곳에는 새하얀 종이가 두 번 접힌 채 얌전히 놓여 있었다. 새하얗고 빳빳한 종이가 마치 자신을 향한 준환의 마음같이 느껴졌다.

차마 감히 손안의 종이를 펴볼 생각은 하지 못하고 손안에서 이리저리 만지작거리던 파지는 결국 결심한 듯 두 손으로 종이를 잡고 찢으려는 동작을 취했다. 이윽고 종이는 파지의 손에서 두 조각이 났다.

종이가 두 조각으로 갈라지자 그제야 펴볼 마음이 든 파지가 조심스럽게 두 조각으로 나누어진 종이를 하나하나 펼쳤다. 두 조각이 하나여야만 읽을 수 있는 글이 따로따로 떨어져 있으니 잘 읽히지가 않았다.

다시 잠시 동안 망설이던 파지가 따로따로 떨어진 두 조각의 종이를 붙여서 한 장으로 만들었다. 비로소 다시 문장을 읽을 수 있도록 한 장이 되어버린 종이 안에는 어딘지 모르게 그립고 또 아련한 느낌이 드는 정미의 이름 세 글자와 그녀의 휴대폰 번호로 보이는 11자리의 숫자가 적혀 있었다.

"읏……!"

정미의 이름과 휴대폰 번호가 눈에 들어오자 파지가 괴로운 듯 두 눈을 질끈 감았다. 학창시절, 즐겁고 따스했던 추억과 함께 정미가 수진의 칼에 옆구리를 찔렸던 그날의 악몽이 떠올랐던 것이다.

이젠 정말 잊고 싶었다. 힘들고 아팠던 날의 기억은 다 잊어버리고 자신을 믿고 따뜻하게 보듬어주는 준환과 함께 살아가면서 인생의 해피엔딩을 맞이하고 싶었다.

정미는 파지에게 있어서 이제는 과거의 사람일 뿐이었다. 이미 그녀의 곁에서 떠나가고 없는 과거의 사람. 현재를 현재답게 살아가기 위해서는 과거를 잊어야 했다. 현재를 살아가야 하는 시점에서 과거의 기억에 얽매어서 살면 행복한 미래는 오지 않는 법이다.

찌익.

고통스럽게 질끈 감았던 눈을 뜬 파지는 주저 없이 손안에 들린 두 장의 종잇조각을 잘게 찢어버렸다.

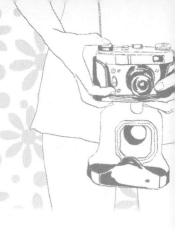

11장.
우정 리플레이

　화려한 금빛의 원피스를 입은 검고 긴 생머리의 아름다운 여자가 카페 로잘리에 들어섰다. 10센티미터가 넘는 하이힐을 신고 똑 부러진 걸음걸이로 뚜벅뚜벅 걸어오는 여자에게 카페 안의 모든 남자들의 시선이 꽂혔다.

　잠시 카운터 앞에 서서 누군가를 찾는 듯 이리저리 눈동자를 굴리던 여자의 얼굴이 차갑게 굳어졌다.

　화려함과 도도함으로 무장한 여자. 파지의 시선 끝에는 하얀 원피스를 입고 초조한 시선으로 자신을 바라보고 있는 정미가 있었다.

　무뚝뚝한 얼굴의 파지는 정미가 앉아 있는 자리의 맞은편으로 걸어가 앉았다.

　"정말 올 줄 몰랐어……."

　정미가 개미소리처럼 작은 목소리로 말했다.

　"와줘서 고마워."

정미의 말에 한쪽 눈썹을 살짝 치켜올린 파지가, 준환의 말을 잠시 빌리자면…… 끝도 없이 길고 예쁜 다리를 꼬며 차가운 목소리로 말했다.

"안 나오려고 했어."

"그래……?"

"그런데 물어보고 싶은 게 생각나서 나왔어."

파지가 날카롭지만 어딘가 무뚝뚝한 목소리로 말했다.

"네가 전학을 갔던 그날 이후로 벌써 11년이나 지나버린 이 시점에서, 이제 와서 날 만나겠다고 재밌지도 않은 수작을 부린 네 저의가 궁금해서."

어두운 표정의 정미가 뭐라 말을 꺼내려는 찰나 쟁반에 시원한 물이 담긴 유리잔 두 개를 들고 나타난 웨이터가 메뉴판을 내밀어 보였다.

"주문하시겠습니까?"

"전 레모네이드요."

메뉴판은 볼 생각도 하지 않고 반짝이는 금빛 매니큐어를 바른 손을 들여다보며 레모네이드를 주문하는 파지의 모습을 바라보던 정미의 입가에 작은 미소가 걸렸다.

"전 아메리카노요."

주문을 받은 웨이터가 떠나가자 정미가 말했다.

"아직도 레모네이드 좋아하나보네."

"커피보다 맛있으니까."

지금 파지의 이 대답은 고등학교 때, 카페에 갈 때면 항상 레모네이드를 주문하는 파지에게 정미가 왜 레모네이드를 좋아하냐고 물었을 때 그녀가 했던 대답이었다. 그때 정미는 커피는 한 모금도 입에 대지 않는 파지를 이해할 수 없었고 파지는 쓰기만 한 커피를 좋아하는 정미를 이해할 수 없었다. 그래서 한참 동안 서로 커피의 맛있는 점, 맛없는 점을 놓고 열띤 토론을 벌이기도 했었다.

떨리는 손으로 유리잔을 들어 물을 한 모금 마신 정미가 입을 뗐다.

"예전부터 글쓰기를 좋아하더니 결국 작가가 됐네. 축하해."

"그래."

"네 책은 한 권도 빠짐없이 사서 읽었어."

"지금 이 상황에서 내가 고맙다고 해야 하는 건가?"

파지가 미간을 찌푸렸다.

"용건만 간단히 하자. 내가 아까 무슨 질문했는지 잊어버린 건 아니지?"

"응."

"요즘 결혼 준비 때문에 바빠. 용건만 간단히 하고 다시는 보지 말자."

냉정한 파지의 말에 정미가 상처받은 듯 시선을 내리깔았다.

"네게 미안……하다는 말을 전하고 싶었어."

정미의 사과에 파지는 아무 말도 하지 않고 톡 쏘아보는 듯한 날카로운 눈동자로 그녀를 바라보기만 했다.

"그때 내가 받은 상처만 크다고 생각했던 것 같아. 나만 아프고 나만 피해자라는 생각에, 날 그렇게 만든 널 용서할 수가 없었어."

"그런데?"

"시간이 지나고 상처가 조금씩 아물기 시작하니까 네 아픔이 보이더라. 나만큼 너도 아프고 힘들었다는 걸 잊고 있었어. 그렇게 네 앞에서 떠나는 게 아니었는데……. 생각해보면 그렇게 냉정하게 떠나지 않아도 좋게 떠날 수 있는 방법은 많았는데……. 정말 미안했어, 파지야."

"괜찮아."

선뜻 괜찮다고 말하는 파지의 대답에 정미가 놀란 듯 시선을 들어 파지를 올려다봤다.

"이미 다 잊었어."

"정말이니?"

"어차피 혼자가 익숙했던 터라 금방 나아질 수 있었어. 사실, 생각해보면 나란 사람한테 친구는 좀 과분한 존재였던 것 같아. 송충이는 솔잎을 먹고 살아야 한다는 걸 그땐 왜 몰랐을까."

너란 존재는 나한테 아무것도 아니었다는 듯 덤덤하게 말하는 파지의 말투와 표정에 정미가 다급하게 말했다.

"아니야, 파지야. 나한테 넌 정말 소중한 존재였어. 지금에 와서 이런 말해봤자 믿지 못하겠지만, 정말이야. 믿어줘."

"아니. 못 믿겠어."

딱 잘라 말한 파지가 냉정한 눈으로 정미를 응시하며 말을 이었다.

"믿음이란 서커스의 공중그네 위에서 공연하는 것과 같아. 처음 몇 번…… 연습하는 동안에는 아래에 안전그물이 있으니까, 떨어져도 절대 죽지 않을 거라는 확신이 있기 때문에 얼마든지 서로의 손을 잡아줄 수 있지. 설사 상대방의 무게 때문에 그네를 놓쳐 함께 떨어진다 해도 살 수 있다는 보장이 있으니까."

"파지야……."

"넌 연습하는 동안…… 안전이 보장되어 있는 그동안에는 내 손을 꼭 잡아줬어. 함께 추락해도 괜찮을 거라는 걸 알고 있었으니까. 하지만 실전에서 추락의 두려움을 알아버린 순간, 가차 없이 내 손을 놓았지."

파지의 도전적인 시선이 정미를 향했다.

"변명하고 싶으면 어디 변명해봐."

파지의 예상대로 정미는 대답하지 못했다. 파지가 정곡을 찌른 것이었다.

"하지만 널 비난하지는 않겠어. 정말로 넌 나 때문에 죽을 뻔했으니까."

파지는 클러치 안에서 무언가를 꺼내 테이블 위에 올려놓았다. 그것은 어젯밤, 한참 동안 고민을 하고 고민을 하던 파지가 갈기갈기 찢었다가 밤새 투명한 테이프로 하나하나 다시 붙여놓은 정미의 연락처였다. 여기저기 잘못 붙인 흔적이 역력한 손바닥만 한 작은 종이는 사람들에게 받은 상처로 갈기갈기 찢겨졌다가 가까스로 다시 붙여져 겨우 사용할 수 있게 된 파지의 마음을 닮아 있었다.

"네 연락처는 여기 두고 갈게. 휴지통에 버리고 싶었지만 차마 그렇게 하지는 못하겠더라."

그녀들의 주위를 감돌고 있는 싸늘한 공기를 느끼지 못하는 듯 빙긋 미소를 지은 웨이터가 상큼한 레모네이드와 따뜻한 아메리카노를 테이블 위에 올려놓았다.

웨이터가 두고 간 따뜻하고 차가운 음료들을 힐끗 쳐다본 파지가 곁에 놓아두었던 클러치를 손에 들고 자리에서 일어났다.

"다시 한 번 말할게. 다시는 보지 말자. 나만 좋자고 이러는 게 아니야. 널 위해서 하는 말이기도 해. 너도 그렇고 나도 그렇고 이렇게 만날 때마다 힘들었던 과거를 떠올려야 할 텐데, 그건 정말 지옥일 거야."

말을 마친 파지가 계산서를 들고 카운터로 향하자 정미가 급히 파지를 따라나섰다.

"왜, 네가 계산하려고?"

"그게 아니라……."

"그럼 내가 계산할게."

정미는 굳은 마음을 먹고 파지를 만나 사과를 하려고 나왔건만 시종일관 냉정한 태도를 보이는 파지가 못내 원망스러웠다. 예전에, 자신이 전학을 가던 날 파지도 이런 느낌을 받았을까?

잠시 눈물이 그렁그렁한 눈으로 파지를 바라보던 정미가 계산을 마치고 카페를 나서려는 파지의 손목을 잡았다.

"매일매일 전화할 거야. 같이 놀러 가자고, 쇼핑하러 가자고, 마사지 받으러 가자고 매일매일 전화할 거야."

가늘게 뜨고 있던 파지의 눈이 잠시 커졌다 원래대로 돌아왔다.

"네가 귀찮다고 해도 매일매일 전화해서 밖으로 불러낼 거야."

"뭐?"

"너와 친구가 된 것을 후회한다고 말해놓고 돌아서자마자 그 말을 한 것을 후회했어. 하지만 자존심 때문에 그 말을 취소할 수가 없었지. 그래서 그렇게 돌아섰어. 미안해! 미안하다고! 이렇게 말해도 넌 용서해주지 않겠지."

정미가 파지의 손을 꼭 붙잡고 말했다.

"다시 한 번 네 친구가 되고 싶어."

파지가 느릿느릿하게 눈을 깜빡거렸다.

"이거 놔."

파지의 손이 정미의 손을 뿌리쳤다.

파지의 손에 의해 뿌리쳐진 손을 보며 망연자실하게 서 있던 정미에게 등을 보인 파지가 천천히 밖으로 걸어갔다. 정미는 이제 정말 끝이라는 생각이 들었다. 하긴 예전에 상처를 주고 떠났던 친구가 지금에 와서 다시 친하게 지내고 싶다고 하면 백이면 백, 다 거부감을 느낄 것이다. 이럴 땐 그냥 솔직히 사실을 인정하고 멀리서 파지의 행복을 빌어주는 게 자신이 해야 할 몫일지도 모른다.

"연락할게."

냉정한 어투로 들려온 파지의 목소리에 멍하게 뿌리쳐진 자신의 손을 바라보고 있던 정미가 번쩍 고개를 들었다.

"서두른 바람에 아직 결혼식 날짜가 안 잡혔어. 하지만 곧 잡힐 거야. 날짜가 잡히면…… 그때 연락할게."

"파지야……."

"감격한 척하지 마. 부케 받아줄 친구가 없어서 그런 거야. 그래도 명색이 사랑하는 사람과의 결혼식인데, 나도 부케는 던져 봐야지."

말을 마친 파지가 스스로에게 당황한 듯 서둘러 빠른 걸음으로 카페에서 나가버렸다.

잠시 파지의 말을 곱씹어보던 정미가 울컥 울음을 터뜨렸다.

"흑……."

그녀의 친구는 11년이 지난 지금도 변함없이 마음이 약하고 바보
같이 착했다.

파지는 준환의 품에 안겨 있었다.

정미와 만나고 마침 준환이 퇴근하는 시간이 되어 창조병원에 들
른 파지는 준환의 사무실에 찾아가서 준환에 품에 안긴 채 몇 시간
을 펑펑 울어댔다.

"흑, 히끅……."

너무 울어 딸꾹질까지 하는 연인의 등을 토닥여주던 준환이 두
손으로 눈물에 잔뜩 젖은 파지의 뺨을 감쌌다.

"이제 다 울었어?"

"준환 씨."

"응?"

"나 바보 같지 않아?"

"뭐가?"

준환의 물음에 파지가 분한 듯 씩씩거리며 말했다.

"냉정하게 내쳐주러 갔다가, 그걸 제대로 하지도 못하고 덜컥 결
혼식에 초대해버렸잖아."

"그게 뭐가 바보 같다는 거야? 잘했어."

"치."

"우리 파지한테 이런 관용이 있었다니. 나 감격했다."

파지는 장난스럽게 말하는 준환의 배에 아프지 않게 주먹을 날리
면서 눈을 흘겼다.

"부케 받아줄 친구가 없어서 그렇다니까? 나 부케는 던지고 싶단 말이야."

"알았어, 알았어. 부케는 꼭 던져야지."

준환이 다시 파지의 등을 쓰다듬으며 어르고 달랬다.

"우리 파지 착하지?"

"착하긴 뭐가 착해."

"착해."

"안 착해."

"착하다니까?"

"있지. 나 정말 냉정하게 다시는 연락할 생각 하지도 말라고 말하려고 했어. 그런데 막상 얼굴 보니까 그렇게 못하겠더라."

"그래?"

"응. 한 번 마음을 줘버리면 섣불리 걷어내지 못하는 타입인가 봐, 나."

"좋은 거야."

파지의 머리를 꼭 끌어안으며 기분 좋게 미소 짓던 준환이 갑자기 미간을 찌푸리며 고통스럽게 신음했다.

"아얏!"

파지가 준환의 가슴을 아프게 깨물어버린 탓이었다.

"아파, 파지야!"

"내가 잘 용서해준다고 이용하면 죽을 줄 알아, 준환 씨."

"이용하긴 무슨……."

"맞선자리 말이야! 아무리 생각해도 너무 쉽게 용서해준 것 같아. 결혼하기로 해놓고 다른 여자랑 선을 보다니……. 날 위해서 그랬

다고 해도 그건 명백한 범죄야, 범죄. 혼인빙자간음죄로 확 처넣어
버릴까 보다."

"음······. 혼인빙자간음죄는 좀 아닌 것 같다."

"왜?"

"우리 아직 안 잤잖아."

"뭐?"

눈물 젖은 눈으로 파지가 준환을 노려봤다.

"정말 변태 맞나봐, 준환 씨."

준환이 쿡쿡 웃어댔다.

"어우, 능글맞아. 예전엔 이상할 정도로 담백하고 무미건조했으
면서."

"사랑을 하니까 변하게 되더라. 소설 속에만 나오는 얘긴 줄 알
았는데, 널 사랑하게 된 후로는 정말 다른 여자는 눈에 안 들어와."

"그 말, 믿어도 돼?"

"믿어도 좋아."

"흐음. 나도 그러니까 쌤쌤이네, 뭐."

파지가 웃으며 준환의 품에 파고들었다. 빠르게 뛰는 준환의 심
장소리가 들렸다.

"준환 씨 심장 소리, 듣기 좋다."

파지가 고양이처럼 준환의 가슴에 뺨을 비비자 준환이 억눌린 신
음소리를 냈다.

"으음······."

"준환 씨 심장 소리를 듣고 있으면 기분이 좋아. 꼭 나를 위해서
뛰는 것 같거든."

"너를 위해서 뛰고 있어."

"정말?"

"그래."

준환의 가슴에 입술을 댄 파지가 사악한 미소를 지었다.

"이렇게 빨리 뛰는 것도 나를 위해서야?"

리드미컬하게 들리던 준환의 심장소리는 어느새 빠르게 뛰고 있었다.

"날 위해서 이렇게 빨리 뛰어 주는 거야?"

준환이 작게 신음하고는 그녀의 머리를 끌어당겨 안았다.

"파지야."

"응?"

"우리 결혼…… 좀 빨리 앞당기면 안 될까?"

"아직 날짜도 안 잡혔는데 뭘 앞당겨?"

"아니면 혼인신고라도 먼저 해버리든지."

"혼인신고를 먼저 하자고?"

파지가 눈을 동그랗게 떴다.

"왜?"

"못 참겠어."

"악! 정말!"

파지가 준환의 가슴을 퍽 때렸다.

"왜 생각이 거기로밖에 안 쏠리는 거야?"

"어쩔 수 없잖아. 남자니까."

준환이 정말 어쩔 수 없다는 듯 파지의 가슴에 손을 얹었다.

"그러니까 기다림이 지루해지지 않게 조금만 만지게 해줘."

그의 은근한 목소리와 부드러운 손길에 파지의 몸이 파르르 떨렸다.

"신성한 직장에서 이래도 돼?"

"뭐 어때? 아무도 없는데."

"준환 씨, 정말 고픈가 봐?"

"그래. 정말 고파. 조금만 맛보게 해주면 안 잡아먹을게."

준환의 입술이 파지의 입술을 향해 조금씩 다가왔다.

"정말 조금만이다?"

"그래. 조금만……."

"음……."

다가오는 준환의 입술을 반갑게 맞으며 가늘게 떠진 파지의 눈이 확인하듯 잠겨 있는 문고리를 스쳐 지나갔다.

"문은 아까 내가 들어오면서 잠가놨어. 안심해, 준환 씨."

당돌한 그녀의 말에 막 그녀의 입술에 자신의 입술을 포갠 준환의 눈이 호를 그렸다.

"어머님! 준환 씨 좀 집에 가라고 해주세요. 이러다 결혼식 다 망치겠어요."

파지는 지금 미치기 일보 직전이었다.

"준환 씨, 가!"

등쪽이 허리까지 푹 파여서 잘록한 허리라인이 그대로 드러나는 대담한 디자인의 드레스를 입고 얼굴을 시뻘겋게 붉히며 소리치는 파지의 곁으로 성큼성큼 다가간 준환이 그녀의 가녀린 어깨를 잡고 돌려세웠다.

"너나 들어가. 들어가서 다른 거 입고 와."

"다른 거 뭐! 난 이게 제일 마음에 든단 말이야!"

"난 그거 마음에 안 들어. 천 값 별로 안 들어간 것 같은 이런 드레스 말고 천을 아낌없이 투자한 좀 더 안전하고 그럴싸한 거 없어? 그런 드레스 찾아서 입고 나와. 난 이딴 드레스 절대로 인정 못해."

"싫어! 이게 제일 예쁘단 말이야. 몇 번을 말해야 알아듣니? 요즘 신부 드레스는 이런 게 대세야."

"대세? 웃기지 말라고 그래. 순백의 신부는 무슨, 이건 순백의 신부가 아니라 노출한 신부라고!"

"싫다고 했다?"

그렇다. 준환과 파지는 지금 드레스의 노출 문제로 싸우고 있는 것이었다.

전문의 시험날짜가 다가옴에 따라 미리 예정했던 11월보다 훨씬 더 일찍부터 병원에 나가지 않고 집에서 시험공부를 하게 된 준환은 파지와 함께 본격적으로 결혼 준비를 하게 되었다.

최 여사와 함께 룰루랄라 즐거운 마음으로 결혼 준비를 시작한 파지는 혼수를 고르는 것이나 예물을 고르는 것을 지겨워하지 않고 함께 해주는 준환이 고마웠다. 아니, 오늘이 오기 전까지만 고마웠다.

"난 지금 입은 거랑 아까 두 번째로 입었던 게 마음에 들어."

"둘 다 피부가 너무 드러나잖아! 탈락이야, 탈락."

"준환 씨, 진짜 이럴 거야?"

"너야말로 정말 이럴 거야?"

말싸움에 지친 파지가 최 여사를 향해 SOS 신호를 보냈다.

"어머니임!"

소파에 앉아 둘의 싸움을 느긋하게 지켜보고 있던 최 여사가 드디어 나섰다.

"준환아. 일생의 한 번뿐인 결혼식인데 파지 뜻대로 하게 놔두는 게 어떻겠니? 결혼식 망치면 준환이 너, 두고두고 원망받는다."

최 여사의 말에 준환이 입술을 일자로 꾹 다물었다.

"다른 건 양보해도 이건 정말 안 됩니다."

준환이 깊게 파인 파지의 가슴을 손가락으로 가리켰다.

"이러고 식장에 들어서는 건 정말로 상상도 할 수 없는 일이란 말입니다."

"여자한테 웨딩드레스는 꿈이야."

파지가 끼어들었다.

"준환 씨가 고르는 건 다 하나같이 너무 평범하고 얌전해서 별로야. 내 스타일이 아니란 말이야."

"난 네가 공식적으로 이준환의 것이라는 꼬리표가 붙는 날, 다른 남자 눈 호강시키는 꼴 절대 못 봐!"

다시 한 번 SOS……

"어머니임……"

정말 말도 안 되는…… 아니지, 솔직히 준환의 입장에서 보면 말은 좀 되지만…… 아무튼 그녀의 입장에서 보면 정말 말도 안 되는 준환의 억지 생떼에 밀린 파지가 최 여사의 도움을 구하기 위해 다시 한 번 그녀를 불렀다.

"어머…… 응? 어머님!"

어느샌가 최 여사는 사라지고 없었다.

준환의 입술이 사악한 호를 그렸다.

씨익.

"가셨네."

"어떻게 이럴 수 있지? 어떻게 어머님이 날 두고……."

무슨 일이 있어도 자신의 편이 되어 주리라 굳게 믿었던 최 여사가 파지를 도와주는 것을 포기하고 도망을 가버리자 파지는 배신감에 치를 떨었다.

"자. 이제 어쩔 거지?"

준환이 승리를 직감한 듯 만족스럽게 웃었다.

"정말……!"

그런 준환에게 한소리 퍼부으려던 파지는 이내 피식 웃었다. 이게 다 자신을 사랑해서 그러는 것 아닌가. 사실은 아까부터 계속 사랑하는 여자의 맨살을 최대한 남에게 보여주고 싶지 않은 준환의 독점욕이 사랑스러워지고 있었다.

파지가 한풀 꺾인 목소리로 말했다.

"난 준환 씨가 이렇게 보수적인지 몰랐어."

"난 보수적인 게 아니야. 내 여자가 그런 옷을 입고 하객들 앞에 서는 게 싫을 뿐이지. 내 주위에는 여자보다 남자가 더 많다고. 심지어 친척들도 여자친척보다 남자친척이 더 많아."

"나 평소에도 야한 옷 잘 입는데?"

파지의 말에 준환의 이마에 힘줄이 솟았다.

"윽. 솔직히 그것도 마음에 안 들긴 하지만, 이건 평소보다 훨씬 더 심하잖아."

그렇다. 사실 파지 자신도 이렇게 깊이 파인 옷은 처음 입어본다. 하지만 뭐 어때? 일생에 딱 한 번 있는 결혼식에 멋 좀 내보겠다는데…….

  "그리고 말이 나왔으니까 하는 말인데, 이제부터 가슴골이 그대로 드러나 보이는 원피스는 입지 마. 유부녀는 그러는 거 아니야."

  "뭐야, 구속하는 거야?"

  "보호하는 거야."

  "치."

  파지가 믿지 않게 눈을 흘겼다.

  "이번엔 내가 봐줄게. 그동안 준환 씨가 나 많이 봐줬으니까."

  그래도 마음 한구석에서는 아쉬운지, 파지가 입술을 삐죽거렸다.

  "준환 씨 스타일의 아주 정숙하고 얌전한 드레스 중에 내 스타일이 있는지 없는지 다시 한 번 살펴보긴 할게."

  "잘 생각했어."

  "대신 나한테 더욱더 잘해."

  "염려 마세요, 사모님."

  준환이 파지를 향해 윙크를 했다.

  "자기가 이겼다고 생각하는구나?"

  "그럼 아니야?"

  "내가 져준 거야."

  "그래 그래."

  준환이 파지의 머리를 한 번 쓰다듬더니 저쪽에 있는 드레스를 가리켰다.

  "난 저게 마음에 들어."

"저건 좀 촌스러운데……."

준환의 손가락이 다른 곳을 향했다.

"그럼 저건?"

"저건 디자인이 좀 별로야."

흐응……. 다시 한 번 싸움이 날 것 같다.

준환의 간절한 요구대로 결혼식은 7월 초에 치러지게 되었다. 물론 혼인신고는 결혼식을 올리고 신혼여행을 다녀와서 하자는 파지의 제안 때문에 선 혼인신고는 하지 못했지만 말이다.

준환은 파지가 강력하게 싫은 의사를 표했음에도 불구하고 파지의 외삼촌에게 결혼 소식을 알렸고, 파지의 외삼촌은 파지와 함께 식장에 들어가고 싶다는 의사를 표했다. 파지가 맹렬하게 거부했음은 당연지사. 하지만 결국 준환과 준환의 어머니의 설득에 넘어간 파지가 한 수 뒤로 물러났다.

안타깝게도 파지의 유일한 친척인 외숙모와 사촌들은 참석하지 않겠다는 의사를 표했다. 파지의 외삼촌을 통해 그 소식을 들은 준환이 걱정하며 조심스럽게 파지에게 친척들의 참석 불가 소식을 전했지만 파지는 당연하다는 듯 무덤덤하게 받아들였다.

"그런 얼굴 할 필요 없어. 난 괜찮아. 그 사람들, 와도 내가 내쫓을 생각이었어."

라는 말과 함께.

예상했던 대로 파지의 부케는 정미가 받게 되었다. 준환이 보기에 둘은 가끔 문자메시지를 주고받는 것 같았다. 결혼식 준비는 잘 되어가고 있느냐, 새 책은 언제쯤 출간이 되느냐, 몸 건강히 잘 있느냐 등등, 정미에게서 장문의 애정 어린 문자가 오면 파지는 한참 동안 문자메시지를 뚫어져라 쳐다보다 이내 모른 척 휴대폰의 홀드 버튼을 눌러버리거나 미간을 찌푸리며 단답형 문자메시지를 보내 곤 했다. 파지의 그런 반응은 파지의 동화책을 출간하는 출판사의 편집장 소연에게도 해당되었다.

원체 인간관계에 있어서 늘 서투른 사람이 아니던가.

준환은 늘 그런 파지가 귀엽고 사랑스러워 못 견딜 지경이었다.

12장.
드디어 해피엔딩?

"오늘 예쁘네."

"고마워."

"축하해, 파지야."

"응."

그리고 적막······.

준환과 파지의 결혼식이 치러지는 6월의 어느 날, 신부대기실에서 정미와 단둘이 어색하게 앉아 있던 파지의 숨통을 터줄 사람이 찾아왔다.

"어이, 까칠녀!"

파지의 미간이 찌푸려졌다.

"까칠녀라고 부르지 말랬잖아요!"

곱게 신부화장을 한 파지가 미간을 찌푸리며 소리치자 정미가 걱정스럽게 말했다.

"파지야, 화장 망가지니까 너무 인상 쓰지는 마."

정미의 말에 미간의 주름을 편 파지가 소연을 노려봤다.

"속이 쓰릴 만큼의 액수, 들고 왔죠?"

파지의 물음에 소연이 빙글거리며 웃었다.

"속이 쓰리지 않을 만큼 낸다고 했잖아, 내가."

"흥."

파지가 코웃음을 치자 귀여워 죽겠다는 듯 쿡쿡 웃던 소연이 파지의 옆에 서 있는 정미를 발견했다.

"응? 파지 씨 친구?"

소연의 물음에 정미가 맞다고 대답하려다 차마 하지 못하고 우물쭈물하고 있자 파지가 말했다.

"그런데요?"

파지의 대답에 정미의 얼굴이 밝아졌다.

"흐응……. 파지 씨, 친구 없는 줄 알았는데."

소연의 말에 파지가 다시 한 번 인상을 쓰려다 말고 억지웃음을 지었다.

"오늘같이 좋은 날 기분 저조하게 만들지 마시고 어서 축의금이나 내고 오시죠."

"결혼을 해도 까칠한 건 변하지 않나 봐?"

"제 트레이드마크잖아요."

"끝까지 안 지네."

소연이 씁쓸하게 웃었다.

"나보다 먼저 가는 게 여전히 좀 서운하긴 하지만 뭐 어쩌겠어. 에휴. 난 가서 속이 쓰릴 만큼의 축의금이나 내고 와야겠다."

신부대기실을 나서는 소연의 등 뒤에 대고 파지가 소리쳤다.

"나중에 확인해보고 속이 쓰릴 만큼의 액수가 아니면 알아서 해요!"

"오케이!"

소연이 사라지고 또다시 어색함이 내려앉은 신부대기실에 승훈이 찾아왔다.

"파지 씨, 잘 있었어요?"

"승훈 씨."

승훈의 사람 좋은 미소를 보자 파지가 반가운 듯 마주 웃었다.

"결국 준환이 자식이랑 결혼까지 가네요."

"그러게요."

"준환이 자식이 파지 씨 힘들게 하면 파지 씨 냉큼 채 가려고 옆에서 기회만 보고 있었는데, 어떻게 기회 한 번을 안 주고 이렇게 결혼에 골인하십니까?"

"정말요? 에이, 기회 한 번 줄 걸 그랬나요?"

스스럼없이 승훈과 농담을 주고받는 파지의 모습을 놀란 듯 바라보던 정미와 승훈의 눈이 마주쳤다.

"안녕하세요."

승훈이 붙임성 있는 미소로 정미에게 인사를 하자 정미가 수줍게 웃으며 고개를 숙여보였다.

"소개가 늦었네요. 여긴 제 친구 선정미라고 해요."

정미의 이름 석 자를 들은 승훈의 눈이 동그래졌다가 이내 가늘어졌다.

"이름이 참 특이하시네요. 전 박승훈입니다."

승훈이 자신의 소개를 하며 정미에게 악수를 청하자 정미가 어쩔 줄 몰라 하다가 결국 그의 손을 마주 잡았다. 승훈의 손이 정미의 손을 힘 있게 꼭 쥐었다가 놓았다.

"친구분이 참 미인이십니다."

승훈이 파지를 향해 넉살 좋게 말하자 파지가 피식 웃었다.

"승훈 씨가 준환 씨의 가장 친한 친구니까 제 가장 친한 친구도 소개해준 거예요."

의미심장한 파지의 말에 정미의 눈가가 바르르 떨렸다.

"여부가 있겠습니까?"

승훈이 고개를 숙이며 익살스럽게 말하자 파지가 도도한 목소리로 물었다.

"축의금은 내고 오셨겠죠?"

"아, 아직 안 냈어요. 준환이 자식이 훔쳐간 예쁜 신부님의 얼굴이 너무 궁금해서 신부대기실부터 들렀네요."

"지금도 늦지 않았어요. 속 쓰릴 만큼의 액수 부탁해요."

"또래 친구들 중에 제일 먼저 가는 준환이 자식 얄미워서 벌써부터 속이 쓰린데, 또 쓰리라고요?"

"그래도 전 속 쓰릴 만큼의 액수 아니면 안 받아요."

"알겠습니다. 분부대로 하겠습니다."

승훈이 생긋 웃어 보인 뒤 정미를 향해 고갯짓으로 인사하고 신부대기실을 나갔다.

"사람이 되게 좋아 보인다."

승훈이 나가자 정미가 파지를 향해 수줍게 말했다.

"준환 씨만큼은 아니지만 남자치고는 꽤 괜찮은 편이지."

"그렇네, 진짜."

잠시 후, 준환이 신부대기실 안으로 들어왔다.

"파지야."

"준환 씨?"

"기다릴 수가 없어서 찾아왔어."

준환이 파지를 향해 씩 웃었다.

"그럼 난 나가 있을게."

준환과 파지가 서로를 향한 시선을 떼지 못하고 있자 가만히 눈치를 보고 있던 정미가 슬쩍 신부대기실을 나섰다.

정미가 신부대기실에서 나가자마자 파지가 밉지 않은 눈으로 준환을 흘겼다.

"결혼식 전에 신랑이 신부대기실에 찾아오면 안 된다는 거 몰라요?"

"그런 거 요즘에 누가 지킨다고. 내 여자 내가 보겠다는 데 누가 말려?"

"못살아, 정말."

"지금 키스하면 안 되겠지?"

준환이 반짝거리는 파지의 입술에 시선을 고정한 채 물었다.

"아마 안 될걸요."

"다시 바르면 안 돼?"

능글맞은 준환의 물음에 파지가 짐짓 무서운 눈으로 그를 노려보며 경고했다.

"화장 예쁘게 됐는데, 괜히 망칠 생각하지 말아요."

"하지 말라고 내가 안 할 사람인가."

준환이 순식간에 파지의 입술을 덮쳤다.

"으응!"

파지가 준환의 등을 주먹으로 두드리며 바동거리는데도 불구하고 영민한 준환의 혀는 잘도 파지의 입 안으로 파고들어 그 안에 숨겨져 있는 살덩이를 찾아냈다. 촉촉하고 부드러운 키스에 준환의 등을 주먹으로 두드리던 파지의 팔이 살며시 그의 목에 감겼다.

한참을 달콤한 밀어를 속삭이며 파지의 입술을 점령하고 있던 준환이 쪽쪽 소리를 내며 파지의 입술에 입을 맞추다 이내 떨어져 나갔다.

준환이 파지의 입가를 엄지손가락으로 닦아주며 씨익 웃었다.

"립스틱 다시 발라야겠네."

준환의 말을 듣고 분홍빛의 립스틱을 찾으며 주위를 두리번거리던 파지는 만족스럽게 웃고 있는 그의 입가에 고스란히 옮겨가 있는 분홍빛의 립스틱 자국을 발견하고 소스라치게 놀랐다.

"잠깐만! 이대로 나가면 큰일 나, 준환 씨."

"응?"

"이리 와봐."

"왜?"

"입가에 립스틱이……."

"아……. 그래?"

준환이 아무렇지도 않게 슬쩍 손등으로 자신의 입술을 닦았다. 그의 손등에 파지의 입술을 덮고 있던 분홍빛의 립스틱 자국이 묻어났다.

"아직 조금 남았는데……."

"어디?"

준환이 파지를 바라보며 눈을 굴렸다.

"오른쪽."

"여기?"

"아니, 살짝 왼쪽."

"음……. 여기?"

"아니……! 아이씨! 이리 와."

성질 급한 파지가 준환의 옷깃을 잡아당겼다. 가까이 다가온 준환의 입술을 손으로 닦아주려는데…… 아뿔싸! 파지의 손엔 장갑이 끼워져 있었다.

"잠깐만 장갑부터 좀 벗고."

장갑을 벗으려던 파지의 눈동자가 반짝 빛났다.

"장갑 벗고 다시 끼려면 귀찮으니까……."

방긋 웃은 파지의 입술이 얌전히 기다리고 있던 준환의 입술을 덮었다.

"깨끗하게 닦아줄게."

준환은 당분간 신부대기실에서 나오긴 글렀다.

설레고 두근거렸던 식이 끝나고 사진촬영을 하는 시간.

부모님과 양가친척들의 사진촬영이 끝나고 지인들과의 촬영을 시작하려는 찰나, 사진기사가 말했다.

"신부 측 친구분이 너무 없는데……. 신랑 측 친구분들이 자리 좀 채워주세요."

사진기사는 사진이 예쁘게 나왔으면 해서 한 말이었을 테지만, 파지의 사정을 잘 알고 있는 준환은 그의 말에 기분이 나빠져 미간을 찌푸렸다.

준환이 파지를 대신해 뭐라고 한소리 하려는 찰나, 파지가 무덤 덤한 목소리로 말했다.

"고맙지만 사양할게요."

파지가 자신의 옆에 선 정미와 소연을 힐끗 쳐다봤다.

"제 친구는 이 둘뿐이거든요."

그리곤 스스럼없이 환하게 웃었다.

환하게 웃는 파지의 모습을 옆에서 지켜보던 준환은 가슴이 울컥 하는 것을 느끼고 살짝 이를 악물었다.

오늘처럼 파지가 예뻐 보인 적은 없었다. 물론 평소에도 지나칠 정도로 예뻤지만, 단단한 껍질 중 또 한 꺼풀을 벗어던지고 어린아 이처럼 환하게 웃는 파지의 얼굴은 이 세상 누구보다 아름다웠다.

"김파지."

"응?"

"내가 이 세상 그 누구보다도 널 사랑한다고 말했었나?"

"응. 말했었어."

"그럼 앞으로 평생 내 옆에서 함께 살면서 날 행복하게 해달란 말 은?"

"음, 그건 안 했던 것 같아."

"사랑해."

"나도 사랑해."

준환이 살짝 짓궂은 미소를 지었다. 오랜만에 별명을 좀 불러 볼까?

"사랑해, 김팥쥐."

"뭐? 팥쥐?"

"아니. 파지."

"난 분명 팥쥐라고 들은 것 같은데?"

"아니야."

"팥쥐라고 들었는데, 난."

"어어! 이제 곧 사진 찍는다, 팥쥐야. 저기 봐."

"또!"

사진 플래시에 맞춰 준환은 화내는 모습도 사랑스러운 팥쥐의 뺨에 입을 맞췄다.

"후우……."

긴장한 듯 똑바로 누워 있던 파지의 입술에서 긴장이 잔뜩 서린 한숨이 새어나왔다.

"쪽."

파지의 입술에 가볍게 입을 맞춘 준환이 어쩔 줄 몰라 하는 표정으로 긴장한 채 자신을 바라보는 파지의 뺨을 손가락으로 쓰다듬었다.

"괜찮아?"

준환이 부드러운 목소리로 물었다.

"아니."

떨리는 파지의 목소리에 준환의 한쪽 눈썹이 치켜 올라갔다.

"역시 지금은 아닌 것 같다."

준환이 피식 미소를 지으며 몸을 일으켰다.

"안 돼!"

준환이 자신에게서 몸을 일으키자 파지가 재빨리 그의 목을 끌어 안았다.

"난 하고 싶어. 지금 당장."

"뭐?"

"겨우 마음의 준비를 끝냈단 말이야. 기세가 꺾이기 전에 빨리 하자."

파지가 다급한 목소리로 말했다.

"난 준비됐어."

그녀는 신혼 여행지인 발리에 도착하자마자 해변으로 나가려 하 는 준환을 붙잡아 침대로 바로 직행했다.

하지만 딱 거기까지가 좋았다.

그저 지금 당장 저 남자를 가져야겠다는 열정에 어리둥절해하는 그를 붙잡아 침대에 눕힌 것까지는 좋았는데 지금껏 살아오면서 눈 으로 본 것은 있어도 실전 경험은 전혀, 요만큼도 없다 보니 막상 시작하려니 막막하기만 했다.

동영상에서는 남자를 이렇게 만지던데⋯⋯ 진짜 저렇게 해도 되 는 거야? 그 여자처럼 했는데 준환 씨가 싫어하면 어떡하지? 아니 지, 남자들은 다 그런 거 좋아한다고 했어.

그녀의 머릿속은 지금 엉망진창 뒤죽박죽이었다.

파지의 대담한 행동에 놀라서 크게 뜬 눈도 잠시, 어쩔 줄 몰라 하며 자신의 몸 위에 올라타 있는 파지가 사랑스러워 죽겠다는 표 정을 지은 준환이 상황을 역전시켰다.

순식간에 둘의 위치가 서로 뒤바뀌고 자신의 위에 몸을 꼭 붙이고 있는 준환을 올려다보던 파지의 심장이 미친 듯이 쿵쾅거리기 시작했다.

바로 저것이 조금 전까지의 상황이다.

"빨리 시작하자!"

그녀의 말에 준환이 고개를 저었다.

"파지야."

"응?"

파지의 목소리는 아직도 긴장으로 떨리고 있었다.

"그렇게 긴장할 필요 없어."

준환이 파지의 입술을 손가락으로 가볍게 쓸었다.

"그동안 내가 너무 여유 없게 보였나보네. 미안해. 그렇게 긴장하고 두려워하지 않아도 돼. 걱정하지 마. 난 괜찮아, 파지야."

"준환 씨, 무슨 소리야?"

"너랑 내가 사랑을 나누는 건 그렇게 마음의 준비를 단단히 하고 부딪쳐야 하는 게 아니란 소리야."

준환이 그녀의 입가에 자잘한 키스를 남겼다.

"절대로 널 다치게 하지 않을 거야."

"준환 씨……."

"나가자. 나가서 실컷 놀고 와서 생각하자, 파지야."

준환이 특유의 싱그러운 미소를 지으며 그녀에게 손을 내밀었다. 마주 내민 파지의 작은 손이 준환의 커다랗고 따뜻한 손안에 폭 감싸여졌다.

"좋은 추억 많이 만들어줄게."

자신의 손을 꼭 잡고 약속의 미소를 보내는 그의 얼굴을 가만히 바라보던 파지의 가슴이 철렁 내려앉았다.

사랑스러운 사람. 평생을 함께 보낼 내 사람.

파지는 지금 이 순간 자신의 눈앞에서 반짝거리며 빛나는 저 남자가 내 사람이라는 것을 확인 받고 싶어졌다. 어쩌면 연인들이 그렇게 서로 몸을 겹치고 하나가 되려 하는 건 바로 지금 자신이 느끼는 감정 때문일지도 모르겠다.

파지가 자신을 일으키려 하는 준환의 손을 세게 잡아당겼다.

"엇!"

파지가 자신의 손을 그렇게 잡아당길 줄은 몰랐는지 그의 몸이 쉽게 그녀에게로 무너졌다.

"역시 싫어."

파지가 자신의 목덜미에 얼굴을 묻은 그의 머리를 꼭 끌어안았다.

"역시 당신이랑 이렇게 여기서 둘만 있을래. 신혼여행은 역시 단둘이 보내야 해."

그녀가 고개를 돌려 그의 입가를 핥았다.

"다치게 하지 않겠다고 한 말 기억하고 있을게. 사랑해줘, 준환 씨."

그녀의 어설픈 유혹에 준환이 작은 신음을 흘렸다. 해달라고 그렇게 부탁하지 않아도 그는 언제든지 준비가 되어 있었다. 저 바보만 그걸 모를 뿐이지.

"이…… 마녀."

준환이 으르렁거리며 그녀의 목덜미를 핥았다. 까슬거리는 혀가 여린 목덜미를 훑고 지나가자 파지가 가볍게 비명을 질렀다. 그의 혀가 그녀의 목덜미를 지나 아래로 내려갈 때마다 심장이 철렁이고 온몸의 감각이 깨어나 고통스러울 지경이었다. 그의 입술과 손이 주는 감각은 이러다 죽는 게 아닌가 싶을 정도로 강렬했다.

그의 손이 조심스럽게 그녀가 몸에 걸치고 있는 옷가지들을 하나씩 벗겨 내렸다. 너무 조심스럽고 부드러운 손길이라 그녀는 그가 주는 감각에 취해 자신의 몸에서 옷가지들이 떨어져 나가는 것을 느끼지도 못했다.

"예쁘다."

준환이 하얀 살결을 드러낸 그녀의 몸을 보며 감탄하듯 작게 중얼거렸다.

"내가 생각했던 것보다 훨씬 더 예뻐. 눈이 부실 정도야."

그가 손가락으로 그녀의 곡선을 부드럽게 쓸었다. 감각의 파도에 온몸을 맡긴 채 정신을 못 차리고 있던 그녀는 자신이 갓 태어난 아기처럼 가릴 것 하나 없는 맨몸이 되었다는 것을 뒤늦게 알아차렸다.

"아!"

파지가 손으로 자신의 몸을 가리려 하자 준환이 말렸다.

"가리지 마."

"창피하단 말이야."

"그럼 나도 같이 창피해지지 뭐."

준환이 웃으며 자신이 입고 있던 티셔츠와 청바지를 벗고 속옷까지 벗어 내리자 파지의 얼굴이 새빨개졌다. 자신의 존재를 주장하듯 꼿꼿하게 선 그의 존재가 그녀를 당황하게 했다.

실물을 보다니…… 실제로 본 그것은 동영상이나 소설에서 본 것보다 훨씬 더 생생했고 제 의지를 가지고 살아 있는 듯했다.

"이제 불만 없는 거지?"

파지의 앞에 서서 팔짱을 낀 채 능글맞게 웃은 준환이 파지의 옆에 누웠다.

"이렇게까지 예쁠 줄 몰랐어, 파지야."

준환이 스스로를 방어하듯 물이 오른 풍만한 가슴을 가로지른 파지의 손을 잡아 아프지 않게 떼어냈다. 조금 거칠어진 숨을 내쉬며 준환의 손가락이 그녀의 분홍빛 정점에 와 닿았다.

부드럽게 감싸 쥔 파지의 가슴은 지금껏 그가 경험해왔던 그 어떤 것보다 그를 자극했다. 그의 손바닥 아래 꼿꼿이 선 봉우리가 그의 입술을 유혹하고 있었다. 결국 그 유혹에 진 그의 입술이 가만히 그곳에 닿았다.

오뚝 선 봉우리가 더욱더 단단해지고 뾰족하게 설 때까지 핥고 깨물던 준환의 머리에 파지의 손이 닿았다.

"읏……."

그의 혀에 반응하듯 파지가 작은 신음소리를 내며 그의 머리카락 속에 자신의 손가락을 얽었다. 준환이 눈을 들어 그녀의 얼굴을 바라보았다.

두 눈을 꼭 감은 채 붉은 입술을 꼭 깨물고 있는 그녀의 얼굴은 발갛게 상기되어 있었다. 그녀의 수줍음이 가득한 얼굴과 작은 손길에 그의 심장이 쿵 내려앉음과 동시에 그의 것이 꼿꼿하게 섰다.

"이건 반칙이지, 김파지."

그의 입술이 가슴에 닿는 순간부터 제대로 숨조차 쉬지 못했던 파지가 입술을 열고 뜨거운 한숨을 내쉬었다. 그의 입술이 자신의 봉우리를 빨아들일 때마다 심장이 같이 빨려드는 것 같은 느낌이 들었다. 그와 동시에 아랫배에 짜릿한 감각이 이어졌다.

준환의 입술이 반대쪽 봉우리에도 똑같은 정성을 들여 핥고 깨물자 파지의 몸이 조금씩 비틀리기 시작했다.

그녀의 허리가 활처럼 둥글게 휘었다. 그것이 어떤 신호인지 깨달은 준환은 그 모습에 미소가 걸렸다.

그녀의 목덜미를 타고 뺨, 그리고 귓불을 잘근잘근 씹던 준환의 입술이 드디어 다시 파지의 입술을 찾았다.

파지의 붉은 얼굴을 홀린 듯 바라보던 준환이 그녀의 입술을 크게 열고 그녀의 혀를 찾아 입 안을 핥았다. 준환의 혀가 부끄러운 듯 구석에서 작게 웅크리고 있던 그녀의 혀를 찾아내 거침없이 부딪쳐왔다. 두 눈을 꼭 감은 그녀의 입가에서 웅웅거리는 신음소리가 흘러나왔다.

평소보다 훨씬 거친 그의 입술에 혹시라도 그녀가 놀라지는 않았을까 걱정이 된 준환이 입술을 떼자 그녀의 혀가 그의 입술을 따라 밖으로 나왔다. 여전히 두 눈을 꼭 감은 그녀가 어린아이가 메롱 하듯 혀를 내밀고 그의 입술을 찾았다.

"미치겠다, 진짜."

준환이 삼키듯 자신을 따라 나온 그녀의 혀를 입 안에 머금었다. 그의 입 안에서 잠시 주춤하던 그녀의 혀가 그의 입천장을 조심스럽게 핥기 시작했다.

자신의 입 안을 파지에게 고스란히 내어준 준환의 손이 그녀의 가슴을 지나 점점 더 아래로 내려가기 시작하자 그의 입 안에서 물고기처럼 팔딱거리며 뛰놀던 그녀의 혀가 정지했다.

"주, 준환 씨, 잠깐! 잠깐만⋯⋯."

"응?"

"잠깐!"

"뭐라고? 안 들려."

준환이 뭐라고 자꾸 종알거리는 그녀의 입술을 자신의 입술로 꼭 막고 느릿느릿 손가락을 움직였다. 그의 길고 단단한 손가락이 도착해서 닿은 곳은 파지 자신을 포함한 그 어느 누구의 손길도 닿은 적 없이 없는 성역이었다.

"나 진짜 창피해. 부끄럽단 말이야."

파지가 두 손으로 준환의 팔뚝을 꼭 붙잡았다. 하지만 그를 막는 그녀의 다급한 손길에도 불구하고 준환의 손가락은 이미 그녀의 작은 계곡 안을 파고들고 있었다. 아주 촉촉하지는 않았지만 이 정도면 훌륭했다.

"흥."

준환이 작게 코웃음을 치며 그녀의 정점에 엄지손가락을 문지르자 파지가 자지러지는 소리를 내며 베개 위로 머리를 털썩 내려놓았다. 그의 손이 닿은 곳부터 시작해 척추를 타고 그녀의 머리까지 짜릿한 감각이 순식간에 용솟음쳤다.

"으응⋯⋯."

파지의 머릿속에서는 더 해줬으면 좋겠다는 생각과 어딘지 모르게 굉장히 창피해서 죽을지도 모르겠다는 생각이 서로 싸우고 있었다. 두 개의 생각은 아직 서로 싸우고 있었지만 하나 확실한 것은 정말로 이 이상 짜릿해지면 심장마비로 죽을 것 같다는 것이었다.

여성스럽게 굴곡진 파지의 쇄골을 훑으며 그녀의 여린 살을 손가락으로 부드럽게 문지르던 그의 손가락이 그녀의 안으로 조심스럽게 들어왔다. 그와 동시에 그의 품 안에서 바르르 떨며 신음하던 그녀의 온몸이 빳빳하게 굳어졌다. 그녀는 본능적으로 자신의 안에 들어온 낯선 존재를 거부하고 있었다.

"파지야, 괜찮아."

준환이 그녀의 귓가에 속삭였다. 하지만 그의 목소리가 무색하게 그녀의 온몸은 여전히 긴장으로 잔뜩 수축되어 있었다.

그가 작게 한숨을 내쉬었다. 그리곤 그녀의 가슴을 한입 가득 깨물었다.

"앗!"

그의 입술이 그녀의 정점을 삼킬 듯 맹렬하게 빨아들이자 그녀의 몸이 덜덜 떨리기 시작했다. 그와 동시에 단단하게 닫혀 있던 그녀의 다리가 살짝 벌어졌다. 그 틈을 놓치지 않은 그의 손가락이 다시 그녀의 안으로 조심스럽게 들어갔다. 처음으로 느낀 그녀의 안은 좁고 뜨거웠다. 그리고 그녀는 흥분으로 인해 촉촉했다. 그의 입술이 그녀를 삼킬 때마다 떨리는 그녀의 몸처럼 안도 덩달아 같이 꿈틀거렸다.

파지는 지금 엄청나게 당황하고 있었다. 세상에 이런 엄청난 감각이 존재한다는 걸 그녀는 한 번도 들어본 적이 없었다. 그가 주는 쾌감으로 인해 깨어난 몸이 본능적으로 더 많은 것을 원하며 꿈틀거렸다.

그녀가 놀라지 않게 조금씩 개수를 늘려가며 한참 동안 그녀를 희롱하던 그의 손가락들이 천천히 그녀의 안에서 빠져나갔다. 순간 너무나 큰 상실감이 파지를 덮쳐왔다. 그 상실감으로 인해 그러지 말라고, 계속 자신의 안에 있어달라고 소리치려던 파지가 입술을 꼭 깨물었다. 그 말을 입 밖으로 내면 정말로 야한 여자가 될 것 같았기 때문이었다.

"이제 네 안에 들어갈 거야."

준환이 이를 악물고 말했다. 꽉 악문 이로 인해 준환의 뺨 근육들이 꿈틀거렸다. 이마에 자제로 인한 땀방울이 맺힌 그는 어딘가 굉장히 괴로워보였다.

그녀가 가만히 손을 들어 손바닥으로 그의 뺨을 어루만졌다.

"준환 씨, 괴로워?"

파지의 물음에 준환이 작게 고개를 끄덕였다.

"응. 미칠 것 같아."

준환이 괴로운 듯 미소를 지으며 자신의 뺨에 닿은 그녀의 손을 자신의 손바닥으로 감쌌다.

"지금 당장이라도 너를 갖고 싶어서 죽을 것 같아."

그러면서 난처한 듯 웃는 그의 얼굴이 '미칠 듯이 너를 사랑해' 라고 말하고 있는 것 같아서 눈물이 날 것 같았다.

눈 안쪽에 가득 찬 눈물을 숨기기 위해 고개를 숙인 파지가 자신의 손을 감싸고 있는 그의 손을 자신의 입가로 가져와 쪽 소리가 날 정도로 입을 맞췄다.

그녀의 허락에 준환이 그녀의 다리 사이에 자리를 잡았다.

"미안해."

"뭐가?"

"최대한 아프지 않게 하려고 노력 중이긴 한데, 역시 아플 거야."

"괜찮아."

그녀가 그의 가슴에 손을 올렸다. 그의 심장이 그녀의 손바닥을 두드리며 맹렬한 기세로 뛰고 있었다. 그 정직하고도 격렬한 심장 소리에 그녀는 모든 것을 맡기기로 했다.

"사랑해, 준환 씨."

그녀가 그를 향해 환하게 웃었다. 그 순간 그녀를 향한 강렬한 소유욕을 느낀 그가 그녀의 안으로 들어왔다.

"아!"

파지가 놀란 듯 두 눈을 크게 떴다. 그와 맞닿은 곳이 비명을 겨우 삼킬 만큼 아팠다. 평소 알고 있던 지식처럼 정말로 몸이 찢어질 듯 아픈 것은 아니었지만 어쨌든 참기 힘들 정도로 아픈 것은 사실이었다.

"주, 준환 씨……!"

그녀가 생각보다 너무 아프다고 소리치려고 한 그 순간 그녀의 눈에 땀으로 흥건한 준환의 얼굴이 보였다. 그는 잘생긴 미간을 찌푸린 채 그녀의 표정을 살피고 있었다.

그녀는 날카롭게 소리치려던 입술을 꼭 깨물고 지금 자신의 안에 들어와 자신을 소유한 남자의 눈을 들여다보았다. 그의 검은 눈동자. 검고 깨끗한 그 눈동자에 입술을 꼭 깨물고 있는 자신의 얼굴이 비쳤다. 순간 입술을 괴롭히고 있던 그녀의 이가 힘을 잃고 벌어졌다.

"아아……."

준환의 눈동자를 들여다보며 그녀는 깨달았다. 그녀만이 자신의 안에 그를 품은 것이 아니었다. 그도 그의 안에 그녀를 품고 있었던 것이다.

"많이 아프니?"

준환이 억눌린 목소리로 물었다.

"으응……."

파지가 작게 고개를 저었다. 그녀를 가진 이 남자는 그녀가 아프다고 말하면 평생의 인내심과 자제심을 발휘해서라도 당장 그만둘 남자였다. 그녀가 아는 이준환은 그랬다.

"미안해."

그가 한 손으로 그녀의 뺨을 감싸고 입을 맞췄다. 그리고 그녀의 안에서 조금씩 움직이기 시작했다. 준환이 모든 것이 낯설고 아픈 그녀를 배려해 천천히 움직이고 있었지만 아픈 것은 아픈 것이었다. 그와 맞닿은 그곳은 여전히 쓰라리고 아팠다.

그녀는 그를 받아들인 고통을 잊기 위해 그의 입술에 매달렸다. 그의 입술을 핥고 열어달라 졸랐다.

그녀의 마음을 읽기라도 한 듯 그가 상냥하게 입술을 벌려 그녀의 혀를 맞아들였다. 그리고 그녀의 고통을 함께 나누려는 듯 그녀가 고통을 느낄 때마다 그의 입술을 이로 아프게 씹어도 신음소리 하나 내지 않고 한 손으로 그녀의 뺨을 감싸 안았다.

그때였다. 고통뿐이기만 했던 그 행위가 조금씩 변하기 시작한 것은.

그와 닿아 있는 곳이 조금씩 달라지기 시작했다. 참기 힘들 정도로 지독한 고통만이 가득했던 감각들 속에서 뭔가 정의를 내릴 수 없는 감각이 새롭게 차오르기 시작했다.

두 눈을 꼭 감은 채 준환의 입술에 매달리던 파지의 입에서 고통이 아닌 다른 의미의 신음소리가 나오기 시작하자 준환의 움직임이 잠시 멈췄다.

파지의 얼굴을 천천히 살펴보던 준환이 그녀의 달라진 신음소리의 의미를 알아채고 피식 웃었다. 그리고 조금 더 빠르게 움직여 그녀의 입술에서 조금 더 가느다란 미성을 뽑아냈다.

"주, 준환 씨 이상해. 이거 진짜 이상해."

파지가 당황한 목소리로 그에게 더듬거리며 말했다.

"아직도 많이 아파?"

"그게 아니라……. 읏!"

뒤로 젖혀진 파지의 목덜미가 가늘게 경련을 일으켰다. 그녀의 손바닥이 그의 가슴을 찰싹 하고 때렸다.

"빨리 어떻게 좀 해줘, 준환 씨."

"분부대로 하겠습니다, 마님."

준환이 버둥거리는 그녀의 두 다리를 잡아 자신의 허리에 감았다.

"나한테 매달려."

그녀의 다리가 자신의 허리를 단단하게 감은 것을 확인한 그가 순식간에 속도를 올렸다.

그의 노력에 보답하듯 파지의 입술에서는 쉴 새 없는 교성이 새어나왔다.

그녀와 그가 만날 때마다 새로운 감각이 물결치듯 그녀를 따라왔다. 이보다 더 한 쾌감이 있을까 생각하기 무섭게 계속해서 새로운 쾌감이 생겨나 그녀를 휘감고 놓아주지 않았다. 그녀 또한 그 쾌감을 놓치고 싶지 않아 그가 멈추지 않기를 열망하며 그의 목을 꼭 끌어안았다.

작은 풍선 같았던 쾌감이 점점 부풀어서 더 이상 커질 수 없을 만큼 부풀었을 때였다. 누군가가 바늘로 풍선의 표면을 건드린 듯 말릴 틈도 없이 거대하게 부풀었던 쾌감이 커다란 소리를 내며 그녀의 안에서 폭발했다.

준환은 그의 품 안에서 절정을 맞은 파지의 얼굴을 정신없이 바라봤다. 그녀는 미간을 찌푸리고 입술을 벌린 채 소리 없이 울부짖고 있었다. 그 광경을 바라보던 준환의 눈시울이 시큰해졌다.

그는 감성적인 면이라고는 요만큼도 없는 지나치게 세상에 정직한 현실주의자였다. 하지만 사랑하는 여자가 자신의 안에서 절정에 무너지는 광경은 그의 눈시울을 자극하기에 충분했다. 그는 사랑하는 여자로 인해 눈물을 흘리는 남자의 마음을 조금은 이해할 수 있을 것 같았다. 더욱더 점입가경인 사실은 그가 지금까지 살아온 이유가 바로 이 여자를 갖기 위해서였다는 것처럼 느껴진다는 것이었다.

그는 살짝 달아오른 눈시울을 하고 계속해서 그녀를 향해 나아갔다. 그보다 먼저 절정을 맞은 그녀의 안이 그를 초대하듯 꿈틀거리며 그의 절정을 부르고 있었다. 그런 그녀를 향해 멈추지 않고 격렬하게 나아가던 그는 결국 그녀에게 자신의 모든 것을 바쳤다.

그가 그녀에게 자신의 모든 것을 쏟아부은 후 그녀의 위로 무너졌다. 준환의 뜨거운 숨결이 파지의 목덜미를 데우고 파지의 뜨거운 숨결 또한 준환의 목덜미를 데웠다.

그렇게 그들은 서로를 가만히 안고 있었다. 무거울 텐데도 씩씩하게 준환을 안고 있던 파지의 눈가를 타고 눈물이 길게 호를 그리며 흘러내렸다. 그렇게 흘러내린 그녀의 눈물이 준환의 뺨에 와 닿았다.

자신의 뺨에 닿은 것이 그녀의 땀이 아닌 눈물이라는 것을 눈치
챈 준환이 불에 덴 듯 화들짝 놀라서 몸을 일으켰다.

떨리는 준환의 손가락이 파지의 양 뺨을 감싸 안았다.

"파지야, 괜찮아? 많이 아팠어?"

당황한 기색이 역력한 준환의 물음에 파지가 고개를 저었다.

"그럼 왜······."

"행복해서."

파지가 준환의 손바닥에 자신의 뺨을 비볐다.

"당신의 여자가 된 게 너무 행복해서 그래."

"나도 그래."

준환이 그제야 안심한 듯 파지의 젖은 뺨에 자신의 뺨을 댔다.

"드디어 네 남자가 됐어."

준환이 뜨거운 한숨을 내쉬며 중얼거렸다.

오늘 그는 그녀의 남자가 되었고, 그녀 또한 그의 여자가 되었다.
그는 지금껏 군말 없이 자신의 무게를 감당하고 있던 그녀에게서
내려와 자신의 팔을 내어주고 꼭 끌어안으며 사랑이라는 감정을 만
들어주신 신에게 감사했다.

'이 여자를 제게 보내주셔서 감사합니다.'

초록색 담요 위에 놓인 알록달록한 화투짝을 내려다보던 파지의
눈썹이 치켜 올라갔다.

"할머니?"

"응?"

파지와 함께 고스톱을 치고 있던 할머니 두 분 중, 한 분인 말자가

뜨끔한 표정으로 파지의 치켜 올라간 눈썹을 쳐다봤다.

"다 보여요, 할머니."

"뭐가 보인다고⋯⋯."

말자가 서둘러 파지에게로 향해 있던 눈길을 돌렸다.

"할머니 종아리 아래에 있는 똥쌍피 말이에요."

파지가 가느다란 손가락으로 말자의 종아리 밑에 깔린 똥쌍피를 가리켰다.

"내 눈에는 분명히 저거 똥쌍피 같은데 말이죠."

"아, 아닌데⋯⋯."

"정말 아닌 거 맞아요? 어디, 확인해볼까요?"

파지가 몸을 숙여 말자의 종아리 밑으로 손을 가져가자 화들짝 놀란 말자가 그녀의 손을 잡았다.

"한 번만 봐줘, 보건소 새댁."

"아, 정말⋯⋯. 할머니! 도대체 이번이 몇 번쨀 줄 아세요?"

"두 번이던가? 세 번이던가⋯⋯."

파지가 재빨리 말자의 종아리 밑에 깔린 똥쌍피를 집어 들었다.

"다섯 번이에요, 다섯 번!"

"그런가?"

말자가 주름진 얼굴로 씩 웃어보이자 하늘 높은 줄 모르고 치솟던 파지의 눈꼬리가 살짝 가라앉았다.

"할머니, 농구에서는 반칙을 다섯 번 받으면 퇴장이거든요?"

"그, 그런가?"

"농구로 치면 다섯 번 반칙한 할머니는 여기 고스톱 판에서 아웃 이에요."

"미안해……."

말자가 기죽은 얼굴로 파지의 눈치를 보며 사과를 하자 파지가 한숨을 내쉬며 그녀의 손에 똥쌍피를 쥐어주었다.

"진짜로 이번 한 번만 더 봐드리는 거예요. 다음에 또 똥쌍피 숨기다가 들키시면 할머니랑 고스톱 안 쳐요?"

파지의 말에 말자의 얼굴이 밝아졌다.

파지와 말자의 입씨름을 옆에서 가만히 지켜보던 영례가 씩 웃으며 그녀들을 향해 손바닥을 내밀었다.

"나 스톱이야, 스톱. 다 합해서 13점이니까, 빨랑 천삼백 원씩들 줘. 참, 보건소 새댁은 피박이니까 두 배 줘야겠네."

"에이, 할머니 때문에 졌잖아요!"

파지가 버럭 성질을 냈다.

"새댁이 진 게 왜 나 때문이야? 나도 졌어!"

"할머니 눈치가 하도 수상해서 자꾸 옆에서 감시하다가 피 못 먹었다고요!"

"몰라. 난 모르는 일이야."

천 원짜리와 동전을 영례의 앞에 놓으며 파지가 미간을 찌푸렸다.

"저 벌써 삼만 원 넘게 잃고 있어요."

"그게 우리 탓인가? 보건소 새댁이 고스톱을 잘 못 쳐서 그렇지."

"여기 내려오기 전까지는 한 번도 안 쳐봤으니까 못 치는 게 당연하죠."

자신에게 남아 있는 돈을 세며 투덜거리던 파지가 갑자기 뭔가 생각이 났다는 표정으로 손을 털고 자리에서 일어났다.

"두 분이 치고 계세요."

"보건소 새댁, 어디 가?"

"준환 씨 감시하러 가요."

"보건소 의사선생님?"

"네. 요즘 저기 감나무집 영자 할머니가 자꾸 준환 씨한테 손녀딸 사진을 내민다고 하더라고요."

"영자가?"

말자가 눈을 동그랗게 떴다.

"영자 손녀가 올해 서른이지?"

영례가 고개를 끄덕였다.

"아주 그냥 혼기가 꽉 찼지."

"쯧쯧."

"요즘 영자, 고 여편네가 눈이 허옇게 뒤집혀서 올해 안에 손녀딸 시집보내겠다고 안달을 하던데……."

"그런데 보건소 의사선생님은 여기 보건소 새댁이랑 결혼한 사이잖아."

"암만. 결혼했지. 그러니까 여기 이 서울 아가씨가 우리랑 여기서 이렇게 고스톱을 치고 앉아 있는 거 아니야."

"영자, 고 여편네가 정신이 나갔나보네. 멀쩡한 가정이 있고 이렇게 예쁜 색시까지 있는 남자한테 무슨 짓이야, 그게?"

말자가 눈살을 찌푸리며 파지의 어깨에 손을 얹었다.

"착한 보건소 새댁이 이해해. 영자, 고 여편네…… 젊어서부터 쭉 이 마을의 골칫덩이였어. 젊어서도 그렇게 남들한테 민폐를 끼치고 다니더니, 늙어서까지 그 모양 그 꼴이니…… 쯧쯧."

"오늘 영자 할머니 보건소 진료 받는 날이라고 했거든요. 불안해서 더 이상 여기 못 있겠네요. 저 먼저 갑니다."

파지가 서둘러 자리를 떴다.

그녀가 사라지자 영례가 입맛을 다셨다.

"에이, 서운하네. 오늘은 자장면이나 한 그릇 사주려고 했더니……."

"자네는 보건소 새댁이 꽤 마음에 드나 봐?"

"으응. 맘에 들어. 저리 붉으락푸르락하는 게 귀엽잖아."

"하긴. 보는 맛이 즐겁긴 하지. 마을에 저런 젊은 새댁이 들어오니, 얼마나 좋아?"

"보건소 새댁은 보건소 가서 늦게 올 것 같으니까 점심은 그냥 우리 둘이서 먹자고."

말자가 고개를 끄덕이며 말했다.

"만리장성 전화번호 여기 입력해뒀어."

"그럼 자네가 시켜."

"알았어."

말자가 투박한 손가락으로 작년에 아들에게서 선물로 받은 휴대폰의 버튼을 이리저리 눌렀다.

"그나저나 영자, 고 여편네는 왜 엄한 사람 붙들고 그 난리래?"

"그러게나 말이야."

"하여튼 고 여편네는 젊어서나 늙어서나 아주 그냥 밉상이라니까."

"할머니! 이 남자, 유부남이라니까요. 왜 자꾸 손녀딸 사진을 들이미시는 거예요!"

젊은 사람은 다 빠져나가고 노인들로만 구성된 한적한 시골마을에 있는 보건소에 날이 바짝 선 파지의 목소리가 울려 퍼졌다.

그녀가 보건소에 있는 이유, 그리고 보건소 새댁이라 불리는 이유는 바로 준환이 이 마을 보건소에서 보건의로 일하고 있기 때문이었다.

군대에 가게 된다면 군의관으로 가겠다고 했던 그가 왜 이런 시골마을에서 보건의로 일하고 있는가 하면……

'곰곰이 생각해보니까, 내가 군의관으로 가면 여자에 굶주린 남자들 앞에 널 보란 듯이 떡하니 내놓는 꼴이 되는 거잖아? 죽었다 깨어나도 내가 그 꼴은 못 보지. 그 생각을 하니까 3년 동안 보건의로 일하는 것도 나쁘진 않을 것 같더라고. 혹시나 될까 싶어서 신청했는데 딱 붙었네? 그것도 젊은 남자들은 다 빠져나가고 없는 시골마을에 말이야.'

준환은 파지에게 그렇게 말하며 사악한 미소를 지었다.

시골에서 할아버지, 할머니들과 함께 살아야 한다는 사실에 처음에는 경악을 금치 못하고 절대로 싫다며 발버둥을 쳤던 파지도 이제는 보건소 새댁이라는 것에 익숙해져 할머니들과 고스톱을 치고 윷놀이를 하는 경지에 이르렀다.

하얀 가운을 입은 남편을 무섭게 노려보던 파지가 그 눈길을 영자에게로 돌렸다.

"이 남자, 저랑 결혼한 지 1년이 다 되어 가거든요? 그리고 어찌어찌해서 준환 씨랑 할머니 손녀딸이랑 결혼한다고 해도 그거 중혼이라 법적으로 문제 있어요."

파지가 가느다란 허리에 두 손을 얹고 입술을 삐죽거렸다.

"임자 있는 건 아는데, 워낙 사람이 좋아 뵈어서⋯⋯."

성난 눈빛을 빛내며 으르렁거리는 파지의 기세에 영자가 주춤했다. 가만히 지켜보고 있던 준환이 파지의 어깨를 붙잡았다.

"파지야, 그만해. 할머니 진료 받으시러 오셨잖아."

"그만 못해!"

파지가 화가 나서 유리알처럼 번들거리는 눈으로 준환을 노려봤다.

"이러니 내가 집에서 가만히 있을 수가 없다니까! 당신 때문이야. 다 당신 때문이라고!"

"김 할머니가 마지막 환자시니까 진료 끝나면 얼마든지 받아줄게. 그러니까 일단은 나가 있어."

준환이 부드럽게 파지의 등을 밀었다.

"씨이."

한참을 씩씩거리던 파지가 문으로 걸어갔다. 문을 열고 밖으로 나가려던 파지가 발걸음을 멈추고 뒤를 돌아보았다.

"할머니, 제가 준환 씨 주머니랑 서랍 다 뒤질 거예요."

잠시 후, 바깥 의자에 앉아 있던 파지와 진료를 마치고 밖으로 나온 영자의 눈이 마주쳤다. 날이 선 파지의 눈길에 영자가 움찔 몸을 움츠렸다.

"할머니, 저 가서 서랍 뒤져요?"

"아니야. 오늘은 안 줬어."

영자가 손사래를 치자 파지가 한층 누그러진 목소리로 물었다.

"정말요?"

"그래."

"흐음."

파지가 콧소리를 내며 눈을 가늘게 뜨고 영자를 바라보자 영자가
다시 한 번 움찔하며 물었다.

"왜, 왜 그래?"

"손녀분이 올해 서른이시라고요?"

"으응……."

"준환 씨 주위에 직업 좋고 인물까지 좋은 사람 꽤 있는데, 소개
시켜 드릴까요?"

파지의 말에 영자의 눈이 번쩍 떠졌다.

"정말?"

"할머니가 다시는 손녀딸 사진을 준환 씨한테 내밀지 않겠다는
약속만 하시면 제가 얼마든지 소개해 드릴 수 있어요."

"약속해. 약속할게."

영자가 어린아이처럼 신이 나서 고개를 끄덕이자 그제야 입가에
미소가 번진 파지가 은밀한 목소리로 말했다.

"직업, 나이, 생김새…… 아주 다양해요. 특히 준환 씨 주위 친구
들은 외모면 외모, 능력이면 능력, 직업이면 직업. 삼박자 골고루
갖춘 사람이 많다니까요?"

"그래?"

"할머니가 준환 씨는 건드리지 않겠다는 약속을 지키시면 저도
손녀분이 좋은 배필을 만날 때까지 힘써 볼게요. 새끼손가락 걸
고 약속해요, 우리."

새끼손가락을 걸고 서로를 마주 보고 선 파지와 영자의 눈이
빛났다.

"그래서, 내 친구들을 소개시켜주겠다고 약속했다고?"

집으로 가는 차 안에서 파지가 영자와 있었던 일을 얘기하자 준환의 한쪽 눈썹이 위로 치켜 올라갔다.

"파지 너 중매를 잘하면 술이 석 잔이지만 못 하면 뺨이 석 대라는 말 들어봤지?"

"들어는 봤지."

"네 뺨을 안전하게 지키려면 내 친구들로는 안 될 텐데?"

"왜?"

"냉정하고 객관적인 눈으로 봤을 때 미안하게도 내 친구 중에 괜찮은 녀석은 승훈이 하나뿐인데 승훈이 녀석은 임자가 있잖아."

"승훈 씨는 당연히 제외 대상이지."

남자가 보기에도, 여자가 보기에도 사람이 참 괜찮은 승훈은 파지와 준환의 결혼식을 통해 만난 정미와 현재, 뜨거운 사랑을 하고 있는 중이었다.

"승훈 씨 말고도 몇 명 있잖아."

"글쎄. 내가 보기엔 별로……."

"내가 보기엔 괜찮은 사람 몇 명 있어. 지운 씨 같은 경우도 자주 보니까 괜찮더라고."

지운의 이름이 나오자 준환의 표정이 어두워졌다.

지운은 하연에게 크게 데인 후, 정말로 그에게 호감을 느끼고 다가오는 여자조차 믿지 못하고 내칠 정도로 여자에 관해 비관적인 사람이 되어 있었다.

"오래 두고 보니까 사람은 꽤 괜찮은 것 같거든. 지금은 그 사람, 능력도 좋고 장래도 유망하잖아."

여자를 멀리하는 대신 일을 가까이한 그는 현재 유명한 완구 회사에서 장래가 유망한 영업 1팀의 팀장 자리에 앉아 있었다.

"아직 상처가 덜 아물어서 다가오는 여자들한테 공격적이야, 그놈."

"원래 여자한테 받은 상처는 여자가 풀어줘야 하는 거라고."

"힘들걸."

준환이 고개를 저었다.

지운은 얼마 전에 해성식품 윤 회장의 막내아들과 웨딩마치를 울린 하연의 소식을 듣고 더욱더 우울해졌다.

"지운이 자식 얘기는 하지 말자. 마음이 좀 안 좋아."

"알았어."

파지가 어두운 준환의 표정을 살피며 고개를 끄덕였다.

어찌 되었든 결과적으로는 하연이 준환을 꼬시기 위해 지운을 이용한 꼴이었기에, 준환은 늘 지운을 볼 때마다 마음 한쪽 구석이 찝찝했다.

"준환 씨처럼 무뚝뚝하고 무미건조했던 사람도 사랑을 하니 이렇게 변하잖아. 준환 씨도 썩 그렇게 좋은 신랑감은 아니었어. 알지?"

"그랬나?"

"그래. 내가 준환 씨를 내 입맛에 맞게, 맛있게 변화시키니까 이제 와서 정신을 차린 사람들이 준환 씨한테 달려드는 거라고."

파지가 운전을 하고 있는 준환의 뺨에 입을 맞췄다.

"음…… 더."

다시 한 번 파지가 준환의 뺨에 입을 맞췄다.

"음…… 좋다."

준환이 기분 좋게 웃었다.

"준환 씨 친구들도 언젠간 입맛에 맞게, 맛있게 요리해줄 여자가 나타날 거야."

"그래."

"그럼 영자 할머니 손녀딸한테 소개시켜줄 첫 번째 남자는 유진 씨로 해야겠다."

"뭐?"

"유진 씨 잘생겼잖아. 여자들 잘생긴 남자 좋아해. 그만하면 능력도 좀 괜찮고. 솔직히 준환 씨 주위 남자들 대부분이 다 에이급이잖아. 여자들이 눈에 불을 켜고 찾아다닌다는 그 에이급 신랑감들."

"유진이는 안 돼."

"왜?"

"주위에 여자가 너무 많아."

"그건 나도 알아."

"그런데 그런 놈을 소개시켜준다고? 너 그랬다가는 정말로 그 할머니 손녀분한테 뺨을 세 대 맞는 수가 있다."

"사람 일은 모르는 거야."

새침한 표정으로 말하는 파지를 힐끗 바라본 준환이 입가에 미소를 띠었다.

"너 알고는 있는 거야?"

"뭘?"

"네가 그 할머니에게서 날 지키기 위해 나 대신 팔려갈 희생양을 내 친구 중에서 고르고 있다는 걸."

"당연히 잘 알고 있지."

"뻔뻔하네."

"뻔뻔하지 않고 어떻게 자기 같은 멋진 남자를 지켜?"

눈을 동그랗게 뜨고 묻는 파지의 행동에 준환이 갑자기 갓길에 차를 세우고는 매고 있던 안전벨트를 풀고 그녀의 입술에 자신의 입술을 비볐다.

"너 진짜 도대체 왜 이리 사랑스럽냐."

파지의 입술에 자신의 입술을 대고 중얼거리던 준환이 이윽고 그녀의 입술에 깊게 파고들었다.

"으응⋯⋯."

파지가 작게 신음소리를 내며 준환의 목덜미를 꼭 끌어안았다.

"집에 가면⋯⋯ 나부터 먹을 거지?"

당돌하게 물어오는 파지의 목소리에 준환은 으르렁거림으로 대답했다.

"어디야?"

준환이 휴대폰에 대고 험악한 목소리로 물었다.

[글쎄? 어딜 거 같아?]

파지의 싱글거리는 목소리에 준환의 가슴이 타들어갔다.

"걱정했잖아, 바보야. 집에 왔는데 네가 없어서. 보통은 퇴근 시간에 집에 없을 때는 미리 연락했잖아, 너."

[그럴 일이 좀 있었어. 미안.]

내용과는 달리 목소리는 전혀 미안하지 않은 목소리였다.

"그래서, 지금 어디야? 나 지금 두 번째 묻고 있다?"

[여기? 흐응.]

파지가 뜸을 들이자 준환의 미간이 찌푸려졌다.

"걱정되게 대답 안 하고 자꾸 꾸물댈 거야?"

[보건소.]

"뭐?"

준환이 기가 막힌 듯 물었다.

"이 시간에 거긴 왜 갔어?"

[잠깐 볼일이 있어서 나갔다가 자기가 보고 싶잖아. 그래서 갔는데 준환 씨는 이미 퇴근하고 없더라고.]

"데리러 갈 게. 기다려."

[기다릴게, 빨리 와.]

휴대폰 너머로 파지의 깔깔거리는 소리가 들렸다.

"이따가 혼날 줄 알아, 김파지."

준환이 이를 갈며 전화를 끊었다.

이 말괄량이는 언제나 그에게 심심할 틈을 안 준다. 주위에 다른 건물 하나 없이 보건소 하나 달랑 있는 곳에서 날이 저물 때까지 혼자 있으면 어떡해.

금방이라도 입을 열면 으르렁거리는 소리가 흘러나올 것 같아 입 꼭 다물고 도착한 보건소는 불이 꺼져 있었다.

안에 파지가 있는 것이 분명한데 꺼져 있는 불에 불안해진 준환이 급히 차를 세우고 맹렬한 기세로 보건소 안으로 뛰어들어갔다.

"어서 오세요."

서둘러 문을 열고 안으로 들어온 준환의 눈앞에는 평소 그가 입고 일하는 하얀 의사가운을 대신 입은 파지가 가슴 앞으로 팔짱을 낀 채 웃으며 그를 쳐다보고 있었다.

두꺼운 커튼을 쳐 놓아 보이지 않았을 뿐, 안은 그리 어둡지 않았다.

준환이 문고리에 손을 얹은 채 어리둥절한 표정으로 그녀를 쳐다보고만 있자, 쯧쯧 하고 가볍게 혀를 찬 파지가 그를 향해 다가와 그의 손에서 문고리를 빼앗아 문을 닫았다.

"이제부터 여기는 할머니 할아버지들이 절대로 들어올 수 없는 둘만의 세상이야."

파지가 묘하게 웃으며 문고리 한가운데에 톡 튀어나와 있는 부분을 엄지와 검지로 살짝 돌렸다.

'철컥.'

보건소의 문이 잠기는 소리가 반쯤 나가 있던 준환의 정신을 제자리로 돌려놓았다.

"이 못된 팥쥐."

준환이 파지의 어깨에 손을 얹으며 일부러 험악한 표정을 지었다.

"사람 피 말리는 이런 이벤트는 어떻게 생각해낸 거야?"

"흐응…… 글쎄, 오늘 아침에?"

파지가 자신의 어깨를 잡은 그의 손을 부드럽게 잡으며 물었다.

"마음에 안 들어?"

"마음에 안 들어."

준환이 미간을 찌푸렸다.

"집에 도착했는데 네가 없어서 얼마나 걱정했는지 넌 모르지? 한 번만 더 이런 장난쳐봐. 집에 묶어놓고 밖으로는 한 발자국도 안 내

보낼 거야."

"정말?"

"정말."

파지가 의미심장한 표정으로 웃으며 자신의 어깨에 얹은 준환의 손을 쳐냈다. 그리고 두 손으로 자신이 입고 있는 그의 가운 깃 부분을 살짝 벌렸다.

"헉."

준환이 급하게 숨을 들이마시는 소리가 들리자 파지의 입술에 걸린 묘한 미소가 더욱더 짙어졌다.

"파지 너……."

준환의 눈은 벌어진 가운 사이로 하얗게 드러난 파지의 가슴에 닿아 있었다. 그녀의 분홍빛 봉우리는 아쉽게도 가운에 아슬아슬하게 가려져 보이지 않았다.

"진짜 마음에 안 들어? 다시는 하지 말까?"

다시 한 번 똑같은 질문을 하는 파지의 물음에 준환이 대답하듯 신음하며 그녀를 끌어안았다.

"진짜 못됐다, 정말."

파지가 빠르게 자신을 끌어안은 그의 손에서 벗어나 그를 마주 보고 섰다.

"이러시면 곤란합니다, 환자분."

"뭐?"

"진료를 받으시려면 여기 의자에 앉으세요."

파지가 그에게서 뒷걸음질을 치며 그가 진찰할 때 환자들이 앉는 의자를 가리켰다. 그리곤 여유로운 걸음걸이로 걸어가 평소 그가 항상 앉아 있는 그의 자리에 앉았다.

"자, 앉으세요. 앉으셔야 진찰을 해드리죠."

파지의 입술이 매혹적인 호를 그리자 준환이 한숨을 내쉬었다.

"이건 무슨 놀이야?"

"자기는 어렸을 때 한 번도 안 해봤어? 의사 놀이잖아. 의료업계 종사하는 사람 중에서는 어렸을 때 의사 놀이하다 의사나 간호사의 꿈을 키운 사람들도 꽤 있다고 하던데?"

파지가 천연덕스럽게 말하며 다리를 꼬자 벌어진 가운 사이로 늘씬한 다리가 고스란히 드러났다. 파지의 가슴에 머물러 있던 준환의 시선이 저절로 그녀의 다리로 향했다. 그의 아내는 생각할수록 멋진 몸매를 가졌다. 매끈한 그녀의 다리를 본 순간 그는 지금 이 순간 저 다리를 만질 수 있다면 그녀가 세상의 그 어떤 것을 가져다 달라 해도 다 가져다줄 수 있을 거라는 생각을 했다.

"환자분, 빨리 앉으세요."

파지가 준환에게 다시 한 번 의자를 권했다. 준환이 씁쓸한 미소를 지으며 그녀가 가리킨 의자에 털썩 주저앉았다.

"어디가 아프셔서 오셨죠?"

"온몸이 다 아픕니다."

"온몸이요?"

파지가 놀란 척하며 입술을 벌렸다.

"한 번 만져봐도 될까요?"

그녀가 그의 팔에 손을 얹자 감각이 예민해진 준환의 몸이 움찔하고 튀었다.

"어머, 괜찮으세요? 만지는 것만으로도 이렇게 움찔하시는 걸 보니 증세가 정말 심각하네요."

파지가 걱정스러운 얼굴로 말하며 준환의 셔츠 단추를 하나하나 끌렀다. 그의 심장 근처의 단추를 푸는 파지의 손바닥에 빠르게 쿵쾅거리는 준환의 심장박동이 느껴졌다.

"심장도 굉장히 빠르게 뛰시네요."

파지가 손바닥으로 준환의 심장을 부드럽게 문지르자 준환의 이마에 핏대가 섰다.

단추가 다 풀어진 준환의 셔츠를 벗긴 파지가 그의 맨가슴에 두 손을 댔다. 전에 없이 빠른 그의 심장박동에 뻔뻔하게 웃고 있던 파지의 얼굴에서 미소가 사라졌다.

"난 예전부터 한 번쯤은 이러고 싶었어. 지금 여기서 당신이랑 내가 뜨겁게 사랑하고 나면 앞으로 당신은 여기서 일할 때마다 오늘의 내가 생각날 거야."

파지가 눈에 보일 정도로 거칠게 뛰고 있는 준환의 왼쪽 가슴에 입술을 갖다 댔다. 그리고 이를 세워 깨물고 입술을 벌려 한껏 빨아들였다.

"웃⋯⋯."

준환이 참고 있던 신음을 뱉어냈다. 요물⋯⋯. TV 개그 프로그램에서 남자 개그맨이 '이 요물! 오빠를 들었다 놨다, 들었다 놨다⋯⋯.' 어쩌고저쩌고 하는 것을 볼 때마다 파지가 생각나긴 했지만 오늘처럼 그 단어가 생각나는 것은 처음이었다.

준환의 손이 저절로 파지의 가슴으로 향했다. 단단하게 부푼 파지의 가슴에 준환의 커다란 손이 닿자 파지가 새침한 표정으로 그의 손을 쳐냈다.

"환자는 의사를 만질 수 있는 권한이 없어."

파지는 자신이 준환의 왼쪽 가슴, 정확히 심장의 바로 위에 만들어 놓은 키스마크를 기분 좋은 얼굴로 바라보았다. 준환의 아내가 된 후 그의 심장 바로 위에 키스마크를 찍는 것은 그녀가 그에게 하는 일종의 주문이었다.

"날 더더더 많이 사랑해라, 얍!"

그녀는 그의 심장에 붉은 낙인을 찍은 후 늘 하는 주문을 외웠다. 준환은 그녀가 그럴 때마다 늘 유치하다고 툴툴거렸지만 어쩌다가 그녀가 그의 심장에 입을 맞추고 주문을 외우는 것을 깜빡하는 날이면 자진해서 그녀에게 자신의 심장을 내밀었다. 유치하게만 보였던 파지의 그 주문은 언젠가부터 그가 그녀에게 사랑을 받고 있다는 증거가 되어 있었다.

"만지고 싶은데……."

"안 돼. 오늘은 내가 다 할 거야."

파지가 입술을 삐죽거렸다.

"내일부터 일하는 게 힘들어질 정도로 잔뜩 만지고 키스하고 사랑해줄게."

붉은 매니큐어를 바른 파지의 손이 준환의 어깨를 타고 가슴, 그리고 배로 흘러내렸다. 그녀의 손길을 따라 그의 근육이 함께 꿈틀거리며 반응했다.

"내가 마녀를 창조해낸 것 같아."

준환이 신음을 삼키며 말했다.

"수줍었던 네 모습이 이제는 잘 기억나지 않네."

준환의 말에 그의 앞에 무릎을 꿇고 앉아서 그의 몸을 샅샅이 훑으며 만지고 키스하던 파지의 입술이 멈췄다. 잔뜩 자신감에 차있던 그녀가 울상을 지으며 그를 올려다보았다.

"……싫어?"

파지의 목소리가 떨렸다.

그녀는 언제나 늘 이러고 싶었다. 그가 자신을 만지는 것처럼 자신도 대담하게 그를 만지고 싶었다. 그래서 그에게 안기는 것이 익숙해진 후부터는 준환과 경쟁적으로 서로를 만지고 깨물고 키스했다. 준환도 그런 그녀의 손길에 늘 정직하게 반응해줬기 때문에 그녀의 그런 모습 또한 좋아한다고 생각했다.

"아니."

살짝 붉어진 얼굴로 울먹거리는 파지를 가만히 바라보던 준환이 씨익 웃었다.

"더 좋아."

그리곤 그녀의 뒤통수를 끌어당겨 깊게 키스했다. 뜨겁게 얽혀오는 그의 혀를 맞아들이며 파지는 깨달았다.

이 남자, 나한테 복수한 거였어!

"앗!"

분한 마음에 파지가 준환의 혀를 이로 살짝 고통을 느낄 정도로 깨물었다.

"오늘 죽었어, 이준환."

파지의 손이 준환이 말릴 틈도 없이 그의 바지의 지퍼로 향했다.

"환자분이 제일 아픈 곳이 바로 여긴 것 같은데, 제일 아픈 곳부터 치료하기로 하죠."

바지의 지퍼를 열고 단단해질 대로 단단해져 고통마저 호소하고 있는 곳에 손을 댄 파지가 조금 전 그가 언급한 마녀처럼 웃었다.

"선생님?"

준환이 자포자기한 심정으로 한숨을 내쉬며 말했다.

"말씀하세요, 환자분."

"예민한 부분이니 세심하게 다뤄주세요."

스스로 예민하다고 말한 것에 파지의 따뜻한 손이 와 닿자 준환이 두 눈을 감았다.

파지의 가는 손가락들이 천천히 그를 감쌌다. 그녀의 손가락이 부드럽게 살살 문지르는 느낌에 준환이 이를 악물었다. 그리고는 속으로 요물을 스무 번 정도 되뇌었다.

"이제 더 이상 아프지 않으신가요?"

파지의 물음에 준환이 고개를 저었다.

"여전히……."

"그거 안 됐네요. 남자한테 이게 얼마나 중요한 부분인데……."

파지가 그를 감싼 손을 천천히 움직이자 한쪽 팔로 책상을 붙잡은 준환의 팔이 부들부들 떨렸다. 참을 수가 없었다. 굳이 찾아오겠다는 절정을 쫓아 보낼 필요는 없지만 그건 파지와 함께 맞이하고 싶었다.

"파지야."

"응?"

"미안."

더 이상 그녀의 의사 놀이에 동참해줄 수 없는 것에 대한 사과를 마친 준환이 그녀를 번쩍 안아들고 간이침대로 향했다.

"잠, 잠깐! 준환 씨! 나 아직 안 끝났어!"

"난 끝났어."

파지를 간이침대에 내려놓은 준환이 벌어진 그녀의 다리 사이로 몸을 옮겼다.

"잠깐, 준환 씨! 그럼 신발은 좀 벗고……."

"나중에 벗어."

준환의 다급한 목소리에 당황한 표정으로 입술만 벙긋거리던 파지가 까르르 웃음을 터뜨리며 그의 목을 꼭 끌어안았다.

"다정하게 안아줘."

활짝 웃으며 자신을 올려다보는 파지의 눈길과 자신의 목덜미를 연신 어루만지는 파지의 손에 준환이 인상을 찌푸렸다.

"잔뜩 달아오르게 해놓고 다정하게 안아달라고?"

준환이 으르렁거리는 목소리로 경고하듯 말하며 파지의 목덜미에 입술을 묻자, 그녀가 고개를 끄덕였다.

"그래도 다정하게 해줄 거잖아."

"으……."

귓가에서 뜨겁게 들리는 파지의 목소리에 준환이 억눌린 신음을 내뱉었다.

"김파지, 너……."

"지금 다정하면 상으로 이따가 내가 거칠게 잡아먹어 줄게."

달콤한 파지의 속삭임에도 아랑곳하지 않고 그녀가 입고 있는 하얀 가운을 벗긴 준환이 거칠게 그녀의 입술을 훔쳤다. 그의 혀가 그녀의 입가를 핥다가 다급하게 입 안으로 침입해 들어오자 파지가 더욱더 크게 입술을 벌리며 반갑게 그를 맞이했다.

그녀의 입 안을 핥던 준환이 신음하듯 말했다.

"지금 거칠게 잡아먹게 해주면 이따가 다정하게 안아줄게."

"음…… 그래, 좋아. 오늘은 내가 봐줬다."

준환이 자신을 거칠게 가질 때마다 그녀는 자신이 그에게 사랑받고 있다는 것을 절실하게 느꼈다. 자신을 너무나 사랑해서…… 그렇게 사랑하는 자신을 미친 듯이 갖고 싶어서 평상시의 자제력을 멀리 던져버리고 으르렁거리며 달려드는 그를 어떻게 밀어낼 수 있을까.

그녀는 못한다. 절대로.

따뜻한 준환의 입술이 부드럽게 솟아오른 그녀의 정점에 닿았다. 살짝 거칠어진 그의 입술을 느끼며 그녀는 가만히 손을 뻗어 그의 머리를 감싸 쥐었다. 뜨겁게 때로는 정중하게 그녀의 온몸에 입을 맞추고 하나가 되고 싶어 급하게 다가오는 그를 향해 그녀는 두 팔을 벌려 그를 끌어안고 몸을 활처럼 휘었다.

준환은 보건소에서 거칠게 안았던 것을 사과하듯 집에 와서는 약속했던 대로 부드럽게 그녀를 안아주었다. 그녀를 만지는 그의 손길 하나하나에 사랑한다 말하는 고백이 숨겨져 있어 그에게 안기는 내내 파지는 괜히 흘러나오려는 눈물을 참느라 힘들었다. 감성적인 밤이었다.

숨이 너무 차올라 말도 제대로 할 수 없었던 긴 시간이 지나고 두 사람은 서로를 꼭 끌어안은 채 누워 있었다.

"하아……."

거칠어진 숨을 고르던 준환이 파지의 가슴에 얼굴을 묻고 고른 숨을 내쉬기 시작했다.

"준환 씨."

"응?"

준환이 그녀의 목덜미에 입을 맞추며 대답했다.

"내일 나랑 어디 좀 같이 가자."

"어딜?"

"갈 데가 있어."

"어딘지 말 안 해줄 거야?"

"응. 가보면 알아."

"흠……."

준환이 콧소리를 내며 그녀의 몸을 꼭 끌어안았다.

"말 안 해주니까 더 궁금한데?"

"미리 알면 재미없잖아."

파지는 가끔 이렇게 준환을 불러내 한적한 시골마을 여기저기를 끌고 다니며 사진을 찍기도 하고 돗자리를 펴고 앉아 손수 싸온 도시락을 먹기도 했다. 내일도 그런 것이 분명할 것 같다는 생각을 하며 준환이 고개를 끄덕였다.

"알았어."

준환이 기분 좋게 웃으며 땀에 젖은 파지의 작은 몸에 자신의 몸을 꼭 붙였다.

"음……. 기분이 좋아. 나른하니…… 졸리다."

준환이 자신을 끌어안은 채 꾸벅꾸벅 졸기 시작하자 파지가 빙긋웃었다. 그는 사랑을 나눈 후에는 꼭 그녀를 끌어안고 잠이 들었다. 그녀가 새벽에 화장실을 가거나 물을 마시기 위해 그의 품에서 빠져나가면 그는 미간을 찌푸리고 어린아이처럼 칭얼거리며 그녀가 누워 있던 자리를 손으로 더듬었다. 결혼한 지 1년이 다 되어 가지만, 그녀에 대한 그의 사랑은 요만큼도 변하지 않은 것 같았다. 오히려 시간이 지날수록 그녀의 그의 사랑은 더욱더 커져만 갔다. 그녀는 그에게 이런 사랑을 받는 자신이 너무 자랑스러웠다.

"파지야……."

파지의 나긋나긋하고 유혹적인 작은 몸을 꼭 끌어안은 준환은 부드러운 손길로 자신의 머리를 쓸어 넘기는 파지의 손가락에 만족한 듯 평온한 표정으로 그녀의 이름을 중얼거리며 깊은 잠에 빠져들었다.

"있잖아, 준환 씨."

부드러운 표정으로 잠에 취한 준환의 뺨을 손가락으로 살짝 쓰다듬은 파지가 그의 머리를 더욱더 꼭 끌어안았다.

"난 당신을 만난 게 이 세상 최고의 행운이었던 것 같아."

준환이 잠결에 대답하듯 미소를 지었다. 준환을 꼭 끌어안은 파지도 그를 따라 미소를 지으며 깊은 잠에 빠져들었다.

보건소가 쉬는 다음 날, 파지는 그의 손을 잡고 시내로 향했다.

"시내로 나가자는 거였어?"

"응."

함께 차에서 내리며 준환이 그녀의 얼굴을 뚫어져라 쳐다봤다.

"뭐 먹고 싶은 거 있어?"

"아니."

"그럼 쇼핑?"

준환의 두 번째 물음에 파지가 고개를 끄덕였다.

"음……. 볼일을 마친 후에는 쇼핑도 좀 해야 할 것 같긴 하네."

"볼일?"

"응. 준환 씨와 내 생애 가장 경이로운 볼일이야."

파지가 활짝 웃으며 그의 손을 잡고 어디론가 걸어갔다.

그녀와 그의 발길이 향한 곳은 시내에 커다랗게 자리 잡고 있는 병원 건물이었다. 그곳엔 이비인후과와 소아과, 산부인과와 정형외과가 있었다.

"뭐야, 파지 너 어디 아픈 거야?"

병원 앞에서 파지의 발걸음이 멈추자 준환이 걱정스러운 얼굴로 그녀를 쳐다봤다.

"나한테 먼저 말하지. 의사 남편이 괜히 있는 줄 알아?"

묘한 표정으로 자신을 올려다보는 파지를 마주 바라보며 준환이 미간을 찌푸렸다. 알 수 없는 불안감이 그의 가슴을 짓눌렀다.

"정말 어디 아픈 거야?"

파지는 여전히 알 수 없는 표정으로 그를 바라봤다.

"파지야, 나 걱정하게 만들지 말고 대답 좀 해봐. 어디가 아픈 건데?"

준환이 두 손으로 파지의 뺨을 감싸 안고 그녀의 이름을 불렀다.

"김파지?"

"맞아. 몸 상태가 좀 이상한 거 같아. 그래서 며칠 동안 고민하다가 결국 준환 씨 데리고 여기 온 거야."

"심각한 거야? 나로는 안 될 정도로?"

"음…… 준환 씨는 외과잖아. 솔직히 외과에는 불안해서 제대로 맡길 수가 없지."

"김파지!"

준환이 으르렁거렸다.

"음?"

"제대로 말 안 할래?"

"저기 봐봐."

파지가 손가락을 들어 건물의 3층을 가리켰다. 준환의 시선이 그
녀의 손가락을 타고 천천히 움직였다.

"뭐가 보여?"

드디어 준환의 시선이 파지의 손가락 끝이 가리키고 있는 지점에
서 멈췄다. 한참 동안 그는 아무 말 없이 가만히 서 있기만 했다.

"난 지금 저기 들어가야 해."

"으응……."

준환의 멍한 목소리가 들려왔다. 정신이 반쯤 나간 듯한 그의 시
선은 그녀가 가리키고 있는 병원 건물의 3층, 산부인과의 간판에
꽂혀 있었다.

"그런데 혼자 들어가기는 좀 그렇잖아. 초음파로 우리 아기 얼굴
도 볼 텐데, 처음 보는 아기 얼굴 준환 씨랑 같이 보고 싶었어."

"파지야……."

"응?"

준환이 고개를 돌리고 멍한 시선을 파지에게 고정했다.

"내가 보고 있는 게 맞는지 확신이 가지 않아서 물어보는 건
데……."

"응."

"저거 산부인과야?"

"응. 산부인과라고 읽어."

"내가 잘 못 읽은 거 아니지?"

"아니야."

"네가 가리킨 게 2층인 것도 아니지?"

"응. 난 분명히 3층 가리켰어."

"김파지……."

준환의 얼굴이 갑자기 환하게 밝아졌다. 그의 입은 귀에 걸릴 듯 옆으로 쭉 벌어져 있었다. 준환은 헤벌쭉 벌어진 입술로 큰 소리를 내며 웃었다.

"와하하하! 김파지, 너 진짜 대단하다!"

준환이 이렇게까지 기뻐할 줄 몰랐던 파지가 당황한 얼굴로 그를 쳐다봤다.

"예뻐 죽겠다, 우리 파지."

"준환 씨……."

"확실한 거야?"

"으응?"

"네 뱃속에 우리 아이가 있는 거 확실한 거냐고 묻는 거야."

"응. 이틀 전에 테스트해 봤어. 양성이야. 확실해."

파지가 뿌듯한 미소를 지으며 자신의 아랫배를 손으로 감쌌다.

"여기에서 준환 씨랑 내 아이가 자라고 있대."

"어떡해……."

준환이 파지의 어깨를 두 손으로 붙잡더니 어깨를 부들부들 떨었다.

"왜 그래, 준환 씨?"

"너무 좋아서 미칠 것 같아, 파지야."

"그렇게 좋아?"

"당연한 소리! 너랑 내 아이가 여기 있다는데, 어떻게 좋지 않을 수 있어?"

준환이 파지를 와락 끌어안고 번쩍 들어 올려 빙글빙글 돌렸다. 지나가는 사람들이 걸음을 멈추고 황당한 눈으로 그들을 쳐다봤다.

"주, 준환 씨! 뭐하는 거야!"

"너무 좋아서 그래. 널 안고 지구 한 바퀴도 돌 수 있을 것 같아."

"준환 씨!"

"사랑해, 파지야. 정말로 사랑해."

준환이 큰 소리로 호탕하게 웃으며 계속해서 그녀를 빙글빙글 돌렸다.

"준환 씨, 나 어지러워……."

기분 좋은 얼굴로 파지를 끌어안은 채 빙글빙글 돌던 준환의 움직임이 멈췄다. 그가 걱정스런 얼굴로 그녀의 얼굴을 들여다보았다.

"아차차!"

준환이 그녀의 어깨를 꼭 붙잡고 섰다.

"너무 흥분해서 잊고 있었어. 넌 절대 안정을 취해야 하지."

"응."

걱정 어린 표정과 함께 여전히 싱글벙글 웃고 있는 표정을 하고 있는 준환의 얼굴을 보며 파지가 말했다.

"그만 들어가자. 사람들이 쳐다봐."

"그래."

준환이 그녀의 어깨를 부축하며 천천히 병원 건물 안으로 들어갔다.

"조심히 걸어. 한 걸음씩 천천히……."

"뭐야, 나 중병에 걸린 환자는 아니거든?"

"넌 절대 안정해야 해."

"나 환자 아니라니까?"

"환자는 아니라도 우리 아이를 가진 몸이니까 조심에 또 조심해야 한다고."

"못살아, 정말."

파지가 픽 웃음을 터뜨렸다. 준환은 지금 흥분해 있었다. 아버지가 된다는 사실이 그를 이렇게 만든 것일까? 언제나 점잖고 조용했던 그가 입에 모터가 달린 듯 아기에 대해 떠들기 시작했다.

"여자애일까, 남자애일까? 아직 모르겠지? 어떻게 생겼을까? 손가락 발가락은 다 있을까? 응? 파지야."

"진정해, 준환 씨. 준환 씨 지금 너무 흥분했어."

"흥분 안 하게 생겼어? 나 지금 너무 좋아서 날아갈 것 같아. 부모님한테는 진찰 끝나고 말씀드리는 게 좋겠지? 아니다, 지금 말씀드리는 게 좋을까? 너 진찰 끝나면 정신이 없을 것 같은데……."

"아이 참……."

"초음파사진 나오면 꼭 인쇄해서 지갑에 넣고 다녀야지. 네 사진 위에 올려놓고 몇 번씩 볼 거니까 그건 네가 서운해도 참아."

"안 서운해."

'이렇게 우리 아기를 환영하고 아기가 우리의 곁으로 찾아온 것을 기뻐해 주는데 어떻게 서운해 하겠어?'

파지는 뒷말을 삼키며 손가락으로 아직은 납작한 자신의 아랫배를 쓰다듬었다. 그녀의 입술은 이미 엄마의 미소를 그리고 있었다.

문득 엄마는 자신을 가졌을 때 기분이 어땠을까 궁금해졌다. 엄마는 그때 어땠을까? 슬펐을까? 기뻤을까? 아니면……. 절망적이었을까?

파지의 얼굴 표정이 어두워지자 준환의 표정도 덩달아 어두워졌다.

"왜 그래?"

"아니, 그냥……. 엄마는 날 가졌다는 사실을 알았을 때 어땠을까 싶어서. 아버지란 사람이 지금 준환 씨의 반만이라도 좋아해 주셨으면 엄마도 무척 행복했을 텐데……."

"파지야……."

"준환 씨는 우리 아기 많이 예뻐해 줄 거지?"

"당연한 소리."

"이름도 지어주고 자장가도 불러주고 아플 때는 옆에서 간호도 해주고 첫 걸음마를 뗄 땐 옆에서 손도 잡아줄 거지?"

"그거 말고도 더 많은 걸 해줄 거야. 약속할게."

"응. 준환 씨 그 말, 믿을게."

파지의 얼굴에서 어둠이 사라지자 준환이 다시 그녀의 손을 잡고 엘리베이터 앞으로 이끌었다.

"들어가자, 파지야. 나 우리 아기 빨리 보고 싶어."

"응. 그리고 이따 진찰 끝나면 아기 용품점에 가서 이것저것 잔뜩 사자."

"그래."

엘리베이터 앞에 선 준환이 천천히 아래로 내려가고 있는 숫자를 뚫어져라 응시했다.

"빨리 와라, 빨리."

그런 준환을 보는 파지의 마음은 터질 듯이 보글보글 끓어올랐다. 이 남자, 정말 괜찮은 남자다. 자신이 남자 하나는 정말 잘 골랐다.

엘리베이터가 멈춰 서자 준환이 그녀의 손을 잡아당겼다.

"이리 와, 파지야. 조심조심……."

"응."

준환과 함께 엘리베이터에 올라탄 파지의 눈이 신나서 3층 버튼을 꾹 누르는 준환의 손가락에 멈췄다.

"준환 씨."

"응?"

"정말로 사랑해."

"나도."

"당신이 내 곁에 와줘서 얼마나 행복한지 몰라. 당신 때문에 난 정말 하루하루가 너무나 행복해."

"나도 그래."

"사랑해."

"나도 사랑해."

준환이 엘리베이터 안에서 파지의 입술에 자신의 입술을 포갰다. 다행히도 잠시 후 열린 엘리베이터 문 앞에는 아무도 없었다.

"들어가자, 파지야."

부드러운 입술로 그녀의 입술에 입을 맞추던 준환이 손을 뻗어 그녀를 산부인과 앞으로 이끌었다. 느릿한 걸음으로 그의 뒤를 따라 걸어가는 파지의 얼굴은 빛이 날 정도로 아름다웠다.

사랑을 하고 사랑을 받고……. 이것을 제대로 하지 못해 불행한 나날을 보냈던 것이 엊그제 같은데, 그것은 벌써 옛일이 되어버렸다. 지금 그녀는 준환을 만나 그를 사랑하고 그에게 사랑을 받으며 행복하게 살아가고 있었기 때문이다.

아이처럼 들떠서 산부인과 안을 훑어보며 행복한 눈동자로 그녀를 바라보며 웃어주는 이 남자를 그녀는 너무나 사랑했다.

준환의 손을 꼭 잡고 자신의 차례가 오길 기다리는 파지의 마음은 그를 처음 만났던 때로 거슬러 올라갔다. 그때만 해도 그녀는 그가 자신의 짝이 될 거란 생각은 절대 하지 못했다. 그녀에게 그는 그냥 자신의 맹장수술을 집도한 꽤 잘생긴 의사였고, 그에게 그녀는 무뚝뚝하고 새침한 고집쟁이 환자일 뿐이었던 것이다.

준환의 어깨에 자신의 머리를 기댄 파지가 조용히 두 눈을 감았다. 파지의 머리가 자신의 어깨에 닿자 준환은 파지의 손을 잡고 있는 자신의 손에 힘을 주었다.

"조금만 기다리면 볼 수 있겠다. 그치?"

"으응."

"무슨 생각하고 있어?"

"우리 처음 만났을 때 생각."

"그때 생각?"

"응."

"좀 창피한데……."

"왜?"

"그때 너 깨어 있었다면서. 그럼 내가 하고 있는 짓 다 봤을 거 아니야? 지금 생각하면 진짜 창피해서 말이 안 나온다."

"그게 시발점이었어."

"시발점?"

"내가 당신을 사랑하게 된 시발점."

파지의 말에 기분 좋아진 듯 준환이 웃었다.

"그래?"

"응, 그래."

파지가 다시 눈을 감았다. 그녀의 감은 눈앞에 그때의 광경이 펼쳐졌다. 난처한 얼굴의 간호사, 사방을 차단하고 있는 하얀 커튼, 속닥이는 아주머니들의 목소리……

지금은 기분 좋게 기억할 수 있는 그 기억이 파지의 온몸을 휘감았다. 파지는 자신을 붙잡고 놓아주지 않는 기억에 거역하지 않고 기쁜 마음으로 그 기억 속으로 빨려 들어갔다.

에필로그.
사랑의 시작

맹장수술을 받은 지 3일이 지났다.

그녀는 현재 무뚝뚝한 얼굴로 자신에게 주사를 놓기 위해 주기적
으로 찾아오는 간호사에게 1인실로 옮겨달라는 요청을 하고 있는
중이었다.

"1인실은 지금 꽉 차 있는데……."

파지와 나이가 비슷해 보이는 또래의 간호사가 난처한 듯 말끝을
흐렸다.

"저기…… 1인실은 꽉 찼지만 오늘 오전에 환자분 한 분이 퇴원
하기로 하셔서 3인실이 하나 나왔거든요. 3인실은 어떠세요?"

우물쭈물 물어오는 간호사의 물음에 파지의 눈이 날카로워졌다.

알지 못하는 낯선 사람들 속에 둘러싸여 있는 것은 딱 질색이다.
맹장수술을 하고 정신이 몽롱한 상태에서도 계속해서 1인실을 요구
했던 그녀는 하는 수 없이 고개를 끄덕였다.

"어찌 됐든 3인실이 5인실보다는 낫겠죠. 옮겨주세요."

"그럼 점심때 끝나고 바로 옮겨드릴게요."

파지가 무뚝뚝한 얼굴로 고개를 끄덕였다.

"조금 있다가 이 선생님이 회진 오실 거예요. 혹시 불편한 거 있으시면 그때 말씀해주세요."

"네."

간호사가 친절한 미소를 지으며 그녀에게 놓은 주사와 약병이 든 쟁반을 챙겼다.

"최대한……."

파지의 감정 없이 냉정한 목소리가 병실 밖으로 나가려는 간호사의 발목을 잡았다.

"네?"

"최대한 빨리 옮겨주세요. 점심시간 끝나자마자 바로요."

"네."

간호사가 다시 한 번 그녀를 향해 친절한 미소를 보내왔다.

"이 선생님, 11시쯤 오실 거예요."

파지는 친절한 여자 간호사가 병실을 나가자마자, 움직일 때마다 약간씩 통증을 호소하는 아랫배를 한 손으로 붙잡고 자리에서 일어나 커튼을 쳤다. 그녀가 커튼을 치자 주변 환자들과 간병인들의 아우성이 들려왔다.

"답답하게 커튼을 왜 쳐?"

"그러게 말이야. 도대체 한여름에 저게 뭐 하는 짓이야? 아주 내가 볼 때마다 답답해 죽겠다니까?"

"말도 마. 어제 내가 하도 답답해서 저 커튼을 걷었거든? 그랬더니 사납게 째려보면서 사람 무안하게 커튼을 도로 치잖아. 내 참!"

어이가 없어서, 정말."

같은 병실에 입원해 있는 아주머니들이 소곤거리며 파지의 험담을 하기 시작했다.

"생긴 건 예쁘장하게 생긴 아가씨가 왜 저리 성격이 사나운지 몰라?"

"쯧쯧쯧. 저리 버르장머리가 없어서야⋯⋯."

파지는 자신의 험담을 하는 아주머니들의 목소리가 들리지 않는 척 가만히 누워서 눈을 감고 있었다.

얼마나 한참을 그러고 있었을까⋯⋯. 파지의 험담을 하는 것에 싫증이 난 듯 아주머니들은 어느새 다른 주제로 수다를 떨기 시작했다.

깔깔거리며 서로 농담을 주고받으며, 누가 먼저랄 것도 없이 경쟁적으로 재미있는 이야기를 나누는 사람들 속에서 파지는 혼자 고독감과 싸우고 있었다.

드르륵.

커튼이 열렸다.

두 눈을 감고 있던 파지의 미간이 찌푸려졌다. 이번에는 정말 뭐라고 한소리를 해야겠다 싶어, 두 눈을 부릅뜬 파지의 눈에 훤칠하게 잘생긴 남자가 들어왔다.

이준환. 그는 그녀의 맹장수술을 집도한 레지던트 4년 차의 의사였다.

파지가 천천히 일어나 앉아 냉담한 눈으로 그를 올려다봤다.

"김파지 씨?"

"네."

"몸은 좀 어떠십니까?"

"참을 만해요."

파지가 남의 얘기를 하듯 감정 없는 목소리로 말하자 준환이 그녀의 눈을 똑바로 쳐다봤다.

"계속해서 운동은 하고 계십니까?"

"운동이요?"

"빨리 회복을 하기 위해서는 운동을 하는 것이 좋습니다. 빠른 회복을 위해서 좀 힘들어도 천천히 복도를 걸어보시는 게 어떻습니까?"

"생각해볼게요."

"혼자 걷기 힘들면 주위 사람들에게 도움을 요청해보세요."

"싫어요."

파지가 딱 잘라 말하자 옆에 앉아 있던 아주머니가 쿡하고 웃음을 터뜨렸다.

"호호호. 도와줄 사람이 있나 모르겠어."

의도적으로 그녀의 기분을 상하게 하기 위해 말한 것이 분명했다. 준환이 그 아주머니의 중얼거림 속에서 악의 섞인 의도를 느끼고 한쪽 눈썹을 치켜올렸다. 그리고 파지를 바라봤다. 그녀는 아무것도 듣지 못했다는 듯 꼿꼿하게 허리를 펴고 앉아 그의 얼굴을 응시하고 있었다. 마치 그의 얼굴을 바라보는 것이 그녀의 구명줄이라도 되듯이.

"소독할 테니까 커튼 좀 닫아주세요."

준환의 말에 그의 곁에 서 있던 간호사가 커튼을 닫았다. 파지가 가만히 자신의 환자복을 들추자 준환이 조심스러운 손길로 수술 부위에 붙여두었던 거즈를 떼어내고 소독을 했다. 통증이 느껴지자 파지가 새어나오는 신음소리를 참기 위해 하얀 이로 붉은 입술을 꽉 깨물었다.

"웃……."

파지가 입술을 깨물며 신음을 참자, 준환이 그녀를 올려다봤다.

"아프면 그냥 아프다고 말하세요. 그렇게 참지 마시고. 그렇게 참으시면 제가 환자분을 정말로 아프게 하고 있을 때도 깨닫지 못하고 그냥 넘어가는 수가 있잖습니까."

"안 아파요."

파지가 입술을 깨물며 고집스럽게 말하자 준환이 한숨을 내쉬며 소독을 끝낸 그녀의 상처 위에 깨끗한 거즈를 붙였다.

"자, 다 됐습니다."

준환이 그녀에게서 물러나자 파지가 걷어 올렸던 환자복을 내렸다.

준환이 일어서자 간호사가 커튼을 열기 위해 손을 뻗었다. 그때였다.

"쯧쯧, 간병해주는 사람도 없고 문병 오는 사람도 없으니 불쌍하긴 하네."

"독종이잖아, 독종. 내 친구 딸내미는 맹장수술하고 3일 동안을 침대에서 꿈쩍도 못하던데, 저 아가씨는 하루 만에 일어나서 물 떠다 마시고 화장실도 가고 혼자 다 하더라고. 웬만한 독종 아니면 저리 못하지, 암."

"옆에서 도와주는 사람이 없으니, 혼자서 해야지. 혼자 못하면 어떡해."

아주머니들이 작은 목소리로 속닥이는 소리가 들렸다.

준환의 눈이 다시 한 번 파지에게로 향했다. 다시 한 번 파지의 눈과 준환의 눈이 마주쳤다.

"다 끝나셨으면 커튼 열고 나가세요. 좀 쉬고 싶네요."

그녀가 잔뜩 이로 깨물어 더욱더 붉어진 입술을 달싹이며 말하자, 준환이 고개를 끄덕였다. 아주머니들이 나누던 대화를 함께 들은 간호사가 어색한 얼굴로 커튼을 열고 병실 입구로 걸어 나갔다. 그녀의 뒤를 따라 걸어가려다 잠시 멈춰 선 준환이 파지를 쳐다봤다. 그녀는 가만히 침대에 앉아 자신의 손톱 끝을 내려다보고 있었다.

"필요한 거 있으시면 언제든지 말씀하세요."

"필요한 거 없어요."

그녀의 말에 준환이 고개를 한 번 끄덕이고 손수 커튼을 닫아주었다.

준환과 간호사가 사라진 병실은 아주머니들의 수다로 다시 시끄러워졌다.

"저 아가씨 담당하는 의사선생님 되게 괜찮지 않아?"

"응. 우리 딸 소개시켜주고 싶네."

"아직 총각이래."

"어머, 진짜? 아직 총각이래?"

"그렇다니까?"

아주머니들이 깔깔거리며 웃었다.

그녀들의 웃음소리가 커질수록 파지의 얼굴은 냉담해져갔다. 마치 감정이 없는 인형과도 같은 그녀의 표정은 무척이나 황량했다.

잠시 후, 점심으로 멀건 죽이 그녀의 침대 옆 서랍장 위에 올라왔지만 그녀는 가만히 누운 채로 그것에 눈길 하나 주지 않았다.

그녀는 기다리고 있었다. 조금이라도 좋으니 사람이 적은 병실로 옮겨가는 것을.

"죄송해서 어쩌죠?"

점심시간이 지나고 늘 그녀에게 주사를 놓아주는 간호사가 그녀를 찾아와 미안한 얼굴로 말했다.

"제가 잘못 알았나 봐요. 그 환자분이 퇴원하는 날이 오늘이 아니라 내일이라고 하네요. 정말 죄송해요."

파지는 냉담한 얼굴로 간호사를 노려볼 뿐이었다. 파지의 차가운 눈길에 간호사가 서둘러 말을 이었다.

"그래도 다행인 건 내일 1인실 하나가 비거든요. 거기로 옮기시는 것도 괜찮을 것 같은데……. 입원하시면서 계속 1인실로 옮기고 싶어 하셨잖아요."

"1인실이 빈다고요?"

그제야 파지가 입을 열었다.

"내일이요?"

"네."

"그럼 그리로 갈게요. 1인실로 옮겨주세요."

"그런데……. 1인실은 좀 많이 비싸요. 괜찮으시겠어요?"

"상관없어요. 비싸든 비싸지 않든. 혼자 있고 싶거든요."

"네. 그럼 미리 말을 해둘게요."

간호사가 안도의 미소를 머금고 병실을 떠났다.

파지가 작게 한숨을 내쉬었다. 이런 숨 막히는 곳에서 하루를 더 있어야 한다고 생각하니 답답해서 미칠 지경이었다. 사람들이 내뿜는 지독한 향기가 그녀의 신경을 건드리며 괴롭히고 있었다.

새벽까지 정신없이 일하고 퇴근하기 위해 사무실로 돌아와 잠시 지친 몸을 달래기 위해 간이침대에 누운 준환의 눈길이 책상 위로 향했다. 책상 위에는 얼마 전에 그에게서 맹장수술을 받은 환자가 퇴원하는 날 그를 찾아와 고맙다고 인사를 건네며 두고 간 선물용 음료수가 놓여 있었다.

한참 동안을 가만히 누운 채 선물용 음료수가 담긴 상자를 뚫어져라 쳐다보던 준환이 시선을 돌려 허공을 응시했다.

분명 상처받은 기색이 역력했는데, 순식간에 그 표정을 감추고 무표정한 얼굴이 되어 뚫어져라 그를 올려다보던 여자 환자의 얼굴이 뇌리에서 떠나지 않았다. 문병을 온 사람이 한 명도 없다며 작은 목소리로 그녀의 흉을 보던 아주머니들의 목소리도 그의 귓가에서 떠나지 않았다.

"무슨 상관이냐, 이준환. 퇴근이나 하자."

쓸데없는 오지랖이란 말은 그가 아닌, 그의 절친한 친구 승훈에게 해당되는 말이었다. 그 녀석은 매사에 별 관심이 없어 무심하기만 한 그와는 달리 학창시절부터 쓸데없이 넓은 오지랖을 자랑하며 곤란한 일을 겪는 친구가 있으면 스스로 나서서 먼저 도와주고, 괴롭힘을 당하는 친구가 있으면 그를 괴롭히는 친구를 대신 응징해주곤 했다.

하얀 가운을 옷걸이에 걸고 양복 상의를 걸친 준환이 서류 가방을 들고 사무실을 나섰다.

"음……."

병원의 입구까지 나온 준환이 어딘가 망설이는 얼굴로 멈춰 섰다. 가슴 한구석이 찜찜했다. 이 찜찜함은 넓은 오지랖을 발휘하기 전, 승훈이 느끼는 찜찜함과 비슷한 감정인 것 같았다. 승훈은 늘 하늘보다 높고 대지보다 드넓은 오지랖을 발휘하며 그에게 이렇게 말하곤 했다.

'곤란에 처한 사람들을 그냥 보고 지나치는 건 화장실에서 큰 볼일을 보고 밑을 안 닦은 기분이 든단 말이야. 가서 도와주지 않으면 계속 그렇게 찜찜할 것 같아. 나 갔다 올게, 준환아.'

맙소사! 오지랖이 천만 평은 되는 친구랑 근 20년을 함께 다니다 보니, 그 오지랖 넓은 것이 그에게로 옮겨 왔나 보다.

차를 세워둔 곳까지 걸어갔던 준환이 불쾌한 얼굴로 다시 병원을 향해 걸었다. 승훈이라면 하루에도 몇 번을 겪을 이런 찜찜함을 태어나 처음 느낀 준환은 지금 무척 불쾌한 중이었다.

곧장 사무실로 직행해, 아까부터 눈여겨보았던 선물용 음료수 상자를 손에 든 준환이 다시 성큼성큼 걸어, 오전에 보았던 그 여자가 입원해 있는 병실로 향했다. 7층 중앙 데스크를 지키고 있는 간호사는 잠시 자리를 비웠는지, 보이지 않았다.

아무렇지 않은 표정을 고수하려 노력하던 준환은 아무도 자신을 보지 않는 틈을 타, 모두 잠든 것 같은 이 조용한 새벽에 여자들이 잠들어 있을 병실 안으로 들어갔다.

조용히 문을 연 병실 안에서는 아주머니 한 분이 낮게 코를 골고 있었다. 불을 켜지 않아 달빛에 의지해 걸어가야 한다는 게 조금 불편했지만 굳건한 성벽같이 커튼이 쳐진 침대는 하나뿐이라 그녀가 잠들어 있는 곳을 금방 찾을 수 있었다.

준환은 조심스럽게 다가가 조용히 커튼을 열었다.

"후우……."

혹시나 들킬세라 얼른 커튼 안으로 들어간 준환이 작은 한숨을 내쉬었다. 왜 자신이 이렇게까지 하는지 이유를 알고 싶었지만, 본인도 모르는 걸 누가 알겠는가.

파지는 두 눈을 꼭 감은 채 똑바로 누운 자세 그대로 얌전히 잠들어 있었다.

"솔직히 별로 내키는 일은 아니지만, 계속 마음에 걸려서 놓고 갑니다."

준환이 곤히 잠든 그녀를 향해 낮은 목소리로 속삭인 후, 침대 옆 서랍장 위에 선물용 음료수를 올려놓았다. 그러곤 다시 한 번 곤히 잠든 그녀의 얼굴을 힐끗 보았다. 이 여자는 잠자는 얼굴도 차가운 것 같았다.

잠시 파지의 얼굴을 내려다보던 준환이 파지의 얼굴에 붙은 몇 가닥의 머리카락을 발견했다. 그것을 발견하고 저도 모르게 허리를 낮게 굽힌 그가 손을 뻗어 부드러운 손길로 그녀의 얼굴에서 머리카락을 치웠다. 그의 손길에 반응하듯 파지의 콧대에 애교 있는 주름이 잡혔다. 그 표정에 순간 작게 헉 소리를 내며 손을 치운 준환이 작게 헛기침을 하고 몸을 일으켰다. 그리고 누가 볼까 두려운 듯 조용한 걸음걸이로 병실을 나섰다.

준환은 착한 일을 하고 뿌듯해하는 아이처럼 미소를 지으며 성큼성큼 빠른 걸음걸이로 병원을 나섰다. 감정에 좀 무딘 편인 그가

태어나 처음으로 순수하게 베푼 선의는 그의 마음을 살짝 들뜨게
했다.

차에 올라타 시동을 건 그는 자존심만 몸 안 한가득일 것 같은 그
여자에게 조금이나마 도움이 되었길 바라며 부드럽게 차를 출발시
켰다.

다행인지 불행인지 그날 새벽, 여자들만 모여 있는 성역인 여자
병실에 조용히 침입했다가 사라진 침입자의 모습을 본 사람은 아무
도 없었다.

병실 안에 침입했던 침입자가 병실을 떠나자 조용히 눈을 뜬 파
지가 따뜻한 그의 손가락이 닿았던 오른쪽 뺨을 손가락으로 천천히
쓸었다. 자신의 뺨에 닿았던 그의 온기를 느끼듯 한참 동안 가만히
있던 파지가 고개를 돌려 어둠 속에서 어렴풋이 윤곽만 보이는 음
료수 상자를 바라봤다.

분명 그였다. 그녀의 맹장수술을 집도한 젊은 의사, 이준환.

원래는 깊은 잠을 자는 편이지만 이렇게 사람이 많은 곳에서는
예민할 수밖에 없었던 그녀였기에 병실문이 열리고 사람이 들어왔
을 때 잠에서 깼다. 도대체 사람들이 다 잠든 이 새벽에 병실 안으
로 들어오나 싶어 그 발소리에 조용히 귀를 기울이고 있던 파지의
어깨가 흠칫 떨렸다. 저 새벽의 낯선 침입자는 어둠 속에서도 정확
히 그녀의 침대로 향하고 있었다.

침입자의 손길에 의해 그녀의 커튼이 흔들렸다. 부드러운 한숨
소리도 들렸다. 그것은 여자의 한숨 소리가 아니었다. 좀 더 낮고
부드러운…… 남자의 한숨 소리.

파지는 두 눈을 꼭 감은 채, 전에 인터넷 뉴스로 본 적 있는 한 기사를 떠올렸다. 병원에 침입해, 입원해 있는 여자에게 성추행을 한 남자의 기사였다. 그녀는 여차하면 소리를 지를 작정으로 이를 꽉 악물었다.

"솔직히 별로 내키는 일은 아니지만, 계속 마음에 걸려서 놓고 갑니다."

파지의 눈꺼풀이 바르르 떨렸다. 이 목소리는 낯선 침입자의 목소리가 아니었다. 그녀가 오늘 오전에도 들은 적이 있는 목소리였다. 환자에게 친절과 정성을 다해야 하는 의사치고는 조금 무뚝뚝하고 차갑지만 자세히 들어보면 환자에 대한 염려와 걱정이 살짝 묻어 나오는 목소리……. 그녀는 오늘 오전, 그 목소리를 가진 남자에게 자신이 단 한 번도 해본 적 없는 어리광을 부리고 싶은 마음이 들어서 혼자 당황하고 쑥스러워했었다.

그가 뭔가를 작은 서랍장 위에 올려놓는 소리가 들렸다. 그녀의 귀가 그 소리를 따라 쫑긋 움직였다. 다행히 그는 그녀가 깨어 있다는 것을 눈치채지 못하는 것 같았다. 조금만 자세히 보면 알아챌 법도 한데, 그는 관찰력이 부족한 사람인가 보다.

그가 도대체 무슨 일 때문에 이 새벽에 그녀를 방문했는지는 모르겠지만, 그는 그녀에게 아무런 행동도 하지 않고 가만히 서서 그녀를 내려다보고 있었다. 눈을 감고 있는데 그것을 어떻게 아는지는 모르겠으나, 분명히 느껴졌다. 그의 무심한 듯 섬세한 시선이.

그의 옷자락이 작게 바스락거리며 스치는 소리가 들려왔다. 가까이에서 그의 숨소리가 들렸다. 파지는 저도 모르게 급하게 숨을 들이마셨다. 가슴이 두근거린다. 주체할 수 없을 정도로 심장이 두근거리며 그녀의 갈비뼈를 때리고 있었다. 이렇게 심장이 고통스럽게 발버둥친 적은 처음이라 너무나 당황스러웠다.

"흡."

다시 한 번 파지가 깊게 숨을 들이마셨다. 준환의 손길이 뺨에 와 닿았기 때문이었다. 정확히는 그녀의 뺨에 붙은 몇 가닥의 머리카락에 와 닿았지만 말이다.

그가 따뜻한 손가락으로 그녀의 뺨에서 머리카락을 걷어가자, 파지가 본능적으로 콧대를 찡그렸다. 일부러 그런 게 아니었다. 정말 저도 모르게 두 눈이 꼭 감기고 콧대가 찡그려졌다. 마치 그만두지 말고 더 해달라고 애교를 부리듯이…….

가까이 와 있던 그의 숨결이 사라지고 천천히 돌아선 그가 커튼을 열고 밖으로 걸어 나갔다. 준환의 발소리가 사라지고 병실문이 닫히자 숨을 멈추고 작게 내쉬고 또다시 멈추고 작게 내쉬는 것을 반복하던 파지가 커다랗게 숨을 터뜨렸다.

"하!"

심각할 정도로 세차게 두근거리는 심장이 갈빗대를 깨부술 것 같았다.

감았던 두 눈을 뜨고 어둠에 익숙해지자, 그녀의 시야에 서랍장 위에 놓인 음료수 상자가 들어왔다. 그는 그녀의 서랍장 위에 선물용 음료수를 선물하고 떠난 것이다. 그녀에게 음료수를 선물한 그의 의도는 안 봐도 뻔했다. 오전 회진 시간에 함께 들었던 아주머니들의 험담에 그녀를 동정한 것이 분명했다.

누군가에게 동정을 받는 것을 극도로 싫어하는 그녀의 평소 성격으로 봤을 때, 그녀는 그가 선물한 음료수를 갖다 버려야 하는 것이 당연했다. 하지만 그녀는 그렇게 하지 않았다. 그녀는 조심스럽게 손을 뻗어 가느다란 손가락으로 서랍장 위에 올려진 매끈한 음료수 상자의 표면을 쓸었다.

"윽!"

손을 뻗었을 뿐인데도 수술 부위가 통증을 호소했다. 참을 수 없을 만큼 지독한 통증에 신음한 그녀가 음료수 상자를 향해 뻗었던 손을 거둬들였다.

"흐윽……."

갑자기 눈물이 나왔다. 스스로 울겠다고 생각한 것도 아니고, 슬픈 것도 아닌데 그냥 눈물이 저절로 흘러나와 뺨을 적셨다. 준환의 손가락이 살짝 스쳐 지나갔던 뺨이 순식간에 뜨거운 눈물로 젖어들었다.

파지는 이불을 움켜잡고 이로 그것을 깨물며 자신이 우는 소리를 남에게 들키지 않기 위해 노력했다. 한참 동안을 그렇게 이유 없이 눈물을 흘리며 끅끅거리던 파지가 다시 손을 뻗어 음료수 상자의 손잡이를 잡았다. 수술 부위가 통증을 호소하는데도 아랑곳하지 않고 힘을 주어 그것을 자신에게로 끌어당겼다. 고통과 함께 네모난 음료수 상자가 그녀의 품에 들어왔다. 파지는 그것을 품에 꼭 끌어안고 다시 한 번 울음을 터뜨렸다.

사춘기가 지난 이후, 지금까지 단 한 번도 울지 않아 무서우리만치 높게 쌓이고 쌓여왔을 그녀의 눈물이 서러웠다. 거의 10년이 넘는 시간 동안 흘리지 못했던 눈물을 흘리는 그녀를 도와주듯 하늘도 함께 울었다.

차를 운전하며 집으로 향하던 준환은 갑작스럽게 쏟아지는 비에 놀라 얼른 와이퍼를 작동시켰다. 준환은 분명히 오늘 비가 온다는 얘긴 없었는데, 이상하다고 생각하며 속도를 좀 줄이고 집을 향해 차를 몰았다.

집에 도착한 준환은 가볍게 샤워를 하고 침대에 누웠다. 내일 출근을 하려면 빨리 잠이 들어야 하는데, 이상하게 잠이 오지 않았다. 갑자기 파지의 병실에 선물용 음료수를 두고 온 것이 후회되기 시작했다. 왠지 모르게 창피했다.

내일 아침, 그녀가 잠에서 깨어나 서랍장 위에 올려진 음료수를 본다면 무슨 생각을 할까? 기뻐할까? 아니면 출처를 알 수 없는 음료수에 기분 나빠할까……

그래도 그는 그녀가 기뻐했으면 좋겠다고 생각했다. 그가 태어나서 처음으로 남에게 베푼 선행이니, 내일 아침, 잠에서 깨어나 서랍장 위에 올려진 음료수를 보면 많이는 아니지만 조금은 기뻐했으면 좋겠다.

다음날 오전, 회진을 위해 병실에 들른 준환의 모습에 파지의 얼굴이 붉게 달아올랐다. 준환은 그것을 눈치채지 못한 듯 사무적인 태도로 그녀에게 통증은 없는지, 죽은 제때 먹고 있는지를 물어왔다.

"운동은 좀 하셨습니까?"

"아뇨."

그녀의 준환이 한쪽 눈썹을 치켜올렸다.

"힘든 것은 알겠지만, 그래도 조금씩 몸을 움직여야 합니다. 그래야 회복이 빨라요."

"이론으로는 무슨 일인들 못하겠어요? 하지만 이론과 실제는 달라……."

엄한 눈으로 파지를 내려다보는 준환과 또박또박 말대답을 하는 파지의 시선이 허공에서 부딪혔다. 눈이 마주치면 항상 감정 없이 무표정한 얼굴로 그를 올려다보던 파지가 그와 시선이 마주치자 서둘러 시선을 돌렸다.

"아무튼…… 혼자 걷는 건 무리예요."

파지가 시선을 내리깐 채 도도한 목소리로 말했다.

"솔직히 아직 좀 아프거든요."

파지의 말에 준환의 입꼬리가 슬쩍 올라갔다. 드디어 솔직하게 아프면 아프다고 말해주는군.

"아픈 게 당연해요. 억지로 살을 찢어서 벌리고 장기 하나를 떼어 갔는데, 안 아픈 게 이상한 겁니다."

"그래요. 사실은 좀 많이 아파요. 견디기 힘들 정도로. 그러니까 사실상 걷는 건 무리라고요."

파지가 고집스럽게 입술을 쭉 내밀자 준환이 한쪽 눈썹을 치켜들고 몸을 굽혔다.

"격한 움직임만 피하면 얼마든지 걸을 수 있습니다. 조심조심 걷는다고 수술 부위 안 터집니다."

"흥."

파지가 코웃음을 쳤다. 소독을 하기 위해 간호사에게서 소독약에 적신 깨끗한 탈지면을 건네받으며 준환이 그런 파지를 올려다봤다. 오늘은 뭔가, 자신을 대하는 그녀의 행동이 좀 달라졌다. 정확히 뭐가 달라졌냐고 물으면 확실하게 대답할 수 있는 것은 하나도 없었지만, 사람의 감정을 캐치하는 것에 둔한 그가 온몸으로 느낄 수 있을 정도로 그녀의 행동은 묘하게 달라져 있었다.

준환이 가만히 파지를 올려다보자 파지가 눈동자를 굴리며 그의 시선을 피했다.

"저기, 김파지 씨?"

"네?"

파지는 여전히 그의 시선을 피한 채였다.

"김파지 씨."

"왜요?"

그제야 파지가 준환의 눈을 똑바로 쳐다봤다. 그녀는 귀찮게 왜 그리 이름을 부르냐는 표정으로 그를 노려보고 있었다.

"환자복, 안 올려주실 겁니까?"

준환의 물음에 파지의 눈이 동그래졌다.

"아……."

파지가 작게 신음소리를 내뱉고 침대에 누운 채, 서둘러 자신의 환자복 상의를 살짝 들어 올렸다. 그녀의 얼굴이 조금 붉어져 있었다.

"김파지 씨?"

준환이 다시 한 번 그녀의 이름을 불렀다.

이상하다. 자신의 이름을 부르는 그의 목소리가 새삼스럽게 좋다. 어제까지만 해도 아무렇지 않았는데……. 온종일 자신의 이름 석 자를 부르는 그의 목소리를 들으라고 해도 별 투정 없이 기쁜 마음으로 듣고 있을 수도 있을 것 같았다.

"김파지 씨."

"네?"

파지가 몽롱한 환상에서 깨어나듯 불현듯 높은 목소리로 대답하자 준환이 한쪽 입꼬리를 올리며 피식 웃었다.

"이렇게 살짝만 올리면 소독 못 합니다. 좀 더 올리세요."

준환이 소독약을 적신 탈지면을 집고 있는 핀셋을 흔들며 말하자 파지가 서둘러 환자복을 조금 더 끌어올렸다.

"좀 더 올리세요."

"더……요?"

"어제처럼만 올리시면 됩니다."

아무렇지 않은 얼굴로 말하는 준환을 표독스런 얼굴로 노려본 파지가 이를 갈며 환자복을 조금 더 끌어올렸다.

"됐어요?"

"조금만 더."

파지가 다시 한 번 이를 갈았다. 사무적인 시선으로 자신의 배를 쳐다보는 준환의 눈길이 마음에 들지 않았기 때문이다. 어제까지만 해도 그의 앞에서 자신의 배를 드러내는 데 아무런 거리낌이 없었는데, 지금은 정말 죽기보다 싫었다. 왠지 창피해서 얼굴이 터져버릴 것 같았다. 심장이 오늘 새벽처럼 또다시 쿵쾅거리며 뛰기 시작했다. 심장 뛰는 소리가 그녀의 귓가에 선명하게 들려왔다.

"빨리 소독을 마치고 다른 병실에 회진을 돌아야 하니, 빨리 걷어주세요."

의사의 눈으로 자신의 배를 쳐다보고 있는 준환에게 이유 없이 화가 난 파지가 거친 동작으로 환자복을 끌어올렸다. 거친 동작으로 인해 그녀의 환자복 상의가 평소보다 더 위로 올라갔다.

"어머!"

가슴을 가린 채 아슬아슬하게 위로 올라간 그녀의 환자복 상의에 말없이 옆에 서 있던 간호사가 놀란 듯 눈을 동그랗게 떴다.

파지가 도전적인 시선으로 준환을 노려봤다. 옆의 간호사가 놀랄 정도로 상의가 위로 끌어올려졌는데도 그는 요지부동, 돌 같은 눈을 유지하고 있었다.

"빨리 해주세요. 피곤해요."

"금방 끝납니다."

준환이 그녀의 상처에 붙은 거즈를 떼어내고 소독을 시작했다.

가만히 누워서 신중한 눈으로 그녀의 상처를 살피며 탈지면을 갖다 대는 준환의 얼굴을 바라보던 파지가 이로 입술을 깨물었다. 언젠가 저 남자의 당황한 얼굴을 보고 싶다. 당황해서 어쩔 줄 몰라 온몸을 파르르 떠는 그의 모습을 보고 싶었다.

"다 됐습니다."

준환이 부드러운 손길로 그녀의 상처에 새로운 거즈를 붙이며 자리에서 일어났다.

다른 생각에 빠져 있어서 그랬는지, 아니면 그녀의 상처가 정말로 나아가고 있어서 그랬는지, 그것도 아니면 그의 손길이 어제보다 좀 더 세심해져서 그랬는지는 몰라도 오늘의 소독 시간은 고통 없이 끝났다.

"내일 뵙도록 하죠."

준환이 커튼을 젖히고 나가려다 힐끔 그녀의 서랍장 위에 올려진 음료수 상자를 쳐다보았다.

"음료수가 참 맛있어 보입니다."

준환의 말에 파지의 입술에 미소가 깃들었다. 자기가 보내놓고 모른 척하는 꼴이 우스웠다.

"제가 잠든 사이에 누가 와서 몰래 갖다 놨더라고요."

파지의 말에 준환의 어깨가 미세하게 움찔했다.

"처음엔 누가 보내온 건지 몰라 미심쩍어서 안 마시려고 했는데 뚜껑을 열고 냄새를 맡아보니 생각 외로 달콤하더군요. 그래서 퇴원하면 집으로 가지고 가서 그냥 제가 다 마실 생각이에요."

파지의 말에 어딘지 모르게 긴장해서 그녀의 말을 경청하던 준환이 어깨에서 힘을 풀고 환하게 웃었다.

스스럼없이 환하게 웃는 그의 얼굴을 마주한 파지의 눈이 커다래졌다.

"운동, 꼭 하세요."

준환과 간호사가 커튼을 열고 밖으로 나갔다.

준환이 사라지자 파지가 떨리는 손을 들어 자신의 왼쪽 가슴에 올렸다. 손바닥에 선명하게 느껴질 정도로 심장이 거세게 뛰고 있었다.

"어떡해……."

파지가 떨리는 입술을 꼭 깨물었다.

"나 정말 어떡해……."

물 밖으로 나온 물고기처럼 요동치는 심장이 금방이라도 목구멍을 통해 밖으로 나올 것 같았다.

마지막에 보여준 준환의 미소가 파지에게 결정타를 날린 것이다. TV나 영화에서 표현되는 것처럼 그 순간 파지의 눈에는 준환만 보였다. 주위의 모든 것들이 사라진 그 현장에 준환과 그녀만이 남아 있었다.

이제 인정할 수밖에 없을 것 같다. 그녀는 사랑에 빠졌다.

어릴 적부터 주위 사람들에게 받아온 온갖 구박과 멸시, 그리고 냉대로 인해 차가워질 대로 차가워져 그 누구도 녹일 수 없었던 그녀의 심장을 저 남자는 고작 해봤자 만원이 넘을까 말까 한 작은 음료수 하나와 스스럼없이 환한 미소 하나로 뜨겁게 녹여버린 것이다.

철저하게 녹아, 이제야 비로소 제 기능을 하게 된 그녀의 심장이 따뜻하게…… 그리고 부드럽게 뛰기 시작했다.

〈END〉

작가 후기

안녕하세요, 고영주입니다. 그동안 안녕하셨나요? 드디어 세 번째 종이책이 출간되었습니다. 팥쥐의 귀환을 쓰는 동안 힘든 일이 너무나 많이 생기는 바람에 절망했던 적도 많이 있었습니다.

마냥 착하고 나약하기만 한 여자주인공이 싫어서 이번 작품에서는 제 나름대로 좀 특별한 여자주인공을 만들어 보았는데 생각보다 이 캐릭터를 사랑해주시는 분들이 많아서 많이 놀랐던 기억이 나네요.

세 번째 출간이지만 아직도 부족한 면이 너무나 많습니다. 항상 늘 부족하고 모자란 것 같아 죄송한 마음뿐이에요.

이 글이 완성되는 동안 감사했던 분들이 너무나 많아 따로 후기를 통해 인사를 드리고 싶어서 이렇게 작게나마 감사의 인사를 덧붙입니다.

제일 먼저 이 글을 무사히 완성할 수 있게 해주신 하나님 아버지께 감사를 드립니다. 당신이 아니었다면 절대로 해낼 수 없었을 거예요. 그리고 묵묵하게 믿고 기다려주신 엄마와 아빠에게 감사드립니다. 앞으로 더욱더 멋진 딸이 되도록 노력할게요. 내 동생, 기쁨이. 늘 내 언니는 소설 작가라고 자랑스럽다며 주위 사람들에게 자랑을 아끼지 않아 줘서 고마워. 가끔 민망할 때도 있긴 해. 너 때문에. 이 글을 쓰는 동안 췌장암으로 투병하시다 결국 하늘나라에 가신 할머니……. 정말 사랑합니다. 사무치도록 보고 싶어요. 그리고 얼마 전 한 가족이 된 우리 사랑하는 동생의 낭군님, 제부 종우 오빠. 언니보다 동생이 먼저 가서 좀 씁쓸하긴 하지만 기쁜 마음으로 동생을 보냅니다. 행복하게 해주세요. 주위 사람들한테 제 책 추천도 막 해주시고 진짜 고마운 거 알죠? 그리고 민초선 작가님. 늘 미안하고 고마워요. 무슨 일 생기면 제일 먼저 걱정해줘서 어려웠던 순간에도 늘 힘이 됐었어요. 너무 멀리 있어서 자주 만나지 못하지만 언제나 내 소식 기다리면서 응원해주는 내 12년 지기 친구 미정아. 사랑한다.

매번 원고도 늦게 보내고 늘 꾸물거리며 게으름 피우던 저를 믿고 기다려 주신 조은세상 관계자님들과 제 글의 모자란 점을 지적해주시며 부족한 부분을 채워주셔서 좋은 글 쓸 수 있도록 도와주신 편집자님도 너무 감사해요. 그리고 제가 몸담고 있는 로망띠끄의 이성희 대표님 너무나 감사합니다. 대표님 덕분에 행복하게 글을 쓰고 있어요.

슬럼프와 잡다한 일들이 겹쳐서 잠수함 타고 해저 깊은 동굴 속으로 숨어버린 절 기다려주시고 응원해주신 줄리엣의 발코니의 줄리엣 여러분 정말 깊이 애정합니다.

그동안 하지 못했던 감사를 한꺼번에 표현하려 하니 너무 길어져서 감사 인사는 여기서 끝내겠습니다. 그리고 마지막으로 잠수함 타고 바다 속을 여행하던 이 못난이 작가를 기다려주시고 격려해주셨던 분들께 진심으로 감사드립니다. 전 그런 사랑 받을 자격이 없는데……. 앞으로 더 멋지고 아름다운 글로 찾아뵙는 것으로 보답하겠습니다. 모두들 행복하세요. 행쇼!

2014. 2. 고영주 드림.